D0297400

NORA

QUATRE SAISONS DE FIANÇAILLES – LIVRE 3

ROBERTS

RÊVES EN ROSE

NORA

QUATRE SAISONS DE FIANÇAILLES - LIVRE 3

ROBERTS

RÊVES EN ROSE

Traduit de l'anglais (États-Unis)
par Maud Godoc

www.quebecloisirs.com

UNE ÉDITION DU CLUB QUÉBEC LOISIRS INC.
Avec l'autorisation des Éditions Flammarion ltée.

Traduction de: Savor the moment
Publieé par The Berkley Publishing Group, une division de The Penguin Group
(USA) Inc.

Dépôt légal – Bibliothèque et Archives nationales du Québec, 2011
ISBN Q.L. : 978-2-89666-120-6
(Publié précédemment sous ISBN: 978-2-89077-383-7)

Imprimé au Canada par Friesens

À mon frère Jim, le pâtissier de la famille.

Je chante les ruisseaux, les fleurs, les oiseaux et
les tonnelles ;
Avril, mai et juin, et les fleurs de juillet.
Je chante les arbres de mai, semailles et ripailles,
La joie des épousailles et les gâteaux des mariés.

Robert HERRICK

Que faisions-nous, toi et moi, pardieu,
Je me le demande, avant de tomber amoureux.

John DONNE

Prologue

Au fur et à mesure que l'année de terminale avançait, inexorable, une conviction profonde s'imposait chaque jour davantage à Laurel McBane.

Le bal du lycée, c'était l'enfer.

Des semaines durant, les conversations tournaient autour d'un unique sujet : qui inviterait qui, qui invitait effectivement qui – et qui en invitait une autre avec, à la clé, une explosion de désespoir et d'hystérie.

De son point de vue, les filles faisaient preuve à cette période d'une passivité horripilante doublée d'une incertitude qui confinait à la torture mentale. Les couloirs, les salles de classe et la cour bruissaient de la gamme complète des émotions : euphorie étourdissante pour celles invitées à un bal autour duquel on faisait beaucoup trop de battage à son goût, et larmes amères pour les malheureuses recalées qui n'avaient pas décroché le cavalier convoité.

Tant d'histoires pour un garçon. Quelle niaiserie démoralisante !

Le terrible verdict ne mettait pas fin pour autant à l'hystérie, loin de là. Non, celle-ci connaissait même une escalade avec la course ridicule à la robe, aux chaussures, puis le débat sans fin quant au choix de la coiffure idéale – chignon ou pas chignon. Sans oublier la location des limousines, l'organisation des fêtes privées qui clôturaient immanquablement l'événement, la réservation de suites d'hôtel et le débat suprême entre tous : coucher ? Oui, non, peut-être.

Elle aurait volontiers tiré un trait sur ces insupportables frivolités si ses amies, Parker Brown en tête, très à cheval sur ce rite de passage, ne s'étaient liguées contre elle.

Le compte en banque sur lequel elle accumulait courageusement ses salaires de serveuse et ses innombrables heures supplémentaires vacillait encore sous le choc des retraits destinés à l'achat d'une robe somptueuse, qu'elle ne porterait sans doute plus jamais, des escarpins assortis, du sac à main *ad hoc* et de tout le tralala.

Ses amies étaient pour beaucoup dans ces dépenses pharaoniques. Elle s'était bêtement laissé entraîner dans une virée shopping avec Parker, Emmaline et Mackensie. Résultat, elle avait explosé son budget.

La suggestion d'Emma de demander à ses parents de financer la robe n'était pas envisageable aux yeux de Laurel. Question de fierté, peut-être, mais chez les McBane, l'argent était devenu un sujet pour le moins sensible depuis les placements calamiteux de son père et l'épineuse affaire du contrôle fiscal.

Pas question de les mettre à contribution ni l'un ni l'autre. Elle gagnait sa vie depuis plusieurs années maintenant.

De toute façon, c'était sans importance, tenta-t-elle de se convaincre. Malgré ses heures harassantes au restaurant après le lycée et le week-end, ses maigres économies ne suffiraient pas à couvrir les frais d'inscription à l'Institut Culinaire de New York, et encore moins un loyer dans Manhattan. Les frais engagés pour être sublime un seul et unique soir n'y changeraient rien – et puis zut après tout, elle n'avait pas tous les jours l'occasion de jouer à la princesse.

Laurel attacha ses boucles d'oreilles, tandis qu'à l'autre bout de la chambre de Parker, celle-ci et Emma tentaient de donner forme à la tignasse rousse que Mac avait fait massacrer sur un coup de tête – sa nouvelle coupe évoquait à Laurel Jules César franchissant le Rubicon. Elles essayaient diverses pinces, de la poudre scintillante et des clips fantaisie sur les pauvres mèches rescapées sans cesser de papoter, tandis que le dernier tube d'Aerosmith pulsait sur le lecteur CD.

Elle aimait les écouter, un peu en retrait. Surtout maintenant, alors qu'elle se sentait elle-même à part. Toutes les quatre étaient amies depuis toujours et, aujourd'hui – rite de passage ou non –, la situation était sur le point de changer. À l'automne, Parker et Emma iraient à l'université. Mac travaillerait, casant quelques cours de photographie dans son emploi du temps.

Quant à elle, depuis que son rêve d'étudier à New York s'était évanoui à cause des ennuis financiers et de l'implosion toute récente du couple que formaient ses parents, elle s'était rabattue sur une formation courte, à mi-temps, à la fac locale. Probablement des études de commerce. Il lui fallait se montrer pragmatique. Réaliste.

Mais elle se refusait à y penser pour l'instant. « Profite du moment présent, demain sera un autre jour », se répétait-elle en boucle.

Parker et Emma assisteraient au bal de l'Académie de Greenwich, l'établissement privé qu'elles fréquentaient, tandis que Mac et elle se rendraient à celui du lycée public. Mais avant cela, elles partageaient l'étape des préparatifs. Les parents d'Emma et de Parker attendaient au rez-de-chaussée. Lorsqu'elles

les rejoindraient, les flashs crépiteraient. Elle imaginait déjà les embrassades ponctuées d'exclamations admiratives. Il y aurait sans doute aussi des yeux humides.

Linda, la mère de Mac, était trop égocentrique pour s'intéresser à la participation de sa fille au bal de terminale. Une bonne chose, en définitive, quand on la connaissait. Quant à ses propres parents, ils étaient bien trop accaparés par leurs problèmes financiers et conjugaux pour se demander à quoi leur fille occupait sa soirée.

Elle avait l'habitude. Et préférait même qu'il en fût ainsi.

— Juste les paillettes, décida Mac, inclinant la tête sur le côté afin de juger l'effet obtenu. Ça fait un peu fée Clochette. En plus branchée.

— C'est vrai, approuva Parker, ses cheveux bruns raides ruisselant en une cascade brillante le long de son dos. C'est classe avec un petit côté marrant. Qu'en penses-tu, Emma ?

— D'après moi, il faut mettre davantage les yeux en valeur, en rajouter dans le dramatique. Je peux t'arranger ça.

— Vas-y, répondit Mac avec un haussement d'épaules. Mais ne mets pas une éternité, d'accord ? Je dois encore préparer mon matériel pour notre portrait de groupe.

— Nous sommes dans les temps, annonça Parker après avoir consulté sa montre. Il nous reste encore une demi-heure avant de…

Elle se tourna et aperçut Laurel.

— Eh, mais tu es sublime !

— C'est vrai, renchérit Emma, qui frappa dans ses mains. Je *savais* que c'était la robe qu'il te fallait. Ce taffetas rose chatoyant fait ressortir le bleu de tes yeux.

— Si tu le dis.

— Un dernier détail, fit Parker, qui se précipita vers sa boîte à bijoux dont elle ouvrit un tiroir. Cette pince à cheveux.

Toute menue dans sa robe rose, ses cheveux blonds comme les blés coiffés en longues anglaises sur le conseil d'Emma, Laurel haussa les épaules.

Parker tint la pince contre sa chevelure à différents angles.

— Ne fais pas cette tête d'enterrement, ordonna-t-elle. Tu vas bien t'amuser.

— Je sais, murmura Laurel. Désolée. N'empêche, ce serait plus drôle si on allait toutes les quatre au même bal, puisque nous sommes si sublimes.

Parker ramena quelques boucles en arrière et les attacha.

— Je suis d'accord avec toi. Mais on se retrouvera ici après, pour notre soirée privée, et on se racontera tout dans les moindres détails. Tiens, regarde-toi.

Elle fit pivoter Laurel face au miroir, et les filles étudièrent leurs reflets.

— Je reconnais que je ne suis pas trop mal, admit Laurel, au grand amusement de Parker.

On frappa à la porte qui s'ouvrit aussitôt. Mme Grady, la gouvernante des Brown depuis des années, cala les mains sur les hanches et inspecta les quatre amies.

— Plutôt réussi, conclut-elle, ce qui est la moindre des choses, vu le temps que vous avez passé enfermées là-dedans. Finissez vite de vous préparer et descendez pour les photos. Quant à toi, suis-moi, dit-elle, l'index pointé vers Laurel. J'ai deux mots à te dire, jeune fille.

— Qu'est-ce qui se passe ? s'étonna Laurel, qui regarda ses amies tour à tour tandis que Mme Grady s'éloignait à grands pas. Je n'ai rien fait.

Mais comme les ordres de Mme Grady ne se discutaient pas, Laurel se hâta à sa suite.

Une fois dans le salon familial, la gouvernante se tourna vers elle et croisa les bras. « Elle va me passer un savon », songea Laurel, le cœur battant. Elle se creusa la cervelle, cherchant ce que Mme Grady – qui, durant son adolescence, avait été plus une mère pour elle que la sienne – pouvait bien avoir à lui reprocher.

— J'imagine que vous vous prenez toutes les quatre pour des adultes maintenant, commença Mme Grady.

— Je...

— Eh bien, vous n'êtes encore que des gamines. Mais vous êtes sur la bonne voie. La situation va changer puisque vous allez quitter le cocon familial et suivre chacune votre chemin. Mon petit doigt me dit que le tien, c'est d'aller à New York suivre les cours de cette prestigieuse école de pâtisserie.

Le cœur de Laurel se serra à la pensée de son rêve anéanti.

— Euh... non. En fait, je garde mon emploi au restaurant et je vais essayer de suivre quelques cours à la...

— Certainement pas, l'interrompit Mme Grady. Bon, une jeune fille de ton âge à New York a intérêt à se montrer futée et prudente. Et, à ce qu'on m'a dit, si tu veux réussir dans cette école, tu vas devoir travailler dur. Ce sera autrement plus difficile que de faire de jolis glaçages et de tout bêtes cookies.

— C'est une des meilleures écoles, mais...

— Alors tu seras une des meilleures.

Mme Grady glissa la main dans sa poche et en sortit un chèque qu'elle lui tendit.

— Voilà de quoi couvrir les frais du premier semestre : inscription, logement décent, alimentation

14

suffisante pour la santé du corps et de l'âme. Fais-en bon usage, jeune fille, ou tu auras affaire à moi. Si tu réussis – et je t'en crois capable –, nous parlerons du prochain semestre en temps utile.

Sidérée, Laurel regardait avec de grands yeux le chèque qu'elle tenait à la main.

— Vous ne pouvez pas... Je ne peux pas...

— Bien sûr que si.

— Mais...

— Ne discute pas. Si tu me laisses tomber, tu auras des comptes à rendre, crois-moi. Parker et Emma partent à l'université, et Mackensie est fermement décidée à travailler à plein temps comme photographe. Toi, tu as une autre vocation, alors fonce. C'est ce que tu souhaites, n'est-ce pas ?

— Plus que tout, murmura Laurel.

Les larmes lui piquaient les yeux et lui nouaient la gorge.

— Madame Grady, je ne sais pas quoi dire. Je vous rembourserai. Je...

— Et comment ! Tu me rembourseras en devenant un brillant chef pâtissier. À présent, la balle est dans ton camp.

Laurel se jeta à son cou.

— Je ne vous décevrai pas, je vous le promets. Vous serez fière de moi.

— J'en suis persuadée. Et maintenant file. Va finir de te préparer.

Laurel demeura encore un instant accrochée au cou de la gouvernante.

— Jamais je n'oublierai, souffla-t-elle. Jamais. Merci. Merci !

Elle s'élança vers la porte, pressée d'apprendre la bonne nouvelle à ses amies. S'arrêtant sur le seuil, elle se tourna, rayonnante de bonheur juvénile.

— J'ai hâte.

1

Seule en compagnie de Norah Jones qui susurrait dans son iPod, Laurel métamorphosait une plaque de fondant en une élégante dentelle comestible. Elle n'écoutait pas vraiment la musique qui lui servait de fond sonore lorsqu'elle travaillait.

Avec précaution, elle déposa son œuvre terminée sur le deuxième étage de sa pièce montée qui en comportait quatre. Elle recula d'un pas pour étudier le résultat, fit le tour du gâteau à la recherche d'éventuels défauts. Les clients de *Vœux de Bonheur* attendaient la perfection, et c'était exactement ce qu'elle entendait leur offrir. Satisfaite, elle hocha la tête, but une gorgée d'eau directement à la bouteille, puis s'étira.

— Plus que deux.

Laurel jeta un coup d'œil au panneau sur lequel elle avait épinglé divers échantillons de dentelle ancienne, ainsi que le croquis définitif de la pièce montée approuvé par la mariée du vendredi.

Il lui restait encore trois commandes à finaliser – deux pour samedi, une pour dimanche. Une charge de travail qui n'avait rien d'inhabituel. Chez *Vœux de Bonheur*, l'agence de mariages et d'événementiels qu'elle dirigeait avec ses amies, juin était le mois le plus couru.

En quelques années, leur projet un peu fou était devenu une entreprise florissante. Parfois même un peu trop, songea-t-elle. Voilà pourquoi elle confectionnait cette dentelle de fondant à presque 1 heure du matin.

Et c'était bien ainsi. Elle adorait son métier.

À chacune sa passion. Emma, les fleurs. Mac, la photographie. Parker, l'organisation et la gestion de l'entreprise. Et elle, les pièces montées. Plus les petits fours, les mignardises, les chocolats... Mais les pièces montées constituaient sans conteste la clé de voûte de son travail.

Laurel se remit à l'ouvrage et entreprit de dérouler la plaque suivante. Fidèle à son habitude, elle avait attaché ses cheveux blonds à l'aide d'une pince. Sous son tablier de pâtissier maculé çà et là de maïzena, elle portait un tee-shirt et un pantalon de coton, et ses chaussures de cuisine pratiques et faciles à enfiler lui assuraient le meilleur confort possible après des heures en position debout. Ses mains, que toutes ces années passées à pétrir, rouler et façonner avaient musclées, étaient habiles et rapides. Tandis qu'elle attaquait sa troisième plaque, son visage fin revêtit son masque de sérieux.

La perfection était seulement un but à atteindre lorsqu'il s'agissait de son art. Pour elle comme pour ses associées, c'était une nécessité. Ses pièces montées étaient bien plus qu'un simple gâteau, une garniture, un glaçage. Chacune dans sa partie apportait sa pierre à l'idéal de perfection qui fondait leur entreprise commune. Ses créations auxquelles s'ajoutaient les sublimes photos de Mac, les compositions exquises d'Emma et le talent d'organisatrice hors pair de Parker représentaient bien davantage que la somme de chaque contribution. À elles quatre, elles parvenaient à créer un événement unique, la célébration exceptionnelle du voyage qu'un couple avait choisi d'entreprendre ensemble.

Le grand amour, Laurel y croyait sans aucun doute. Enfin, du moins en théorie. Une pièce montée fabuleuse, voilà ce en quoi elle croyait vraiment.

Son visage s'illumina de plaisir alors qu'elle achevait sa troisième plaque, et une lueur chaleureuse s'alluma dans ses yeux d'un bleu profond lorsqu'elle aperçut Parker qui hésitait sur le seuil de la cuisine.

— Tu n'es toujours pas couchée ? s'étonna-t-elle.

— Des détails qui me trottaient dans la tête, répondit évasivement Parker. Je tenais à les régler avant de monter. Depuis combien de temps travailles-tu là-dessus ?

— Un bon moment. Je dois finir pour qu'il puisse reposer cette nuit. Et puis, j'ai encore les deux pièces montées de samedi à assembler et à décorer demain.

— Tu veux de la compagnie ?

Elles savaient l'une comme l'autre que si Laurel déclinait l'offre, Parker ne le prendrait pas mal. Et souvent, quand elle était plongée dans son travail, la réponse était négative.

— Bien sûr.

— J'adore ce motif, déclara Parker en faisant le tour de l'imposant gâteau. Le raffinement du ton sur ton, les variations de hauteur, la sophistication de chaque étage. La tradition, le vintage, c'est le thème choisi par notre mariée. Tu as vraiment mis dans le mille.

— J'ai prévu un ruban bleu pâle autour du présentoir, précisa Laurel en commençant la quatrième plaque. Et Emma disposera des pétales de rose tout autour. Je crois qu'il va cartonner.

— C'est un plaisir de travailler avec cette mariée.

En pyjama, ses longs cheveux bruns flottant sur ses épaules, Parker mit la bouilloire à chauffer pour le thé. L'un des avantages de gérer l'agence à domicile – avec Laurel qui habitait sur place, Emma et Mac non loin dans la propriété –, c'étaient ces précieux moments de complicité nocturnes.

— Elle sait ce qu'elle veut, commenta Laurel qui sélectionna une gouge pour festonner les bords de la plaque. Mais elle est aussi ouverte aux suggestions et, jusqu'à présent, elle n'a pas pété les plombs. Si elle tient bon les dernières vingt-quatre heures, elle méritera sans hésiter le prix tant convoité de Super Mariée décerné par *Vœux de Bonheur*.

— Ce soir, à la répétition, ils paraissaient heureux et détendus. C'est bon signe.

— Mmm, approuva Laurel, qui continuait de dessiner avec précision une alternance d'œillets et de points. Alors, pourquoi n'es-tu pas déjà couchée ?

Parker soupira devant la gazinière.

— J'ai eu un coup de blues. Je me détendais avec un verre de vin sur ma terrasse. Chez Emma et chez Mac, les lumières étaient allumées, et les parfums du jardin montaient jusqu'à moi. Tout était si tranquille, si beau. J'ai pensé au mariage de Mac, que nous sommes en train d'organiser, aux fiançailles d'Emma. Et à toutes les fois où nous avons joué à la mariée quand nous étions enfants. Maintenant, c'est pour de vrai. Assise dans le noir, j'ai soudain eu envie que mes parents soient là pour voir notre réussite.

Elle se tut pour mesurer le thé.

— J'étais partagée entre la tristesse qu'ils ne soient plus là, et le bonheur de savoir qu'ils seraient fiers de moi. De nous.

— Je pense souvent à eux. Nous toutes d'ailleurs, reconnut Laurel sans interrompre sa tâche. Ils ont joué un rôle capital dans nos vies, et il y a tant de souvenirs d'eux ici. Alors je comprends ce que tu ressens.

— Ils seraient ravis pour Mac et Carter, et Emma et Jack, tu ne crois pas ?

— Sans aucun doute. Et aussi pour ce que nous avons accompli ici.

— Je suis contente que tu sois restée travailler tard, avoua Parker en versant l'eau chaude dans la théière. Cette conversation me fait du bien.

— À ton service. Je vais te dire qui d'autre a de la chance : la mariée de vendredi. Cette pièce montée est génialissime, conclut Laurel, satisfaite, en soufflant la mèche rebelle qui lui tombait dans les yeux. Et quand je poserai la décoration au sommet, les anges pleureront de joie.

Parker reposa la théière et laissa le thé infuser.

— Franchement, Laurel, trop de modestie tue la modestie.

Laurel esquissa un sourire en coin.

— Laisse tomber le thé. J'ai presque fini. Sers-moi donc un verre de vin.

Le matin, après six heures de sommeil réparateur, Laurel s'octroya une courte séance de décrassage à la salle de gym, puis s'habilla. Comme à son habitude, elle serait enfermée dans sa cuisine presque toute la journée, mais avant, il y avait la réunion au sommet qui précédait chaque événement.

Elle quitta en hâte l'appartement qu'elle occupait dans une aile au deuxième étage de l'immense bâtisse, et gagna la cuisine familiale où Mme Grady composait un plateau de fruits frais.

— Bonjour, madame Grady, lança-t-elle en entrant en coup de vent.

La gouvernante haussa les sourcils.

21

— Tu m'as l'air bien guillerette ce matin.

— Hyper guillerette et fière de l'être, répondit Laurel, qui serra les poings et fit jouer ses muscles. J'ai une énorme envie de café.

— Parker l'a déjà monté. Prends donc ces fruits avec les viennoiseries. Il faut manger des fruits le matin. Il n'est pas raisonnable de commencer la journée avec un pain aux raisins.

— À vos ordres, chef. Vous avez déjà eu des visites ?

— Pas encore, mais j'ai vu Jack partir il n'y a pas longtemps. Et j'imagine que Carter va venir me faire les yeux doux dans l'espoir d'avoir un petit déjeuner digne de ce nom.

— Je débarrasse le plancher, dit Laurel, qui souleva le plateau avec la dextérité de la serveuse qu'elle avait été autrefois.

Elle le porta jusqu'à la bibliothèque qui faisait désormais office de salle de réunion. Queue-de-cheval stricte et chemisier blanc impeccable, Parker était assise à la grande table, son BlackBerry à portée de main. L'air concentré, elle sirotait son café en étudiant les données sur son portable de ce regard aigue-marine qui, Laurel le savait, ne laissait jamais rien passer.

— Voilà les provisions, annonça cette dernière en posant le plateau sur la desserte.

Coinçant une mèche, derrière l'oreille, elle se servit un petit bol de fruits rouges.

— Tu m'as manqué à la gym ce matin, reprit-elle. À quelle heure t'es-tu levée ?

— 6 heures. Bien m'en a pris, car la mariée de samedi après-midi m'a appelée un peu après 7 heures. Son père a trébuché sur le chat et a peut-être le nez cassé.

— Aïe.

— Elle s'inquiète pour lui, bien sûr, mais presque autant pour l'allure qu'il aura au mariage et sur les photos. Je vais contacter la maquilleuse, histoire de voir si elle peut faire quelque chose.

— Désolée pour le papa, mais si c'est le problème le plus grave du week-end, on s'en sortira.

Parker braqua un index accusateur vers elle.

— Ne nous porte pas la poisse.

Mac entra sans se presser, grande et svelte en jean et tee-shirt noir.

— Salut, les filles.

Laurel plissa les yeux devant le sourire béat de son amie et ses yeux verts encore ensommeillés.

— Toi, tu as fait des galipettes ce matin.

— Des galipettes sensationnelles, merci, répliqua Mac, qui se versa une tasse de café et s'empara d'un muffin. Et toi ?

— Garce.

Mac se laissa choir dans son fauteuil en riant, étira ses jambes interminables.

— Si tu veux faire de l'exercice, tu as le tapis de marche et le Bowflex, la taquina-t-elle.

— Et peau de vache avec ça, bougonna Laurel, qui goba une framboise.

— J'adore l'été, quand l'amour de ma vie n'est pas obligé de se lever tôt pour aller éclairer les jeunes esprits, soupira Mac en ouvrant son ordinateur portable. Bon, et maintenant que je suis en pleine forme, au boulot !

— Le père de la mariée de samedi après-midi a peut-être le nez cassé, lui apprit Parker.

— Quelle barbe, fit Mac, le front plissé. Je peux faire des miracles avec Photoshop s'ils le souhaitent, mais c'est une sorte de tromperie. Selon moi, rien ne vaut le naturel, quel qu'il soit – et puis, ça ferait un souvenir amusant. Enfin, c'est mon opinion.

— Nous verrons ce qu'en pensera la mariée une fois son père rentré de chez le médecin, dit Parker.

À cet instant, Emma fit irruption dans la pièce.

— Je ne suis pas en retard. Il reste vingt secondes, lança-t-elle avant de se précipiter vers la cafetière dans un tressautement de boucles brunes. Je me suis rendormie. Après.

— Oh, je te déteste, toi aussi ! grommela Laurel. Il nous faut une nouvelle règle. Interdit de frimer avec le sexe aux réunions professionnelles alors que la moitié d'entre nous fait tintin.

— Pour, approuva vivement Parker.

— Bigre.

Hilare, Emma disposa quelques fruits dans un bol.

— Le père de la mariée de samedi après-midi a peut-être le nez cassé, lui annonça Mac.

— Bigre, répéta Emma, cette fois avec une inquiétude sincère.

— Nous réglerons le problème dès que nous aurons davantage de détails, mais quelle que soit sa gravité, il concerne en réalité surtout Mac et moi, expliqua Parker. Je te tiens au courant, ajouta-t-elle à l'intention de celle-ci. Bon, venons-en à la cérémonie de ce soir. Tout le monde est arrivé – les membres de la famille qui n'habitent pas en ville, les parents et les invités. La mariée, sa mère et les demoiselles d'honneur sont attendues à 15 heures pour le coiffage et le maquillage. La mère du marié a pris son propre rendez-vous en institut. Arrivée prévue à 16 heures avec le père du marié. Celui de la mariée a prévu de venir avec sa fille. Nous l'occuperons jusqu'au moment des portraits officiels qui le concernent. Mac ?

— La robe est de toute beauté. Romantisme Vintage. Je mettrai ce côté en valeur.

Tandis que Mac exposait ses objectifs et son calendrier, Laurel se leva pour se servir une deuxième tasse de café. Elle prit quelques notes ici et là, de même quand Emma prit la relève. Comme le gros de son travail était achevé, elle aiderait en fonction des besoins, une habitude qu'elles avaient largement perfectionnée depuis la création de *Vœux de Bonheur*.

— À toi, Laurel, dit Parker.

— La pièce montée est terminée – c'est un sacré morceau. Vu son poids, j'aurai besoin de l'aide des extras pour la transférer dans la salle de réception, mais ce modèle ne nécessite pas de finitions sur place. Il te restera à arranger le ruban et les pétales de rose blancs, Emma, mais juste avant de servir. À la place du gâteau du marié, ils ont opté pour une sélection de mignardises et de chocolats en forme de cœur. Eux aussi sont prêts. Nous les servirons sur des assiettes en porcelaine blanche disposées sur des sets en dentelle qui reprendront le motif du gâteau. La nappe sera bleu pâle avec des jours en dentelle. Le couteau et la pelle à gâteau sont fournis par la mariée. Ils appartenaient à sa grand-mère, il faudra donc les garder à l'œil. Aujourd'hui, je vais travailler la plus grande partie de la journée sur les commandes de samedi, mais je devrais avoir fini vers 16 heures si quelqu'un a besoin de moi. Durant le dernier service, les extras mettront les parts restantes dans les boîtes à emporter qu'ils fermeront avec le ruban bleu pâle que nous avons fait imprimer aux noms des mariés avec la date. Idem pour les mignardises et chocolats s'il en reste. Mac, j'aimerais une photo de la pièce montée pour mes archives. Ce modèle est une première.

— D'accord.

— Et Emma, il me faut les fleurs pour le gâteau de samedi soir. Peux-tu me les déposer quand tu viendras t'habiller pour le mariage d'aujourd'hui ?

— Pas de problème.

— Sur le front personnel, intervint Mac, qui leva la main pour attirer l'attention, ma mère convole à nouveau demain, en Italie. Très, très loin, Dieu merci, de Greenwich, pour notre plus grand bonheur. Elle m'a appelée vers 5 heures du matin – Linda est incapable d'intégrer le concept de fuseaux horaires. De toute façon, regardons la vérité en face, elle s'en fiche royalement.

— Pourquoi n'as-tu pas laissé sonner ? demanda Laurel, tandis qu'Emma posait une main compatissante sur le bras de Mac.

— Parce qu'elle n'aurait pas cessé de rappeler – et que j'essaie de faire face, sans concession de ma part pour changer, soupira Mac qui passa les doigts dans ses mèches courtes d'un roux flamboyant. Comme de bien entendu j'ai eu droit aux larmes et aux récriminations : elle a décrété que ma présence là-bas était indispensable, alors que la semaine dernière encore, elle ne voulait pas de moi. Comme je n'ai aucune intention de sauter dans un avion pour assister à son quatrième mariage, surtout avec le boulot qui nous attend ce week-end, elle ne me parle plus.

— Si seulement ça pouvait durer.

— Laurel, murmura Parker d'un ton réprobateur.

— Je suis sincère. Tu as eu l'occasion de lui dire ta façon de penser, rappela-t-elle à Parker. Pas moi. Du coup, le ressentiment couve encore.

— J'apprécie votre soutien, dit Mac. Sincèrement. Mais comme vous pouvez le constater, je suis parfaitement zen. Ni trouille, ni sentiment de culpabilité, ni même un brin d'énervement. Il y a un avantage certain à vivre avec un homme comme Carter, sensé et aussi solide qu'un roc – au-delà des génialissimes câlins du matin. Toutes les quatre, vous m'avez toujours soutenue quand j'ai dû affronter Linda, ses caprices et sa folie ordinaire. J'imagine que Carter m'a juste aidée à faire pencher la balance du bon côté. Et à présent, j'arrive à faire face. Une thérapie à lui tout seul.

— Je ferais bien des câlins avec Carter, moi aussi, commenta Laurel. Uniquement dans un but thérapeutique, bien sûr.

— Bas les pattes, McBane. Mais je comprends que tu en aies envie. Bon, fit Mac en se levant, j'ai prévu de m'avancer dans mon boulot avant la cérémonie du jour. Je passerai faire quelques clichés de la pièce montée.

— Je t'accompagne, dit Emma, qui se leva à son tour. Je reviens d'ici peu avec l'équipe – et je déposerai les fleurs pour toi, Laurel.

Après leur départ, celle-ci s'attarda un peu.

— Elle était sincère.

— Sans le moindre doute.

— Et elle a raison, ajouta Laurel, profitant de cet ultime moment de détente de la journée, Carter a été l'élément déclencheur. Elle a la chance d'avoir déniché un homme capable de la soutenir sans jamais rien imposer. Tout bien réfléchi, j'envie Mac encore plus pour ça que pour les câlins. Mais trêve de blabla, fit-elle en se levant. Au boulot.

Durant les deux jours qui suivirent, Laurel n'eut ni le loisir ni l'énergie de réfléchir aux hommes et aux relations amoureuses. Elle avait beau être plongée jusqu'au cou dans des histoires de mariage, c'était pour le travail – un travail qui exigeait concentration et précision.

Sa pièce montée façon dentelle ancienne, qu'elle avait mis presque trois jours à confectionner, eut son moment de gloire sous les feux de la rampe – avant d'être découpée et engloutie par une horde d'invités. Le samedi après-midi, ce fut au tour de son fantasque Pétales pastel avec ses centaines de pétales de rose en pâte d'amande. Puis le soir, celui du classique Jardin de roses où les étages décorés de roses d'un rouge audacieux alternaient avec une génoise à la vanille bourbon recouverte d'une onctueuse crème au beurre.

Pour l'événement du dimanche après-midi, plus informel et en comité plus restreint, la mariée avait choisi Baies d'été. Laurel s'était déjà occupée du biscuit, de la garniture, de l'assemblage et du glaçage à la crème au beurre imitant l'osier tressé. Maintenant, tandis que le jeune couple échangeait les vœux sur la terrasse à l'extérieur, elle apportait la touche finale en disposant harmonieusement fruits frais et feuilles de menthe sur les différents étages.

Derrière elle, les extras achevaient la décoration des tables pour le brunch. Elle portait un tablier de pâtissier sur un tailleur presque de la même teinte que les framboises sélectionnées par ses soins.

Elle recula d'un pas et étudia l'équilibre des lignes, puis choisit une petite grappe de raisin à champagne qu'elle déposa avec délicatesse sur un étage de sa pièce montée.

— Dis donc, quelle merveille !

Sans se laisser perturber, elle entreprit de regrouper quelques cerises vermeilles avec leurs queues. Si fréquentes fussent-elles, Laurel n'appréciait guère les interruptions pendant le travail. Et puis, elle ne s'attendait pas que le frère de Parker débarque au beau milieu d'une cérémonie.

« Après tout, c'est aussi sa maison », se rappela-t-elle.

Mais lorsqu'elle vit sa main se tendre vers l'un de ses récipients, elle la chassa sans hésitation d'une petite tape.

— Bas les pattes !

— Comme si tu étais à deux malheureuses mûres près.

— Je ne sais pas où tes mains ont traîné.

Sans lui accorder un regard – pour l'instant –, elle arrangea un trio de feuilles de menthe.

— Que fais-tu ici ? s'étonna-t-elle. Tu vois bien qu'on travaille.

— Moi aussi. Plus ou moins. J'avais des documents à déposer.

C'était Del qui se chargeait de toutes leurs opérations juridiques. Elle savait fort bien qu'il consacrait de longues heures à leurs affaires, souvent sur son temps libre. Mais si elle ne le rabrouait pas, elle trahirait une longue tradition.

— Et tu as minuté ton arrivée, histoire de jouer les pique-assiettes en cuisine.

— Il faut bien qu'il y ait quelques avantages. C'est un brunch ?

Laurel daigna enfin se retourner. En dépit de sa tenue décontractée – un tee-shirt et un jean –, Delaney Brown n'en conservait pas moins cette distinction naturelle qu'on attendait d'un avocat issu d'une université prestigieuse. Grand et svelte, il portait ses épais cheveux bruns un soupçon plus longs que ne le dictait le code en vigueur dans son métier.

Le faisait-il à dessein ? Sans doute, songea-t-elle, car c'était le genre d'homme à tout calculer. Il avait les mêmes yeux d'un bleu profond que sa sœur, mais alors qu'elle le connaissait depuis toujours, Laurel réussissait rarement à déchiffrer le mystère de son regard.

À son goût, il était trop beau gosse pour son propre bien, et trop beau parleur pour celui des autres. Il était aussi d'une loyauté sans faille, d'une générosité discrète – et si protecteur que c'en était horripilant.

Il la gratifia d'un sourire désarmant qui devait lui servir d'arme fatale au tribunal. Ou au lit.

— Saumon poché froid, miniatures de poulet à la florentine, légumes d'été grillés et galettes de pomme de terre, une variété de quiches, caviar et tout l'accompagnement, assortiment de pains et de mignardises salées et sucrées, ainsi qu'un buffet de fruits et de fromages. Et pour finir, la pièce montée aux graines de pavot fourrée à la marmelade d'orange, avec un glaçage à la crème au beurre aromatisée au Grand Marnier et garnie de fruits frais.

— Je dis oui tout de suite.

— Je te crois tout à fait capable d'embobiner les traiteurs, dit Laurel, qui fit jouer ses épaules et les muscles de son cou avant de reprendre son méticuleux travail de décoration.

— Tu as mal quelque part ?

— Le glaçage en panier tressé est mortel pour la nuque et les épaules.

Del leva les mains comme pour la masser, puis se ravisa et les fourra dans ses poches.

— Jack et Carter sont là ?

— Dans les parages, oui. Je ne les ai pas vus aujourd'hui.

— Je vais aller jeter un coup d'œil.

— Mmm.

Mais au lieu de partir, il traversa la pièce d'un pas tranquille jusqu'aux fenêtres d'où il contempla la terrasse ornée de fleurs sur laquelle étaient disposées des rangées de chaises couvertes de housses blanches. La mariée, ravissante, se tournait vers son époux souriant.

— Ils en sont à l'échange des anneaux, lança Del.

— Parker vient de me prévenir, dit Laurel en tapotant son casque. Emma, le gâteau est prêt pour toi.

Sur le sommet, elle posa une jolie grappe de mûres brillantes.

— Plus que cinq minutes, annonça-t-elle au personnel tout en rangeant les fruits qui restaient dans des boîtes hermétiques. Juste le temps de servir le champagne et de mixer les cocktails. Bloody Mary et Mimosa. Allumez les chandelles, s'il vous plaît.

Comme elle empoignait son casier, Del la devança.

— Je m'en occupe.

Avec un haussement d'épaules, elle alla allumer la chaîne qui assurerait la musique d'ambiance jusqu'à ce que l'orchestre prenne le relais.

Ils s'engagèrent dans l'escalier de service, croisèrent des serveurs en tenue montant les hors-d'œuvre pour le buffet qui occuperait les invités, le temps que Mac se charge des portraits des mariés et de leurs familles.

Laurel poussa la porte battante de sa cuisine. C'était le coup de feu pour les traiteurs. Habituée à ce chaos, elle se faufila dans la mêlée, sortit un bol qu'elle remplit de fruits frais et le tendit à Del.

— Merci.

— Ne traîne pas dans le passage, d'accord. Trente secondes, pas de problème, dit-elle à Parker dans son micro. Ici, tout le monde est prêt, ajouta-t-elle après un coup d'œil autour d'elle. Au fait, Del est ici... D'accord.

Dégustant ses fruits accoudé au plan de travail, il la regarda enlever son tablier.

— Bon, et maintenant dehors, le houspilla-t-elle.

31

Del se redressa et la suivit dans le vestiaire de service qui deviendrait bientôt sa nouvelle chambre froide. Elle ôta la pince qui lui maintenait les cheveux, la laissa tomber dans un vide-poche et sortit de la maison en secouant la tête.

— Où allons-nous ? s'enquit-il.

— Moi, je vais aider à escorter les invités à l'intérieur. Quant à toi, tu vas où ça te chante.

— Ici, ça me plaît bien.

Ce fut au tour de Laurel de le gratifier d'un sourire.

— Parker m'a demandé de me débarrasser de toi jusqu'à l'heure du nettoyage. File retrouver tes petits copains et, si vous êtes bien sages tous les trois, vous aurez à manger plus tard.

— D'accord, mais en échange du nettoyage, je veux une part de ta sublime pièce montée.

Il s'éloigna en direction de l'ancien pavillon de billard qui abritait aujourd'hui le studio photo et l'appartement de Mac, tandis qu'elle se dirigeait à grands pas vers la terrasse où les mariés du jour venaient d'échanger leur premier baiser de couple officiel.

Laurel jeta un regard par-dessus son épaule – un seul. Le destin avait voulu que Del ait toujours fait partie de sa vie, mais elle ne pouvait s'en prendre qu'à elle-même si elle était amoureuse de lui depuis presque aussi longtemps.

Elle s'autorisa un soupir désabusé, puis plaqua sur son visage un sourire professionnel, et se hâta de rejoindre les invités.

2

Longtemps après le départ des derniers invités et des traiteurs, Laurel s'étira sur le canapé du salon, un verre de vin bien mérité à la main.

Les garçons n'avaient toujours pas reparu, et c'était très agréable de se détendre entre filles.

— À cet excellent week-end, fit Mac, qui porta un toast. Quatre répétitions, quatre cérémonies, et pas une anicroche. Pas même la moindre ombre au tableau. C'est un record.

— Le gâteau était sublime, ajouta Emma.

— Tu y as fait honneur, fit remarquer Laurel.

— Comment résister à un délice pareil ? C'était adorable aujourd'hui, le petit garçon du marié qui était son témoin, vous ne trouvez pas ? Ce gamin était si mignon. J'en ai eu les larmes aux yeux.

— Ils vont former une jolie famille, dit Parker, les yeux clos, son BlackBerry sur ses genoux. Parfois, dans certains remariages avec des enfants, on se dit : aïe, leur vie ne sera pas un long fleuve tranquille. Mais là, il est évident que la mariée et le petit s'entendent à merveille. Oui, c'était vraiment mignon.

— J'ai quelques photos géniales, annonça Mac. Et je confirme : la pièce montée était sublime. Je devrais peut-être choisir celle aux graines de pavot, moi aussi.

Laurel pliait et dépliait les orteils dans l'espoir de délasser ses pieds endoloris.

— La semaine dernière, tu voulais celle au mascarpone.

— Il me faudrait peut-être une dégustation après tout. Une véritable orgie d'échantillons de gâteaux, sans oublier de superbes photos.

Laurel braqua l'index sur elle comme s'il s'agissait d'un revolver.

— Tiens, Mackensie, prends ça.

— Tu devrais t'en tenir à celui au mascarpone, intervint Emma. C'est ton gâteau favori.

Les lèvres pincées, Mac approuva d'un hochement de tête.

— Tu as raison, ce sont mes goûts qui comptent. Et toi, tu penches vers quoi, côté gâteau ?

— Je serais bien en peine de le dire pour l'instant. J'en suis encore à essayer de m'habituer à mon nouveau statut de fiancée, avoua Emma qui admira le diamant à son annulaire avec un sourire béat. Et puis, une fois lancée dans l'organisation du mariage, j'ai peur de sombrer corps et âme dans la folie. Autant repousser ce moment le plus longtemps possible.

— Oui, par pitié, soupira Laurel.

— De toute façon, il te faut d'abord la robe, fit remarquer Parker sans ouvrir les yeux. La robe vient toujours en premier.

— Bravo, bougonna Laurel. Maintenant, on ne va plus pouvoir l'arrêter.

— J'y ai à peine pensé, assura Emma. Enfin si, un peu. Pas plus d'un millier de fois à tout casser. Après le demi-million de photos que j'ai regardées, j'ai tendance à craquer pour le style princesse. Avec des kilomètres de jupon, sans doute un bustier sans bretelles, et peut-être un décolleté en V qui mettra en valeur ma poitrine exceptionnelle.

— Elle l'est, approuva Mac.

— Surtout, rien de simple. Ce mariage sera placé sous le signe de l'exubérance. Je veux un diadème... et une traîne, confia Emma avec un pétillement juvénile dans son regard chocolat. Et puisqu'il aura lieu en mai, je me créerai un bouquet d'une incroyable exubérance, lui aussi. Une profusion de fleurs aux teintes pastel. C'est très romantique et émouvant, les fleurs pastel.

— Heureusement qu'elle y pense à peine, ironisa Laurel.

— Même traitement pour les demoiselles d'honneur, poursuivit Emma, imperturbable. Je ferai de vous de vrais jardins de printemps.

Elle laissa échapper un long soupir rêveur.

— Quand Jack me verra, il en aura le souffle coupé. Et à l'instant magique où nos regards se croiseront, le monde s'arrêtera de tourner en notre honneur. Juste pour quelques secondes inoubliables.

Allongée sur le tapis, elle cala la tête contre la jambe de Parker.

— Toutes les fois où nous avons joué à la mariée quand nous étions gamines, nous n'avions pas vraiment idée de ce que signifiait ce moment incroyable. Nous avons tellement de chance d'y assister si souvent.

— Le plus beau métier du monde, murmura Mac.

— Le plus beau métier du monde grâce à nous, corrigea Laurel, qui se redressa pour lever son verre. Nous veillons au moindre détail afin que nos clients aient le bonheur de vivre cet instant inoubliable. Tu auras aussi le tien, Emma, et la pièce montée que je créerai rien que pour toi sera, elle aussi, incroyablement exubérante, je te le promets.

Les yeux d'Emma s'embuèrent.

— Malgré tout l'amour que je porte à Jack – et Dieu sait que je l'aime –, jamais je ne pourrais être aussi heureuse que maintenant sans vous trois.

Mac lui tendit un mouchoir.

— J'ai la priorité, n'oublie pas, rappela-t-elle à Laurel. Moi aussi, je veux une pièce montée rien que pour moi.

— Que penses-tu de petits appareils photos et trépieds en pâte d'amande pour la décoration ?

— Et pourquoi pas de minuscules piles de livres pour Carter ? renchérit Mac, hilare. Idiot, mais pertinent.

— Ça irait bien avec le thème de votre portrait de fiançailles, fit remarquer Emma, qui se tamponna délicatement les yeux. J'adore la mise en scène : vous deux sur le canapé, les jambes entrelacées, lui avec un livre sur les genoux, et toi, ton appareil à la main comme si tu venais juste de le photographier. Et ce sourire complice que vous échangez... Ce qui amène sans transition ma question sur *notre* portrait de fiançailles, à Jack et à moi. Quand, où, comment ?

— Fastoche. Jack et toi au lit, dans le plus simple appareil.

Emma décocha un coup de pied vengeur à Mac.

— Arrête de dire n'importe quoi.

— Pertinent, là aussi, commenta Laurel.

— Nous ne passons pas notre temps à faire l'amour ! Parker ouvrit un œil amusé.

— Bien sûr que non, vous y pensez aussi, plaisanta-t-elle.

— Sans blague, nous avons une relation très riche, insista Emma. Avec beaucoup de câlins, d'accord, mais, sérieusement...

— J'ai quelques idées, coupa Mac. Et si on fixait une date ?

— Maintenant ?

— Pourquoi pas ? Parker a sûrement nos emplois du temps au complet sur son BlackGénie, fit Mac en tendant la main vers l'engin en question.

Parker la fusilla du regard.

— Tu y touches, tu meurs.

— Misère. Allons consulter mon agenda au studio. On récupérera les garçons au passage, et on en profitera pour demander à Jack de réserver un créneau.

— Excellente idée.

— Au fait, où sont-ils ? s'enquit Laurel.

— En bas avec Mme Grady, lui apprit Emma. Pizza maison et poker, c'était leur programme de ce soir.

— Personne ne nous a demandé si on avait envie de pizza ou d'une partie de poker, observa Laurel, à l'horizontale sur le canapé.

Tous les regards convergèrent sur elle.

— Bon d'accord, je n'ai envie ni de pizza ni d'un poker. Je me sens très bien ici avec vous, les filles. Mais quand même...

Mac se leva.

— Allez, on y va. Vu les circonstances, récupérer les garçons risque de prendre un peu plus de temps que prévu.

— Je te suis, déclara Emma en l'imitant. Et encore bravo, les filles.

Après leur départ, Laurel s'étira de tout son long.

— Je ne serais pas contre un massage. Nous devrions avoir un masseur particulier prénommé Sven. Ou Raoul.

— J'inscrirai cette suggestion sur la liste. En attendant, tu devrais prendre rendez-vous chez *Serenity*.

— Mais si nous avions Sven à domicile – tout bien réfléchi, je préfère Sven à Raoul –, je pourrais me faire masser tout de suite. Ensuite, je me glisserais sous ma couette au summum de la zénitude et je dormirais comme un loir. Combien de jours encore avant les vacances ?

— Trop.

— Tu dis ça maintenant, mais quand nous serons libres comme l'air aux Hamptons, tu auras toujours ce BlackBerry greffé à la main.

— Je peux y renoncer quand je veux.

Laurel la gratifia d'un sourire sceptique.

— C'est ça. Tu achèteras une housse imperméable pour pouvoir nager avec.

— Ils devraient en fabriquer. La technologie existe sûrement.

— Bon, eh bien, je te laisse avec l'unique amour de ta vie. Je vais prendre un bon bain chaud et rêver de Sven, décréta Laurel en s'arrachant au canapé.

Le bain chaud fit des miracles, mais laissa Laurel tout à fait éveillée, et non détendue et prête à sombrer dans le sommeil comme elle l'espérait. Plutôt que de perdre une heure à essayer de s'endormir, elle alluma le téléviseur dans son salon en guise de compagnie, puis s'assit à son ordinateur pour consulter son programme de la semaine. Ensuite, elle surfa sur des sites de recettes – une addiction aussi grave que Parker et son BlackBerry –, et en dénicha quelques-unes qu'elle personnaliserait plus tard.

Comme le sommeil se refusait toujours à elle, elle s'installa dans son fauteuil favori avec son carnet de croquis. Le fauteuil, qui avait appartenu à la mère de Parker, lui inspirait toujours un sentiment de confort et de sécurité. Assise en tailleur sur l'épais coussin, son carnet sur les genoux, elle pensa à Mac. À Mac et à Carter. À Mac dans la fabuleuse robe de mariée

38

qu'elle s'était choisie – ou, plus exactement, que Parker lui avait dénichée.

Des lignes épurées, songea-t-elle, en accord avec la longue silhouette svelte de Mac. Quelque chose de simple, sans chichis. Elle esquissa une pièce montée qui reflétait cette idée – classique et sobre. Et la rejeta immédiatement.

Des lignes épurées pour la robe, oui, mais Mac aimait aussi la couleur et l'éclat, l'unique et l'audacieux. Une des raisons pour lesquelles Carter l'adorait, réalisa-t-elle.

De l'audace, donc. Un mariage d'automne haut en couleur. Des étages carrés plutôt que la forme ronde plus traditionnelle, avec le glaçage à la crème au beurre qui avait les faveurs de Mac. Un glaçage teinté. Oui, bonne idée. Or mat décoré de fleurs d'automne surdimensionnées avec de larges pétales aux détails minutieux, dans toute la palette flamboyante des couleurs de saison.

Couleurs, textures, formes… De quoi ravir l'œil de la photographe, et suffisamment romantique pour faire le bonheur de la mariée. Le tout couronné d'un bouquet orné de rubans or foncé. Quelques touches de blanc apportées par les décorations à la douille feraient ressortir à merveille cette explosion de couleurs.

Laurel tint son carnet à bout de bras et afficha un sourire satisfait.

— Je suis drôlement douée, se complimenta-t-elle à voix haute. Et maintenant, j'ai un petit creux.

Elle se leva et appuya le carnet ouvert contre une lampe. À la première occasion, elle montrerait son dessin à la future mariée, histoire d'avoir son avis. Mais si elle connaissait bien son amie – et c'était le cas –, elle aurait droit à un grand *waouh !* enthousiaste.

Elle méritait un petit en-cas – peut-être une part de pizza s'il en restait. Elle le regretterait le lendemain matin, se dit-elle en quittant son appartement, mais c'était plus fort qu'elle. Et puis, après tout, quel mal y avait-il à craquer de temps en temps ?

Laurel s'aventura dans l'obscurité, guidée par sa connaissance des lieux, et le rayon de lune qui nimbait le couloir de sa clarté laiteuse. Tandis qu'elle quittait son aile et s'engageait dans l'escalier, elle décida de renoncer à la pizza froide pour un choix plus sain : fruit frais et tisane.

Il lui faudrait se lever tôt pour intercaler un petit décrassage en salle de gym avant sa longue séance de pâtisserie du lundi matin. L'après-midi, elle avait trois dégustations, ce qui impliquait des préparatifs et un nettoyage méticuleux de la cuisine qui devait être impeccable.

En fin de journée était prévu un rendez-vous de l'équipe au grand complet avec une cliente afin de déterminer les grandes lignes d'un mariage d'hiver, puis elle disposerait de sa soirée à sa guise.

Dieu merci, elle avait décrété un moratoire sur les rendez-vous galants, et n'avait donc plus à se préoccuper de s'habiller pour sortir – le choix de sa tenue étant un véritable casse-tête –, de faire la conversation, et de décider si elle tomberait ou non dans les bras de son cavalier d'un soir.

La vie était plus facile – et moins stressante – quand on rayait du menu ce genre de soirées souvent décevantes et les éventuelles galipettes qui allaient avec. Vive l'abstinence !

À cet instant, elle percuta de plein fouet une masse solide et perdit l'équilibre. Lâchant un juron, elle battit l'air des bras dans un vain effort pour se rattraper. Le dos de sa main heurta un visage, lui sembla-t-il, et une voix masculine pesta à son tour. Dans sa chute, ses doigts se refermèrent sur un vêtement qu'elle entendit se déchirer. L'obstacle s'affala sur elle de tout son poids.

Le souffle coupé, à moitié assommée par le choc entre son crâne et le giron de la marche, Laurel demeura affalée dans l'escalier telle une poupée de chiffon. Bien qu'hébétée, elle reconnut Del dans la pénombre.

— Bon sang. Laurel, ça va ? Tu n'as rien ?

Elle tenta d'inspirer une goulée d'air, mais ses poumons étaient comprimés par le poids du corps de Del – sans compter que, à son immense gêne, son intimité faisait pression juste entre ses cuisses, ce qui n'arrangeait rien. Elle qui était justement en train de penser au sexe. Ou plutôt à l'absence de sexe…

— Lève-toi, parvint-elle à articuler.

— Je fais ce que je peux. Ça va ? Je ne t'ai pas vue, dit-il en se redressant à moitié, si bien que leurs regards se croisèrent dans la lueur bleutée de la lune.

Aïe. Ce mouvement aggravait encore la pression à l'endroit mal placé, et la panique gagna Laurel.

— Lève-toi, bon sang !

— C'est bon, pas la peine de s'énerver. J'ai perdu l'équilibre et, en agrippant mon tee-shirt, tu m'as entraîné dans ta chute. Ne bouge pas, j'allume.

Elle resta docilement où elle était, s'efforçant de reprendre ses esprits. Lorsque Del actionna l'interrupteur du vestibule, elle ferma les paupières, éblouie par la lumière soudaine.

En découvrant Laurel étendue sur les marches, jambes écartées, seulement vêtue d'un caraco blanc arachnéen et d'un caleçon de coton rouge, Del ne put retenir un raclement de gorge. « Concentre-toi sur les orteils », s'ordonna-t-il en fixant ses ongles peints en rose vif. Tout plutôt que les jambes, le haut moulant ou… tout le reste.

41

— Laisse-moi t'aider, proposa-t-il, se penchant sur elle.

Pourquoi se promenait-elle dans cette tenue ? Il aurait préféré un long peignoir bien couvrant.

Elle le repoussa et, après s'être assise tant bien que mal, massa sa nuque douloureuse.

— Bon Dieu, Del, qu'est-ce qui te prend de rôder en pleine nuit dans la maison ?

— Rôder ? Je marchais normalement. Je te retourne la question.

— N'importe quoi. J'habite ici.

— Moi aussi, avant, marmonna-t-il. Tu as déchiré mon tee-shirt.

— Tu m'as fracturé le crâne.

L'agacement se mua aussitôt en inquiétude.

— Tu es blessée ? Laisse-moi regarder.

Avant qu'elle ait pu l'en empêcher, il s'agenouilla près d'elle et lui tâta l'arrière du crâne.

— La chute a été rude. Un bon point déjà, ça ne saigne pas.

— Aïe !

La douleur qu'il venait de réveiller arracha Laurel à la contemplation de l'accroc qui laissait entrevoir des pectoraux fort intéressants.

— Mais arrête, grommela-t-elle.

— Il faudrait de la glace.

— Inutile. Je vais très bien.

Elle était en revanche chamboulée, et aurait mille fois préféré qu'il ne soit pas si séduisant avec ses cheveux en bataille et sa tenue débraillée.

— Et d'abord, qu'est-ce que tu fiches ici au milieu de la nuit ? reprit-elle.

— Il est à peine minuit.

Il sonda son regard avec gravité, guettant sans doute les symptômes d'un traumatisme crânien. D'ici peu, il lui tâterait le pouls.

— Tu n'as pas répondu à ma question.

— Je suis resté bavarder avec Mme Grady. Une bière en amenant une autre, je me suis dit qu'il valait mieux piquer un roupillon dans une des chambres d'amis, expliqua-t-il, l'index levé vers les étages, plutôt que de rentrer en voiture avec une alcoolémie limite.

Elle ne pouvait lui reprocher d'être raisonnable – d'autant qu'il l'était toujours.

— Lève-toi, ordonna-t-il. Je tiens à m'assurer que tu vas bien.

— Ce n'est pas moi qui ai un coup dans le nez.

— Non, toi, tu as une fracture du crâne. Allez, debout.

Passant outre à sa mauvaise volonté, il glissa les mains sous ses aisselles et la releva sur la marche supérieure. Leurs visages se retrouvèrent presque à la même hauteur.

— Voyons voir... pas d'étoiles dans les yeux ou de petits oiseaux qui volettent autour de ta tête.

— Très drôle.

Il la gratifia de ce sourire en coin qui la faisait fondre.

— Moi, j'ai entendu quelques gazouillis quand tu m'as balancé ton revers du droit.

Malgré son regard noir, Laurel ne put s'empêcher de pouffer.

— Si j'avais su que c'était toi, j'aurais frappé plus fort.

— Méchante fille, va.

N'était-ce pas précisément ainsi qu'il la considérait ? se demanda-t-elle avec une ombre de colère teintée de déception. Juste une fille parmi les autres du groupe. Un membre du quatuor, ni plus ni moins.

— Va cuver, et arrête de rôder dans la maison, lâcha-t-elle avant de pivoter.

43

— Où vas-tu ? demanda-t-il, tandis qu'elle remontait.

— Où ça me chante.

Quel tempérament, songea Del. Ce côté rentrededans était un des traits de caractère qui lui plaisaient le plus chez Laurel. Sans parler de son physique de rêve, songea-t-il, les yeux rivés sur sa chute de reins si suggestive dans ce caleçon rouge.

« Mais non, tu n'es pas en train de la mater, se récria-t-il en son for intérieur. Tu t'assures juste qu'elle tient debout sur ses... très jolies jambes. »

Posément, il se détourna et gagna l'étage d'un pas décidé. Il s'engagea dans l'aile opposée – celle occupée par Parker –, et ouvrit la porte de la chambre qui avait été la sienne depuis son enfance jusqu'à son départ de la maison.

La pièce avait changé. Il s'y attendait, le souhaitait même. Une chambre figée dans son décor d'origine finissait par sentir le renfermé. Repeints dans un vert fumé très doux, les murs arboraient aujourd'hui quelques jolies toiles dans des encadrements sobres à la place des posters de sport de sa jeunesse. Le lit, un superbe modèle ancien à baldaquin, avait appartenu à sa grand-mère. Continuité n'était pas synonyme d'immobilisme.

Comme il sortait sa petite monnaie et ses clés de sa poche, et les posait dans une coupe sur la commode, il surprit son reflet dans le miroir.

Son tee-shirt avait un bel accroc, il avait les cheveux en bataille et, sauf erreur de sa part, il distinguait une légère meurtrissure à l'endroit où la main de Laurel avait rencontré sa pommette.

Elle avait toujours été du genre dur à cuire, se rappela-t-il, ôtant ses chaussures du bout du pied. Forte et intrépide. À sa place, la plupart des femmes auraient hurlé. Laurel, elle, s'était débattue. Si on la poussait, elle ripostait encore plus fort.

Et il l'admirait pour cette fougue.

La beauté de son corps l'avait laissé pantois. Quel mal y avait-il à l'admettre ? Il ôta son tee-shirt. Au fil des ans, il avait serré Laurel dans ses bras un nombre incalculable de fois. Mais une accolade amicale n'avait rien à voir avec le fait de se retrouver allongé sur elle en petite tenue dans l'obscurité.

Rien à voir du tout.

Mieux valait ne pas s'attarder sur le sujet.

Del se débarrassa du reste de ses vêtements, puis plia avec soin l'édredon piqué – œuvre de son arrière-grand-mère. Il régla le vieux réveil à remontoir qui trônait sur la table de nuit et éteignit la lumière.

Lorsqu'il ferma les yeux, l'image de Laurel étendue de tout son long sur les marches s'imposa dans son esprit – impossible de l'en déloger. Après s'être tourné sur le côté, il se força à penser à ses rendez-vous du lendemain. Et la revit s'éloigner dans son adorable caleçon rouge.

— Et puis zut, lâcha-t-il.

Après tout, un homme était libre de penser à ce que bon lui semblait, seul dans le noir.

Fidèles à leur habitude du lundi matin, Laurel et Parker arrivèrent à la salle de gym à peu près au même moment, Parker pour son yoga, Laurel pour une séance de cardio. Comme toutes les deux prenaient leur entraînement à cœur, il y avait peu de place pour la conversation.

Alors que Laurel approchait de son cinquième kilomètre, Parker passa à quelques exercices de Pilates. À cet instant, Mac entra d'un pas traînant pour accabler le Bowflex de ses habituels sarcasmes.

45

Amusée, Laurel ralentit le rythme afin de terminer en douceur. Mac ne devait sa conversion à une activité physique régulière qu'à sa détermination à arborer des épaules sublimes dans sa robe de mariée sans bretelles.

— Tu as l'air en forme ce matin, lui lança-t-elle en prenant une serviette.

En guise de réponse, Mac la gratifia d'une moue peu amène.

Laurel déroula un tapis de sol pour ses étirements, tandis que Parker donnait quelques conseils à Mac sur les techniques de mise en forme les plus efficaces. Lorsqu'elle passa aux haltères, Parker poussait Mac vers l'elliptique.

— Tu es sûre ? fit cette dernière. Ça ne me dit rien.

— Une femme ne peut pas compter uniquement sur la musculation. Allez, hop, quinze minutes de cardio, quinze minutes d'étirements. Laurel, comment t'es-tu fait ce bleu ?

— Quel bleu ?

— Sur l'épaule.

Parker s'approcha d'elle et tapota de l'index l'hématome dévoilé par son débardeur.

— Oh, ça ? Ton frère s'est affalé sur moi.

— Hein ?

— Il se baladait dans le noir alors que je descendais me chercher une tisane – pour finir une part de pizza froide et un soda. On s'est percutés dans l'escalier et je suis tombée.

— Qu'est-ce qu'il fabriquait dans la maison au milieu de la nuit ?

— Il m'a raconté qu'il avait bu quelques bières en bavardant avec Mme Grady. Il a dormi dans l'une des chambres d'amis.

— J'ignorais qu'il était ici.

46

— Il l'est encore, intervint Mac. Sa voiture est garée devant la maison.

— Je vais voir s'il est levé, décréta Parker. Quinze minutes, Mac.

— Quelle plaie. Quand les endorphines vont-elles faire effet ? demanda celle-ci à Laurel après le départ de Parker. Et comment le saurai-je ?

— Comment sais-tu que tu as un orgasme ?

Le visage de Mac s'éclaira.

— Ah bon ? Ça fait le même effet ?

— Malheureusement, non, mais le principe est le même. Quand elles agiront, tu le sauras, crois-moi. Tu prends ton petit déjeuner ici ?

— J'y songeais, oui. Je l'aurai bien mérité, je crois. Et puis, si je demande à Carter de me rejoindre, il arrivera à convaincre Mme Grady de faire du pain perdu.

— Bonne idée. À propos, j'ai quelque chose à te montrer.

— Quoi donc ?

— Tu verras.

Peu après 7 heures, Laurel pénétra dans la cuisine familiale, habillée de pied en cap pour sa journée de travail, son carnet de croquis sous le bras.

Elle supposait que Del serait parti, mais il était là, adossé contre le plan de travail, une tasse de café fumant à la main. Carter Maguire arborait une position presque identique contre le comptoir opposé.

Pourtant, ils étaient si différents. Malgré l'accroc à son tee-shirt et son jean, Del projetait une image d'élégance masculine, tandis que Carter laissait transparaître une douceur désarmante. Pas une douceur suave – elle aurait détesté. Non, une sorte de gentillesse innée.

En dépit de sa maladresse de cette nuit, Del était leste et athlétique, à la différence de Carter qui avait une fâcheuse tendance à se montrer empoté.

N'empêche, l'un comme l'autre étaient craquants en diable.

À l'évidence, la solide Mme Grady n'était pas insensible à leur charme. Le regard brillant, les joues rosies, elle s'affairait avec énergie devant ses fourneaux – le pain perdu l'avait emporté. « Elle se réjouit de la compagnie des garçons », devina Laurel.

Parker rentra de la terrasse, glissant son Black-Berry dans sa poche.

— La mariée de samedi soir, expliqua-t-elle en apercevant Laurel. La nervosité classique. Tout roule. Emma et Jack arrivent, madame Grady.

— Eh bien, si je suis censée cuisiner pour une armée, une partie des troupes ferait mieux de s'asseoir. Pas touche au bacon, mon garçon, dit-elle fermement à Del. Pas tant que vous ne serez pas tous à table comme des gens civilisés.

— J'essayais juste de prendre une longueur d'avance, mais il ne perd rien pour attendre. Eh, Laurel, comment va la tête ?

— Toujours sur mes épaules.

Elle posa son carnet de croquis et s'empara du pichet de jus de fruits.

— Bonjour, la salua Carter avec un sourire. Qu'est-il arrivé à ta tête ?

— Del l'a claquée contre les marches de l'escalier.

— Mais tu m'avais balancé un coup de poing juste avant, précisa Del.

— Tu m'as bousculée parce que tu étais ivre.

— Je n'étais pas ivre. Et tu es tombée toute seule.

— C'est sa version des faits, lança Laurel aux autres d'un air entendu.

— Asseyez-vous, mes enfants, et tenez-vous tranquilles, ordonna Mme Grady, qui se tourna vers la porte comme Jack et Emma franchissaient le seuil. Tes mains sont propres ? demanda-t-elle à Jack.

— Oui, madame.

— Alors prends ça et va t'asseoir.

Il empoigna le plateau de pain perdu et l'inspira avec délice.

— Qu'avez-vous préparé pour les autres ?

Elle lui donna une tape en riant.

— Salut, dit-il à Del.

Ils étaient amis depuis l'université et aussi proches que des frères depuis que Jack s'était installé à Greenwich où il avait ouvert un cabinet d'architecte. Il s'installa sur la banquette. Il était aussi séduisant qu'un acteur de cinéma avec ses cheveux blond foncé ondulés, ses yeux bleu-gris et son sourire enjôleur.

Au costume qu'il portait, Laurel conclut qu'il avait un rendez-vous avec un client à son bureau plutôt qu'une visite de chantier.

— Tu as un accroc à ton tee-shirt, fit-il remarquer à Del en se servant une tranche de bacon.

— C'est la faute de Laurel.

Jack la regarda en agitant les sourcils avec concupiscence.

— Quel tempérament, dis donc.

— Idiot.

Mac fit son entrée.

— Seigneur ! Tous ces efforts ont intérêt à en valoir la peine. Viens par ici, toi, ordonna-t-elle à Carter qu'elle attira avec fougue à elle avant de lui plaquer un baiser sonore sur la bouche. Je l'ai bien mérité.

— Tu as bonne mine, murmura-t-il, se penchant pour l'embrasser à nouveau.

— Cessez donc vos fredaines et allez vous asseoir tant que c'est chaud, bougonna la gouvernante qui donna à Carter une chiquenaude sur le bras en passant avec la cafetière.

Elle était dans son élément, songea Laurel. Entourée d'une bruyante nichée pour laquelle elle était aux

49

petits soins et qu'elle pouvait commander à sa guise. Et quand elle en aurait assez de cette animation, elle les chasserait tous de sa cuisine. Ou se retrancherait dans son appartement pour retrouver un peu de tranquillité.

Mais pour l'instant, au milieu des effluves de café, de bacon et de cannelle, tandis que les assiettes se remplissaient, Mme Grady était aux anges.

Laurel comprenait cette pulsion de mère nourricière. Ce désir, qui confinait à la passion, de poser une assiette pleine devant un être aimé et de l'inciter à manger. C'était un gage de vie, de réconfort. Une façon d'affirmer son autorité, sa quête de satisfaction. Et si ce repas était préparé de vos propres mains, il devenait un véritable acte d'amour.

Sans doute en avait-elle été imprégnée en partie quand Mme Grady lui avait appris à abaisser une pâte, mélanger les ingrédients ou vérifier la cuisson d'un pain. Plus que les simples bases de la pâtisserie, elle lui avait enseigné qu'avec une pincée d'amour et de fierté en prime, la pâte levait plus généreusement.

— Ça va, la tête ? s'inquiéta Del.

— Oui, et pas grâce à toi. Pourquoi cette question ?

— Tu es bien silencieuse.

— Comment veux-tu en placer une ? fit-elle remarquer, tandis que les conversations fusaient tout autour d'eux.

— J'ai une requête d'ordre professionnel à te soumettre.

Elle le dévisagea avec méfiance.

— Du genre ?

— J'ai besoin d'un gâteau.

— Tout le monde a besoin d'un gâteau, Del.

— Bien vu, tu devrais en faire ton slogan. En fait, il s'agit de Dara. Elle rentre de congé maternité. Je me suis dit que nous pourrions organiser une petite fête au bureau pour son retour et la naissance du bébé.

Quelle délicate attention envers son assistante. Voilà qui lui ressemblait bien.

— Pour quand ?

— Euh... jeudi.

— Jeudi de cette semaine ?

Ça aussi, c'était tout lui.

— Quelle sorte de gâteau ?

— Un bon.

— Les miens le sont tous. Fais un effort, précise ta pensée. Pour combien de personnes ?

— Une vingtaine, je dirais.

— Grand rectangle ou pièce montée ?

Il lui adressa un regard implorant.

— Aide-moi un peu, Laurel. Tu connais Dara. Fais pour le mieux.

— Souffre-t-elle d'une allergie quelconque ?

— Pas que je sache, répondit-il en la resservant de café juste avant qu'elle n'y pense elle-même. Il n'a pas besoin d'être spectaculaire. Juste un joli gâteau pour une fête de bureau. Je pourrais en acheter un en ville, mais... voilà ce à quoi j'aurais droit, conclut-il en désignant sa moue réprobatrice. Je peux passer le chercher mercredi soir après le travail si tu arrives à le caser dans ton planning.

— J'y arriverai parce que j'aime bien Dara.

— Merci, dit-il en lui tapotant la main. Bon, il faut que je file. Je prendrai les documents mercredi, ajouta-t-il à l'intention de Parker. Tiens-moi au courant pour l'autre truc quand tu y auras réfléchi.

Il se leva et alla embrasser Mme Grady sur la joue.

— Merci.

Puis il la serra dans ses bras, un geste qui, chez lui, faisait toujours fondre Laurel. Une étreinte généreuse, la joue contre les cheveux, paupières closes, avec juste un léger balancement. Les accolades de Del, c'était du sérieux.

— Fais au moins semblant de savoir te tenir, le rabroua Mme Grady.

— Ça, c'est dans mes cordes. À bientôt, lança-t-il à la cantonade avec un salut de la main au reste du groupe avant de sortir par la porte de service.

— Je ferais mieux d'y aller, moi aussi, dit Jack. Madame Grady, vous êtes une déesse de l'art culinaire. Une impératrice de l'épicurisme.

Elle partit d'un grand éclat de rire.

— Mieux vaut entendre ça que d'être sourd ! Allez, au boulot !

— J'y cours.

— Je vais m'y mettre aussi, annonça Emma à son tour. Attends, je sors avec toi.

— En fait, j'aimerais avoir ton avis sur un truc, intervint Laurel avant que son amie ait le temps de se lever.

— Dans ce cas, je reprends du café.

Elle se leva pour arranger le nœud de cravate de Jack, puis l'attira à elle jusqu'à ce que leurs lèvres se rencontrent.

— Bonne journée.

— À ce soir, murmura-t-il. Je passerai déposer les plans révisés, Parker.

— Quand tu veux.

— Dois-je vous laisser tranquilles ? s'enquit Carter après le départ de Jack.

— Tu es autorisé à rester, et même à donner ton avis, répondit Laurel, qui se hâta de récupérer son carnet. Hier soir, j'ai réfléchi à une idée pour la pièce montée.

— Ma pièce montée ? s'écria Mac. La nôtre, s'empressa-t-elle de rectifier avec un sourire à l'adresse de Carter. Montre vite !

52

— Créativité dans la présentation, tel est le maître mot de la maison, commença Laurel avec gravité. Voilà pourquoi, si l'inspiration première de ce modèle est à chercher du côté de la mariée...

— C'est moi !

— Il intègre aussi ce que sa créatrice considère comme des qualités qui attirent le futur époux chez ladite mariée, et vice versa. Nous avons donc, selon moi, un mélange de tradition et de non-conventionnel à la fois dans la forme et les saveurs. En outre, la créatrice connaît la mariée depuis plus de vingt ans et a développé un attachement profond et sincère à l'endroit du futur marié – tout ceci jouant bien sûr un rôle dans le concept. Mais elle veillera à accepter de bonne grâce toute critique dudit concept.

— N'importe quoi, intervint Parker en levant les yeux au ciel. Tu seras furax si elle n'aime pas ta pièce montée.

— Exact. Mais seulement parce que si elle ne l'aime pas, c'est que c'est une imbécile. Ce qui signifierait que je suis amie avec une imbécile depuis plus de vingt ans.

— Laisse-moi juste voir ce maudit dessin, râla Mac.

— Je peux adapter la taille une fois que tu auras établi la liste des invités. Le concept actuel vaut pour deux cents personnes, expliqua Laurel, qui ouvrit son carnet et montra le croquis.

Mac en eut le souffle coupé, et une expression de ravissement stupéfait illumina son visage.

— Les couleurs sont plutôt ressemblantes au final et, comme vous le voyez, j'ai l'intention de réaliser une grande variété de gâteaux et de garnitures, enchaîna Laurel. Ta génoise au mascarpone, le gâteau chocolat et framboise que Carter aime tant, le jaune, peut-être avec de la crème pâtissière. Une façon de réaliser ton fantasme de dégustation géante.

— Si Mac n'aime pas, je la prends, annonça Emma.

— Cette pièce montée ne te convient pas, trancha Laurel. Elle est pour Mac si elle en veut. Les fleurs peuvent être modifiées en fonction du bouquet et des compositions qu'Emma et toi choisirez, Mac. Mais je garde la palette de couleurs. Le glaçage blanc, ce n'est pas ton truc. Il te faut de la couleur.

— Carter, s'il te plaît, dis-moi que tu l'aimes, murmura Mac.

— Comment ne pas l'aimer ? Cette pièce montée est fantastique. Et puis, ajouta-t-il avec un sourire à l'intention de Laurel, si j'ai bien entendu, tu as dit chocolat et framboise. Si on la met au vote, elle a ma voix.

— La mienne aussi, approuva Emma.

— Laurel, tu ferais mieux de planquer ce dessin, conseilla Parker. Si nos clients tombent dessus, des mariées vont se battre pour l'avoir. Tu as mis dans le mille du premier coup.

Mac s'approcha et s'empara du carnet pour examiner le croquis de plus près.

— La forme, les textures, sans parler des couleurs. Je ne vous raconte pas les photos que cela va faire ! Tu en as tenu compte, n'est-ce pas ? demanda Mac en se tournant vers Laurel.

— Difficile de penser à toi sans penser aussi aux photos.

— Tu me connais par cœur, reconnut Mac, qui serra le bras de son amie avec émotion, puis exécuta une petite danse. Merci, merci, merci !

— Laisse-moi jeter un coup d'œil, intervint Mme Grady.

Elle prit le carnet des mains de Mac et étudia le croquis, les sourcils froncés et la bouche pincée.

Puis elle adressa un hochement de tête approbateur à Laurel.

— Beau travail. Et maintenant, ouste, hors de ma cuisine !

3

Jusqu'au mercredi, Laurel jongla entre ses préparations en cuisine, les dégustations, rendez-vous, réunions et séances de création. Son congélateur et son réfrigérateur regorgeaient de garnitures, glaçages, génoises et autres biscuits en tout genre prêts à être fourrés et décorés, le tout étiqueté avec précision pour créer les pièces montées et desserts du week-end. Et il lui restait encore beaucoup à faire.

Avec, sur son téléviseur de cuisine, *Indiscrétions* de Cukor pour le brio de la comédie et les dialogues percutants, elle incorporait un à un les jaunes d'œufs à un mélange de beurre et de sucre. Sur son panneau, elle avait affiché les croquis ou photos des créations de la semaine, ainsi qu'un planning imprimé des tâches à accomplir.

Quand la pâte fut bien homogène, elle ajouta le mélange de farine et de levure qu'elle avait tamisé trois fois au préalable, alternant avec le lait mesuré avec soin.

Elle battait les blancs en neige avec une pincée de sel, quand Mac entra.

— Je travaille.

— Désolée de te déranger, il me faut des cookies. S'il te plaît, je peux avoir des cookies ?

— Mme Grady n'en a pas ?

— Ce n'est pas pour manger. Enfin, pas par moi. J'en ai besoin pour une séance photos dans deux heures. Une idée marrante qui m'est venue. Emma me prête des fleurs.

Laurel haussa les sourcils devant le sourire implorant de son amie tout en ajoutant une portion d'œufs en neige dans sa pâte.

— Quelle sorte de cookies ?

— Je ne le saurai qu'en voyant ce que tu as en réserve. Tu en as toujours.

Résignée, Laurel désigna le réfrigérateur du menton.

— Note ce que tu prends sur le tableau d'inventaire.

— Tu tiens un inventaire aussi pour les cookies ?

Laurel entreprit d'incorporer délicatement le reste des blancs en neige.

— Les deux hommes qui vivent à présent ici sont connus pour taxer des cookies.

Mac inclina la tête avec une petite moue.

— Tu en donnes à Carter ?

— Je lui donnerais mon amour et mon dévouement si tu ne lui avais pas mis le grappin dessus la première, ma grande. Alors, pour me consoler, je lui offre des biscuits. Il vient quémander ici presque chaque jour depuis la fin des cours. Du carburant pour l'aider à écrire son livre, à ce qu'il prétend.

— Sans prendre la peine de m'en apporter, à ce que je constate. Ah, voilà ceux aux gros morceaux de chocolat ! annonça Mac, la tête dans l'immense réfrigérateur. Le grand modèle traditionnel, parfait pour mes photos. Je t'en prends une demi-douzaine. Enfin sept, parce que je vais en manger un tout de suite.

57

Elle prit un petit carton au logo de la maison pour les transporter, tandis que Laurel versait sa pâte dans des moules beurrés et farinés.

— Tu en veux un ? lui proposa Mac.

Devant le signe de tête négatif de son amie, elle haussa les épaules.

— Je n'ai jamais compris comment tu pouvais résister. Au fait, mes clients sont ceux de ta dégustation du jour.

— Exact. Je les ai sur ma liste.

— J'adore ce film, dit Mac qui croqua dans le biscuit, puis se détourna de l'écran. C'est quoi, ce gâteau ? Il n'est pas dans mon book.

Laurel tapota les moules sur le plan de travail afin de chasser les bulles d'air.

— Il n'est pas dans le catalogue non plus, expliqua-t-elle, glissant les moules dans le four avant de régler le minuteur. C'est pour Del, enfin pour son assistante qui rentre de congé maternité.

— Gentil de sa part.

— C'est quand même moi qui m'occupe du gâteau.

— Ce qui est gentil aussi, mademoiselle Ronchon.

Laurel voulut répliquer d'un ton hargneux, mais se ravisa.

— Mince, c'est vrai, je suis une vraie ronchon. C'est peut-être à cause de mon abstinence choisie. Elle a ses avantages, mais aussi d'indéniables inconvénients.

— Il te faudrait peut-être un mec juste pour la baise, suggéra Mac d'un air docte avant d'avaler le reste de son cookie. Histoire de relâcher la vapeur de temps à autre.

— C'est une idée, approuva Laurel dont le visage s'éclaira d'un sourire radieux. S'il te plaît, je peux avoir Carter ?

— Non. Pas même contre tous les cookies du monde.

— Une égoïste, voilà ce que tu es.

Laurel entreprit de nettoyer le plan de travail. Tâche suivante sur la liste, les fleurs cristallisées pour la pièce montée de vendredi.

— On devrait faire du shopping, proposa Mac. Oui, c'est ça, on irait toutes les quatre faire une razzia de chaussures.

Laurel réfléchit.

— Pourquoi pas ? Les achats compulsifs de chaussures sont un substitut viable au sexe. Organisons donc une sortie shopping. Pour bientôt. Ah, voici justement notre organisatrice hors pair ! ajouta-t-elle, comme Parker entrait au pas de charge. Attention, elle arbore sa mine boulot-boulot.

— Mac, c'est bien que tu sois là aussi. Je nous prépare du thé.

Laurel et Mac échangèrent un regard inquiet.

— Aïe, murmura cette dernière.

— C'est aïe puissance mille, si tu tiens à le savoir, lâcha Parker.

— Je n'ai pas le temps pour une grosse galère, protesta Laurel. J'ai des milliers de boutons de roses et de pensées à cristalliser.

— Tu peux t'y mettre pendant que je prépare le thé.

Toute protestation étant inutile, Laurel sortit les ingrédients, grilles et saladiers.

— Mia Stowe, la mariée de janvier, commença Parker.

— Le mariage grec, commenta Mac. La mère de la mariée est originaire de là-bas et ses parents y vivent encore. Ils veulent une grande fête traditionnelle haute en couleur.

— Exact. Alors voilà. Les grands-parents ont décidé de venir sur un coup de tête. La grand-mère tient à mettre son nez dans l'organisation du mariage. Il semblerait qu'elle n'ait jamais complètement pardonné à son beau-fils d'avoir emmené sa fille aux États-Unis. Et qu'elle ait quelques doutes quant à notre capacité – ou celle de quiconque d'ailleurs – à mettre sur pied le genre de mariage qui convient à sa petite-fille.

— À elle-même, tu veux dire, corrigea Laurel qui sortit du réfrigérateur les fleurs comestibles qu'Emma lui avait fournies.

— Bien vu. Figurez-vous qu'elle s'est mis en tête d'exiger une fête de fiançailles. Oui, je sais, ils sont fiancés depuis six mois, mais il en faudrait davantage pour dissuader mère-grand.

Laurel haussa les épaules et entreprit de couper les tiges.

— Qu'ils fassent leur fête.

— Elle la veut ici, histoire de tester l'endroit, nos services, etc. Et elle la veut la semaine prochaine.

— La semaine prochaine ? s'exclamèrent les deux jeunes femmes à l'unisson.

— Mais nous sommes complets, fit remarquer Laurel.

— Pas mardi soir. Je sais, dit Parker, les mains levées en signe d'apaisement. Croyez-moi, je sais. Je viens de passer plus d'une heure au téléphone entre une mère hystérique et une mariée déboussolée. On peut y arriver. Le traiteur est dispo, j'ai déniché un orchestre. Emma s'occupe des fleurs. Ils souhaitent quelques portraits de famille, plus des photos prises sur le vif. Mais la clé, ce sont les portraits, précisa-t-elle à l'intention de Mac. Et quelques desserts grecs traditionnels, ainsi qu'un gâteau dans le style mariage.

— Dans le *style* mariage ?

Devant le ton agressif de Laurel, Parker se contenta de hausser les épaules.

— La cliente refuse catégoriquement qu'on reproduise le modèle qu'elle a choisi pour ses noces. Et puis, ce sera en beaucoup plus petit comité. Soixante-quinze invités environ, mais mieux vaut tabler sur cent. Elle s'en remet à toi pour le choix du gâteau.

— Très prévenant de sa part.

— Elle est vraiment coincée, Laurel. J'ai de la peine pour elle. Le reste, je m'en occupe, mais j'ai besoin de vous deux.

Parker posa une tasse de thé sur le plan de travail, tandis que Laurel plongeait une fleur dans un mélange de blanc d'œuf et d'eau, et ajouta :

— Je lui ai dit que je lui donnerais la réponse après en avoir parlé à mes associées.

Laurel égoutta l'excédent de liquide, puis éponge le bouton de rose avec une feuille d'essuie-tout avant de le saupoudrer de sucre glace.

— Tu as déjà réservé l'orchestre, fit-elle remarquer.

— Je peux annuler. Une pour toutes, toutes pour une.

Laurel posa la première fleur sur la grille.

— Je pourrais faire un baklava, j'imagine. Et toi ? demanda-t-elle à Mac. Ça te paraît possible ?

— Je ferai en sorte que ça le soit. Les mères folles, je connais par cœur. Une grand-mère folle, ça ne doit pas être bien différent. Je vais voir de ce pas comment caser ça dans mon agenda, et je parlerai à Emma pour les fleurs. Tiens-moi au courant pour le gâteau quand tu auras choisi le modèle.

— Merci, Mac, fit Parker.

— C'est notre métier, répondit-elle. Bon, je file. J'ai une séance photos.

Elle s'éclipsa et Parker avala une gorgée de thé avant de proposer :

— Je peux te trouver quelqu'un si tu as besoin d'aide. Je sais que tu détestes, mais à la guerre comme à la guerre.

Laurel saupoudra la fleur suivante.

— Je m'organiserai. J'ai toujours tout ce qu'il faut d'avance au congélateur pour ce genre d'imprévu. Je vais préparer quelque chose qui laissera la grand-mère grecque baba – et lui clouera le bec. Peut-être la Valse des Primevères.

— Oh, je l'adore ! Mais si ma mémoire est bonne, ça demande beaucoup de travail.

— Ça en vaudra la peine. J'ai déjà le fondant, et je peux préparer les primevères à l'avance. Mia a deux sœurs plus jeunes, non ?

— Deux sœurs et un frère, précisa Parker avec un sourire ravi. Nous sommes sur la même longueur d'onde : c'est une graine plantée pour de futurs contrats. Si tu me fais une liste, je m'occupe des courses.

— Ça marche. Va téléphoner à la cliente et récolter ses larmes de gratitude.

— J'y cours. Eh, ça te dit, une soirée pyjama-vidéo ?

— C'est la meilleure proposition qu'on m'ait faite de toute la journée. À ce soir.

Laurel continua à cristalliser ses fleurs, songeant que ces derniers temps, ses seuls rencards, c'était à sa meilleure copine Parker qu'elle les devait.

Une fois les étages de la pièce montée emballés et stockés au congélateur et les fleurs cristallisées mises à sécher sur la grille, Laurel passa aux préparatifs de la dégustation. Dans le salon attenant à sa cuisine américaine, elle sortit les albums de modèles et les compositions florales que lui avait fournies Emma. Sur la table, elle disposa en éventail des serviettes à cocktail au logo *Vœux de Bonheur*, sortit des couteaux et cuillères à dégustation, tasses à thé, verres à vin et flûte à champagne.

De retour dans la cuisine, elle coupa une variété de gâteaux en fins rectangles et les arrangea sur un plateau en verre. Dans de petites verrines, elle versa une généreuse portion de divers coulis et crèmes.

Elle passa aux toilettes rafraîchir son maquillage et sa coiffure, puis enfila une veste courte qu'elle boutonna et remplaça ses chaussures de cuisine par des escarpins.

Quand la sonnette retentit, elle était fin prête.

— Stephanie, Chuck, c'est un plaisir de vous revoir. Comment s'est passée la séance photos ? demanda-t-elle en les invitant d'un geste à entrer.

— C'était amusant, répondit Stephanie, une brune enjouée, le bras glissé sous celui de son fiancé. Tu n'as pas trouvé, Chuck ?

— Si. Une fois ma nervosité surmontée.

— Il déteste les photos.

— Je me sens toujours bête, avoua-t-il.

— Mac m'a demandé de lui faire manger un cookie parce que je lui avais raconté que nous en avions mangé lors de notre premier rendez-vous. À huit ans.

— Sauf qu'à l'époque, je ne savais pas que nous sortions ensemble, intervint Chuck.

— Moi si. Et aujourd'hui, dix-huit ans plus tard, je te passe enfin la bague au doigt.

— J'espère que vous avez gardé de la place pour les gâteaux, fit Laurel. Que diriez-vous d'une flûte de champagne, ou d'un verre de vin ?

— Je veux bien un peu de champagne. Mon Dieu, j'adore cet endroit ! s'exclama la jeune femme avec enthousiasme. J'adore tout sans exception. Oh, c'est votre cuisine ? Là où vous créez vos pâtisseries ?

Laurel mettait un point d'honneur à faire visiter sa cuisine aux clients, afin qu'ils en aient une idée générale – et constatent qu'elle était rutilante.

— Oui, fit-elle. À l'origine, c'était une cuisine annexe destinée aux traiteurs dans les grandes occasions. À présent, c'est mon domaine.

— Elle est vraiment superbe. J'aime cuisiner, et je suis plutôt douée. Mais la pâtisserie...

Stephanie eut un geste de la main qui signifiait couci-couça.

— Oh, que c'est joli ! enchaîna-t-elle. Qu'est-ce que c'est ?

— Des fleurs cristallisées. Je viens de les faire. Elles doivent sécher plusieurs heures à température ambiante.

« Par pitié, ne les touchez pas », supplia Laurel intérieurement.

— Elles se mangent ?

— Bien sûr. Mieux vaut éviter les fleurs ou une autre décoration sur un gâteau, si elles ne sont pas comestibles.

— Chuck, on devrait peut-être choisir quelque chose comme ça, non ? Des fleurs comestibles.

— J'ai beaucoup de recettes qui les utilisent. Et je peux les personnaliser. Venez donc vous asseoir, je vous en prie. Je vais chercher le champagne et nous pourrons commencer.

« La tâche est facile quand les clients ne demandent qu'à être satisfaits », songea Laurel. Ils semblaient tout adorer, y compris l'un et l'autre. Le plus dur, réalisa-t-elle au bout de dix minutes, serait de les orienter vers ce qui leur ferait le plus plaisir.

— Ils sont tous plus délicieux les uns que les autres, s'extasia Stephanie, qui étala un peu de mousse au chocolat blanc sur de la gousse de vanille. Comment font les gens pour choisir ?

— L'avantage, c'est qu'on ne peut pas se tromper. Vous aimez le moka aux épices ? demanda Laurel à Chuck, qui opina du chef. C'est un bon choix pour le gâteau du marié. Il se marie merveilleusement avec la ganache au chocolat corsé. Viril, ajouta-t-elle avec un clin d'œil. Et dans cette présentation, il a la forme d'un cœur gravé dans un tronc, avec vos prénoms et la date dessinés à la douille.

— Oh, j'adore ! s'écria Stephanie. Et toi ?

— Plutôt sympa, commenta Chuck, qui fit pivoter l'album vers lui pour étudier la photo. J'ignorais que j'avais droit à un gâteau.

— C'est à vous de voir.

— Faisons-le, Chuck. Tu prends le gâteau viril, et moi, j'y vais à fond dans un truc de fille pour la pièce montée.

— D'accord. C'est ça, la ganache, n'est-ce pas ?

Il goûta et sourit.

— Je prends.

— Génial ! Ça aussi, c'est drôle. Tout le monde n'arrête pas de nous dire qu'organiser un mariage, c'est un casse-tête infernal, qu'on va se disputer et être sur les nerfs en permanence, alors que nous nous amusons comme des fous.

— Le casse-tête et les disputes, c'est pour nous. Les aléas du métier, expliqua Laurel, ce qui fit rire Stephanie.

— Donnez-moi votre opinion, fit celle-ci. Avec Chuck, vous avez tapé dans le mille.

— Eh bien, pourquoi ne pas viser le romantisme extrême avec, par exemple, la pièce montée Saint-Valentin. Vous aimez l'idée des fleurs cristallisées, je sais. Là, elles sont en pastillage, mais je trouve l'effet romantique, amusant, et très, très féminin.

Laurel feuilleta l'album, puis le tourna vers Stephanie. Qui plaqua la main sur sa bouche.

— Oh ! Quelle merveille !

« Là, elle est carrément emballée », comprit Laurel.

— Cinq étages en dégradé, séparés par des colonnes qui confèrent à l'ensemble une structure aérée. Chaque étage est surmonté de fleurs et de feuillages qui débordent et s'enroulent autour des colonnes pour créer un effet d'abondance. Là, ce sont des hydrangeas, expliqua-t-elle, mais je peux confectionner n'importe quelle fleur. Pétales de rose, fleurs de cerisier, à vous de choisir. Tout comme les coloris. Sur ce modèle, j'utilise en général de la glace royale pour les décorations à la douille, mais ici aussi, il est possible de personnaliser. Vous pouvez opter pour un glaçage en fondant pour des lignes plus épurées, ajouter des rubans ou des perles de sucre nacrées, en blanc ou dans les coloris des fleurs.

— Ce sont mes couleurs, rose et bleu lavande. Vous le saviez et vous m'avez montré le gâteau parfait, fit remarquer Stephanie, qui laissa échapper un soupir empreint de déférence. Il est vraiment somptueux.

— C'est vrai, approuva Chuck. Il a un charme fou. Comme toi, mon cœur.

— Oh, Chuck...

— Je ne peux que lui donner raison. Maintenant, si vous souhaitez aller plus avant dans cette direction, vous pouvez aussi choisir plus qu'un parfum et une garniture.

— Inutile, j'adore ce gâteau comme il est. Il est fait pour moi. Ah, si ! serait-il possible d'avoir une figurine sur le dessus ? Un couple de mariés ?

— Sans problème.

— Parfait. Je tiens à ce que nous soyons tout en haut. Pourrais-je avoir encore un peu de ce délicieux champagne ?

— Bien sûr.

Laurel se leva pour les resservir.

— Vous pouvez trinquer avec nous ? s'enquit Stephanie. Ou vous n'y êtes pas autorisée ?

— Je suis ma propre patronne, répondit Laurel avec un sourire. Et j'adorerais trinquer avec vous.

Ses clients et le champagne l'avaient mise d'excellente humeur. Et puisqu'elle avait fini sa journée, elle décida, une fois seule, de se verser une deuxième flûte et de se préparer un petit plateau de fruits et de fromages pour l'accompagner. Assise à son plan de travail en toute décontraction, elle entreprit de rédiger la liste de courses pour Parker tout en sirotant son verre et en grignotant.

La pâtisserie grecque nécessitait du beurre et encore du beurre, et des tas de fruits secs. Miel, amandes, pistaches, noix, farine à pain. Les feuilles de filo, elle les confectionnerait elle-même – un travail fastidieux, mais le résultat était à ce prix.

Pendant qu'elle y était, il serait judicieux de faire aussi le point sur les matières premières et les fournitures qu'il lui faudrait bientôt commander auprès de son grossiste.

— Voilà le genre de boulot que je veux.

Elle leva le nez, et aperçut Del sur le seuil. Costume sur mesure anthracite, élégante cravate avec nœud Windsor parfait et porte-documents de cuir, il était à fond dans le look avocat, nota-t-elle.

— Libre à toi de l'avoir si tu veux rester dix heures debout.

— Hmm, tentant. Ce café vient d'être fait ?

— Il n'y a pas longtemps.

Il se servit.

— Parker te demande de choisir entre sexy, mélo ou rigolo, fit-il. Si tu comprends ce que ça signifie.

Soirée vidéo, songea Laurel.

— Je comprends. Tu viens chercher ton gâteau ?

— Rien ne presse.

Il la rejoignit et, s'emparant de son couteau, étala du camembert sur un cracker au romarin.

— Hmm, c'est bon. Qu'y a-t-il pour le dîner ?

— Tu es en train de le manger, répondit-elle.

Une infime lueur de désapprobation voila le regard de Del.

— Tu ne peux pas te contenter de ça, répliqua-t-il. Surtout après une journée de dix heures.

— Oui, papa.

Imperméable au sarcasme, il croqua dans un quartier de pomme.

— J'aurais pu t'apporter quelque chose, vu que c'est en partie à cause de moi que tu as travaillé dix heures.

— Ce n'est pas grave. Et si je voulais un dîner plus consistant, je pouvais me le préparer ou aller quémander auprès de Mme Grady.

Il ne la voyait que comme une petite sœur, songea-t-elle avec un frémissement de frustration.

— Au cas où tu ne l'aurais pas remarqué, je suis une adulte parfaitement capable de prendre soin de moi, et je n'ai nul besoin que tu te préoccupes de mes choix nutritionnels.

— Du champagne devrait te mettre de meilleure humeur, observa-t-il en se penchant pour parcourir ses listes. Pourquoi n'utilises-tu pas l'ordinateur ?

— Parce que je n'ai pas d'imprimante en bas, et parce que je préfère écrire à la main. De quoi je me mêle ?

Amusé, Del s'accouda sur le plan de travail.

— Tu as besoin d'un petit somme, on dirait.

— Et toi, tu as besoin d'un chien.

— D'un chien ?

— Oui, un chien-chien à sa mémère que tu pourras materner et commander à ta guise.

— J'aime les chiens, mais je t'ai toi, rétorqua-t-il en riant, avant de s'arrêter net. Aïe, ce n'était pas ce qu'il y avait de mieux à dire. N'empêche, materner, tu y vas un peu fort. C'est mon rôle de prendre soin de vous, pas seulement comme avocat et associé dans votre société, mais parce que vous êtes mes filles. Quant à te donner des ordres, ça ne marche que la moitié du temps, et encore, ce qui reste néanmoins une excellente performance.

— Quel insupportable arrogant tu es, Del !

— Possible, admit-il, goûtant un morceau de gouda. Et toi, tu as un caractère de cochon, Laurel, mais je ne t'en tiens pas rigueur.

— Tu sais quel est ton problème ?

— Non.

— C'est justement ça, le problème, répliqua-t-elle, l'index braqué sur lui, avant de sauter du tabouret. Je vais chercher ton gâteau.

Il la suivit tranquillement jusqu'au seuil de la chambre froide.

— Pourquoi es-tu fâchée contre moi ?

— Je ne suis pas fâchée. Je suis énervée.

Elle s'empara du gâteau, déjà emballé pour le transport. Elle aurait pu se retourner d'un bloc et lui fourrer la boîte entre les mains, mais, même énervée, elle prenait soin de ses créations.

— D'accord, insista-t-il. Et pour quelle raison ?

— Parce que tu me barres le passage.

Les mains levées en signe d'apaisement, il s'écarta pour la laisser passer. Laurel posa la boîte sur le plan de travail, souleva le couvercle et, d'un geste de la main, l'invita à jeter un coup d'œil.

Avec circonspection, parce qu'il commençait lui-même à être vaguement agacé, il s'exécuta. Et ne put s'empêcher de sourire.

Les deux étages ornés d'un glaçage brillant arboraient les symboles de la vie actuelle de Dara – porte-documents, poussette pour bébé, livres de droit, hochet, chaise haute et ordinateur portable. Au centre, un dessin humoristique représentait la jeune maman, un porte-documents dans une main, un biberon dans l'autre.

— Il est parfait, déclara Del. Elle va adorer.

— La base est à la crème au beurre vanille Bourbon et le dessus un moelleux au chocolat meringué. Fais attention de le tenir bien droit.

— D'accord. Je te suis très reconnaissant.

Lorsqu'il porta la main à son portefeuille, le sang de Laurel ne fit qu'un tour.

— Pas question de me payer, siffla-t-elle. C'est quoi, ton problème, à la fin ?

— Je voulais juste... Mais enfin, qu'est-ce qui te prend ?

— Ce qui *me* prend ? Je vais te dire ce qui me prend ! s'exclama Laurel, qui lui plaqua la main sur le torse et le fit reculer d'un pas. Tu es dominateur, suffisant, condescendant...

— Eh, n'en jette plus ! Tout ça parce que je veux te régler un gâteau que je t'ai commandé ? C'est ton métier, bon sang ! Tu fais des gâteaux et les gens te paient pour ça.

— Un instant, tu me maternes – oui, c'est le mot – parce que mon dîner n'a pas l'heur de te plaire, et l'instant d'après tu sors ton portefeuille comme si j'étais une vulgaire employée !

— Mais pas du tout ! Tu délires complètement !

— Comment veux-tu qu'on suive ? s'emporta-t-elle, levant les bras au ciel. Grand frère, conseiller juridique, associé, mère poule à la noix. Pourquoi ne choisis-tu pas *un* rôle ?

— Parce que j'en ai plusieurs, riposta-t-il, sans élever la voix, mais d'un ton brusque parce qu'elle avait réussi à lui faire monter la moutarde au nez. Quoi qu'il en soit, je ne suis la mère poule de personne.

— Alors cesse de gérer la vie de tout le monde.

— Personne d'autre ne s'en plaint, à ce qu'il me semble, et vous aider à gérer fait partie de mon job.

— Sur le plan juridique et professionnel, pas personnel. Laisse-moi te dire une chose, et essaie de te l'enfoncer une fois pour toutes dans le crâne : je ne suis pas ta petite sœur, tu n'es pas responsable de moi. Je suis une adulte libre d'agir à ma guise sans te demander la permission ou rechercher ton approbation.

— Et moi, je ne suis pas ton souffre-douleur, répliqua-t-il. Je ne sais pas ce qui te prend, mais soit tu me le dis, soit tu te défoules sur quelqu'un d'autre.

— Tu veux savoir ce qui me prend ?

— Oui.

— Je vais te montrer.

Peut-être était-ce le champagne. Ou juste la colère. Ou alors l'expression exaspérée de Del. Toujours est-il qu'elle céda à l'impulsion qui couvait en elle depuis des années.

Elle agrippa le nœud de son élégante cravate, l'attira à elle tout en lui empoignant les cheveux de l'autre main, puis lui captura les lèvres en un baiser torride à la mesure de sa frustration. Un baiser qui lui fit bondir le cœur, tandis que son cerveau ronronnait « je le savais ».

Comme elle l'avait déséquilibré – c'était intentionnel –, il se rattrapa en lui plantant les doigts dans les hanches, un moment délicieusement enivrant qu'elle ne se priva pas de savourer. Et quand elle en eut fini

71

avec lui, elle le lâcha et rejeta sa chevelure en arrière, tandis qu'il la dévisageait d'un air médusé.

— Tu vois, le ciel ne nous est pas tombé sur la tête, nous n'avons été ni l'un ni l'autre frappés par la foudre ou expédiés en enfer. Je ne suis pas ta sœur, Delaney. Voilà qui devrait mettre les choses au clair.

Sur ce, elle quitta la cuisine à grands pas sans un regard en arrière.

Estomaqué, et encore considérablement agacé, Delaney demeura immobile quelques secondes.

— À quoi tu joues ? cria-t-il.

Il voulut s'élancer à sa suite, puis se ravisa. Cela risquait de mal finir, ou alors... Mieux valait ne pas y penser. Pour l'instant, il en était de toute façon bien incapable.

Il fronça les sourcils devant la flûte de champagne à moitié vide. Quelle quantité avait-elle bue avant son arrivée ? Puis, comme il avait la gorge bizarrement sèche, il prit le verre et vida le reste d'un trait.

Il allait rentrer tranquillement chez lui et oublier l'incident. Le mettre sur le compte de... de quoi ? Il verrait plus tard, quand son cerveau fonctionnerait de nouveau normalement.

Il était juste venu récupérer son gâteau, se souvint-il en refermant le couvercle de la boîte avec précaution. Pour une raison qui lui échappait, Laurel lui avait cherché des noises, puis s'était ensuite jetée à son cou pour prouver une théorie fumeuse. Voilà à quoi se résumait toute l'histoire. Il n'y avait rien de plus à comprendre.

Il allait la laisser ruminer dans son coin, décida-t-il. Et prendre une longue douche froide.

4

Laurel s'efforça de ne pas s'appesantir sur l'incident. Le calendrier exténuant des mariages d'été l'empêchait de penser à ce qu'elle avait fait, au moins quatre minutes sur cinq. D'un autre côté, son travail essentiellement solitaire lui laissait beaucoup trop de temps pour ressasser et se demander comment elle avait pu commettre une bourde aussi monumentale.

Il l'avait cherché, bien sûr. Et le feu couvait depuis longtemps. Mais tout bien réfléchi, qui avait-elle puni avec ce baiser, sinon elle-même ?

Parce que maintenant il ne s'agissait plus simplement de théorie ou de spéculations. Elle savait désormais quel effet cela lui ferait de s'abandonner, juste un instant, entre les bras de Del. Plus jamais elle ne réussirait à se convaincre que la réalité était loin de valoir ses fantasmes.

Si seulement il ne l'avait pas tant exaspérée, songea-t-elle, s'activant en hâte au changement de décor durant le créneau très serré entre les deux mariages du samedi. Insupportablement fidèle à lui-même avec ses : « Pourquoi fais-tu ci ? », « Pourquoi ne fais-tu pas ça ? », sans oublier le coup du portefeuille... Alors, là, franchement, c'était le bouquet.

Bon, elle se montrait un peu injuste, elle en convenait. Prête à l'affrontement, elle avait pris un malin plaisir à l'asticoter et à jeter de l'huile sur le feu.

Elle posa la décoration au sommet de l'élégante pièce montée blanc et or qu'elle avait baptisée Rêves dorés. Elle la considérait comme l'une de ses créations les plus extravagantes avec son drapé en fine pâte d'amandes parsemé d'une nuée d'amusantes rosettes.

Pas trop à son goût, se dit-elle en arrangeant certaines rosettes disposées à la base ou éparpillées sur la nappe dorée. Sans doute parce qu'elle n'était ni une rêveuse ni une âme particulièrement fantasque.

Une pragmatique, voilà ce qu'elle était. Les deux pieds ancrés dans la réalité. Elle n'avait rien d'une romantique comme Emma, d'un feu follet comme Mac, ou de l'incorrigible optimiste qu'était Parker.

Au fond, elle était une experte en recettes, non ? Elle avait beau multiplier les expériences en variant les ingrédients et les quantités, il lui fallait accepter que certains se révèlent incompatibles. À trop insister pour les mélanger à tout prix, on obtenait au bout du compte une tambouille immangeable. Lorsqu'un tel ratage se produisait, la seule solution, c'était de reconnaître son erreur et de tourner la page.

— Superbe, la félicita Emma, qui jeta un coup d'œil approbateur à la pièce montée et posa sa panière en osier. J'apporte les chandelles et les fleurs pour les tables.

— Nous sommes juste dans les temps. Tout le monde est à peu près habillé, et Mac a presque terminé la séance photos.

Laurel se tourna vers la salle de bal, surprise que tant de travail ait été fait pendant qu'elle ruminait. Il ne restait plus que les compositions florales à disposer et les chandelles à allumer sur les tables drapées de chatoyantes nappes or et bleu ciel choisies par la mariée.

— Et le salon d'honneur ?

— Les traiteurs sont en train de terminer, mais mon équipe a fini, répondit Emma qui entreprit d'arranger les fleurs, chandelles et petites bougies à thé de ses habiles mains de fleuriste.

— Jack a pris en charge le marié et ses garçons d'honneur. C'est sympa qu'il nous donne un coup de main.

— Oui. Ça ne te fait pas bizarre, parfois ?

— Quoi ?

— Que vous ayez été amis pendant des années, Jack et toi, avant de prendre tout à coup ce virage à cent quatre-vingts degrés ?

Emma recula d'un pas, puis s'avança de nouveau vers la table pour déplacer une rose d'un centimètre.

— Quelquefois, quand j'y réfléchis, je trouve ça surprenant, mais le plus souvent, j'angoisse à l'idée de ce que nous aurions manqué si nous avions continué tout droit au lieu de bifurquer. Pourquoi cette question ? s'étonna-t-elle en enfonçant l'une des épingles qui tentaient de contenir sa masse de boucles. Ça ne me paraît pas bizarre, à toi, si ?

— Non. En fait, je me demande si c'est bizarre de ne pas trouver ça bizarre, répondit Laurel, qui se tut et secoua la tête. Oublie ce que je viens de dire. J'ai la tête un peu à l'envers en ce moment.

Avec un certain soulagement, elle entendit le signal de Parker dans son oreillette.

— Top départ dans deux minutes, dit-elle à Emma. Si tout est OK de ton côté, je descends aider à former le cortège.

— Tout est OK pour moi. Je te rejoins.

Laurel ôta son tablier et détacha ses cheveux tout en se hâtant vers le point de rendez-vous où elle arriva avec trente secondes d'avance. Décidément, ce n'était pas à son goût, mais il lui fallait admettre que la mariée savait ce qu'elle faisait. Une demi-douzaine de demoiselles d'honneur se mirent en rang sous les ordres de Parker, scintillant de mille feux dans leurs robes dorées à jupe cloche, arborant les superbes bouquets créés par Emma – des dahlias bleus sur fond de roses blanches. D'une beauté souveraine dans sa splendide robe en soie rebrodée de perles qui faisaient écho aux paillettes scintillantes ornant sa longue traîne, la mariée se tenait, radieuse, auprès de son père, très fringant dans sa queue-de-pie blanche avec cravate coordonnée.

— Le père du marié est en place, murmura Parker à Laurel. La mère de la mariée se fait escorter. Mesdemoiselles ! N'oubliez pas de sourire. Caroline, vous êtes spectaculaire.

— C'est aussi l'impression que j'ai. Cette fois, on y est, papa.

— Ne m'en parle pas.

Visiblement ému, il prit la main de sa fille et la porta à ses lèvres.

Parker donna le signal pour le changement de musique, afin que l'orchestre à cordes choisi par la mariée enchaîne avec l'air du cortège.

— Numéro un, allez-y. Levez la tête ! Souriez ! Vous êtes superbe. Et… numéro deux. Levez la tête, mesdemoiselles !

Laurel lissa les robes, redressa un diadème, puis se tint aux côtés de Parker pour regarder la mariée s'avancer dans la travée parsemée de fleurs qui menait à l'autel.

— Spectaculaire, c'est le mot, commenta Laurel. Je craignais que ce ne soit un peu trop tape-à-l'œil, mais ça a le bon goût de s'y arrêter à deux doigts.

— C'est vrai. Il n'empêche que je serais contente de ne plus voir de doré pendant un mois. Nous avons vingt minutes avant de diriger les invités vers le salon d'honneur.

— Je m'éclipse dix minutes. Je vais faire un tour.

Parker se tourna vers elle.

— Ça va ?

— Oui, j'ai juste besoin d'une petite pause.

Histoire de m'éclaircir les idées, ajouta-t-elle à part soi. Loin du monde. À cette heure-ci, l'équipe des extras serait occupée à déjeuner dans la cuisine avant de reprendre le service. Elle fit donc le grand tour, longea les terrasses et jardins qui flanquaient les pignons et se réfugia dans un endroit du parc où elle pourrait savourer un instant de tranquillité au milieu des fleurs.

Emma avait disposé çà et là des pots et des vasques débordant de lobélias bleu vif ou d'impatiens rose pâle qui renforçaient l'impression d'exubérance.

Pour l'occasion, le portique monumental avait été décoré avec les fleurs préférées de la mariée – dahlias bleus et roses blanches. Un nuage vaporeux de tulle et de dentelle ajoutait une touche de romantisme.

Non pas que la vieille bâtisse victorienne en ait eu besoin, car elle était en elle-même l'incarnation du romantisme, selon Laurel. Le bleu délicat des murs était subtilement rehaussé de jaune pâle et de crème. L'architecture tarabiscotée, avec ses lignes de toit qui fuyaient en tous sens avec audace, ses fenêtres cintrées et ses œils-de-bœuf, apportait une touche de fantaisie à la dignité de l'ensemble. Aussi loin que remontaient ses souvenirs, le manoir, comme elles l'appelaient parfois, avait toujours été sa deuxième maison.

Aujourd'hui, bien sûr, elle y vivait à demeure. Et à deux pas de cette charmante bâtisse se trouvaient l'ancien pavillon de billard et la maison d'amis où habitaient et travaillaient ses amies.

Elle n'imaginait pas qu'il puisse en aller autrement, malgré l'arrivée de Carter et de Jack, ou l'agrandissement du studio de Mac qui, presque terminé, permettait à deux personnes d'y vivre à l'aise.

Non, décidément, elle n'imaginait pas son existence sans cette propriété, et l'entreprise qu'elle avait fondée avec ses amies. Sans cette petite communauté qu'ils formaient tous ensemble.

À quoi devait-elle ce qu'elle possédait aujourd'hui ? Elle ne pouvait éluder cette question.

À son travail, sans aucun doute, et à celui de ses amies. À l'esprit visionnaire de Parker. Le chèque de Mme Grady – et la confiance qu'il impliquait, tout aussi précieuse que l'argent lui-même – lui avait ouvert la porte en grand.

Mais ce n'était pas tout.

Au décès de leurs parents, Parker et Del avaient hérité de la propriété avec son contenu. Del avait, lui aussi, fait un acte de foi, aussi essentiel que celui de Mme Grady lorsqu'elle avait signé son chèque. Cette maison était également la sienne, réfléchit Laurel, qui recula de quelques pas pour en admirer les lignes gracieuses. Et pourtant il avait cédé sa part à Parker. Bien sûr, la faisabilité du projet avait été étudiée en détail, donnant lieu à des projections et à l'établissement d'un business plan, puis à la signature de contrats.

Mais cela ne changeait rien au fond de l'affaire. Il avait cru en elles quatre – le quatuor, comme il aimait les surnommer – et les avait aidées à réaliser leur rêve. Et pas pour une simple histoire de pourcentages, mais parce qu'il les aimait.

— Grosse bêtasse, bougonna Laurel en se passant la main dans les cheveux, énervée contre elle-même.

Elle détestait savoir qu'elle s'était montrée injuste, méchante et tout bonnement stupide.

Del n'avait pas mérité les horreurs qu'elle lui avait sorties. Elle avait agi ainsi parce que c'était plus facile d'être fâchée contre lui que de reconnaître l'attirance qu'il lui inspirait. Pour finir par l'embrasser. Stupide, le mot était faible.

Maintenant, elle devait faire amende honorable, se couvrir et sauver la face. Bref, ce ne serait pas du gâteau.

Mais c'était elle qui avait dépassé les bornes. C'était à elle de réparer.

Elle entendit Parker lancer l'allumage du cierge de l'union et le solo vocal. Fini la pause. Elle réfléchirait plus tard à la façon dont elle allait s'y prendre.

Comme elle ne faisait confiance à personne d'autre pour couper convenablement la pièce montée très élaborée, Laurel se posta près de la desserte. Elle laissa les mariés couper la première part – selon ses instructions – et s'en offrir mutuellement une bouchée, tandis que Mac immortalisait l'instant.

À l'aide d'un couteau de chef, elle trancha les décorations latérales.

— Quel dommage !

Elle jeta un coup d'œil à Jack, puis commença à couper des parts qu'elle déposait sur des assiettes à dessert.

— Il est fait pour être mangé.

— Si c'était mon œuvre, il faudrait que je sois très loin au moment du massacre. Et il se pourrait quand même que je verse quelques larmes.

— Les premières fois, c'est un peu douloureux, je l'admets. Mais ce n'est pas non plus comme une maison que tu aurais construite et qui finirait sous

79

les coups d'un boulet de démolition. Tu veux une part ?

— Et comment !

— Je te sers dès que les deux premiers plateaux sont pleins.

Ce qui lui fournirait une occasion de lui tirer les vers du nez.

— Del n'est pas venu jouer avec toi ce soir ? demanda-t-elle d'un ton dégagé.

— Il a un truc, je crois.

Un truc féminin, supposait-elle. Mais ce n'était pas ses oignons. Et pas le but de sa question.

— Vous ne devez pas avoir beaucoup le temps de traîner ensemble ces derniers temps, j'imagine, insista-t-elle.

— Ça va. En fait, on a dîné ensemble jeudi soir.

Après « le Baiser », se dit Laurel.

— Alors, quoi de neuf ? Quels sont les derniers potins ? s'enquit-elle avec un sourire en coin, essayant de déchiffrer son expression.

— Les Yankees s'en sortent bien ce mois-ci, répondit-il en lui rendant son sourire.

Pas l'air le moins du monde embarrassé, conclut-elle. Ou narquois. Elle ne savait trop si elle devait se sentir insultée ou soulagée que Del n'ait pas mentionné l'incident à son meilleur ami.

— Tiens.

Elle lui tendit une généreuse part de gâteau.

— Merci, dit-il, la goûtant aussitôt. Hmm, tu es un génie.

— Je ne te le fais pas dire.

Ayant décidé qu'elle avait coupé suffisamment de parts pour l'instant, elle se faufila entre les invités pour jeter un œil sur le buffet des desserts et le gâteau du marié.

La piste de danse était bondée. Les imposantes portes-fenêtres étant ouvertes sur la nuit, des invités dansaient sur la terrasse ou s'y rassemblaient en petits groupes.

Parker se glissa jusqu'à Laurel.

— Pour ton information, la pièce montée fait un tabac.

— C'est bon à savoir.

Laurel promena les yeux sur le buffet le plus proche, et jugea que les quantités suffiraient sans doute jusqu'à la dernière danse.

— C'est la mère de la mariée ? s'enquit-elle en désignant une femme sur la piste. Elle danse comme une pro.

— C'est une pro. Elle a été danseuse à Broadway.

— Ça se voit.

— C'est là qu'elle a rencontré son mari. Producteur, il était venu assister à une répétition et, d'après lui, il a eu le coup de foudre. Elle a continué la scène jusqu'après la naissance de leur deuxième enfant, puis s'est lancée dans les leçons particulières quelques années plus tard.

— Mignon. Mais, franchement, comment fais-tu pour te rappeler tous ces détails ?

Parker parcourut la salle de son regard d'aigle, à l'affût du moindre problème.

— De la même façon que tu te rappelles tous les ingrédients de ta pièce montée, répondit-elle. Les mariés ont demandé une heure supplémentaire.

— Aïe.

— Je sais, mais tout le monde s'amuse. L'orchestre est d'accord. Nous transporterons les cadeaux comme prévu, ce sera toujours ça de fait. Et puis, ma foi, s'ils veulent danser, qu'ils dansent.

— La nuit promet d'être longue, commenta Laurel qui réévalua la quantité de desserts nécessaire. Je vais chercher d'autres pâtisseries.

— Tu as besoin d'aide ?

— Probablement.

— Je préviens Emma. Carter et elle devraient être libres. Je te les envoie.

À presque 1 heure du matin, tandis que l'équipe de nettoyage s'affairait dans la salle de bal, Laurel contrôla la suite de la mariée. Elle récupéra des barrettes oubliées, une chaussure solitaire, une trousse à maquillage en cuir rose, ainsi qu'un soutien-gorge en dentelle – peut-être l'indice d'une partie de jambes en l'air vite expédiée pendant la réception, à moins que ce soit celui d'une demoiselle d'honneur qui se sentait engoncée.

Ces affaires rejoindraient la corbeille des Objets perdus de Parker jusqu'à ce qu'elles soient réclamées – sans question indiscrète à la clé.

Alors que Laurel sortait avec ses trouvailles, Parker passa dans le couloir en coup de vent.

— Il semblerait qu'on en ait terminé, lança-t-elle. Je prends ça. Petite réunion du personnel.

Chaque muscle de Laurel gémit de protestation.

— Maintenant ?

— Ce sera rapide, promis. J'ai une bouteille de champagne presque entière pour atténuer la douleur.

— D'accord, d'accord.

— Dans notre salon. Juste quelques minutes.

Inutile de récriminer, décida Laurel, qui gagna sans attendre le salon où elle s'appropria le canapé. Elle s'y étira comme un chat.

— Je savais que tu arriverais la première, déclara Mac qui, à défaut du canapé, s'allongea sur le tapis. Figure-toi que le garçon d'honneur m'a draguée, ce que Carter a trouvé très drôle.

— La marque d'un homme confiant.

— Je suppose, oui. Mais le fait est qu'avant Carter, je ne me faisais pour ainsi dire jamais draguer pendant le boulot. Voilà que ça m'arrive maintenant que je ne suis plus disponible.

Laurel envoya balader ses chaussures avec un soupir d'aise.

— Logique, répliqua-t-elle. À mon avis, les hommes ont un radar pour ça. Pas disponible, c'est plus sexy.

— Parce que ce sont des bêtes.

— Exactement.

— Je vous ai entendues, dit Emma en entrant. Et je trouve que c'est faux et cynique. Tu t'es fait draguer parce que tu es sublime – maintenant que tu as Carter, tu es plus heureuse et épanouie, et donc plus attirante.

Elle se laissa choir dans un fauteuil et replia les jambes sous elle.

— Je veux aller me coucher, gémit-elle.

— Bienvenue au club. Nous avons déjà une réunion demain pour les dernières mises au point de dimanche. Pourquoi celle-ci ne peut-elle pas attendre ? râla Laurel.

Parker fit son entrée et braqua l'index sur son amie.

— Parce que j'ai ici quelque chose qui va rendre tout le monde un peu plus heureux avant d'aller au lit, expliqua-t-elle en extirpant une enveloppe de sa poche. Le père de la mariée nous accorde un bonus. J'ai protesté avec tact, bien sûr, mais il n'a pas voulu en démordre.

À son tour, elle se débarrassa de ses chaussures.

— Nous avons offert à sa chère fille le mariage de ses rêves, et nous leur avons fait passer une soirée extraordinaire, à sa femme et à lui. Du coup, il tenait à faire un geste pour exprimer sa gratitude.

Mac bâilla à s'en décrocher la mâchoire.

— Sympa, vraiment.

— Cinq mille dollars, annonça Parker, qui sourit comme Laurel se redressait abruptement sur le canapé. En liquide.

Elle sortit les billets qu'elle déploya en éventail.

— Très sympa, en effet, acquiesça Laurel. Que de vert.

— Je peux les toucher avant que tu ne les vires sur le compte de l'entreprise ? s'enquit Mac.

— Je suis peut-être juste crevée, mais je suis plutôt pour prendre l'argent. Mille chacune, plus mille à partager entre Carter et Jack, proposa Parker. À vous de décider.

Emma leva la main avec enthousiasme.

— Je dis oui ! Cet argent va aller tout droit dans ma cagnotte mariage !

— Adjugé. Aboule le fric, ordonna Mac.

— Aucune objection, approuva Laurel qui remua les doigts vers Parker. Mille dollars, ça se prend.

— Alors, c'est d'accord, décréta Parker.

Elle tendit à Laurel la bouteille de champagne débouchée.

— Sers-nous pendant que je compte.

Mac prit une flûte et la passa à Emma.

— Du champagne et du liquide à la fin d'une très longue journée, quoi de mieux ? fit-elle. Vous vous rappelez notre premier contrat ? Après, on a débouché une bouteille, fini la pièce montée et dansé jusqu'au bout de la nuit. Toutes les quatre et Del.

— J'ai embrassé Del, lâcha Laurel à brûle-pourpoint.

— Nous l'avons toutes embrassé, fit remarquer Emma avant de trinquer avec Mac.

— Non, je veux dire, l'autre soir, s'entendit préciser Laurel avec un certain effarement, puis un indéniable soulagement. Je suis d'une stupidité sans nom.

Mac cligna des yeux, perplexe.

— Pourquoi ? Ça n'a rien de...

Le déclic se fit.

— Oh, *embrassé* comme ça. Eh bien, euh...

— Je n'étais pas dans mon assiette, et il m'a agacée. Il s'est montré si fidèle à lui-même. Del dans toute sa splendeur, fit Laurel avec une rancœur qu'elle pensait avoir surmontée.

— Moi aussi, j'ai déjà été agacée par Del, observa Emma. Je ne l'ai pas embrassé pour autant.

— Ce n'est pas grave. Pas à ses yeux. Il n'a même pas pris la peine d'en parler à Jack, c'est dire. Pas un mot à Jack, ordonna-t-elle à Emma. Parce que, normalement, il aurait dû lui en parler et n'en a rien fait, alors ça ne signifie rien pour lui.

— Jusqu'à présent, tu ne nous en avais pas parlé non plus, nota Mac.

Laurel fronça les sourcils.

— Parce que... je devais y réfléchir.

— Pour toi, en tout cas, ça veut dire quelque chose, murmura Parker.

— Je n'en sais rien. J'ai agi sur un coup de tête. Un moment de folie. J'étais furieuse. Ce n'est pas comme si j'éprouvais quelque chose pour lui, non, sérieux... Et merde, marmonna-t-elle en se prenant la tête entre les mains.

— Il t'a rendu ton baiser ? Quoi ? protesta Mac, comme Emma lui flanquait un coup de pied. Je demande, c'est tout.

— Non, répondit Laurel. Mais il ne s'y attendait pas. Moi non plus, du reste. C'était surtout sous le coup de la colère.

— Qu'a-t-il dit ? s'enquit Mac avec curiosité. Pas touche, avertit-elle Emma.

— Rien, admit-elle. Je ne lui en ai pas laissé l'occasion. Je vais tout arranger, Parker. C'était ma faute, même s'il s'est montré horripilant et condescendant. Ne sois pas fâchée.

— Je ne le suis pas. Je me demande juste comment j'ai pu être aussi aveugle. Je te connais aussi bien qu'on peut connaître quelqu'un, alors comment ai-je pu ne pas voir ou deviner que tu éprouvais des sentiments pour Del ?

— Je n'en éprouve pas. Enfin, si, mais pas au point de me languir de lui jour et nuit. Ça va, ça vient. Comme une allergie. Sauf qu'au lieu de me donner envie d'éternuer, ça me fait me sentir idiote.

Le désarroi qui lui nouait l'estomac lui fit trembler la voix.

— Je sais combien vous êtes proches, Parker. C'est génial d'être aussi proches, mais, s'il te plaît, ne lui dis pas que je vous en ai parlé. Je n'en avais pas l'intention, ça m'a échappé. De toute évidence, j'ai un problème pour contrôler mes impulsions.

— Je ne lui dirai rien.

— Bien, bien. De toute façon, ce n'était rien. Vraiment. Juste un petit baiser du bout des lèvres.

— Même pas la langue ?

Mac s'éloigna vivement d'Emma, puis rentra la tête dans les épaules devant les regards courroucés qui la fusillaient.

— Quoi ? Ça m'intéresse. Ça nous intéresse toutes, d'ailleurs, sinon nous ne serions pas là à en parler à 1 heure du matin avec cinq mille dollars en liquide sur la table.

— Tu as raison, approuva Laurel. Nous ne devrions pas en parler. Je ne l'ai fait que par souci de franchise. Allez, on tire un trait, on prend notre prime et on va se coucher. En fait, maintenant que j'ai vidé mon sac, je ne sais vraiment pas pourquoi je me suis pris la tête avec un truc aussi insignifiant.

Elle fit un grand geste – trop grand, réalisa-t-elle – et laissa retomber les mains.

— Insignifiant, c'est le mot. Et Del ne va sûrement pas en perdre le sommeil. Il ne t'a rien dit, hein ? demanda-t-elle à Parker.

— Je ne lui ai pas parlé depuis le début de la semaine, mais non, il ne m'a rien dit.

Laurel laissa échapper un rire un peu jaune.

— Écoutez-moi, une vraie collégienne. À l'époque, soit dit en passant, je n'étais pas du tout comme ça. J'arrête, à présent. Je prends ma part et je vais me coucher.

D'un geste vif, elle ramassa l'une des piles de billets que Parker avait alignées sur la table.

— Bon, on n'y pense plus, d'accord ? Tout redevient... normal. Comme avant. Allez, bonne nuit.

Elle se hâta de battre en retraite, et ses trois amies échangèrent des regards sidérés.

— Normal ? répéta Mac. On en est loin.

— Ce n'est pas anormal, non plus. C'est différent, voilà tout, commenta Emma qui posa son verre et prit ses billets. Elle ne sait plus où se mettre. Le mieux serait de laisser tomber cette histoire pour ne pas l'embarrasser. On laisse filer, d'accord ?

— La question est plutôt de savoir si elle le peut, répondit Parker. Enfin, j'imagine qu'on le saura bientôt.

Parker laissa filer – pour l'instant. Elle accorda un répit à son amie toute la journée du dimanche, soirée comprise. Mais dès le lundi, elle se prit une heure à un moment où elle savait que Laurel serait coincée dans sa cuisine avec les préparatifs de la fête impromptue du mardi.

Lorsqu'elle franchit le seuil et la trouva occupée à étaler la pâte filo au rouleau, elle sut que son timing était parfait.

— Je t'apporte une paire de mains supplémentaire.

— Je contrôle la situation.

— C'est toi qui te coltines le plus gros du travail pour cette folie grecque, insista Parker. Lesdites mains peuvent nettoyer derrière toi.

Joignant le geste à la parole, elle rassembla les bols et les saladiers sales.

— Nous pourrions embaucher un aide-pâtissier, suggéra-t-elle.

— Je ne veux pas d'un assistant dans les pattes. C'est pour cette même raison que tu n'as personne non plus.

— Je caresse pourtant cette idée, avoua Parker, qui entreprit de charger le lave-vaisselle. Ce serait peut-être bien de trouver quelqu'un à former qui prendrait en charge une partie du travail de terrain.

— J'aimerais voir ça !

— Nous devons décider si nous voulons continuer à notre niveau actuel ou envisager une expansion. Une expansion impliquerait l'embauche de personnel, ce qui nous permettrait de proposer davantage de créneaux en semaine.

Laurel marqua un temps d'arrêt.

— C'est ce que tu souhaites ?

— Je n'en sais rien. C'est juste une idée à laquelle je pense de temps en temps. Parfois, la réponse est un *niet* catégorique. D'autres fois, je me dis pourquoi pas. Ce serait un grand changement. Nous aurions des employés au lieu de simples extras. Nous nous en sortons bien comme nous sommes. Génialement, même. Mais parfois, un pas en avant ouvre de nouvelles perspectives.

— Je ne sais pas si... Eh, une minute ! fit Laurel en plissant les yeux d'un air soupçonneux alors même que Parker lui tournait le dos. Je te vois venir avec tes gros sabots. C'est une métaphore ou une habile transition – voire les deux – pour le truc avec Del.

Décidément elles se connaissaient trop bien, songea Parker.

— Peut-être. J'ai pris le temps d'y réfléchir. J'ai envisagé les deux éventualités – si ça marchait ou non entre Del et toi – et je me suis cassé la tête pour savoir ce qui arriverait.

— Et ?

— Rien de spécial, répondit Parker en se retournant. Je vous aime tous les deux, voilà qui ne changerait pas. Et puis, même si j'ai parfois tendance à me considérer comme le centre de l'univers, cette histoire ne me concerne pas. Mais ce serait un sacré bond en avant.

— Je ne fais pas de bond. Regarde, je suis toujours au même endroit. Fidèle au poste.

— C'est déjà fait.

— Et j'ai reculé d'autant, insista Laurel. Je suis revenue à mon point de départ. Voyons, Parker, ce n'était qu'un baiser insignifiant.

— Si tel était le cas, tu m'en aurais parlé tout de suite et tu aurais tourné la chose en plaisanterie, objecta Parker.

Elle s'interrompit le temps de laisser à Laurel une chance de contester, consciente qu'elle ne le pouvait pas.

— Cela t'inquiète, ce qui signifie qu'il y a plus. Ou, du moins, que tu te demandes s'il y a plus. Tu tiens à lui.

— Évidemment, je tiens à lui ! s'emporta Laurel, qui agita son rouleau. Comme nous toutes.

D'un geste rageur, elle recommença à abaisser sa pâte jusqu'à ce qu'elle soit aussi fine qu'une feuille de papier.

— Nous tenons toutes à Del. Et Del tient à nous toutes. Au point que j'ai parfois envie de lui en coller une, surtout quand il nous met toutes dans le même sac. Comme si nous étions un corps à quatre têtes.

— Il est vrai que, quelquefois…

— Oui, je sais, quelquefois, c'est le cas. Mais c'est frustrant, cet amalgame. Et aussi de savoir qu'il me considère comme quelqu'un qu'il doit protéger. Son paternalisme m'horripile.

— Il ne peut pas s'en empêcher.

— Ça aussi, je le sais, grommela Laurel, qui releva la tête et croisa le regard de Parker. Ça ajoute à la frustration. Enfin bref, cette histoire ne regarde que moi. Ça doit te faire bizarre de m'entendre tenir ce genre de discours.

— Un peu. Question d'habitude.

— Ce n'est pas comme si j'étais raide dingue de lui, ou un truc du même genre tout aussi mortifiant. C'est juste…

— Une bêtise.

— Exactement. D'ailleurs, j'ai déjà tiré un trait dessus.

— Il embrasse si mal que ça ?

Laurel lui adressa un regard inexpressif et tendit la main vers son saladier de garniture.

— Maintenant que j'ai surmonté mon embarras, je me sens déjà mieux. C'est venu comme ça, au cours de la dispute, voilà tout. Et cette dispute était ma faute. Enfin, en grande partie. Il n'aurait pas dû me proposer de me payer le gâteau. Il a agité le chiffon rouge alors que j'étais déjà en rogne. Il ne te viendrait jamais à l'idée de me payer un gâteau.

— Non, assura Parker. Voyons si je te suis. Tu ne veux pas qu'il te mette dans le même sac que nous toutes, mais tu refuses qu'il propose de te payer pour ton travail parce que c'est insultant.

— Il fallait être là pour comprendre.

— Peut-on oublier une minute qu'il s'agit de mon frère ?

— Je ne sais pas...

— On va essayer, décréta Parker, qui s'adossa au plan de travail avec nonchalance. Vous êtes tous les deux séduisants, intéressants, sans attaches. Pourquoi n'aurais-tu pas un faible pour lui ?

— Parce que c'est Del.

— Quel est le problème avec Del ?

— Il n'y en a pas. Tu vois, c'est bizarre, fit Laurel, qui prit sa bouteille d'eau, puis la reposa sans avoir bu. Ce n'est pas logique, Parker, et ce n'est pas quelque chose que tu peux arranger à ma place. Tout va bien se passer entre Del et moi. Je veux dire, de mon côté, c'est déjà oublié, et je doute qu'il y ait songé après coup. Et maintenant file, que je puisse me concentrer sur ce baklava.

— D'accord. Mais tu me racontes s'il y a du nouveau.

— Je le fais toujours, non ?

Jusqu'à aujourd'hui, songea Parker, qui jugea préférable de ne pas relever.

5

Grandir dans un environnement à dominante féminine avait enseigné à Del certains principes, notamment celui-ci : quand un homme ne comprend pas ce qui se passe et qu'il sent pointer les embrouilles à l'horizon, un minimum de distance s'impose.

Cette règle d'or s'appliquait aussi aux relations homme-femme, disons, plus intimes et, bizarrement, à la situation présente.

Il avait donc gardé ses distances avec Laurel, et même si cela n'avait pas déclenché chez lui la moindre illumination quant à la raison de son comportement, il espérait néanmoins que cette pause lui aurait donné l'occasion de se calmer.

Il n'était pas contre les disputes. Elles apportaient un peu de piquant dans l'existence et permettaient souvent d'assainir l'atmosphère. Mais il aimait connaître les règles du jeu à l'avance. Et, dans le cas présent, il n'en avait pas la moindre idée.

Il avait l'habitude du tempérament explosif de Laurel, et qu'elle s'en prenne à lui n'était pas nouveau.

Mais l'embrasser à pleine bouche ? Voilà qui était d'une exceptionnelle nouveauté. Il avait beau ne cesser d'y penser, impossible d'en tirer la moindre conclusion.

Ce qui l'agaçait prodigieusement.

De toute façon, il ne pouvait pas rester à l'écart indéfiniment. Non seulement il aimait passer à la propriété quand il en avait le temps, mais l'activité soutenue de l'entreprise nécessitait une attention constante.

Une semaine devait suffire pour permettre à la vapeur de retomber, jugea-t-il. Il faudrait bien qu'ils aient affaire l'un à l'autre. D'une façon ou d'une autre. Il n'y avait rien de grave. Rien du tout, même, tenta-t-il de se convaincre en bifurquant dans la longue allée qui menait au manoir. Ils avaient juste eu une petite dispute – certes avec une variante des plus inhabituelles –, et elle avait essayé de lui faire la leçon. Il avait en partie compris : il avait tendance à se considérer comme responsable d'elle – et des autres – ce qui l'énervait.

Eh bien, elle devrait en prendre son parti, parce qu'il était effectivement responsable d'elles. Il était le frère de Parker et leur avocat. Et à cause de circonstances qu'aucun d'eux ne pouvait contrôler ou changer, il lui revenait d'endosser le rôle de chef de famille.

Mais il pouvait essayer de se montrer plus diplomate dans l'exercice de cette responsabilité.

Cela dit, il n'était quand même pas du genre à fourrer le nez dans les affaires de Laurel à tout bout de champ.

Mais bon, il s'efforcerait de rester un peu en retrait. D'accord, elle n'était pas sa sœur. Il ne pouvait contester qu'elle avait marqué un point. Mais elle n'en faisait pas moins partie de sa famille, et il avait tout à fait le droit de...

« Arrête », s'ordonna-t-il. Ils n'aboutiraient à rien s'il l'abordait en cherchant d'emblée la bagarre. Mieux valait d'abord tâter le terrain.

Après quoi, il remettrait les pendules à l'heure. Avec diplomatie.

D'où sortaient donc toutes ces voitures ? s'interrogea-t-il. On était mardi et il n'avait pas souvenir d'un événement prévu ce soir-là dans l'agenda de *Vœux de Bonheur*. Il bifurqua vers le studio de Mac devant lequel il se gara, descendit de voiture et contempla le bâtiment principal avec un froncement de sourcils. Apparemment, une soirée battait son plein. Il apercevait les exubérantes compositions florales d'Emma disposées avec art près de l'entrée, et des éclats de voix sur fond de musique lui parvenaient.

Il demeura un moment immobile, à contempler les portes-fenêtres illuminées. Une hospitalité teintée d'élégance, tel était le credo depuis toujours. Ses parents adoraient recevoir – du petit dîner intime à la grande soirée chic. Un contexte qui, supposait-il, avait permis aux talents de Parker de s'épanouir naturellement. Pourtant, chaque fois qu'il rentrait à la maison à l'improviste – au fond de son cœur, c'était toujours sa maison –, il ressentait un pincement de tristesse à la pensée de ce qu'il avait perdu. De ce qu'ils avaient tous perdu.

Delaney s'engagea dans l'allée sinueuse qui menait à l'imposante bâtisse et passa par l'entrée latérale qui donnait facilement accès à la cuisine familiale.

Il espérait y trouver Mme Grady occupée à ses fourneaux, mais la pièce déserte, éclairée d'une seule rampe lumineuse sous une rangée de placards, baignait dans une semi-pénombre. Il s'approcha de la fenêtre et observa quelques invités qui s'étaient rassemblés sur la terrasse ou se promenaient dans les jardins, à la fois impressionnés et à leur aise.

Parker n'avait pas son pareil pour créer cette subtile alchimie, la marque de fabrique, pour ainsi dire, du quatuor de *Vœux de Bonheur*.

Il aperçut Emma et plusieurs extras portant des nappes et des fleurs. Un ajustement de dernière minute, devina-t-il. Il les regarda dresser une table avec promptitude et efficacité, tandis qu'Emma échangeait quelques mots avec des invités, un sourire chaleureux aux lèvres – c'était tout Emma. Personne ne se serait douté que son esprit caracolait déjà vers la prochaine tâche à accomplir.

Emma et Jack. Un autre ajustement de dernière minute pour lui. Son meilleur ami et une de ses filles. Alors qu'il était plongé dans ses réflexions, Jack sortit, portant un plateau de bougies à thé. Il mettait la main à la pâte, comme ils le faisaient tous de temps à autre. Là, c'était différent. Il lui vint à l'esprit que c'était la première fois depuis qu'Emma et Jack étaient ensemble qu'il les observait sans qu'ils aient conscience de sa présence.

Le regard complice qu'ils échangèrent, voilà qui était nouveau aussi. Tout comme cette tendre caresse de Jack le long du bras d'Emma.

Ce qui leur arrivait était une bonne chose. Et il finirait par s'y habituer – avec le temps.

En attendant, il était là, et il y avait une soirée. Autant aller donner à son tour un coup de main.

Laurel s'était démenée comme une folle pour cette soirée et elle ne connaissait rien – ou pas grand-chose – de plus satisfaisant que de voir les invités dévorer le fruit de son travail. Le gâteau étant coupé et les parts disposées sur les assiettes à dessert, elle laissa le service aux extras et prit une minute pour souffler. La fête battait son plein et ceux qui ne prenaient pas d'assaut le buffet des desserts se pressaient sur la piste de danse.

Tout en se dirigeant vers la porte, elle balaya la salle du regard à l'affût d'un problème potentiel.

— Mademoiselle McBane ?

« Pas de bol », pesta-t-elle intérieurement. Pourtant, elle se retourna, un sourire professionnel aux lèvres.

— Oui, que puis-je pour vous ?

— Nick Pelacinos, répondit l'homme, la main tendue. Je suis un cousin de la future mariée.

Et carrément sublime, nota Laurel en lui serrant la main. Bronzé comme un dieu grec avec des yeux couleur ambre en fusion et une adorable fossette au menton.

— Enchantée. J'espère que vous vous amusez.

— Comment pourrait-il en être autrement ? Vous nous avez organisé une sacrée fête. Je sais que vous devez être occupée, mais ma grand-mère souhaiterait vous parler. Elle tient sa cour là-bas.

Il désigna la table d'honneur, qui était entourée d'une foule de gens, et couverte de fleurs, nourriture et boissons. À l'évidence, elle était placée sous l'autorité de la matrone aux cheveux argentés et au regard acéré qui trônait à son extrémité.

— Bien sûr.

Laurel le suivit, se demandant si elle devait appeler Parker en renfort.

— Normalement, mon grand-père et elle ne viennent aux États-Unis qu'une fois par an, ou tous les deux ans. D'habitude, c'est nous qui devons aller les voir. Leur venue constitue donc un événement pour la famille.

— Je comprends.

— Et j'ai conscience du travail que vous a réclamé, à vos associées et à vous, l'organisation de cette soirée en moins d'une semaine. Bravo, sincèrement. J'aide à la gestion des restaurants de la famille à New York et je sais ce qu'il en est.

Laurel passa en revue dans sa tête la rapide biographie que leur avait fournie Parker.

— Chez *Papa*, c'est ça ? Je suis allée à celui du West Side.

— Il faudra revenir. Prévenez-moi, je vous inviterai. Yaya, enchaîna-t-il à l'adresse de sa grand-mère, je suis allé chercher Mlle McBane.

La vieille dame inclina la tête avec une grâce digne d'une souveraine.

— Je vois.

— Mademoiselle McBane, je vous présente ma grand-mère, Maria Pelacinos.

Celle-ci tapota le bras de l'homme assis près d'elle.

— Stephanos, laisse ta place à cette jeune fille.

— Je vous en prie, commença Laurel, ne vous dérangez pas pour moi...

— Debout, debout, insista la vieille dame, qui chassa son voisin d'un geste et désigna la chaise à Laurel.

— Venez ici.

Ne jamais contredire un client, se rappela Laurel, qui prit place sur le siège vacant.

— Un *ouzo*, ordonna Maria Pelacinos, et presque instantanément un verre apparut dans sa main.

Elle le posa devant Laurel.

— Nous allons trinquer à votre baklava.

Levant son propre verre, elle haussa un sourcil impérial à l'intention de la jeune femme. « Pas le choix », se dit celle-ci.

Elle saisit son verre, carra les épaules mentalement, et le vida d'un trait. Connaissant le rituel, elle le posa bruyamment sur la table.

— *Opa !* s'exclama-t-elle, ce qui lui valut une salve d'applaudissements et un hochement de tête approbateur de Maria.

— Vous possédez un don, déclara cette dernière. Il faut bien davantage que deux mains et une liste d'ingrédients pour faire un pâtissier digne de ce nom. Il faut aussi de l'intelligence et un cœur généreux. Votre famille est grecque ?

— Non, madame.

Maria balaya sa réponse d'un revers de main.

— Dans chaque famille, il y a des ancêtres grecs. Je vais vous donner ma recette personnelle du *ladopita* et vous la réaliserez pour le mariage de ma petite-fille.

— J'adorerais la connaître, merci beaucoup.

— Je pense que vous êtes une fille bien. Alors dansez avec mon petit-fils. Nick, fais danser cette demoiselle.

— En fait, il faut que je...

— C'est la fête. Dansez ! C'est un bon garçon, séduisant comme tout. Il a un bon métier et pas de femme.

— Dans ce cas, répondit Laurel, ce qui fit rire Maria.

— Dansez, dansez. La vie est plus courte qu'on ne croit.

— Elle n'en démordra pas, souffla Nick à Laurel en lui tendant la main.

« Une seule danse », décida-t-elle. Ses pieds douloureux n'en supporteraient pas davantage. Et elle tenait vraiment à avoir cette recette.

Elle se laissa entraîner par Nick sur la piste de danse, tandis que l'orchestre enchaînait avec un slow.

— Ça n'en donne peut-être pas l'impression, dit Nick en l'enlaçant, mais ma grand-mère vient de vous faire un immense compliment. Elle a goûté à tout ce que vous avez préparé et est convaincue que vous avez des racines hellènes. Vous n'auriez pas su confectionner ces desserts traditionnels avec autant de talent sinon. Vos associées et vous avez sauvé la famille d'une dispute colossale, vous savez, ajouta-t-il après l'avoir fait pivoter avec style. Obtenir son approbation pour cette soirée n'était pas chose facile.

— Et si Yaya n'est pas contente...

— Exactement. Vous venez souvent à New York ?

Avec ses talons, Laurel faisait presque sa taille. Un bel équilibre pour danser, songea-t-elle.

— De temps en temps, répondit-elle. Le travail ne nous laisse guère de loisirs. Ce doit être la même chose pour vous, j'imagine. J'ai travaillé dans la restauration pendant mes études, avant la création de notre entreprise. C'est un secteur très prenant.

— Les trois C : crises, chaos et catas en tout genre. Mais Yaya a raison : la vie est plus courte qu'on ne le croit. Si je vous appelais à l'occasion, nous pourrions nous échapper ensemble du travail.

« Ton moratoire », se rappela Laurel. Mais, après tout, ce serait peut-être une bonne idée d'y mettre un terme, histoire d'arrêter de se prendre la tête au sujet de Del.

— Pourquoi pas ?

Le slow s'acheva et les premiers accords du *sirtaki*, la danse traditionnelle grecque, retentirent dans une explosion d'acclamations joyeuses. Laurel voulut quitter la piste, mais Nick la retint par la main.

— Vous ne pouvez pas rater ça.

— Franchement, je ne devrais pas. Et puis, je n'ai jamais fait que regarder cette danse sans y participer moi-même.

— Ne vous inquiétez pas, je vous guiderai.

Avant qu'elle ait pu trouver une autre excuse, quelqu'un s'empara de sa main libre et elle fut entraînée dans la ronde.

« Et puis zut, se dit-elle. Après tout, c'est la fête. »

Del entra pendant le slow et chercha spontanément Parker du regard. Ou du moins tenta-t-il de s'en convaincre. Il aperçut Laurel presque aussitôt.

Avec qui dansait-elle donc ? Elle n'était pas censée danser, de surcroît avec un type qu'il ne connaissait pas. Et le travail alors ?

Avait-elle invité un ami ? À la façon dont ils bougeaient ensemble, ils donnaient l'impression de se connaître. Sans parler des sourires dont elle le gratifiait.

— Del ? Je ne t'attendais pas ce soir, s'étonna Parker, qui s'approcha et l'embrassa sur la joue.

— Je ne fais que passer. Qui est-ce ?

— Qui donc ?

— Le type qui danse avec Laurel.

Déconcertée, Parker scruta la piste de danse et repéra son amie dans la foule.

— Je ne sais pas trop.

— C'est un de ses amis ?

— Non, il fait partie des invités. Nous donnons une sorte de réception post-fiançailles, pré-mariage. Une longue histoire.

— Depuis quand dansez-vous aux fêtes que vous organisez ?

— Ça dépend des circonstances, répondit Parker en jetant un regard de biais à son frère. Ils forment un beau couple, tu ne trouves pas ? lui glissa-t-elle à voix basse.

Il haussa les épaules en guise de réponse, et fourra les mains dans ses poches.

— Ce n'est pas très futé d'encourager les invités à vous draguer.

— « Encourager » me paraît un terme discutable. Quoi qu'il en soit, Laurel est assez grande pour s'occuper d'elle-même. Oh, j'adore leur danse traditionnelle ! ajouta-t-elle comme la musique changeait.

100

C'est si joyeux. Regarde Laurel ! Elle ne s'en sort pas mal du tout.

— Elle a toujours été douée pour bouger, bougonna Del.

Laurel riait. Apparemment, elle n'avait aucun souci avec le rythme ou les pas. Elle semblait différente. En quoi exactement, il n'aurait su le dire. Non, ce n'était pas ça ; en fait, il la regardait différemment. Par le prisme de ce baiser. La donne avait changé – et il en était mal à l'aise.

— Je devrais refaire un passage.

— Pardon ?

— Un passage parmi les invités, expliqua Parker qui, la tête inclinée, étudia son frère avec attention.

Il fronça les sourcils.

— Quoi ? Pourquoi me dévisages-tu ainsi ?

— Pour rien. Libre à toi de te mêler aux invités. Personne ici n'y trouvera à redire. Ou si tu veux manger autre chose qu'un dessert, tu peux descendre à la cuisine.

Del faillit répondre qu'il ne voulait rien, mais réalisa que ce n'était pas tout à fait vrai. Il ne savait pas ce qu'il voulait, nuance.

— Peut-être. Je suis juste passé faire un tour. J'ignorais que toute l'équipe travaillait ce soir. Enfin presque, corrigea-t-il quand Laurel passa devant eux dans la ronde.

— Un arrangement de dernière minute. Nous en avons encore pour une bonne heure. Tu peux m'attendre au salon, si tu veux.

— Je vais plutôt y aller.

— Bon, si tu changes d'avis, peut-être à plus tard.

Il décida qu'il avait envie d'une bière. Et s'il ne voulait pas être obligé de donner un coup de main, il allait devoir s'en chercher une dans la cuisine familiale plutôt qu'au buffet de la réception.

« Rentre donc boire ta bière à la maison », se conseilla-t-il en descendant l'escalier. Mais il n'avait pas envie de rentrer chez lui, pas avec Laurel en tête qui dansait comme si elle était née à Corfou. Il irait se chercher une bière et retrouverait Jack. Carter était sûrement aussi dans le coin. Il passerait un moment sympa avec eux.

Entre hommes.

Rien de tel pour cesser de ruminer.

Del regagna donc la cuisine familiale et se dénicha une Sam Adams bien fraîche dans le réfrigérateur. Exactement le médicament dont il avait besoin. Il ouvrit la bouteille et regarda par la fenêtre, histoire de repérer l'un ou l'autre de ses amis. Mais sur la terrasse illuminée par des bougies et lampions colorés, il n'y avait que des inconnus.

Il sirota sa bière en broyant du noir. Pourquoi était-il donc si fébrile ? Il avait tout de même mieux à faire que de rester dans cette cuisine déserte à boire une bière en observant des inconnus.

Il ferait mieux de rentrer et de s'avancer dans son travail. Oh, et puis basta ! Il regarderait le sport sur ESPN. Il était trop tard pour lancer une invitation à dîner ou à boire un verre. Petit hic : il n'avait aucune envie de rester seul.

Ses chaussures à la main pour soulager ses pieds douloureux, Laurel pénétra dans la cuisine. Un moment de solitude, voilà ce qu'il lui fallait. À peine le seuil franchi, elle aperçut Del, de biais près de la fenêtre. On aurait dit l'homme le plus seul de la terre.

Voilà qui ne collait pas du tout avec l'image qu'elle avait de lui. Il connaissait tout le monde et était toujours si entouré qu'elle se demandait souvent pourquoi il ne s'évadait pas de temps en temps pour souffler un peu.

Mais là, il paraissait coupé du monde. Et en proie à une incommensurable tristesse.

Soudain, elle eut envie de le rejoindre, de le prendre dans ses bras et de le réconforter pour chasser cette mélancolie qui émanait de lui. Elle préféra le mode survie et recula discrètement.

À cet instant, il tourna la tête et la vit.

— Désolée, j'ignorais que tu étais là, dit-elle. Tu cherches Parker ?

— Non, je l'ai croisée en haut.

Fixant ostensiblement ses pieds nus, il haussa les sourcils.

— À force de danser, on finit par avoir mal aux pieds, j'imagine.

— Pardon ? En fait, je n'ai pas dansé tant que ça. Seulement deux fois. Mais à la fin d'une journée aussi chargée, l'effet est cumulatif.

L'occasion faisant le larron, Laurel décida de prendre son courage à deux mains et de se jeter à l'eau.

— Puisque tu es là, je tiens à te dire que j'ai dépassé les bornes l'autre soir. Jamais je n'aurais dû te sauter dessus de la sorte.

Sauter. Le mot était pour le moins mal choisi.

— Je comprends que tu éprouves un certain sens du... devoir envers nous, concéda-t-elle à contre-cœur. Je préférerais que ce ne soit pas le cas, et ça m'énerve. Je ne peux rien y faire, mais toi non plus, alors inutile de nous disputer à ce sujet.

— Hon-hon.

— Si c'est tout ce que tu as à répondre, je vais considérer qu'on tourne la page.

Tout en buvant une gorgée de bière, il leva l'index, les yeux fixés sur elle.

— Pas tout à fait. En fait, je m'interroge encore sur l'expression particulière qu'a prise ton énervement.

— Écoute, tu étais fidèle à toi-même et ça m'a tapé sur les nerfs. Bref, je t'ai dit des trucs que je n'aurais pas dû, comme ça arrive quand on est énervé.

— Je ne parle pas de ce que tu as dit, mais de ce que tu as fait.

— C'est un tout. J'étais furieuse et je te présente mes excuses. C'est à prendre ou à laisser.

Un sourire naquit au coin de ses lèvres, et Laurel sentit un frémissement d'agacement sourdre au creux de son ventre.

— Tu avais déjà été fâchée contre moi auparavant, observa-t-il. Jamais tu ne m'avais embrassé comme ça.

— C'est comme pour mes pieds.

— Pardon ?

— L'effet est cumulatif. Ton numéro de Monsieur Je-sais-tout m'agace, et comme il dure depuis des années, la pression est montée et *paf*... C'était juste une façon de démontrer mon point de vue.

— Qui était ? Je crois que ça m'a échappé.

— Pourquoi fais-tu autant d'histoire à la fin ? bougonna Laurel, qui sentait la colère monter et le rouge de l'embarras lui empourprer les joues. Nous sommes des adultes. Ce n'était qu'un baiser, une alternative non violente au coup de poing que j'avais envie de te balancer dans la figure. Ce que je regrette d'ailleurs de ne pas avoir fait.

— D'accord. Juste pour que ce soit clair... Je t'énervais, ledit énervement s'étant accumulé au fil des années. Et ton acte était une alternative à un coup de poing dans la figure. Cela résume-t-il la situation ?

— Oui, maître, c'est à peu près ça. Tu veux que je jure sur la Bible ou quoi ? Arrête ton cinéma, Del.

Elle posa ses chaussures sur le sol, se dirigea vers le réfrigérateur, ouvrit la porte à la volée et s'empara d'une bouteille d'eau. En réfléchissant, elle aurait sans doute pu trouver un homme qui l'énervait davantage, mais en cet instant, Delaney Brown remportait la palme haut la main. D'une torsion rageuse du poignet, elle dévissa le bouchon, et lorsqu'elle se retourna, se cogna contre lui.

— Eh ! Qu'est-ce qui te prend ?

Sans parler de panique, sa colère prit brusquement une autre tournure.

— C'est toi qui as ouvert la porte. Au sens métaphorique du terme, tout comme celle-ci, répondit-il en désignant le réfrigérateur ouvert. Je parie que tu es encore fâchée.

— Exact.

— Bien. Puisque nous sommes sur la même longueur d'onde, et que je sais comment ça marche...

Il l'agrippa par les épaules et la hissa sur la pointe de ses pieds nus.

— N'essaie même pas...

Ce fut tout ce que Laurel put articuler avant que son cerveau ne court-circuite.

La chaleur de la bouche de Del sur la sienne contrastait avec l'air froid dans son dos. Dans l'équilibre instable où il la maintenait, elle se sentait prise au piège entre la glace et le feu, incapable de bouger dans l'une ou l'autre direction.

Puis Del glissa les mains jusqu'à sa taille, et elle sentit le désir l'envahir lentement, tel un métal en fusion. Comme il l'attirait davantage contre lui, son corps s'alanguit et une douce torpeur l'anesthésia.

À la grande surprise de Del, le soupir qui s'échappa de la gorge de Laurel trahissait non la colère, mais l'abandon. Il avait l'impression d'ouvrir un cadeau conservé intact dans son emballage pendant des années. Et il mourait d'envie de déplier une à une les feuilles de papier de soie pour découvrir le trésor niché à l'intérieur.

Elle bougea, leva le bras vers son cou... et l'eau glacée de la bouteille les éclaboussa tous les deux. Il recula et jeta un coup d'œil à leurs vêtements mouillés.

— Aïe.

Devant le regard de Laurel, voilé et un peu hagard, il ne put s'empêcher de sourire. Elle se dégagea en hâte et gesticula avec la bouteille si bien qu'elle renversa encore de l'eau.

— D'accord, c'est bon... on est quittes. Je dois y retourner. Il le faut, bredouilla-t-elle en passant la main sur son chemisier mouillé. Et zut.

Elle tourna les talons et s'enfuit.

— Eh, Cendrillon, tu oublies tes chaussures ! lui cria Del, mais elle avait déjà disparu.

Tant pis. Il ferma la porte du réfrigérateur, ramassa la bière qu'il avait posée sur le plan de travail. Bizarre, songea-t-il en s'y adossant. Il se sentait mieux. En fait, il se sentait en pleine forme.

Il examina les escarpins abandonnés sur le carrelage. Sexy, se dit-il, surtout avec le tailleur qu'elle portait pour travailler.

N'était-ce pas tout aussi bizarre de réfléchir ainsi aux chaussures de Laurel ? Mais puisque c'était le cas... Amusé, il ouvrit un tiroir et en sortit un calepin.

Alors comme ça, ils étaient quittes ? Il griffonna un message. Être quittes, il n'en avait que faire.

Le lendemain matin, Laurel opta pour la piscine au lieu de la gym. Elle tenta de se convaincre que c'était juste pour changer, puis concéda que cela lui permettrait d'éviter Parker jusqu'à ce qu'elle ait réfléchi à ce qu'elle dirait. Si tant est qu'elle décide de se confier.

Mieux valait sans doute laisser tomber, se dit-elle en entamant une nouvelle longueur. Il n'y avait rien à raconter, franchement. Del possédait un esprit de compétition sans limite. Elle l'avait embrassé, alors il avait fallu qu'il riposte. À la puissance dix. Il avait décidé de la remettre à sa place – typique.

Et ce stupide sourire supérieur ? Elle se propulsa dans l'autre sens avec une vigueur rageuse. Ça aussi, c'était typique. Quel imbécile, ce mec ! Comment avait-elle pu croire qu'elle éprouvait quelque chose pour lui ? C'était ridicule. Elle avait perdu la tête un instant, voilà tout. Un instant ou dix ans. Au moins. Mais quelle importance ? Maintenant elle avait recouvré ses esprits. La situation était revenue à la normale.

Lorsqu'elle atteignit l'autre bord, elle ferma les yeux et se laissa couler. Après l'effort des longueurs, la sensation d'apesanteur était délicieuse. Se laisser partir à la dérive, comme dans sa vie privée. Et c'était bien, vraiment. Elle n'avait pas besoin de structurer, d'organiser, de compartimenter son existence.

C'était agréable d'être libre de faire ce qu'elle voulait après sa journée de travail, ou avant. Personne d'autre qu'elle-même à qui rendre des comptes. L'épisode avec Del n'était qu'un banal incident de parcours. Désormais, tout était rentré dans l'ordre. Tout allait pour le mieux.

Laurel lissa ses cheveux en arrière, puis tendit les mains vers l'échelle... et poussa un cri en voyant Parker s'avancer avec une serviette.

— Mon Dieu, tu m'as fait peur ! J'ignorais que tu étais là.

— On est deux à avoir eu peur. Figure-toi que je me suis demandé si je n'allais pas devoir sauter pour te sortir de là.

Laurel prit la serviette.

— Je me laissais juste flotter, histoire de décompresser après le rythme infernal de ces derniers jours. On ne se laisse pas assez aller, si tu veux mon avis.

— D'accord. Se laisser aller, je vais le noter sur ma liste.

Laurel noua la serviette autour de sa taille.

— Ça ne m'étonne pas de toi, s'esclaffa-t-elle. Tu es déjà habillée. Quelle heure est-il ?

— Presque 8 heures. J'imagine que tu flottais depuis un moment.

— Sans doute. Nous avons eu une soirée bien chargée.

— C'est vrai. As-tu vu Del hier soir ?

— Pourquoi ? Oui, je l'ai vu, mais pourquoi cette question ?

— Parce qu'il était là, et que pendant un temps tu as déserté.

— Je n'ai pas déserté, mon commandant. J'ai fait une pause.

— Et changé de chemisier.

Un frisson de culpabilité chatouilla la colonne vertébrale de Laurel.

— J'avais renversé de l'eau dessus. À quoi rime cet interrogatoire ?

— Simple curiosité, répondit Parker, qui lui tendit une enveloppe. C'était sur le comptoir de la cuisine. Mme Grady m'a chargée de te la remettre.

— Pourquoi ne l'a-t-elle pas juste…

Laurel s'interrompit en reconnaissant l'écriture de Del.

— Tu ne veux pas savoir ce qu'il t'écrit ? insista Parker avec un grand sourire. La politesse voudrait que je retourne à la maison pour te laisser lire tranquille, mais je n'ai pas cette maturité.

— Pas de problème, ce n'est rien, de toute façon.

Se sentant un peu bête, Laurel ouvrit l'enveloppe.

Si tu crois que c'est terminé, tu te trompes. J'ai pris tes chaussures en otages. Contacte-moi d'ici quarante-huit heures ou les Prada en pâtiront.

Elle laissa échapper un borborygme mi-rire, mi-juron, tandis que Parker lisait par-dessus son épaule.

— Il a pris tes chaussures ?

— Apparemment. Je suis censée faire quoi, là ? demanda Laurel en agitant le mot. Je décide de tourner la page, et lui s'amuse à ce petit jeu ridicule. Je venais juste de les acheter, ces escarpins.

— Comment est-il entré en possession de tes chaussures ?

— Ce n'est pas du tout ce que tu imagines. Je les avais enlevées parce que j'avais mal aux pieds. Il était là, et je les ai oubliées après... Enfin bref, c'est un genre de représailles.

Devant le haussement de sourcils intéressé de Parker, Laurel se sentit obligée de poursuivre.

— Je lui ai présenté mes excuses pour mon comportement de l'autre jour, expliqua-t-elle avec un soupir, mais cela ne lui a pas suffi. Il m'a fait subir un contre-interrogatoire, et une chose en a amené une autre devant le réfrigérateur. C'est difficile à expliquer.

— Je vois ça.

— Qu'il est pénible quand il s'y met ! Il peut les garder, ces fichues chaussures.

Parker afficha un sourire placide.

— Vraiment ? Parce qu'à mes yeux, et sans doute aux siens, ça signifierait que tu as peur de l'affronter.

Laurel arracha la serviette d'un coup sec et se frotta furieusement les cheveux.

— N'importe quoi ! Je n'ai pas peur – pas de ça avec moi. Je cherche juste à ne pas faire de vagues.

— Parce que, avec des vagues, c'est dur de se laisser flotter.

— Si tu veux. De toute façon, des chaussures, j'en ai d'autres. Des plus belles. Je ne lui donnerai pas la satisfaction de me laisser entraîner dans ce jeu idiot.

Parker sourit de nouveau.

— Les garçons sont tellement nuls.

Laurel leva les yeux au ciel.

— C'est ton frère, lâcha-t-elle avant de se diriger vers la maison à grands pas.

— Eh oui.

Parker se demandait combien de temps il faudrait à son amie pour craquer. Entre vingt-quatre et quarante-huit heures, décida-t-elle.

Son BlackBerry sonna. Elle le sortit de sa poche, jeta un coup d'œil à l'écran tout en traversant la pelouse.

— Bonjour, Sybil. Que puis-je pour vous ?

6

Il existe toujours un moyen d'obtenir des informations. Aux yeux de Parker, l'information n'était pas seulement le nerf de la guerre, mais la clé de l'efficacité – et dans sa vision du monde, l'efficacité les gouvernait tous. Et pour atteindre ce Graal, il importait d'abord de rassembler les faits en détail.

Si possible en menant plusieurs tâches de front, histoire de rentabiliser.

Première mission à environ vingt-quatre heures du début de la prise d'otages : convaincre Del de l'emmener en voiture. L'affaire était simple à arranger, d'autant qu'elle avait choisi de faire appel aux services d'un ami de son frère, mécanicien de son état, pour l'entretien régulier de sa voiture. Malcolm Kavanaugh était peut-être un peu mal dégrossi sur les bords avec une bonne dose d'effronterie, mais il excellait dans son travail – et c'était le plus important.

Avec un agenda bourré à craquer pour le week-end, à commencer par une répétition le soir même, elle pouvait honnêtement raconter à Del qu'elle avait besoin d'un chauffeur, aucune de ses associées n'ayant le temps de la déposer.

Inutile, bien sûr, de préciser qu'elle aurait pu faire appel à une demi-douzaine d'autres personnes – ou

111

même prendre un taxi, songea-t-elle en rafraîchissant son rouge à lèvres. Ce service permettrait à Del de jouer son rôle préféré, celui de grand frère, tandis qu'elle en profiterait pour lui soutirer des informations, puisque Laurel s'était fermée comme une huître.

Elle vérifia le contenu de son sac, puis son agenda sur son BlackBerry.

Parler à Del. Aller chercher sa voiture. Rendez-vous avec des clients pour le déjeuner. Passer au pressing. Courses. Retour à 16 h 30 pour les préparatifs de la répétition. Sous chaque entrée, des sous-catégories apportaient des précisions indispensables.

Elle jeta un rapide coup d'œil à son reflet dans le miroir. Il s'agissait de gros clients, et comme ils l'avaient invitée à déjeuner au country club, l'apparence était primordiale.

Selon elle, la robe d'été jaune pâle constituait un bon compromis entre décontraction et sérieux professionnel. Elle avait choisi des bijoux discrets, mais l'œil acéré de la mère de la cliente saurait reconnaître l'authentique, ce qui aurait un certain poids. Pour changer, elle avait laissé ses cheveux détachés – style repas amical entre femmes. Rien de trop voyant ou de tapageur. Une organisatrice de mariages ne devait jamais au grand jamais éclipser la mariée. Satisfaite de son allure, elle s'empara d'un gilet léger pour affronter la climatisation si ses clientes décidaient de manger à l'intérieur.

Dix bonnes minutes avant l'arrivée de son frère, elle descendit au rez-de-chaussée. La maison si chère à son cœur semblait tellement silencieuse et vaste en ce milieu de matinée sans rendez-vous, sans événement exigeant son temps et son attention. Arrangées en imposants bouquets ou en charmantes petites compositions, les fleurs d'Emma embaumaient.

Quelques photographies de Mac se mêlaient aux œuvres d'art qui ornaient les murs.

Elle avait très peu touché au décor, se contentant d'emporter les objets les plus personnels dans son appartement privé ou celui de Laurel. La maison avait réussi à conserver la chaleur d'un foyer tout en devenant le lieu heureux de centaines de célébrations. Et aussi de disputes, songea-t-elle, rectifiant la disposition d'une coupe. Rires, larmes, drames et sottises.

Parker ne se souvenait pas de s'être jamais sentie seule dans cette maison, ou d'avoir souhaité vivre ailleurs.

Elle consulta sa montre, évalua le temps qui lui restait, et décida de passer voir Laurel.

Devant le plan de travail, celle-ci pétrissait une jatte de fondant. À proximité, six génoises nature attendaient sur leur présentoir. Comme elle avait choisi un talk-show au lieu de l'habituelle musique, Parker comprit que son amie avait besoin de se changer les idées.

— Je sors, lui annonça-t-elle. Il te faut quelque chose ?

Laurel leva les yeux.

— Cette couleur te va très bien.

— Merci. Je me sens comme ensoleillée.

— C'est aussi l'impression que tu donnes. J'aurais besoin d'environ cinq livres de fraises. Très fraîches, mais pas toutes complètement rouges et mûres. Un mélange. Ça m'évitera de courir chez le primeur cet après-midi.

— Pas de problème, fit Parker, qui sortit son BlackBerry et ajouta les fraises à sa liste. De toute façon, j'ai d'autres courses à faire après le déjeuner. Jessica Seaman et sa mère.

— Bonne chance, dit Laurel, qui cessa son pétrissage pour croiser les doigts des deux mains.

— La mère veut discuter du menu et de la musique. C'est celle pour demain soir ? ajouta-t-elle, tandis que Laurel saupoudrait le plan de travail de farine.

— Oui. Six étages recouverts de fondant plissé sur la tranche et décorés d'orchidées en pastillage coordonnées aux fleurs de la mariée, expliqua celle-ci en étalant la première couche de fondant. Attends, je croyais que ta voiture était au garage !

— Exact. Et elle est prête. Del va me déposer.

— Ah.

Se renfrognant à cause de Del ou des bulles minuscules qu'elle avait repérées, Laurel s'empara d'une épingle pour piquer ces dernières.

— Un message à transmettre – pour lui ou pour tes chaussures ?

— Très drôle, bougonna Laurel, qui souleva à deux mains la plaque de fondant et la posa sur la première génoise. Tu pourrais lui dire d'arrêter ses bêtises et de me les rendre.

— D'accord.

— Non, ne dis rien.

Avec un haussement d'épaules, elle lissa le dessus et les côtés, chassant les bulles d'air au fur et à mesure.

— Je n'ai pas besoin de ces chaussures, se sentit-elle obligée d'ajouter. Je les ai déjà oubliées.

— C'est ça.

Laurel prit une roulette à pizza et l'agita sous le nez de Parker.

— Je t'ai percée à jour, Brown. Tu essaies de me monter le bourrichon pour que je l'appelle. Ça ne marchera pas.

— D'accord, fit Parker avec un sourire, tandis que Laurel passait la roulette tout autour de la base du gâteau afin de couper l'excédent de fondant. Il va arriver d'une minute à l'autre. Je te rapporte tes fraises.

— Différentes tailles, différents tons, lui rappela Laurel.

— Compris.

Parker s'éloigna, satisfaite. Elle avait mené à bien la mission qu'elle s'était assignée : Laurel allait passer la journée à penser à Del et à ses chaussures.

Elle sortit sur le perron, chaussa ses lunettes de soleil et descendit les marches à l'instant où Del se garait dans l'allée.

— Pile à l'heure, constata-t-il.

— Toi aussi.

— Nous sommes des Brown. Des obsédés de la ponctualité.

— À mes yeux, c'est une vertu. Et un talent. Merci de me rendre ce service, Del.

— De rien. Je vais en profiter pour faire un saut chez un client avant de retrouver Jack pour le déjeuner.

— Toi aussi, tu es polyvalent à ce que je vois. Une autre vertu cardinale. Des chaussures neuves ? demanda-t-elle avec innocence.

— Non, répondit-il avec un regard perplexe dans sa direction, comme il faisait demi-tour dans l'allée. Pourquoi ?

— Oh, j'ai entendu dire que tu avais récemment fait l'acquisition de chaussures fabuleuses.

Un sourire amusé retroussa le coin de la bouche de Del.

— C'est vrai. Mais elles ne sont pas de la bonne pointure. Et puis, me balader perché sur des talons hauts me file des crampes aux orteils.

Parker lui planta l'index dans le bras.

115

— Prendre les chaussures de Laurel. Quand cesseras-tu d'avoir douze ans ?

— Jamais. Alors, elle est fâchée ou amusée ?

— Les deux. Et ni l'un ni l'autre. En fait, je dirais qu'elle est déconcertée.

— Mission accomplie alors.

— C'est tellement typique. Pourquoi tiens-tu donc tant à la déstabiliser ?

— C'est elle qui a commencé.

Elle abaissa ses lunettes et le dévisagea par-dessus les verres.

— Je crois que tu viens de régresser à huit ans d'âge mental. Elle a commencé quoi ?

Del lui glissa un regard oblique.

— J'ai peut-être huit ans d'âge mental, mais je vous connais, tes copines et toi. Tu sais très bien de quoi je parle, alors inutile de finasser pour essayer de me tirer les vers du nez.

— Finasser ? Tout de suite les grands mots. Rien ne t'oblige à me faire des confidences. Excuse-moi, ajouta-t-elle quand son portable sonna. Shawna, bonjour ! Je viens de quitter Laurel dans sa cuisine. Elle termine votre pièce montée. Une pure merveille. Ah. Non, non, ne vous inquiétez pas. Je vais contacter l'agence de voyages et… Bonne idée. Avez-vous son nouveau numéro de vol ? Oui.

Tout en parlant, elle sortit un calepin et un stylo. Elle répéta l'information qu'elle nota.

— Je vérifie immédiatement, histoire de m'assurer que le vol est à l'heure, et j'enverrai une voiture le chercher. Non, pas de problème. Faites-moi confiance, je m'en occupe. Nous nous verrons ce soir. Détendez-vous, tout va bien. Allez faire votre manucure et ne vous souciez de rien. Oui, moi aussi. À ce soir. Le vol du garçon d'honneur est annulé, expliqua-t-elle après avoir coupé la communication. Il est dérouté et arrivera un peu en retard à la répétition.

— Ouf ! j'ai eu peur.

— Laurel a raison. Tu es énervant et condescendant.

— Elle a dit ça ?

Avec un haussement d'épaules désinvolte, Parker rangea son BlackBerry dans son sac.

— D'accord, d'accord, soupira Del, tes méthodes de torture sont efficaces et cruelles. Elle a changé de terrain de jeu et je me tâte pour savoir si je dois suivre. Je ne suis pas sûr que ce soit une bonne idée, mais... enfin, c'est une idée. Des commentaires ?

— Si tu veux mon avis, vous allez tous les deux essayer de prendre les commandes, si bien que vous allez soit vous battre comme des chiens enragés, soit tomber éperdument amoureux. Voire les deux.

— Je n'ai ni envie de me battre ni de tomber amoureux. J'explore juste une nouvelle dynamique potentielle. Ça te paraît bizarre ?

« Intéressant », songea Parker. Tous les deux lui avaient posé la même question.

— Je ne le sais pas encore. Quand elle te contactera pour les chaussures, ce qu'elle fera même si elle est pour l'instant persuadée du contraire, s'il te plaît, ne jubile pas.

— Juste à l'intérieur alors, répondit-il en s'engageant sur le parking du garage. Elle va m'appeler, tu crois ?

— Elle aime vraiment beaucoup ces chaussures. Et puis, elle va réaliser que s'en abstenir, c'est te laisser gagner.

Elle se pencha et l'embrassa sur la joue.

— Merci de m'avoir emmenée.

— Veux-tu que je t'attende ? Malcolm est sûrement dans le coin. Je peux bavarder avec lui le temps que tu aies fini.

Si Del parlait à Malcolm, celui-ci saurait qu'elle était là et viendrait lui tenir la jambe. Elle préférait l'éviter.

— C'est bon, j'ai prévenu que je passais.

— Bien sûr. Bon, eh bien, dis à Malcolm qu'on se verra à notre soirée poker.

— D'accord. Viens donc dîner la semaine prochaine, proposa Parker en descendant de voiture. Nous ferons un grand repas en famille. Je vais voir avec les autres et je te dirai le soir qui convient le mieux si tu es libre.

— Je peux m'arranger pour l'être. Eh, Parker, tu es jolie comme ça.

Elle lui sourit.

— Arrête juste de lorgner mes chaussures, lui lança-t-elle, ce qui le fit éclater de rire.

Elle claqua la portière, puis gagna le bureau du garage.

La femme fatiguée aux cheveux orange et lunettes à monture verte assise derrière le comptoir lui fit signe d'approcher tout en continuant sa conversation téléphonique. Une petite enquête discrète lui avait appris qu'il s'agissait de la mère de Malcolm.

Non pas que cela eût une quelconque importance ; elle aimait juste savoir à qui elle avait affaire.

— C'est ça, demain après-midi. À partir de 14 heures. Écoutez, monsieur, la pièce vient juste d'arriver et le mécano n'a que deux mains.

Elle leva les yeux au ciel – des yeux du même vert que ceux de son fils – et avala une gorgée d'une canette de Dr Pepper.

— Vous voulez que ce soit fait vite ou bien fait ? Il vous a dit qu'il lui faudrait une journée de travail une fois qu'il aurait la pièce. Je l'ai entendu moi-même. Vous devriez peut-être acheter américain. Si elle est prête plus tôt, je vous préviendrai. Je ne peux pas faire mieux. Oui, c'est ça, bonne journée. Connard, lâcha-t-elle en raccrochant. Ils s'imaginent tous que le monde tourne autour de leur nombril, lança-t-elle à Parker.

Elle soupira, puis lui sourit avec une gentillesse désarmante.

— Vous êtes jolie comme un cœur, la complimenta-t-elle.

— Merci. J'ai rendez-vous avec une cliente.

— J'ai votre facture. Je l'ai préparée et imprimée après votre appel. Je commence à me faire à ce maudit ordinateur.

Parker se souvint de leur première rencontre et de la frustration de Mme Kavanaugh.

— Ils permettent de gagner du temps, une fois qu'on maîtrise le logiciel, observa-t-elle.

— Mouais, ça ne me prend plus que le double du temps qu'il me faudrait pour l'écrire à la main, au lieu du triple comme avant. Tenez, la voilà.

— Merci.

Parker s'avança pour y jeter un coup d'œil.

— Je connaissais un peu votre maman.

— Ah bon ?

— Vous lui ressemblez pas mal, maintenant que j'y réfléchis. C'était une vraie dame. Du genre qui n'a pas besoin de jouer les snobs.

— Elle aurait apprécié cette description très juste.

Satisfaite du montant, Parker sortit sa carte de crédit.

— Vous connaissez aussi Maureen Grady, je crois. Elle s'occupe de la maison, et de nous, depuis toujours.

— Oui, je la connais un peu. Quand on vit à Greenwich depuis un moment, on finit par connaître presque tout le monde, j'imagine. Mon fils joue au poker avec votre frère.

— En effet, confirma Parker, qui signa la facturette. En fait, c'est lui qui m'a déposée. Il m'a demandé de dire à Malcolm qu'il le verrait à leur soirée poker.

« Mission accomplie », songea-t-elle.

— Vous pouvez lui transmettre le message en personne, répondit Mme Kavanaugh comme Malcolm entrait par la porte latérale qui donnait sur l'atelier, s'essuyant les mains dans un bandana rouge.

— Maman, j'aurais besoin que tu...

Il s'interrompit et un lent sourire éclaira son visage.

— Eh, bonjour.

— Mlle Brown vient chercher sa voiture.

Au grand désarroi de Parker, Mme Kavanaugh prit les clés et les lança à Malcolm qui les rattrapa d'une main.

— Il va vous accompagner jusqu'au parking, proposa-t-elle.

— Ce n'est pas nécessaire. Je peux très bien...

— C'est compris dans le service, coupa Malcolm, qui se dirigea vers la sortie principale et lui tint la porte.

— Merci, madame Kavanaugh, lança Parker. C'était un plaisir de vous revoir.

— Revenez quand vous voulez.

Aussitôt dehors, Parker revint à la charge.

— Sincèrement, je suis plutôt pressée, alors...

— Un rendez-vous galant ?

— Professionnel, répondit-elle.

— Dommage de gâcher cette belle robe pour le travail.

Il sentait le labeur physique, ce qui était loin d'être aussi désagréable qu'elle l'aurait imaginé. Son jean avait un trou au genou et des taches de graisse sur la cuisse. Elle se demanda s'il portait un tee-shirt noir pour masquer les taches.

Presque aussi foncés que son tee-shirt, ses cheveux retombaient en mèches désordonnées autour de son visage aux traits vigoureux. Il n'était pas rasé, nota-t-elle, mais cela lui donnait un look plus mauvais garçon que débraillé.

— Belle petite bagnole que vous avez là, dit-il en faisant tinter les clés dans sa main, le regard rivé sur son visage, tandis qu'ils arrivaient à la voiture. Et vous en prenez soin. On a fait un bilan complet à nos frais, vu que c'est la première fois qu'on s'en occupe, mais je n'aurais rien eu à vous facturer de toute façon. Le moteur est nickel et la carrosserie impeccable.

— Les outils fonctionnent mieux quand ils sont bien entretenus.

— Un conseil à suivre. Ce qui n'est pas le cas de la plupart des gens. Alors, et après ce rendez-vous ?

— Pardon ? Oh… courses et travail.

— Ça vous arrive de n'avoir ni rendez-vous, ni courses, ni travail ?

— Rarement.

Parker savait quand un homme la draguait, mais n'avait pas souvenir de la dernière fois où elle en avait été troublée.

— J'ai vraiment besoin de ces clés. La voiture ne démarre pas sans.

Il les lâcha dans sa main ouverte.

— Si jamais vous tombez sur un de ces rares moments où vous ne faites rien, appelez-moi. Je vous emmènerai faire un tour.

Tandis qu'elle s'efforçait de trouver une réponse, il fit un geste du pouce. Elle suivit la direction qu'il indiquait et découvrit une moto de grosse cylindrée rutilante.

— Je ne crois pas, non. Je ne crois vraiment pas.

Il sourit.

— Si vous changez d'avis, vous savez où me joindre. C'est la première fois que je vous vois avec les cheveux détachés, ajouta-t-il alors qu'elle se glissait derrière le volant. Cette coiffure va bien avec la robe.

— Euh...

« Bon sang, Parker, tu as perdu ta langue ou quoi ? » se réprimanda-t-elle intérieurement.

— Merci pour la révision.

— C'était un plaisir.

Elle claqua la portière, mit le contact et démarra non sans soulagement. Décidément, cet homme lui faisait perdre ses moyens.

Cette affaire était ridicule et devait être réglée une bonne fois pour toutes, décréta Laurel. Ignorer Del et son jeu puéril lui avait paru une bonne idée au départ, mais plus elle y réfléchissait, plus il lui semblait que cette attitude pourrait être interprétée comme une façon de l'éviter. Cela donnait l'avantage à Del, ce qu'elle ne pouvait accepter.

Elle garda pour elle son plan – ce qui était peut-être un bien grand mot. Comme sa présence n'était pas nécessaire à la répétition, les contacts avec ses amies s'en trouvèrent limités, de même que la tentation de se confier. Après avoir préparé la garniture et la crème au beurre qui couvrirait le Fraisier d'Été du samedi après-midi, elle vérifia son planning au tableau, et s'efforça de ne pas culpabiliser à l'idée de quitter la maison en catimini.

Elle ôta son tablier et réprima un juron. Elle ne comptait quand même pas débarquer chez Del en tenue de travail, toute chiffonnée et en sueur. Un brin de toilette s'imposait.

Laurel emprunta l'escalier de derrière et se glissa dans son appartement pour prendre une douche rapide. Une touche de maquillage ne serait pas non plus superflue. Et elle aimait les boucles d'oreilles. Elle avait bien le droit d'en porter avec un joli haut, non ? Ce n'était pas un crime de vouloir se montrer sous son meilleur jour quelles que soient les circonstances.

Refusant de se prendre la tête plus longtemps, elle emprunta de nouveau l'escalier de derrière dans l'idée de s'éclipser discrètement. Elle serait de retour avant qu'on ne remarque son absence, se rassura-t-elle.

— Où t'en vas-tu comme ça ?

Coincée.

Laurel se retourna et aperçut Mme Grady dans le potager.

— J'ai juste une petite course à faire.

— Il est neuf, ce chemisier, non ?

Elle détestait ce frisson de culpabilité qui lui chatouillait la nuque.

— Non. Oui. Enfin, si on veut. À quoi bon acheter un chemisier si on ne le porte pas, hein ?

— À quoi bon en effet, approuva Mme Grady. Allez, file. Et amuse-toi bien.

— Je ne vais pas... Peu importe, je n'en ai pas pour longtemps.

Elle contourna la maison et se dirigea vers sa voiture. Une heure maxi et elle...

— Salut. Tu sors ?

Par pitié ! Ils s'étaient tous donné le mot ou quoi ? Elle avait l'impression d'avoir une communauté de parents sur le dos. Elle se força à sourire à Carter.

— Oui, juste une bricole à régler. Je reviens tout de suite.

123

— D'accord. Je vais quémander une barquette de ragoût à Mme Grady. Nous la décongèlerons tout à l'heure. Si tu es intéressée.

— Merci, mais j'ai déjà avalé une salade. Bon appétit.

— On va se régaler, c'est sûr. Tu es toute belle, dis donc.

— Et alors ?

Laurel secoua la tête, effarée.

— Excuse-moi, ça m'a échappé. J'étais distraite. Euh... il faut que j'y aille.

Elle se hâta de grimper dans sa voiture avant de tomber sur quelqu'un d'autre.

Alors qu'elle accélérait, il lui vint à l'esprit qu'elle aurait mieux fait d'aller chez Del pendant la journée, en son absence. Elle savait où était caché le double de la clé et connaissait le code de l'alarme. Sauf qu'il en changeait sans doute régulièrement, comme la prudence le conseillait. Pourtant, elle aurait pu courir le risque. Elle serait entrée, aurait trouvé ses chaussures, et lui aurait laissé un message. Voilà qui aurait été futé.

Trop tard maintenant. Mais peut-être ne serait-il pas chez lui. Il avait une vie sociale active – copains, clients, petites amies. 19 h 30 par une belle soirée d'été ? Oui, il avait sans doute un rendez-vous de prévu – cocktails, dîner fin, et plus si affinités. Elle allait récupérer tranquillement ses escarpins et lui laisser un message marrant :

Cher kidnappeur de chaussures,
Nous nous sommes échappées et avons prévenu le FBI. Une équipe d'intervention est en route.
Les Prada

Del n'aimait pas perdre – qui aime ça ? –, mais il rirait de sa blague. Et ce serait la fin de l'histoire.

Tant qu'elle ne déclenchait pas l'alarme et ne se trouvait pas obligée de faire appel à ses talents d'avocat pour la tirer de ce mauvais pas. « Reste positive », se conseilla-t-elle avec un enthousiasme grandissant à l'idée de ce nouveau plan.

Qui retomba comme un soufflé lorsqu'elle aperçut la voiture de Del dans l'allée.

Bon, eh bien, retour au plan A.

Il s'était fait construire une maison magnifique. Sans doute était-elle trop grande pour un célibataire, mais elle comprenait le besoin d'espace. Elle savait que Jack avait conçu les plans selon les exigences très précises de Del. Pas trop traditionnelle, mais pas trop contemporaine non plus. Beaucoup de lumière, de grands volumes. L'étendue de graviers de rivière, et la hauteur du triple toit conféraient à l'ensemble une élégance décontractée qui convenait à son propriétaire.

Et elle avait parfaitement conscience de chercher à gagner du temps.

Elle descendit de voiture, marcha d'un pas décidé jusqu'à la porte d'entrée et sonna.

Elle se balançait d'un pied sur l'autre, pianotait d'une main sur sa cuisse. Elle était nerveuse, réalisat-elle. Qu'est-ce qui lui prenait ? Elle connaissait Del depuis toujours, ils avaient joué ensemble, gamins. Il leur était arrivé de se bagarrer, et ils avaient même été mariés deux ou trois fois, quand Parker parvenait à embarquer son frère dans leur jeu favori – non sans l'avoir au préalable harcelé, corrompu ou fait chanter. Et voilà que maintenant elle avait la frousse !

Quelle mauviette ! Et elle détestait les mauviettes.

D'un index rageur, elle enfonça une deuxième fois le bouton de la sonnette. La porte s'ouvrit enfin.

125

— Désolé, vous avez fait vite, et j'étais en train...

Chemise ouverte sur un torse où luisaient encore quelques gouttes d'eau, les cheveux mouillés, Del s'interrompit et inclina la tête de côté.

— Ce n'est pas le livreur du *China Palace*, constata-t-il.

— Non. Et je suis venue pour... Attends, le *China Palace* ne livre pas à domicile.

— Si, quand tu as défendu le fils des propriétaires pour détention de stupéfiant et que tu lui as obtenu une place dans un centre de désintoxication au lieu d'une cellule.

Avec un sourire, il crocheta le pouce dans la poche de son jean dont il avait remonté la braguette sans le boutonner.

— Salut, Laurel. Entre.

— Je ne suis pas ici en visite, mais pour récupérer mes chaussures. Va juste me les chercher et je serai partie avant que ton riz sauté aux crevettes n'arrive.

— J'ai commandé du porc à l'aigre-douce.

— Bon choix. Mes chaussures.

— Entre donc. On va discuter des conditions.

— Del, c'est absurde.

— J'aime l'absurde de temps à autre.

Pour régler la question, il lui attrapa la main et la tira à l'intérieur.

— Bon, tu veux une bière ? J'ai acheté de la Tsing-tao pour accompagner le dîner.

— Je ne veux pas d'une bière chinoise. Je veux juste mes escarpins.

— Désolé, mais ils resteront dans un lieu tenu secret jusqu'à ce que les conditions de la rançon soient fixées et remplies. Savais-tu qu'ils poussent de petits cris aigus quand on tord leurs talons tout mai-grichons ? fit-il remarquer, mimant le geste de ses poings serrés. Ça fiche un peu le frisson.

126

— Je sais que tu te crois drôle – et, je l'admets, tu n'as pas entièrement tort. Mais j'ai une longue journée épuisante derrière moi et je voudrais juste récupérer mes chaussures.

— Après une longue journée épuisante, tu mérites une Tsingtao. Tiens, voilà le dîner. Et si tu allais sur la terrasse derrière ? C'est très agréable. Oh, et prends deux bières dans le frigo au passage ! Salut, Danny, comment ça va ?

Elle aurait pu protester. Et même faire une scène. Mais Del ne lui rendrait pas ses chaussures tant qu'il ne serait pas d'humeur. « Reste zen », s'adjura-t-elle. Avec un léger grincement de dents quand même, elle se dirigea vers la cuisine tandis que Del et le livreur parlaient base-ball. Apparemment, un joueur d'une équipe quelconque avait réussi un home-run imparable la veille.

Elle entra dans la spacieuse cuisine baignée d'une douce lumière de début de soirée. Elle savait qu'il en faisait usage et ne se contentait pas de repas à emporter. Il gardait quelques spécialités en réserve au congélateur – des mets raffinés destinés à séduire la gent féminine –, et n'avait pas son pareil pour préparer les omelettes le lendemain matin.

D'après ce qu'on lui avait dit.

Laurel ouvrit le réfrigérateur et sortit deux bières bien fraîches du freezer. Elle remarqua une sélection pratique de ragoûts et soupes de Mme Grady dans des barquettes étiquetées.

Cette femme nourrissait le monde entier.

Elle versait la deuxième bière quand Del apparut avec la commande du restaurant.

— Tu vois, j'ai pris une bière, lança-t-elle. Je considère que les conditions sont remplies. Quand je l'aurai bue, tu me donneras mes chaussures.

Le regard de Del se teinta d'un soupçon de commisération.

— Je ne crois pas que tu comprennes clairement la situation. C'est moi qui fixe les conditions.

Il prit deux assiettes et des serviettes, puis sortit deux jeux de baguettes d'un tiroir.

— Je ne veux pas dîner.

— Des raviolis à la vapeur, dit Del, agitant l'un des sachets. Tu as un faible, tu sais bien.

Il avait raison. Et puis, la fébrilité combinée aux bonnes odeurs de nourriture lui aiguisait l'appétit.

— Bon d'accord, une bière et un ravioli, céda-t-elle.

Elle porta les verres jusqu'à la table sur la terrasse qui dominait le vaste jardin.

L'eau de la piscine scintillait. À proximité se dressait un charmant belvédère qui abritait un gril imposant. Quand il organisait une fête l'été, Del était connu pour régner en maître sur l'engin tandis que les invités jouaient à la balle au prisonnier sur la pelouse ou s'éclaboussaient dans la piscine.

Il savait recevoir. Sans doute était-ce dans les gènes.

Il sortit avec un plateau chargé de cartons et d'assiettes. Au moins avait-il boutonné sa chemise, nota Laurel. Si seulement elle ne le trouvait pas si attirant, elle parviendrait à dominer son trouble en sa présence.

— Je comptais manger devant le sport à la télé avant de regarder quelques dossiers. Mais là, c'est beaucoup mieux, dit-il en posant un set devant elle avant d'ouvrir les cartons.

Il s'assit et entreprit de goûter le contenu de chacun.

— Il y avait une répétition ce soir, c'est ça ? Comment ça s'est passé ?

— Bien, j'imagine. Comme on n'avait pas besoin de moi, je me suis avancée dans mes préparatifs pour le week-end.

— J'assisterai à la cérémonie de dimanche, lui apprit-il. J'étais avec Mitchell à l'université, et c'est moi qui ai rédigé leur pacte civil. Quelle pièce montée ont-ils choisie ?

Laurel s'assit à son tour et sirota sa bière.

— Triple Délice Choco : moelleux au chocolat corsé fourré à la mousse de chocolat blanc et glaçage chocolat.

— Elle porte bien son nom.

— Ils adorent le chocolat. Chaque étage alternera avec une composition de géraniums rouges sur un plateau de mousse pour fleurs fraîches. Et Emma a prévu de confectionner un cœur en géraniums entrelacés à placer au sommet. Bon, tu veux que je te demande comment s'est passée ta journée ?

— Pas la peine d'être cassante.

Elle soupira. Il avait raison.

— Tu as volé mes chaussures, fit-elle remarquer avant de céder aux délicieux effluves de nourriture.

— Voler est un grand mot.

— Elles m'appartiennent et tu les as prises sans permission.

Elle mordit dans un ravioli à la vapeur. Un délice.

— Quelle valeur leur accordes-tu ?

— Ce ne sont que des chaussures, Del.

— À d'autres, fit-il avec un ricanement, balayant la remarque d'un revers de main. J'ai une sœur. Je sais la valeur que vous autres, filles, accordez à ce que vous mettez aux pieds.

— Bon, d'accord, qu'est-ce que tu veux ? De l'argent ? Des gâteaux ? Que je fasse le ménage chez toi ?

— Toutes ces options sont envisageables. Mais ça, c'est un début agréable. Tu devrais goûter le porc à l'aigre-douce.

Laurel faillit s'étrangler avec sa bière.

— Ça ? Tu veux dire ce repas ? Mais… je suis passée à l'improviste. Il s'agit d'une libération d'otages, pas d'un dîner en tête à tête…

Elle se tut, de nouveau nerveuse.

— Bon d'accord, reprit-elle, essayons de détendre l'atmosphère. J'ai l'impression d'avoir déclenché…

— Un truc ? suggéra Del.

— Un truc si tu veux. J'étais de mauvaise humeur et j'ai cédé à une impulsion. Et toi, tu as réagi au quart de tour. Je comprends maintenant, te connaissant, que te dire « nous sommes quittes » revenait à te jeter un gant. Tu n'as pas pu laisser tomber, alors tu m'as piqué mes maudits escarpins. Et à présent, tu me fais le coup du dîner romantique au soleil couchant, alors que nous savons pertinemment tous les deux que tu n'as jamais pensé à moi ainsi.

Del réfléchit un instant.

— C'est inexact. Il serait plus juste de dire que j'ai essayé de ne pas penser à toi ainsi.

Pour le moins interloquée, Laurel s'adossa à sa chaise.

— Et tu t'en es sorti comment ?

Il fit couci-couça de la main.

Elle le foudroya du regard, exaspérée.

— Bon sang, Del, tu es impossible !

7

Il ne pouvait pas dire que c'était la réaction à laquelle il s'attendait, mais avec Laurel c'était souvent le cas.

— Ah oui ? fit-il. Et pour quelle raison suis-je impossible ?

— Parce que c'est précisément la chose à dire. Tu es doué pour toujours dire ce qu'il faut, sauf quand tu es complètement à côté. Mais en général, tu dis ce qu'il faut. C'est juste que je n'ai pas envie de l'entendre.

— Tu aurais dû être avocate.

— Passe-moi un autre ravioli, marmonna-t-elle.

Cette fille l'avait toujours enchanté, sauf quand elle l'énervait. Ce qui revenait sans doute au même.

— Tu te souviens quand on est tous allés chez les parents d'Emma pour le *Cinco de Mayo* ? fit-il.

— Évidemment, répondit-elle, contemplant sa bière d'un air renfrogné. J'avais bu trop de tequila, ce qui était naturel vu la fiesta que c'était. Ce n'est pas tous les jours le *Cinco de Mayo*. Tu as joué au grand frère et tu es resté assis avec moi sur les marches du perron.

— Ce n'est pas jouer au grand frère que de s'inquiéter un tant soit peu d'une amie qui a trop picolé, objecta Del avant de saisir un morceau de porc à l'aigre-douce entre ses baguettes. Enfin, peu importe. Un peu plus tôt, j'étais avec Jack, et je matais les filles dans la foule, comme vous faites avec les mecs.

— Il vaut mieux entendre ça que d'être sourd.

— Et là, je repère une fille en robe bleue avec des jambes sublimes et...

Le geste vague sur lequel il termina sa phrase donna à Laurel une idée assez précise de ce qu'il entendait par *et*.

— Jolie, je me suis dit, très jolie même, ce que j'ai d'ailleurs confié à Jack. Il m'a fait remarquer que les jambes et le reste se trouvaient t'appartenir. Ça m'a fichu un coup, je l'admets.

Il guetta sa réaction sur son visage, et y lut un choc sincère.

— Pour être totalement franc, continua-t-il, j'admets aussi que ce n'était pas la première fois. Alors que ce soit la chose à dire ou pas, c'est l'entière vérité.

— Je ne me réduis pas à une paire de jambes *et*.

— Non, mais tu n'en es pas moins une belle femme. Ça aussi, c'est vrai. Certains ont un faible pour les raviolis chinois, d'autres pour les belles femmes.

Le regard de Laurel se perdit dans la pénombre grandissante, par-delà la terrasse.

— Je devrais être furax.

— Tu es aussi l'une de mes amies les plus chères et on se connaît depuis toujours, ajouta-t-il avec un sérieux retrouvé. Ça compte. Beaucoup.

— En effet, approuva-t-elle.

Elle repoussa son assiette avant de se rendre malade.

— Selon moi, il est aussi normal de dire quelque chose d'inattendu, ou au moins de surprenant, bouleversé comme j'étais après ton geste de l'autre soir.

Tandis que la nuit tombait peu à peu, l'éclairage extérieur s'alluma, baignant le jardin et le patio d'une douce lumière. Le chant plaintif d'un huart résonna dans le lointain. Del fut frappé par l'atmosphère étrangement romantique qui, d'une certaine façon, convenait à merveille à cet instant.

— Comme c'est délicatement exprimé.

— C'est un premier rendez-vous, répliqua-t-il, ce qui fit rire Laurel.

— Je suis juste venue chercher mes chaussures.

— Bien sûr que non.

Elle laissa échapper un soupir.

— Peut-être pas, mais je pensais que tu serais sorti pour un vrai rendez-vous. Je serais entrée en catimini récupérer les otages et tu aurais fait une drôle de tête en trouvant le message que je t'aurais laissé.

— Et nous aurions manqué tout ça.

— Voilà, c'est reparti, murmura Laurel. À mon avis, cette situation est en partie une conséquence directe du moratoire sexuel que j'avais décrété.

Amusé, Del but une gorgée de bière.

— Et comment ça marche pour toi ?

— Trop bien, il faut croire. Ces derniers temps, il semblerait que je sois plus que d'habitude, disons, sujette à certaines démangeaisons.

— En toute amitié, je pourrais t'emmener à l'étage et t'aider à les soulager. Mais cette solution ne me convient pas vraiment.

Laurel faillit dire qu'elle pouvait se débrouiller toute seule, merci quand même, mais ce serait pousser le bouchon trop loin, même entre amis. Elle se contenta d'un haussement d'épaules.

— Ce n'est pas comme Jack et Emma, fit remarquer Del.

— Jack et Emma ne soulagent pas une simple démangeaison ! Ils sont...

— Eh, tout doux, Bronco, la calma-t-il. Ce n'est pas ce que je voulais dire. Ils étaient amis depuis combien, dix ou douze ans ? C'est long. Nous deux, on se connaît depuis toujours. Entre nous, ce n'est pas seulement une histoire d'amitié, mais pour ainsi dire de famille. Pas dans le sens incestueux et illégal du terme qui donnerait à cette conversation un côté flippant. Par famille, je pense plutôt tribu. Oui, c'est ça, on pourrait dire que nous sommes de la même tribu.

— Tribu, répéta Laurel. Tu as réfléchi à la question, apparemment. Et je suis plutôt d'accord avec toi.

— Voilà qui est agréable, pour une fois. Ce que je veux dire, c'est qu'on parle de changements qui nous concernent nous, personnellement, mais aussi la tribu.

Le coude sur la table, elle cala le menton dans la main.

— Je parie que tu veux être le chef. Il faut toujours que tu diriges.

— Tu peux être le chef si tu me bats au bras de fer.

Elle possédait une force physique dont elle s'enorgueillissait, mais elle connaissait aussi ses limites.

— Et en temps que chef de tribu, tu as déjà décidé comment ça allait se passer.

— J'ai, pourrait-on dire, les grandes lignes d'une idée.

— Tu ressembles tellement à ta sœur. Ça y est peut-être pour quelque chose. Si Parker était un homme, ou qu'on était toutes les deux lesbiennes, on serait sûrement mariées. Ce qui signifierait que je n'aurais plus jamais à me prendre la tête avec de fichus rencards, mon agacement à ce sujet étant la cause principale de ma phase d'abstinence. Et sans doute de cette conversation.

— Tu veux que je te dise quelle est mon idée ?

— Oui, mais je fais l'impasse sur l'interro qui ne manquera pas de suivre.

— On va se donner un mois.

— Pour quoi faire ?

— Pour s'habituer à se voir dans cette nouvelle optique. On va sortir, seuls ou avec des gens, s'inviter l'un chez l'autre, avoir des conversations, partager des loisirs. On se fréquentera comme n'importe quel couple au début d'une nouvelle relation. Étant donné le lien tribal qui nous unit et, je suppose, le désir mutuel de limiter les dommages potentiels à notre relation actuelle...

— Qui est l'avocat ici ?

— Étant donné donc les susdits arguments, et bien que cela ne m'enchante pas, nous prolongerons la phase d'abstinence sexuelle.

— Toi aussi ?

— Ce n'est que justice.

— Hmm, fit Laurel, qui passa de la bière à l'eau. Si je te comprends bien, nous ferions tous les trucs que font ensemble des adultes consentants et sans attaches, à part l'amour physique, ensemble ou avec n'importe qui d'autre.

— C'est l'idée, en effet.

— Pendant un mois.

— Ne m'en parle pas.

— Pourquoi un mois ?

— C'est un délai raisonnable pour que l'un et l'autre déterminions si nous souhaitons passer à l'étape suivante. C'est une étape décisive, Laurel. Je tiens trop à toi pour la précipiter.

— C'est plus difficile de se fréquenter que de coucher ensemble, observa-t-elle.

Il rit.

— Avec qui es-tu donc sortie ? Je m'efforcerai de te rendre la tâche facile. Que dirais-tu d'aller voir un film après l'événement de dimanche ? Juste une soirée au cinéma.

Elle inclina la tête.

— Qui choisit le film ?

— On négociera. Pas de mélo.

— Pas de film d'horreur.

— Ça marche.

— Tu devrais peut-être rédiger un contrat.

Il répondit à cette pique par un haussement d'épaules.

— Si tu as une meilleure idée, je suis ouvert à toutes les suggestions.

— Je n'en ai pas. Jamais je n'aurais pensé qu'on en arriverait à un point où il me faudrait une idée. Et si on se contentait de coucher ensemble et de dire qu'on est quittes ?

— D'accord.

Comme elle restait bouche bée, il afficha un grand sourire.

— Non seulement, je te connais, mais je sais quand tu bluffes.

— Tu ne sais pas tout de moi.

— Non, et c'est tant mieux. Voilà pourquoi il est souhaitable, à mon avis, qu'on prenne un peu le temps d'apprendre à mieux se connaître. Si tu es d'accord, je suis partant.

Laurel étudia le beau visage si familier de Del, son regard serein, sa posture décontractée.

— On voudra sans doute s'assassiner mutuellement la moitié du temps.

— Ça n'aurait rien de nouveau. Alors, tu es partante ou pas ?

— Je suis partante.

Elle lui tendit la main pour sceller le marché.

— Je crois que cet instant exige davantage qu'une poignée de main, fit-il remarquer.

Il lui prit néanmoins la main, et se leva en l'obligeant à l'imiter.

— Et puis, continua-t-il, nous devrions voir ce que ça fait quand nous ne sommes fâchés ni l'un ni l'autre.

Un léger frisson d'anticipation et de nervosité mêlées chatouilla le dos de Laurel.

— Je le suis peut-être.

— Non, il n'y a pas de petit pli là, répondit-il, effleurant du doigt l'endroit entre ses sourcils. Ça te trahit toujours.

— Attends, dit-elle, comme il glissait les mains le long de ses bras. Maintenant, je suis gênée. Ça ne me va pas de trop réfléchir et...

Del l'attira à lui et, avec une lenteur calculée, lui frôla les lèvres de doux baisers qui la réduisirent au silence.

— Bon d'accord, murmura-t-elle, avant de nouer les bras autour de son cou.

Une surprise agréable de plus, songea Del, ravi de la tendresse mêlée d'audace exploratrice qui avait remplacé la brusquerie quelque peu expéditive de leur premier baiser. Il connaissait son odeur, sa silhouette, mais découvrait avec bonheur son goût, fruité et enivrant. Il savoura l'instant, le fit durer, entraînant Laurel avec lui dans ce maelström de sensations nouvelles.

Quant à Laurel, elle s'abandonna tout entière à la magie du moment – un moment dont elle avait rêvé des dizaines de fois. Une douce soirée d'été, les lumières tamisées sur la terrasse, le soupir paisible d'une brise d'été... Les fantasmes idiots d'une gamine amoureuse métamorphosés avec le temps en désir de femme.

Aujourd'hui, le rêve était devenu réalité. Et dans ce baiser, elle sentait le désir de Del s'unir au sien avec la même puissance. Quoi qu'il advienne, cet instant de bonheur absolu lui appartiendrait à jamais.

Lorsque leurs lèvres se séparèrent, Del ne relâcha pas son étreinte.

— Depuis combien de temps c'est là, tu crois ? murmura-t-il.

— Difficile à dire.

Comment lui avouer ?

Il inclina de nouveau son visage vers le sien, picora sa bouche de baisers tentateurs, avant de la capturer avec une fougue qui les laissa tous deux haletants.

— Je ferais mieux d'aller chercher tes chaussures.

— D'accord, acquiesça-t-elle.

Elle l'attira pourtant à elle et s'empara de ses lèvres avec une fièvre insoupçonnée qui fit grimper la température de plusieurs degrés. Lorsqu'il glissa les mains le long de ses flancs pour lui agripper les hanches, elle laissa échapper un gémissement.

Del vacilla au bord du gouffre avant de s'arracher à contrecœur à leur étreinte.

— Chaussures, parvint-il à articuler. Il faut vraiment que tu partes. Tout de suite.

Ébranlée, Laurel s'adossa à la rambarde de la terrasse.

— Je te l'avais dit, c'est plus difficile de sortir ensemble que de coucher.

— Nous ne sommes pas du genre à reculer devant un défi. Tu as des lèvres envoûtantes. J'ai toujours aimé ta bouche. Je l'aime encore plus maintenant.

Elle sourit.

— Viens ici et répète un peu ça.

— Il ne vaut mieux pas. Je reviens tout de suite avec les otages.

Laurel le suivit du regard et se dit que le mois à venir promettait d'être long. Très long.

Selon toutes probabilités, il lui serait plus simple de réintégrer discrètement ses pénates que de les quitter. Carter et Mac seraient chez eux, Emma et Jack aussi. Mme Grady serait devant sa télé avec un thé, ou sortie avec des copines. Quant à Parker, elle travaillerait sans doute encore, mais dans son appartement au deuxième, vêtue d'une tenue confortable.

Laurel se gara, rassurée par les lumières dans le studio et la maison d'amis. Elle avait envie d'un peu de solitude pour repenser à tout ce qui était arrivé ce soir.

Sa bouche la picotait encore des baisers de Del, sa peau vibrait encore de ses caresses. Elle était sur un petit nuage. Si elle avait tenu un journal, elle aurait couvert la page du jour d'une nuée de fleurs et de petits cœurs.

Puis elle l'aurait déchirée, parce que c'était gênant. Mais elle l'aurait fait quand même.

Souriant à cette idée, elle se faufila à l'intérieur du manoir et referma la porte sans bruit derrière elle. Elle ne monta pas l'escalier sur la pointe des pieds, mais tout juste.

— C'est à cette heure-ci que tu rentres ?

Elle faillit pousser un cri. Elle pivota d'un bloc et se laissa choir sur les marches avant de perdre l'équilibre.

— Parker ! Tu es plus terrifiante qu'un rottweiller ! Qu'est-ce qui te prend ?

— Ce qui me prend ? Je suis descendue me chercher un yaourt et je remonte dans ma chambre, répondit-elle, agitant ledit yaourt. Pourquoi montes-tu sur la pointe des pieds ?

— Je marchais tout à fait normalement. Mais en silence. Tu as des yaourts dans ton mini-réfrigérateur en haut.

— Plus à la myrtille. Et j'en voulais un à la myrtille. Ça te dérange ?

— Non, pas du tout, la rassura Laurel, qui se tapota le cœur, encore sous le choc. Bon sang, tu m'as fichu une de ces frousses.

Parker braqua sa petite cuillère sur elle.

— Tu as une mine coupable.

— N'importe quoi.

— Si, je sais reconnaître une mine coupable quand j'en vois une.

— Pourquoi devrais-je me sentir coupable ? Je suis rentrée en retard, maman ?

— Tu vois, coupable.

— D'accord, je me rends, soupira Laurel, les mains levées. Je suis juste allée chez Del chercher mes chaussures.

— Laurel, je ne suis pas aveugle. Tu les tiens à la main.

— Exact. Elles sont trop géniales et je tenais à les récupérer, se justifia-t-elle, caressant l'une d'elles avec affection. Il avait commandé un repas chinois. Il y avait des raviolis à la vapeur.

— Ah, fit Parker avec intérêt.

Elle monta les marches et s'assit à côté de son amie.

— Je n'avais pas l'intention de rester, mais pour finir, j'ai cédé. Nous avons dîné sur la terrasse et discuté de la fois où je l'ai embrassé. Et de celle où il m'a rendu la pareille, dont je ne t'avais pas parlé d'ailleurs. Ça me paraît plus bizarre d'en parler avec toi qu'avec lui.

— Tu t'y feras.

— Je fais un effort, non ? Enfin, peu importe. Nous nous sommes interrogés sur la suite à y donner, et il avait un plan.

— Bien sûr, dit Parker avec un sourire avant de plonger sa cuillère dans le yaourt.

— Pour toi, ce n'est pas une surprise parce que vous sortez du même moule. Je lui ai dit que si toi et moi étions homos, nous serions mariées.

Parker hocha la tête sans cesser de manger.

— Pas impossible.

— Bref, nous avons décidé de sortir ensemble, comme un couple normal, à part le sexe.

Parker arqua les sourcils.

— Vous sortez ensemble, mais sans coucher ?

— Pendant trente jours. Passé ce délai, nous saurons si nous tenons assez l'un à l'autre pour sauter le pas. Voilà pour la théorie. Je sais, ça fait très adulte et raisonnable, mais nous en avons déjà très envie tout de suite.

— Hmm, pas bête comme théorie.

— Tu n'y vois pas d'inconvénient ?

Parker frotta légèrement le crâne de Laurel de sa main repliée.

— Bien sûr que non ! Pourquoi en verrais-je ? Et si j'en voyais, tu me dirais d'aller au diable et de m'occuper de mes oignons. Tu veux un peu de yaourt ?

— Non, merci. Pas après les raviolis.

Laurel posa la tête sur l'épaule de son amie.

— Je suis contente de ne pas avoir réussi à rentrer en douce.

— D'autant que j'ai décidé de me montrer magnanime et de ne pas me sentir insultée.

— Tu es la meilleure des copines.

— C'est vrai. Je le suis. Je sais qu'il a un peu tendance à mener tout le monde à la baguette. Normal, même moule. Mais c'est un homme bien. Il te mérite, ajouta Parker, qui posa une main sur celle de Laurel. Il faut qu'on signe un pacte, toi et moi : s'il te prend l'envie de médire sur lui, fais comme on l'a toujours fait avec tous les garçons. Ne te sens pas gênée parce que c'est mon frère. Moi, je ne t'en tiendrai pas rigueur pour la même raison.

— D'accord.

Elles s'accrochèrent les petits doigts pour sceller le pacte.

— Bon, je monte finir quelques bricoles, dit Parker en se relevant. Si tu ne mets pas Emma et Mac au courant, tu sais qu'elles seront vexées.

— Je leur raconterai, assura Laurel avant d'emboîter le pas à son amie.

Décidé à mettre cartes sur table, Del s'arrangea pour retrouver Jack à une séance de gym matinale. Pour faire bonne mesure, il lui demanda d'y traîner aussi Carter. Il commença par un entraînement de cardio, tandis que Carter s'approchait du tapis de jogging avec une appréhension évidente.

— J'essaie d'éviter ce genre d'exercice en public, expliqua-t-il. Il pourrait y avoir des blessés.

— Commence en douceur, et accélère d'un cran toutes les deux ou trois minutes.

— Facile à dire.

— Cet endroit m'a manqué, dit Jack qui, par solidarité, prit la machine de l'autre côté de Del. C'est pratique d'avoir une salle de gym à domicile, mais il manque l'ambiance du groupe. Plus toutes les sportives en tenue légère. Je suis fiancé, mais pas moins homme, ajouta-t-il face au regard réprobateur de Del.

— Je ne comprends pas qu'on marche sur des tapis électriques, alors qu'il y a des trottoirs dehors, grommela Carter, qui tenait la barre de maintien – juste au cas où. Et ils ne se dérobent pas sous vos pieds.

— Passe à la vitesse supérieure, Carter. Les escargots te dépassent. Alors, comment va Macadamia ?

Le front plissé, Carter poussa imperceptiblement la manette.

— Bien. Elle a une séance photos au studio juste après la réunion du matin. C'est sans doute une bonne idée de ne pas être dans ses pattes une heure ou deux.

— Tu auras bientôt ton bureau, lui rappela Jack. Ensuite, nous passerons à l'atelier d'Emma, puis à la cuisine de Laurel.

— À propos de Laurel, nous sortons ensemble, annonça Del à brûle-pourpoint. Ça va, Carter ? s'inquiéta-t-il en entendant un *aïe* sonore sur sa gauche.

— J'ai juste trébuché. Euh... par ensemble, tu veux dire elle et toi ?

— C'est la définition que je donnerais, oui.

— C'est là que j'interviens pour te sauter à la gorge et te demander ce qui te prend d'abuser d'une de mes filles.

Del tourna la tête vers Jack, augmentant sa vitesse d'un geste vigoureux.

— Contrairement à toi, je n'agis pas en catimini.

— Si je n'ai rien dit au début pour Emma, c'est parce que je ne savais pas trop comment faire, mais ça n'a pas duré longtemps. Et puis, épouser l'une des filles du quatuor me confère certains devoirs et privilèges. Si tu couches avec Laurel...

— Je ne couche pas avec Laurel. Nous sortons ensemble.

— C'est ça, et vous allez vous contenter d'admirer le clair de lune, main dans la main, et de chanter des chansons de scouts en duo.

— Pendant un moment, oui. Sauf les chansons. Pas de commentaire, Carter ? demanda Del.

— Je suis trop occupé à essayer de rester debout, répondit celui-ci, les mains crispées sur la barre. Comme ça, spontanément, je dirais que c'est un retournement de situation rapide.

— J'étais à mille lieues de m'en douter, dit Jack, qui accéléra au même rythme que Del. Quand ce coup de théâtre s'est-il produit ?

— Nous nous sommes disputés et elle a fini par me balancer, démonstration à l'appui, que je n'étais pas son frère. Et j'ai abondé dans son sens. Alors, voilà, nous sortons ensemble et je vous en informe.

— D'accord ? Cinq kilomètres ?

— C'est parti. Plus vite, Carter.

— Seigneur, soupira celui-ci.

Le dimanche matin, Laurel quitta sa cuisine pour le briefing de la fête du jour. Elle arriva bonne dernière.

— Je ne suis pas en retard, se défendit-elle, la main levée.

Comme elle avait déjà bu deux cafés, elle opta pour une bouteille d'eau.

— Pour info, il pleut, fit-elle remarquer.

— D'après la météo, le temps va se lever en milieu de matinée, annonça Parker. Mais préparons-nous à tout rentrer si la pluie continue.

— Les compositions florales sont plutôt simples, intervint Emma. Si le temps s'éclaircit à midi, tout peut être prêt dehors pour 13 heures. Sinon, nous installerons le décor dans le salon d'honneur. Il suffira d'ajouter un bel arrangement sur la cheminée et des candélabres. Les deux suites seront prêtes pour 10 heures.

— Arrivée des mariés prévue à 11 heures.

— Je m'occuperai des portraits officiels assez vite, expliqua Mac. Chacun a une sœur qui lui sert de témoin, ce qui donnera sûrement quelques belles photos dans cette dynamique. Avec deux hommes, en plus des deux témoins, le temps de coiffage et de maquillage sera réduit. Je devrais avoir terminé pour midi, midi et quart.

— Les invités arrivent à midi trente pour un cocktail rapide, lut Parker sur son programme. Mise en place à 13 heures pour la cérémonie en extérieur. Les deux témoins descendront jusqu'à l'autel ensemble, puis les mariés se rejoindront chacun par un côté. Durée de la cérémonie, vingt minutes. Photos, amuse-bouches.

— Un quart d'heure devrait suffire, précisa Mac.

— Retour des mariés à 13 h 45, buffet, brunch, toasts. Première danse annoncée par le DJ à 14 h 30. Découpage de la pièce montée à 15 h 30.

— Toutes les pâtisseries sont prêtes pour le buffet des desserts. J'aurai terminé la pièce montée pour 10 heures et elle pourra être transportée dans le salon d'honneur. Nos clients ont demandé à emporter l'étage supérieur qui sera placé dans une boîte au moment du découpage.

— D'accord. 15 h 40, poursuite du bal jusqu'à 16 h 15. Transfert des cadeaux. Annonce de la dernière danse. Fin des festivités à 16 h 30. Des questions ? Désastres potentiels ?

— Pas de mon côté, répondit Mac. Ils sont adorables tous les deux et devraient se laisser photographier avec plaisir.

— Ils ont choisi de grosses boutonnières en géraniums assortis à la pièce montée, ajouta Emma. Très mignon.

— Ils ont rédigé eux-mêmes le texte de la cérémonie, précisa Parker en tapotant son dossier avec son stylo. Il est très émouvant. Les mouchoirs seront de sortie. Laurel, rien de spécial ?

— Il ne me manque plus que la décoration à poser au sommet de la pièce montée et c'est bon.

— Elle est au frais, dit Emma. Je te l'apporte tout à l'heure.

— Dans ce cas, fin de la réunion, décréta Laurel, qui se leva.

— Pas si vite, l'arrêta Mac, l'index brandi avec autorité. Fini pour le boulot, passons aux affaires personnelles. Quelles sont les dernières nouvelles côté Del ?

— Il n'y en a pas. Je vous ai tout dit il y a huit heures.

— Il n'a pas appelé ? voulut savoir Emma. Ou laissé un message ?

— Si, un mail avec une liste de films pour ce soir.

— Ah, fit Emma, qui s'efforça de masquer sa déception. Comme c'est attentionné.

— Pratique, je dirais, corrigea Laurel. C'est Del. Et c'est moi. Je n'attends pas de billets doux et de charmants petits messages olé olé.

— C'est amusant pourtant, murmura Emma. Jack et moi, on s'en envoyait plein. On continue, d'ailleurs.

— Que vas-tu porter ? enchaîna Mac.

— Je n'en sais rien. C'est juste une sortie au cinéma.

— Mais lui sera habillé puisqu'il est invité au mariage, lui rappela Emma. Alors rien de trop décontracté. Tu devrais mettre ton haut bleu. Tu sais, celui avec le col en U qui se ferme dans le dos. Il te va tellement bien. Avec le corsaire blanc que j'aimerais tant pouvoir porter, mais qui me fait des jambes courtaudes. Et tes mules à petits talons.

— C'est bon, merci pour les conseils d'habillage.

— Tout le plaisir est pour moi, répliqua Emma, qui accueillit le sarcasme avec un large sourire.

— Nous avons un pari en cours, l'informa Mac. Personne ne croit que vous tiendrez les trente jours. C'est Carter qui vous accorde le plus de volonté avec vingt-quatre jours.

— Vous avez parié sur la date à laquelle je vais coucher avec Del ?

— Je veux. Toi, tu es disqualifiée d'office, la coupa Mac, comme Laurel voulait protester. Conflit d'intérêt. Je te donne seize jours. Pas par volonté, juste par obstination – au cas où ça pourrait t'influencer pour m'aider à augmenter mon budget mariage.

— C'est de la triche, c'est de la triche, chantonna Emma.

— Il y a combien dans la cagnotte ?

— Nous avons donné chacun cent dollars.

— Cinq cents ? Sérieux ?

— Six cents, en comptant Mme Grady.

— Misère.

— Nous avions commencé à dix dollars par tête de pipe, expliqua Emma, qui choisit une fraise et la croqua. Mais Mac et Jack ont fait de la surenchère, et j'ai été obligée de les arrêter à cent. C'est Parker qui tient la banque.

— Et si on couche ensemble sans rien dire à personne ? suggéra Laurel avec un air de défi.

Mac leva les yeux au ciel.

— Je t'en prie... D'abord, tu serais incapable de

garder un truc pareil pour toi et, même si tu te taisais, on le devinerait.

— Je déteste quand tu as raison. Et personne n'a misé sur les trente jours ?

— Personne.

— D'accord, voilà ce que je propose. Puisque c'est moi qui couche, enfin peut-être, je ne vois pas pourquoi je serais disqualifiée. J'ajoute cent dollars au pot, et si on tient les trente jours, je remporte la mise.

Des objections fusèrent, mais Parker les fit taire d'un geste.

— C'est une proposition équitable.

— Tu connais son esprit de compétition, protesta Mac. Elle est capable de se retenir juste pour gagner.

— Dans ce cas, elle l'aura bien mérité. Donne-moi tes cent dollars, je les ajouterai à la cagnotte.

— Ça marche, dit Laurel, qui se frotta les mains, toute guillerette. Depuis le temps, mon abstinence forcée porte enfin ses fruits. Bon, j'ai un glaçage qui m'attend, ajouta-t-elle, esquissant quelques pas de boogie sur le seuil. À plus, les pigeonnes.

— Rira bien qui rira la dernière, dit Parker après son départ. Bon, mesdemoiselles, au boulot.

8

C'était à la fois étrange et intéressant de sortir avec Del en tant que petite amie et non plus comme un simple membre du groupe. La situation était confortable à bien des égards, s'aperçut vite Laurel. Premier avantage, ils n'avaient pas à écouter la vie de l'autre. Ils la connaissaient déjà.

Pas la pièce montée tout entière, mais la plupart des étages, ce qui rendait d'autant plus amusante la découverte des autres.

Elle savait qu'il avait travaillé pour la *Law Review*, célèbre revue de droit à Yale, et avait joué dans l'équipe universitaire de base-ball jusqu'à la licence. Le droit et le sport étaient ses deux grandes passions. Mais elle ignorait que sa carrière résultait d'un choix délibéré entre les deux.

— Je ne me doutais pas que tu avais envisagé sérieusement de devenir joueur de base-ball professionnel.

« On en apprend des choses, au troisième rendez-vous », se dit-elle.

— Très sérieusement. Assez en tout cas pour le garder pour moi, enfin presque.

Ils se promenaient dans le parc, mangeant des cônes glacés, tandis qu'un rayon de lune argenté faisait scintiller la surface de l'étang. L'épilogue parfait d'un dîner décontracté en tête à tête, selon Laurel.

— Qu'est-ce qui a fait pencher la balance ?

— Je n'étais pas assez bon.

— Qu'en sais-tu ? Je t'ai vu jouer au lycée, et une ou deux fois à Yale – et au softball, depuis.

Les sourcils légèrement froncés, elle observa son profil tout en marchant.

— Je ne considère peut-être pas le base-ball comme ma religion, contrairement à certains, reprit-elle, mais je comprends le jeu. Tu savais ce que tu faisais.

— C'est vrai. Et j'étais plutôt bon. Mais plutôt bon ne suffit pas. J'aurais peut-être pu réussir en m'y consacrant à fond. J'ai parlé à quelques découvreurs de talents du centre de formation des Yankees.

— Non ! s'exclama-t-elle en lui décochant un coup de coude dans le bras. Sérieux ? Les Yankees t'avaient repéré ? Pourquoi n'étais-je pas au courant ?

— Je n'en ai jamais parlé à personne. J'ai dû faire un choix : devenir un excellent juriste ou un honnête joueur de base-ball.

Laurel se souvenait de l'avoir regardé jouer depuis… toujours, réalisa-t-elle. Elle le revoyait encore à ses débuts chez les minimes.

Dieu qu'il était mignon !

— Tu adorais le base-ball.

— C'est toujours le cas. Je me suis juste rendu compte que je ne l'aimais pas assez pour m'y consacrer entièrement et y sacrifier tout le reste. Bref, je n'étais pas assez bon.

Elle comprenait. Très bien, même. Aurait-elle été capable de prendre une décision aussi raisonnable et renoncer à sa passion ?

— T'arrive-t-il de regretter ?

— Chaque été. Environ cinq minutes, répondit Del en posant le bras sur ses épaules. Mais tu sais, quand je serai un vieux monsieur assis dans son rocking-chair sur la terrasse, je raconterai à mes arrière-petits-enfants qu'à une époque, les Yankees avaient voulu me recruter.

Elle ne parvint pas vraiment à visualiser le tableau, mais l'idée la fit sourire.

— Ils ne te croiront pas.

— Bien sûr que si. Ils m'adoreront. Ainsi que ma poche pleine de bonbons. Et toi ? Tu as un regret ?

— J'en ai sans doute beaucoup plus que toi.

— Pourquoi ?

— Parce que tu sembles avoir toujours su – et Parker aussi – quelle direction prendre dans la vie. Alors voyons...

Elle réfléchit tout en croquant dans le cône en gaufrette.

— Alors voilà. Parfois, je me demande quelle aurait été ma vie si j'étais allée m'installer en France. J'aurais ma propre pâtisserie de luxe, tout en multipliant les liaisons passionnées.

— Ben voyons.

— Je créerais des merveilles pour les têtes couronnées et les stars. Et je traiterais mon personnel comme des chiens. *Allez, allez ! Bande d'imbéciles ! Qu'est-ce que c'est que ce travail ! Merde !*

Del éclata de rire devant ses gesticulations loufoques, et esquiva le cône de justesse.

— Je serais une terreur et un génie de renom qui sillonnerait la planète en jet privé pour éblouir des petites princesses avec mes gâteaux d'anniversaire d'exception.

— Tu détesterais cette vie. À part les jurons en français.

Plus que rassasiée, elle jeta le reste de son cône dans une poubelle.

151

— Sans doute. Mais c'est une idée qui me trotte parfois dans la tête. Quand même, tout bien réfléchi, je ferais à peu près la même chose qu'aujourd'hui. Je n'ai pas eu de choix cornélien à faire.

— Bien sûr que si. Travailler en solo ou en association. Rester au pays ou tenter l'aventure européenne. C'est aussi un sacré choix. Tu sais, si tu étais partie en France, tu te serais languie de nous.

Il avait raison à cent pour cent, réalisa Laurel. Mais, continuant avec son scénario, elle secoua la tête.

— J'aurais été trop occupée avec mes liaisons tumultueuses et mon ego surdimensionné pour avoir le mal du pays. J'aurais pensé à vous avec affection de temps en temps, et fait un saut à l'occasion d'un voyage à New York pour vous éblouir avec mon panache européen.

— Ça, tu n'en manques pas.

— De quoi ?

— De panache européen. Il t'arrive de marmonner ou de jurer en français quand tu travailles.

Elle s'arrêta, le front plissé.

— C'est vrai ?

— De temps en temps, et avec un accent parfait. C'est très drôle.

— Pourquoi personne ne me l'a jamais dit ?

Del lui prit la main et entrelaça ses doigts aux siens tandis qu'ils s'éloignaient de l'étang.

— Sans doute parce qu'on s'imaginait que tu t'en rendais compte, vu que c'est toi qui marmonnes et jures.

— Possible.

— Et si tu étais partie, tu aurais pensé avec nostalgie à tout ce que tu aurais pu faire ici.

— Sûrement. N'empêche, d'autres fois je m'imagine propriétaire d'une jolie pâtisserie dans un petit village de Toscane où il ne pleut que la nuit et où d'adorables bambins entreraient me réclamer des bonbons. Ça fait envie aussi.

— Et nous voilà tous les deux, toujours à Greenwich.

— Somme toute, c'est un endroit agréable.

— En ce moment, il frise la perfection, murmura-t-il avant de se pencher pour l'embrasser.

— Ça semble presque trop facile, fit-elle remarquer comme ils regagnaient la voiture.

— Pourquoi voudrais-tu que ça ne le soit pas ?

— Je ne sais pas. Quand c'est trop facile, je me méfie, voilà tout. Je suis d'un naturel soupçonneux.

Arrivée à la voiture, Laurel s'adossa à la portière et leva les yeux vers lui.

— Quand ça marche trop bien, j'ai toujours le sentiment qu'une catastrophe me guette au coin de la rue. Du genre piano à queue qu'on déménage par une fenêtre.

— Il te suffit de faire un détour.

— Et si tu ne te méfies pas et que, *paf*, le câble lâche au moment où tu passes ? Tu te retrouves aplati comme une crêpe.

— La plupart du temps, le câble ne lâche pas.

— La plupart du temps, répéta Laurel. Il suffit d'une fois. Conclusion, mieux vaut se méfier et regarder en l'air, juste au cas où.

Del lui coinça une mèche rebelle derrière l'oreille.

— Et là, tu trébuches sur le trottoir et tu te brises la nuque.

— Tu vois ? Le danger est partout.

Il posa les mains sur la carrosserie, de part et d'autre de Laurel, et effleura ses lèvres d'un baiser.

— Tu te sentirais mieux si je provoquais une dispute ? s'enquit-il. Je pourrais te malmener un peu, histoire de compliquer la tâche.

153

— Ça dépend ce que tu entends par malmener.

Elle noua les bras autour de son cou, et ils échangèrent un baiser passionné.

— Encore vingt-quatre jours, murmura-t-elle. Ce n'est peut-être pas si facile, après tout.

— Presque une semaine derrière nous, corrigea-t-il en lui ouvrant la portière. Et huit cents dollars en jeu.

Il y avait aussi cela, se rappela-t-elle, tandis qu'il contournait la voiture et se glissait derrière le volant. Il avait insisté pour ajouter son écot dans la cagnotte.

— D'aucuns feraient remarquer que notre tribu est un peu trop intime pour oser ainsi lancer un pari sur la date où nous coucherons ensemble.

— Ces *d'aucuns* n'en font justement pas partie. À propos de tribu, et si on rassemblait la nôtre le 4 ?

— Le 4 quoi ? Oh, juillet ! Mon Dieu, on y est presque.

— On pourrait faire quelques parties de softball, manger des hot dogs, regarder le feu d'artifice dans le parc. Vous ne travaillez pas ce jour-là.

— Jamais le 4 Juillet, malgré les supplications et tentatives de corruption de certains clients. Ce jour de congé est une tradition chez *Vœux de Bonheur*. Une journée entière de congé loin de la cuisine, s'extasia-t-elle avec un soupir. Je ne suis pas contre cette idée.

— Tant mieux, parce que j'en ai déjà parlé à Parker.

— Et si j'avais refusé ?

Il lui décocha un sourire éclatant.

— Tu nous aurais manqué.

Laurel le gratifia d'un froncement de sourcils réprobateur, mais ne put empêcher les coins de sa bouche de se retrousser.

— Et j'imagine que j'ai déjà une mission.

154

— Il a peut-être été question d'un gâteau avec une décoration patriotique de circonstance. Et nous avons pensé aller tous au *Gantry* après, pour la musique.

— Je refuse d'être de corvée de conduite. Si je fais le gâteau, je veux au moins avoir le droit de picoler.

— Voilà qui me paraît raisonnable. On convaincra Carter de s'y coller, décida-t-il, ce qui la fit rire. On tiendra tous dans le van d'Emma.

— Ça marche pour moi.

Ça marchait même beaucoup trop bien, se dit-elle. Elle allait devoir se méfier des pianos.

Laurel opta pour un décor de feux d'artifice, ce qui impliquait l'utilisation de sucre filé en grande quantité. C'était sans doute idiot de se donner tant de peine pour un pique-nique au parc entre amis, songea-t-elle, décollant les longs filaments chauds de son fouet pour les poser sur la plaque en bois, mais c'était un plaisir dont elle n'entendait pas se priver.

Avec ces filaments, elle formerait des fontaines jaillissantes sur le gâteau qu'elle avait déjà recouvert d'un décor bleu, blanc, rouge à la poche à douille. Quelques drapeaux en pastillage sur la tranche et il ferait un malheur.

Elle s'amusa à créer les feux d'artifice avec le sucre filé rendu flexible grâce à un soupçon de cire d'abeille.

Elle recula pour voir l'effet produit, et faillit pousser un cri en apercevant un homme sur le seuil de la cuisine.

— Désolé, vraiment. Je n'ai pas osé parler de peur de vous faire tout rater. Nick Pelacinos, vous vous rappelez ? La soirée de dernière minute ?

Il avait à la main un joli bouquet de fleurs d'été.
Aïe !

— Bien sûr, répondit-elle. Comment allez-vous ?

— Bien. Votre associée m'a suggéré de repasser parce que vous ne travailliez pas, mais...

— Celui-ci n'est pas pour des clients.

— Il devrait, fit Nick en s'approchant. C'est amusant.

— N'est-ce pas ? Le sucre filé est un vrai jouet.

— Comme vous en avez plein les mains, je vais les poser là-bas.

Il traversa la cuisine et posa son bouquet à l'écart.

— Elles sont superbes. Merci.

Avait-elle flirté avec lui ? Oui, pour ainsi dire.

— Je vous apporte la recette de ma grand-mère. Celle du *ladopita*.

— Oh, formidable !

— Elle m'a ordonné de vous la remettre en personne, ajouta-t-il, sortant une fiche cartonnée de sa poche qu'il déposa près du bouquet. Et de vous apporter ces fleurs.

— C'est adorable de sa part.

— Vous lui avez plu.

— C'est réciproque. Voulez-vous un café ?

— Non, merci, ça va. Elle m'a aussi ordonné de vous inviter à dîner – ce qui était mon intention de toute façon, mais ça lui fait plaisir de s'en attribuer le mérite.

— C'est gentil de votre part à tous les deux. Mais, en fait, j'ai commencé à voir quelqu'un récemment. Enfin, dans un certain sens, c'est nouveau.

— Ma grand-mère sera aussi déçue que moi.

Elle esquissa un sourire.

— Puis-je quand même garder la recette ?

— À condition de m'autoriser à lui dire que vous avez refusé mon invitation pour la seule raison que vous êtes éperdument amoureuse d'un autre.

— Marché conclu.

Il sortit un stylo, et griffonna au verso la recette.

— Mon numéro. Appelez-moi si la situation change.

— Vous serez le premier, assura Laurel, qui prit un filament de sucre sur la plaque et le lui offrit.

— Tenez, goûtez.

— C'est gentil. Autant que peut l'être un lot de consolation.

Ils échangeaient un sourire lorsque Del entra.

— Salut, lança-t-il. Désolé, j'ignorais que tu étais avec un client.

« Gênant », songea Laurel.

— Euh... Delaney Brown. Nick...

— Pelacinos, acheva Del à sa place. Je ne t'ai pas reconnu tout de suite.

— Del, bien sûr, dit Nick, qui lui tendit la main. Ça fait un bail. Comment vas-tu ?

« Ou pas si gênant que ça après tout », se ravisa-t-elle, tandis que les deux hommes échangeaient une poignée de main.

— J'ai parlé à Terri et à Mike il n'y a pas deux semaines, répondit Del. Alors, tu es en quête d'une pièce montée ?

— Moi ? Non. J'ai une cousine qui se marie ici dans quelques mois.

— La grand-mère de Nick est venue de Grèce, intervint Laurel, au cas où ils auraient oublié sa présence. Nous avons organisé une fête avant la fête afin qu'elle puisse se faire une idée.

— C'est vrai. Je suis passé ce soir-là.

— Tu aurais dû te joindre à nous. C'était une soirée mémorable.

— J'ai regardé quelques minutes. Tu as fait danser Laurel, fit Del avec un regard appuyé à l'intéressée. Une grande soirée.

157

Elle retourna à son sucre filé.

— La grand-mère de Nick m'a offert l'une de ses recettes, expliqua-t-elle avec un sourire suave. Alors, oui, c'était une grande soirée pour moi.

— Je ferais mieux d'y aller, dit Nick. J'avertirai ma grand-mère que la livraison est faite.

— Dites-lui que j'apprécie énormément son geste, et que j'essaierai de me montrer digne de sa confiance au mariage.

— Je n'y manquerai pas. Enchanté de vous avoir revue, Laurel. Del.

— Je te raccompagne. Tu as quel handicap maintenant ? lui demanda celui-ci comme ils quittaient la cuisine.

Avec un froncement de sourcils perplexe, Laurel les suivit du regard jusqu'à ce qu'elle réalise qu'il parlait de golf. Secouant la tête, elle rajouta une dose de sucre. Ce n'était pas comme si elle avait souhaité que ce moment soit gênant ou tendu. La jalousie était une faiblesse égocentrique horripilante.

Mais à petite dose – comme la cire d'abeille dans le sucre filé –, cela ne pouvait pas faire de mal.

Nick l'avait invitée, après tout. Il lui avait même laissé son numéro de téléphone, qu'elle verrait chaque fois qu'elle sortirait la recette du *ladopita*. Très futé de sa part, maintenant qu'elle y réfléchissait.

Bien sûr, Del l'ignorait. Mais il ne manquerait pas de se poser des questions. Et serait un peu plus contrarié que tout à l'heure.

Les hommes, songea-t-elle – ou plutôt les hommes comme Del – ne saisissaient pas les nuances subtiles d'une relation.

Il réapparut quelques instants plus tard.

— Il est super, la complimenta-t-il, désignant le gâteau du menton avant d'ouvrir un placard. Tu veux un verre de vin ? Moi, oui.

Elle haussa les épaules. Il ouvrit une bouteille de pinot et versa deux verres.

— J'ignorais que tu allais passer, dit Laurel.

Elle ignora le vin pour l'instant et entreprit de disposer ses explosions de sucre filé sur le gâteau.

— Puisqu'on part tous ensemble demain, je dors ici. Mme Grady a rendez-vous avec quelques amies, mais elle nous retrouvera sur place. Je parie qu'elle apportera de quoi nourrir la ville entière.

— Sans doute.

Del sirota son vin en observant Laurel.

— Des fleurs, hein ?

Elle lui jeta un coup d'œil et continua son travail.

Fidèle à une longue habitude, Del ouvrit tranquillement une boîte à cookies et en prit un.

— Ce n'est pas ton genre.

Laurel s'interrompit le temps d'arquer les sourcils.

— Vraiment ? Alors comme ça, les hommes séduisants, attentionnés, travaillant dans la restauration et qui adorent leur grand-mère ne sont pas mon genre ? Je suis heureuse de l'apprendre.

Del mordit dans son biscuit.

— Il joue au golf.

— Ouf ! Je l'ai échappé belle.

— Deux fois par semaine. Chaque semaine.

— Tais-toi, tu m'effraies.

Il pointa le cookie vers elle, puis croqua un autre morceau.

— Et il aime les films d'art et d'essai. Tu sais, le style avec sous-titres et symboles à gogo.

Laurel fit une pause pour boire une gorgée de vin.

— Tu es sorti avec lui ? Rupture difficile ?

— Très drôle. Il se trouve que je connais quelqu'un à qui c'est arrivé.

— Y a-t-il quelqu'un que tu ne connaisses pas ?

— Je suis l'avocat de sa cousine Theresa – et de son mari. Enfin bref, Nick est davantage le genre de Parker, sauf que ses horaires sont presque aussi dingues que les siens et qu'ils n'arriveraient jamais à se voir de toute façon.

— Parker n'aime pas particulièrement les films d'art et d'essai.

— Non, mais elle les comprend.

— Et pas moi ? Pourquoi ? Parce que je ne suis pas allée à Yale ?

— Non, parce qu'ils t'ennuient.

C'était la vérité, mais quand même.

— Il n'y a pas que les goûts cinématographiques et le golf pour juger un homme. C'est aussi un bon danseur, riposta-t-elle, consciente d'être sur la défensive, et détestant cela. Et j'aime danser.

— D'accord.

Il s'approcha d'elle et l'enlaça par-derrière.

— Arrête, je n'ai pas fini mon gâteau.

— Il m'a l'air très bien. Hmm, tu sens bon, dit-il en lui humant le cou. Le sucre et la vanille.

Il la fit pivoter en douceur sur la droite, puis la gauche.

— Je n'avais pas reconnu Nick quand tu dansais avec lui. La piste était bondée. Et c'était toi que je regardais. Sincèrement, je n'avais d'yeux que pour toi.

— C'est gentil, murmura-t-elle.

— C'est la vérité.

Il se pencha pour déposer un baiser sur ses lèvres.

— Si tu donnes ce bouquet à Parker, je t'en achèterai un autre.

« La quantité parfaite de cire d'abeille dans le sucre filé », songea Laurel.

— D'accord.

Les véritables jours de congé, sans travail du tout au programme, étaient si rares que l'horloge interne de Laurel la réveilla comme d'habitude à 6 heures tapantes. Elle posait le pied par terre lorsqu'elle se souvint qu'elle n'avait pas à se lever. Elle se pelotonna alors sous la couette avec le même émerveillement un peu enivrant qu'elle ressentait, enfant, un jour de neige inattendu.

Alors qu'elle refermait les yeux avec un soupir d'aise, elle songea à Del dans une autre chambre toute proche.

Et si elle se levait et allait se glisser dans son lit ? Au diable, le pari !

C'était le Jour de l'Indépendance, après tout. L'occasion idéale d'en faire preuve, non ? Il était peu probable qu'il se plaigne ou appelle à l'aide. Elle allait enfiler une tenue plus sexy que son tee-shirt sur un caleçon. Elle était équipée. Le débardeur bleu serait parfait. Ou peut-être le caraco en soie imprimé de fleurs pastel ou alors...

Toute à sa réflexion, elle glissa de nouveau dans le sommeil.

Occasion manquée, songea-t-elle lorsqu'elle rejoignit la cuisine familiale presque trois heures plus tard. Cela valait sans doute mieux, car les autres auraient jubilé si Del et elle avaient perdu le pari. Oui, c'était l'attitude la plus raisonnable, histoire de leur montrer qu'ils étaient tous deux des adultes sensés, dotés d'une volonté de fer. Plus que deux petites semaines. Une paille, franchement.

La cuisine embaumait, les conversations allaient bon train. Et il était là. Sublime et détendu, buvant un café tout en flirtant avec Mme Grady. Si seulement elle avait suivi sa première inspiration du petit matin...

— Elle est levée, annonça Mac. Juste à temps pour le petit déjeuner pantagruélique qui, grâce au pouvoir de persuasion de Del, inclut des gaufres belges.

— Miam.

— Tu l'as dit. Nous n'allons rien faire d'autre que boire et nous goinfrer toute la journée jusqu'à ce que nous allions au parc où nous continuerons de boire et de nous goinfrer. Toi aussi, dit Mac, l'index braqué sur Parker.

— Chacun son truc. Moi, j'ai prévu de faire un peu de rangement dans mon bureau. Ça me détend.

— Ton bureau est déjà rangé à la limite de la compulsion obsessionnelle, fit remarquer Emma.

— C'est mon lieu de vie. Là où je me retrouve.

— Asticotez donc cette jeune fille en finissant de mettre la table, ordonna Mme Grady. Je n'ai pas toute la journée.

— Nous mangeons sur la terrasse parce que c'est jour de fête, décréta Mac, qui s'empara d'une pile d'assiettes et secoua la tête quand Carter voulut la lui ôter des mains. Pas question, mon mignon. Prends plutôt quelque chose d'incassable.

— Bien vu.

— Nous allons boire des mimosas, comme les grands, fit Emma en tendant la panière à pain à Carter. Cette journée est un prélude aux vacances du mois prochain où chaque jour, ce sera la fête.

— Je m'occupe du bar, annonça Jack.

Il prit la bouteille de champagne et un pichet de jus d'orange.

— Quelqu'un aurait dû me réveiller. Je vous aurais aidée, madame Grady.

— Tout est sous contrôle, Laurel, assura cette dernière. Sors le reste. Ce sera prêt dans deux minutes.

— C'est bien de commencer la journée ainsi, dit Laurel, tandis que Del et elle sortaient des plateaux. C'est ton idée ?

— Qui a envie d'être à l'intérieur par une aussi belle journée ?

Laurel se souvenait de quantité de petits déjeuners joyeux sur la terrasse quand elle venait en visite, enfant. Des fleurs, de bons petits plats, et une compagnie agréable lors de délicieuses matinées.

Les autres avaient déjà rapproché les tables pour accueillir le groupe entier et, sur les nappes blanches, il y avait des fleurs, de bons petits plats, et l'éclat du cristal dans le soleil matinal. Comme dans ses souvenirs.

Elle avait presque oublié quel bonheur on éprouvait à se faire plaisir ainsi, sans autre but que de savourer le temps qui passe.

Elle prit le verre que Jack lui offrait.

— Merci, dit-elle avant de boire une gorgée. Hmm, tu pourrais faire carrière.

Il lui tira gentiment les cheveux.

— C'est toujours utile d'avoir une solution de repli.

Quand Mme Grady sortit avec le dernier plateau, Del le lui prit des mains.

— À vous la place d'honneur, Reine des Gaufres.

Mme Grady adorait Del, bien sûr, songea Laurel en le regardant s'affairer autour d'elle jusqu'à ce qu'elle soit installée, un mimosa à la main. Comment pourrait-il en être autrement ?

Elle s'approcha de lui et l'embrassa sur la joue.

— Beau travail.

Désormais, ce serait ainsi, réalisa-t-elle. Pas les gaufres et les cocktails sur la terrasse, non. Mais ce groupe, cette famille. Tous réunis autour d'une table les jours de fête ou lors de dîners impromptus.

Tout comme les plats, les conversations s'entre-croisaient avec animation. Une lamelle de gaufre pour Emma. Un fruit pour Parker qui discutait avec Carter d'un livre que tous deux avaient lu récemment. Une montagne de crème fouettée pour Mac. Et Del qui se disputait avec Jack au sujet d'une suspension lors d'un match de base-ball.

— À quoi penses-tu, jeune fille ? s'enquit Mme Grady.

— Pour ainsi dire à rien. Ça fait du bien pour changer.

La gouvernante se pencha vers elle et murmura :

— Tu vas leur montrer le modèle que tu viens de créer ?

— Je devrais ?

— Mange d'abord.

Mac fit tinter sa cuillère contre son verre.

— Je voudrais vous annoncer qu'après le petit déjeuner, nous organisons la visite de la nouvelle bibliothèque Carter Maguire. Carter et moi avons transporté un demi-million de bouquins hier soir, alors nous espérons une pluie d'éloges. Et quelques gouttes pour l'architecte, ajouta-t-elle, levant son verre en direction de Jack.

— Il n'y en avait pas plus qu'un quart de million rectifia Carter. Mais elle est superbe. Vraiment superbe, Jack.

— Rien ne me plaît davantage que des clients satis-faits, répondit celui-ci. Enfin, presque rien, ajouta-t-il après un regard enamouré à Emma.

— Fini les coups de marteau, les hurlements de la scie circulaire, la peinture. Non pas qu'on se plaigne, dit Mac. Mais quel chantier !

— Les coups de marteau et le reste commencent la semaine prochaine chez ta voisine, lui rappela Jack.

— Je te recommande chaudement les bouchons d'oreille, conseilla-t-elle à Emma.

— Pour un nouvel atelier et une serre climatisée, je supporterai.

— Certains travaux seront menés en parallèle dans ton espace, Laurel.

— Elle va râler, prévint Mac. Moi, je suis une sainte. Mais elle va râler et se plaindre.

— C'est fort probable, admit l'intéressée, qui haussa les épaules et termina sa gaufre.

— Ta cuisine restera isolée du chantier, lui assura Jack. On s'efforcera le plus possible de ne pas empiéter sur ton espace.

— Elle râlera quand même. C'est dans sa nature.

Laurel gratifia Mac d'un regard froid, puis se leva et rentra sans un mot.

— Quoi ? Qu'est-ce que j'ai dit ? Je plaisantais. Enfin, en grande partie.

— Elle n'est pas fâchée. Si elle l'était, elle t'aurait arraché la tête, assura Parker avant de jeter un coup d'œil en direction de la maison. Elle va revenir.

— C'est vrai ? Vous n'êtes pas fâchés, hein ? s'inquiéta Mac, qui agita sa fourchette sous le nez de Del. Si elle l'est, tu l'es aussi, vu que vous êtes ensemble.

— Si c'est une règle, c'est une règle de filles.

— Ce n'est pas une règle de filles, mais de couple, corrigea Mac avec un regard en direction d'Emma.

— Exact, confirma celle-ci. Si tu as le moindre bon sens.

— Je ne suis pas fâché, déclara Del. Alors si Laurel l'est, il faudra que ça lui passe.

— Tu ne comprends vraiment pas comment ça fonctionne, jugea Mac. Parker, tu devrais lui noter par écrit quelques règles de base. Les principes sont

165

le fil qui tisse la toile d'une relation. Sa toile à lui est pleine de trous.

— Ce sont des règles de filles, de couple, ou du quatuor ? voulut savoir Del.

— C'est du pareil au même, répliqua Parker, à l'instant où Laurel ressortait avec son cahier d'esquisses. Je te rédigerai un mémo, mais le sujet est clos pour l'instant.

— Quel sujet ? demanda Laurel.

— La règle concernant l'insulte et la colère.

— Oh. Je ne me sens pas insultée et je ne suis pas en colère. Je l'ignore, voilà tout.

Elle contourna la table jusqu'à Carter.

— C'est pour toi, pas pour elle. Juste pour toi.

— D'accord, fit-il avec un regard perplexe à Mac. C'est permis ?

— Ça dépend.

— Elle n'a pas son mot à dire, trancha Laurel. S'il te plaît, il est à toi. Le gâteau du marié.

Laurel tourna le cahier de façon à en bloquer la vue à Mac et l'ouvrit devant Carter.

Elle observa son visage et y vit apparaître ce qu'elle espérait : un sourire ravi.

— Il est magnifique. La perfection. Jamais je n'aurais eu cette idée.

— Qu'est-ce que c'est ? demanda Mac.

Comme elle se penchait, Laurel referma le cahier d'un coup sec. Quelques rires fusèrent autour de la table, tandis que Mac lâchait un juron. Elle opta pour une autre tactique.

— S'il te plaît, supplia-t-elle, la mine triste et repentante.

Laurel entrouvrit son cahier.

— Je te le montre uniquement pour Carter. Pas pour toi.

— D'accord.

166

Elle lui montra la page et Mac en resta bouche bée.
Jack tendit le cou pour jeter un coup d'œil.

— C'est un livre, fit-il. Joli. Et de circonstance.

— Pas n'importe quel livre. C'est *Comme il vous plaira*, de Shakespeare. C'est un peu notre livre, hein, Carter ?

— Je travaillais dessus avec mes élèves, quand nous avons commencé à sortir ensemble. Il est même ouvert à la page de la tirade de Rosalinde. Regarde. *Ils s'aimèrent au premier regard*, lut-il, passant le doigt sous la citation.

— Quelle merveille ! s'extasia Emma, qui se pencha pour mieux voir. J'adore le ruban marque-page avec leurs prénoms inscrits dessus.

— Je crois que je vais enlever Mac et ne laisser que Carter, déclara Laurel. Oui, bonne idée. Carter Maguire, PhD.

— Tu ne m'enlèveras pas du gâteau, protesta Mac. Tu m'adores.

— Pfff, fit Laurel.

— Tu m'adores, je te dis, insista Mac, qui se leva d'un bond. Tu as créé le gâteau parfait pour l'homme de ma vie.

Elle étreignit Laurel, puis entama une petite gigue.

— C'est peut-être Carter que j'adore.

— Bien sûr. Qui ne l'aimerait pas ? Merci, merci, merci, murmura Mac à l'oreille de son amie. Tu es la meilleure.

— Tu le mérites presque, répondit celle-ci sur le même ton avant de l'étreindre à son tour en riant.

— Je vais y jeter un coup d'œil pendant que vous vous occupez tous de la vaisselle, décréta Mme Grady. Le pique-nique est prêt pour cet après-midi. Il ne reste plus qu'à charger les paniers dans le van.

167

— Rendez-vous à la cuisine à 15 h 30, annonça Parker. Après la vaisselle, je procéderai à la répartition des tâches. Chargement à 16 heures : nourriture, chaises pliantes, couvertures, équipement sportif éventuel et participants. Chacun a sa place assignée pour le trajet, ajouta-t-elle, se contentant d'incliner la tête face aux ronchonnements réprobateurs. Ça évitera les disputes inutiles. Et c'est moi qui conduis, précisa-t-elle enfin, obligée cette fois de lever la main pour faire taire les protestations. Je suis la seule célibataire du groupe, et, à ce titre, j'entends être plainte, gâtée et obéie.

— Rien ne t'obligeait à venir en célibataire, objecta Emma. J'aurais pu te trouver un cavalier en cinq secondes.

— C'est vraiment gentil, mais non, merci, répondit Parker, qui entreprit d'empiler les assiettes. Bon, finissons-en avec cette vaisselle. J'ai une séance de tri dans mes dossiers ô combien relaxante et gratifiante qui m'attend.

— C'est vraiment triste, commenta Mac en secouant la tête.

— Qui pourrais-tu lui trouver en cinq secondes, Emma ? s'étonna Jack.

Cette dernière lui lança un regard amusé par-dessus l'épaule et s'éloigna avec une pile d'assiettes.

— J'arrive tout de suite, dit Del à Laurel. Je dois d'abord m'occuper d'un truc.

— Si tu es absent plus de cinq minutes, je te colle les poêles à nettoyer.

Comme Del sortait son téléphone, Mme Grady leva le nez du carnet d'esquisses de Laurel.

— Qu'est-ce que tu manigances ?

— Rien, juste un petit service pour ma sœur.

Il s'éloigna pour passer son appel.

C'était le bazar, songea Laurel. Voilà des gens qui dirigeaient avec succès leur entreprise, enseignaient à la jeunesse de ce pays, représentaient les citoyens au tribunal – et qui étaient incapables de se rassembler au même endroit à une heure donnée.

On pensa à une douzaine d'affaires essentielles à la dernière minute, puis on les enleva du coffre tout aussi vite. Un débat animé se fit jour quant à la méthode de chargement, puis au choix de Parker pour les places.

Laurel sortit un soda d'une des glacières, tira sur l'opercule et alla s'asseoir à l'écart sur un muret, tandis que le chaos régnait.

— Pourquoi n'interviens-tu pas ? demanda-t-elle à Parker, quand son amie la rejoignit.

— Ils s'amusent, répondit celle-ci avant de tendre la main vers la canette. Et puis, j'ai prévu vingt minutes supplémentaires pour le chargement.

— Évidemment. Tu as trié tes dossiers tout l'après-midi ?

— Certains font des puzzles.

— Combien d'appels as-tu reçus ?

— Cinq.

— Tu parles d'un jour de congé.

— Ça me va. On dirait que toi aussi ça va.

Laurel suivit le regard de Parker et observa Del qui rectifiait le rangement d'un panier et de deux chaises pliantes.

— Pas une seule dispute jusqu'à présent. C'est très éprouvant pour les nerfs.

— Oh, ça viendra, la rassura Parker.

Elle lui tapota le genou, puis se leva.

— Bon, allez, tout le monde à sa place ! Départ imminent !

Del ferma la portière arrière du van, puis vint prendre Laurel par la main.

169

— Tu dois t'asseoir près de moi. Ordre de ma sœur.

— On va être drôlement serrés là-dedans. Il se peut que je doive m'asseoir sur tes genoux.

Il l'aida à monter avec un grand sourire.

— J'espère bien.

9

Grâce au planning de Parker, ils arrivèrent assez tôt pour s'approprier un bon emplacement. Ils déplièrent les chaises, étalèrent les couvertures, sortirent les paniers et glacières de la voiture.

Del lança un gant de softball sur les genoux de Laurel.

— Arrière droit, lui annonça-t-il.

— Je me retrouve toujours arrière droit, se plaignit-elle. Je veux jouer première base.

Il la gratifia d'un regard empreint de pitié.

— Sois réaliste, McBane, tu défends comme une gonzesse. La plupart des tirs ne sortiront pas du champ intérieur. Il me faut Parker à la première base.

— Parker est une fille, je te ferai remarquer.

— Oui, mais elle ne défend pas comme une gonzesse. Jack a Emma et Mac. Carter arbitrera pour qu'il n'y ait pas de blessés. Et puis, il se montrera juste. On complétera les équipes avec les joueurs qui se présenteront, ce qui implique une part d'inconnu, alors jusqu'à... Ah, voilà mon batteur favori.

Laurel leva la tête.

— Tu as pris Malcolm Kavanaugh dans l'équipe ?

La lueur typique de l'esprit de compétition s'alluma dans les yeux de Del.

— Il a de sérieuses capacités. Et puis, ça équilibre les choses.

— Pour les batteurs ?

— Non, tu sais, avec Parker.

— Parker ?

Le choc, puis l'amusement, et enfin une bonne dose de pitié se peignirent tour à tour sur le visage de Laurel.

— Tu as invité un mec pour Parker ? Mais elle va te tuer.

— Pourquoi ? s'étonna-t-il, faisant distraitement passer la balle de la main au gant. Je ne lui demande pas de l'épouser.

— Tu as signé ton arrêt de mort.

— Pourquoi ? insista-t-il. Elle a un problème avec... Eh, salut, Malcolm.

— Salut.

Il attrapa la balle que Del lui lança et la lui retourna.

— Comment ça va ? demanda-t-il à Laurel.

— On le saura bientôt.

Lunettes de soleil sur le nez, en tee-shirt blanc et jean usé, Malcolm utilisa la batte qu'il avait apportée pour décapiter un champignon.

— Softball et repas à l'œil, bon plan. Ma mère a retrouvé Mme Grady et quelques copines, dit-il, posant la batte sur son épaule. Alors, on frappe dans quel ordre ?

— Je t'ai mis troisième, nettoyeur.

— Ça marche.

— Laurel est champ droit. Elle est nulle en défense, mais a un bon coup de batte.

Elle le frappa avec le gant.

— Je ne suis pas nulle en défense. Continue comme ça et tu n'auras aucun mal à gagner le pari, Brown.

Tandis qu'elle s'éloignait à grands pas, Malcolm fit un essai de lancer d'un geste décontracté.

— Quel pari ?

Laurel fonça voir Mac.

— Je veux échanger ma place contre la tienne. Je veux jouer dans l'équipe de Jack.

— Alors, on déserte ? Pas de problème pour moi, mais tu ferais mieux d'en parler à Jack.

Elle alla trouver Jack qui, assis dans l'herbe, écrivait sa liste de batteurs.

— J'ai changé de place avec Mac. Je suis dans ton équipe.

— Une rousse contre une blonde. D'accord, laisse-moi réfléchir... Je te mets champ droit.

Laurel se renfrogna.

Del et lui communiquaient par télépathie ou quoi ?

— Pourquoi champ droit ?

Il leva les yeux et elle le vit reconsidérer sa décision.

— En fait, tu as un bras puissant.

Elle braqua l'index sur lui.

— Bonne réponse.

— Comment se fait-il que tu... ? Eh, c'est Malcolm ? Del l'a recruté ? Ah, il veut la jouer comme ça !

— On va lui flanquer la pâtée.

Jack se leva et claqua ses paumes contre celles de Laurel.

— J'ai gagné le tirage au sort. Nous sommes l'équipe qui joue à domicile. Allons occuper le terrain.

Laurel s'en sortit bien au champ droit. Et pas seulement parce que personne ne lança la balle dans sa direction. Non, parce qu'elle était préparée.

Après trois lancers hors champ en leur faveur, elle échangea son gant contre une batte et se retrouva face à Del sur le monticule.

173

En réponse au clin d'œil qu'il lui adressa, elle lui décocha un sourire sarcastique. Et rata la balle en beauté, fouettant le vide de toutes ses forces. Il essaya de la tromper avec un lancer bas vers le champ extérieur, mais elle tint bon. Elle frappa la troisième balle avec assez de force pour atteindre la première base. Dès qu'elle y rejoignit Parker qui y était accroupie en position d'attente, elle se débarrassa de son casque.

— Del a demandé à Malcolm de venir à cause de toi. Question d'équilibre, a-t-il dit.

Parker se redressa.

— C'est une blague ? Tu veux dire par pitié pour moi ?

— Et aussi parce qu'il est doué au softball. J'ai pensé que tu aimerais le savoir.

— Et comment, souffla Parker avec un regard noir en direction du monticule où Del armait son prochain lancer. Il va me le payer.

À la quatrième manche, l'équipe de Del menait cinq à trois. Il avait raison au sujet de Malcolm, dut concéder Laurel. Il avait en effet de sérieuses capacités. Le retrait sur trois prises qu'il venait de réussir permit à Del d'atteindre le marbre. Des acclamations montèrent de l'équipe et du public qui s'était peu à peu rassemblé autour du terrain. Laurel regarda Del s'équiper, tandis que Jack repoussait la première suggestion du jeune receveur de douze ans.

Il opta pour un lancer rapide. Du moins le croyait-elle, car lorsque Del frappa la balle, elle fila dans les airs à une vitesse supersonique. Juste dans sa direction.

Aïe-aïe-aïe.

Tout en se précipitant à reculons sur la trajectoire de la balle, elle entendit quelqu'un crier – peut-être elle-même –, mais le sang lui rugissait si fort aux tympans qu'elle n'aurait su le dire.

Elle leva sa main gantée et pria.

Quand la balle s'écrasa dans sa paume, elle fut la première surprise. Elle brandit son trophée avec fierté en réponse aux bravos du public. Et s'aperçut que Malcolm fonçait déjà vers la troisième base. Elle envoya en hâte la balle à Emma qui agitait les mains avec impatience. Malgré la puissance et la trajectoire correcte du lancer, la balle toucha le gant d'Emma un poil trop tard.

En moins de cinq secondes, la jubilation avait cédé la place à l'écœurement.

Le softball, c'était trop nul.

— Bonne réception, Laurel, la félicita Jack à la fin de la manche.

— Pas de condescendance avec moi, Jack, bougonna-t-elle comme il sortait du champ intérieur avec Malcolm en rade sur la troisième base.

— Condescendant, moi ? Cette balle était glissante à mort. Si tu ne l'avais pas attrapée, on aurait deux points en moins. On a contenu leur avancée.

Il lui donna un coup de poing fraternel sur l'épaule.

— Bonne réception, c'est vrai, acquiesça-t-elle avec un hochement de tête satisfait.

Le softball n'était peut-être pas si nul que ça, après tout.

« Enfin si, quand même », décréta-t-elle à nouveau quand ils perdirent sept à quatre. Mais elle avait au moins la satisfaction de savoir que sa défense, elle, ne l'était pas.

— Tu t'en es bien sortie, la complimenta Del en lui lançant une canette de jus d'orange. Deux simples et un point produit. Sans compter le home run qui m'est passé sous le nez à cause de toi.

— Ça t'apprendra à raconter que je suis nulle en défense.

— D'habitude, c'est le cas.

Il donna une chiquenaude dans la visière de sa casquette, un geste tout aussi fraternel que le petit coup de poing de Jack. Laurel jeta la casquette dans l'herbe et agrippa Del par son tee-shirt.

— Je crois que tu oublies quelque chose.

Elle l'attira à elle et le gratifia d'un fougueux baiser qui déclencha une salve d'applaudissements de la part de ceux qui étaient installés sur l'herbe.

— Non, j'y pensais, répondit Del, qui glissa tranquillement les bras autour de sa taille. Mais merci de m'avoir devancé.

— Tiens, tiens, en voilà une surprise ! s'exclama Hillary Babcock, une des amies de Mme Grady, avec un sourire radieux à l'adresse de Del et de Laurel. Je n'étais pas au courant. Maureen, tu ne me racontes jamais rien !

— Tu le découvres très bien toute seule.

— Mais là, c'est un scoop. Je vous ai toujours considérés presque comme frère et sœur, tous les deux. Et vous voilà amoureux !

— Laurel a intercepté une longue chandelle, c'est sa récompense, plaisanta Del, qui passa le bras sur les épaules de Laurel et lui caressa doucement le biceps, comme pour apaiser un léger agacement.

— La prochaine fois, je joue ! s'esclaffa Hillary. Sérieusement, depuis quand ça dure entre vous ? Regardez-vous tous, s'extasia-t-elle avec un nouveau sourire, les yeux embués. Il me semble qu'il n'y a pas cinq minutes vous couriez avec les autres enfants dans ce parc, vous quatre et Del. Et vous voilà adultes. Et en couples, s'il vous plaît ! Oh, Maureen, tu devrais convaincre ces filles de faire un triple mariage. Ce serait extraordinaire, non ?

— Hillary, ils se sont juste embrassés. Ça ne veut pas dire qu'ils en sont à déposer leur liste de mariage.

Passe-moi donc la salade de pommes de terre dans cette glacière là-bas, veux-tu ?

— Bien sûr. Kay, c'est sûrement ton fils Malcolm. Lui aussi est adulte ! Et vous êtes avec Parker. Comme c'est mignon !

Regardant Parker droit dans les yeux, Malcolm répondit :

— Elle a fait des miracles sur le terrain, et pourtant je ne l'ai même pas embrassée. Pas encore.

— En fait, Malcolm n'est pas avec...

Un regard noir de sa sœur fit taire Del. Parker s'avança posément vers Malcolm, se plaqua contre lui et, les bras noués autour de son cou, le gratifia d'un somptueux baiser.

Puis elle recula.

— Voilà qui devrait faire l'affaire.

À la fois interloqué et ravi, Malcolm la prit aux hanches.

— Si tu veux mon avis, on devrait jouer en double.

Elle lui adressa une ébauche de sourire, fusilla son frère du regard, et alla aider à déballer un panier.

Del vint s'accroupir à côté d'elle.

— Tu es malade ou quoi ? Qu'est-ce qui t'a pris ?

— Pardon ? Oh, ça ? J'essaie juste d'équilibrer la situation. Ce n'était pas ton idée, grand frère ?

— Par pitié, Parker. J'ai juste... C'est un ami, alors pourquoi ne pas l'inviter ? Et puis, tu as dit toi-même que tu étais la seule célibataire.

— Sympa de ta part de m'arranger le coup sans même me demander si j'étais d'accord, rétorqua-t-elle, lui enfonçant l'index dans le torse comme il tentait de répondre. Tu ferais mieux de ne pas te mêler de mes affaires ou je couche avec lui juste pour te rendre la vie infernale.

Il blêmit visiblement.

— Tu n'oserais pas.

— Ne me mets pas à l'épreuve, Delaney.

— Viens donc faire une petite balade, intervint Laurel, qui tira Del par la manche. Non, sérieux, laisse-la tranquille. Il y a certains guêpiers dont même toi tu ne peux te sortir, lui souffla-t-elle en l'entraînant à travers la pelouse.

— C'est quoi, son problème ?

— Elle est fâchée contre toi bien sûr. Je t'avais prévenu.

Il esquiva un frisbee en plein vol, puis s'immobilisa.

— Elle ne le serait pas si tu n'avais pas cafté. Qu'est-ce qui t'a pris d'aller lui raconter ça ?

— C'est mon amie, et j'étais fâchée contre toi avant elle. Je lui en aurais parlé même si je ne l'étais pas, mais c'est secondaire. Tu ne peux pas lui sortir un rencard de ton chapeau sans la prévenir, Del, ou c'est à moi de le faire.

— Et une règle de plus, une ! Pour finir, elle devrait peut-être m'envoyer un maudit mémo.

Laurel secoua avec impatience la main qu'elle tenait dans la sienne.

— Tu devrais le savoir, quand même.

— Ah oui ? C'est elle qui vient d'embrasser Malcolm à pleine bouche devant tout le monde.

— Oui, elle aurait dû s'y prendre plus discrètement et l'entraîner d'abord dans les buissons, mais tu connais Parker. Elle est dévergondée.

Del s'arrêta de nouveau et la regarda fixement.

— Tu trouves ça drôle ? Elle se donne en spectacle, pique sa crise contre moi, et en prime, il faut que j'aille parler à Malcolm. Personnellement, je ne trouve pas ça drôle.

— Non, non, laisse-les se débrouiller. Ils sont adultes.

— Vous avez vos règles. J'ai les miennes.

— Parfois, j'ai vraiment envie...

Laurel se détourna d'un bloc, puis pivota aussi sec vers lui.

— Combien de garçons as-tu été trouver pour leur « parler » et/ou les dissuader quand il s'agissait de moi ?

Il fourra les mains dans ses poches.

— Le passé, c'est le passé.

— C'est probablement avec toi-même que tu devrais avoir une conversation.

— Crois-moi, je l'ai eu. Sans résultat, apparemment. Et maintenant que j'ai goûté à toi...

— Comment ça, goûté ?

— Tu sais comment c'est, certaines saveurs sont irrésistibles. C'est ton cas.

Laurel exhala un léger soupir et encadra le visage de Del entre ses mains.

— Tu es à moitié pardonné. Viens faire le grand tour. Ça nous mettra en appétit.

Il fallut moins d'un quart d'heure à Laurel pour décider qu'à eux d'eux, ils connaissaient trop de gens. Une simple promenade dans le parc de la ville s'apparentait à une succession de rencontres, avec en prime un soupçon un peu collant de curiosité de la part de ceux qui les voyaient en couple pour la première fois. Elle sentait les points d'interrogation bourdonner à ses oreilles telle une nuée de moustiques.

— Au moins Mme Babcock a posé franchement la question.

Del lui jeta un coup d'œil, tandis qu'ils revenaient par le sentier sinueux.

— Pardon ?

— J'entends d'ici les interrogations de tous ces gens. Sortent-ils ensemble ? Couchent-ils ensemble ?

Depuis quand ? Que fait Delaney Brown avec Laurel McBane ? Et patati, et patata... Tout juste si on ne devrait pas rédiger un cahier des charges.

— Les gens sont curieux, surtout s'il y a la moindre éventualité d'une affaire de sexe ou d'un scandale.

— Je sens les sourcils qui s'agitent dans mon dos, dit-elle, roulant des épaules comme pour les déloger. Ça ne te dérange pas, toi ?

— Pourquoi ça me dérangerait ? En fait, donnons-leur plutôt matière à s'agiter.

Il fit pivoter Laurel vers lui et captura ses lèvres en un baiser à la limite du torride.

— Voilà. Fini les interrogations. Allons goûter à cette salade de pommes de terre.

C'était plus facile pour lui, jugea Laurel, parce qu'il avait un contact plus facile avec les gens. Et puis, il était Delaney Brown de la famille Brown du Connecticut, et à Greenwich, ça signifiait quelque chose. Elle ne pensait pas à lui ainsi – pas souvent –, et si cela arrivait à Del, elle soupçonnait que c'était purement utilitaire. Mais les autres, si.

Il possédait un nom, un statut, une fortune. Leur première sortie publique en couple lui rappelait qu'il était davantage qu'un ami d'enfance et amant potentiel.

Sexe et scandale. Il y avait eu les deux dans sa famille à elle, non ? Certains sauraient s'en souvenir, supposait-elle, ce qui alimenterait les conversations. Et les mêmes se demanderaient devant un cocktail ou lors d'un match de tennis au country club si elle avait jeté son dévolu sur Del à cause de ce nom, de ce statut, de cette fortune.

Cette question ne la tracassait pas outre mesure, et elle veillerait à ce qu'il continue d'en être ainsi. À moins que cela ne rejaillisse sur lui, ou Parker.

180

— Tu es bien songeuse, fit remarquer Mac en s'approchant. On n'a pas le droit de ruminer un jour de fête nationale.

— Je ne rumine pas, répondit Laurel.

Enfin si, un peu. Alors tant qu'à se poser des questions, autant en faire profiter son amie.

— T'es-tu déjà demandé ce que nous faisions ici, toi et moi ?

Mac lécha le glaçage qui lui poissait les doigts.

— Tu veux dire, d'un point de vue philosophique ?

— Je n'en suis pas à des pensées aussi profondes. Non, juste toi et moi en particulier. Les gamines de l'école publique avec des familles dysfonctionnelles et une enfance chaotique.

— La mienne était plus chaotique que la tienne.

— C'est vrai.

— Tu peux le dire.

Mac demeura un instant plongée dans la contemplation de son gobelet de limonade.

— À propos de chaotique, reprit-elle, Linda est revenue hier.

— Tu n'en as pas parlé.

Mac haussa les épaules.

— Ce n'est plus tellement un problème pour moi. Et puis, elle vit à New York avec son nouveau mari, et elle est toujours furax contre moi. Ça crée une distance bien agréable.

— Pourvu que ça dure.

— Je m'en moque un peu maintenant, parce que j'ai vraiment décroché le gros lot.

Elle regarda Carter, qui discutait un peu plus loin avec deux élèves qui l'avaient reconnu dans la foule.

— Il est génial, approuva Laurel. Avons-nous déjà eu des profs aussi craquants ?

— M. Zimmerman, histoire américaine.

— Oh oui, Zim ! Très mignon, mais gay.

181

Ses yeux émeraude ronds comme des soucoupes, Mac abaissa son gobelet.

— Il était gay ?

— Et comment ! Tu devais être à l'Académie quand nous l'avons appris.

— J'ai manqué des tas de trucs intéressants avec mes allers-retours entre les deux lycées. Bref, homo ou hétéro, il a été la vedette de plusieurs de mes rêves d'ado. À Zim !

— À Zim ! répéta Laurel, qui choqua sa canette contre le gobelet de Mac.

— Bon, revenons à nos moutons. Toi et moi.

— Il y a Emma, commença Laurel. Une famille solide. Elles sont légion, mais la sienne est solide comme un roc. Assurément des privilégiés. Puis il y a Parker. Les Brown *sont* Greenwich. Et il y a toi. Mère folle, père irresponsable. Toujours ballottée à droite et à gauche sans savoir de quoi demain sera fait. Et pour finir, il y a moi, avec mon père, son petit problème de fraude fiscale et sa maîtresse. *Oups*, nous sommes pour ainsi dire ruinés et personne ne se parle dans la famille. Nous avons réussi de justesse à garder la maison et ma mère est plus furax d'avoir dû renoncer aux domestiques que d'avoir appris pour la maîtresse. Drôle d'époque.

Mac poussa doucement son amie du bras en geste de solidarité.

— On a tenu le coup.

— C'est vrai, on a fait notre chemin. Personnellement, je ne pensais pas arriver là où j'en suis aujourd'hui. J'étais honteuse, déboussolée et furieuse. Je me disais que je m'enfuirais de chez moi dès que j'aurais dix-huit ans.

— D'une certaine façon, tu l'as fait. Tu es partie étudier à New York. Tu avais ton propre appartement. Qu'est-ce qu'on s'est amusées – enfin moi, en tout cas. Avoir une copine qui vit à New York, tu te rends compte ? Jeunes, célibataires et pas complètement fauchées. On a passé de bons moments là-bas. Quand on ne se tuait pas à la tâche.

Laurel replia les jambes et cala le menton sur ses genoux.

— Nous avons toujours travaillé, toi et moi. Je ne veux pas dire qu'Emma et Parker restaient assises à ne rien faire, mais...

— Elles avaient un coussin sous les fesses, termina Mac avec un hochement de tête. Pas nous. Sauf qu'on les avait comme amies, alors si, quand même.

— Tu as raison. Nous aussi.

— Moi, je ne me pose pas trop de questions là-dessus. On a fait notre chemin, c'est ce qui compte. Et regarde, toi aussi, tu as décroché le gros lot.

Laurel leva la tête et observa Del de loin.

— Pas encore.

— J'ai de l'argent en jeu, je sais, mais laisse-moi te dire, McBane, que je ne comprends pas pourquoi.

— Je me pose la même question.

Plus tard, quand la première gerbe d'étoiles illumina le ciel, Del, assis derrière Laurel, l'attira contre lui, et elle contempla les explosions de couleurs du spectacle pyrotechnique musical, nichée entre ses bras.

Et pour rien au monde, elle n'aurait voulu être ailleurs.

Le chargement pour le retour fut presque aussi tendu qu'à l'aller. Une fois la corvée terminée, Parker les conduisit au *Gantry*, une discothèque de Greenwich. À la porte, elle tendit les clés à Carter.

183

— Del paie la première tournée, annonça-t-elle à la cantonade.

— Ah bon ? fit ce dernier.

— Oui, et l'argent de notre chauffeur ne sert à rien ici. Il va nous falloir une grande table, ajouta-t-elle, comme Malcolm entrait à leur suite.

Ils en rapprochèrent deux et s'installèrent. Une fois le premier verre commandé, les filles migrèrent en masse vers les toilettes.

— Que fabriquent-elles donc là-dedans en groupe ? s'interrogea Malcolm à voix haute.

— Elles parlent de nous et conspirent dans notre dos, répondit Jack.

— Je profite du fait qu'elles ne sont pas là pour te signaler que Parker t'a embrassé parce qu'elle est furieuse contre moi, intervint Del.

Malcolm lui sourit avec désinvolture.

— Tu devrais l'énerver plus souvent.

— Très drôle. Écoute, je ne l'avais pas prévenue que je t'avais invité, et elle en a tiré une mauvaise conclusion.

Détendu, Malcolm se cala en arrière sur sa chaise.

— Ah oui ? Laquelle ?

— Que c'était un plan pour vous deux.

— Ta sœur a des problèmes pour se trouver ?

— Non. Bien sûr que non.

— Alors je ne me tracasserais pas pour si peu.

Le groupe commença à jouer quand les boissons arrivèrent – et les filles juste derrière.

Emma tira Jack par la main.

— Viens danser.

— Et ma bière ?

— Tu la boiras après.

Del se leva et invita Laurel.

— Ça fait un bail qu'on n'a pas dansé ensemble, fit-il remarquer.

— Voyons comment tu te débrouilles.

— Bon, Carter, à nous, enchaîna Mac.

— Je suis un danseur catastrophique, lui rappela-t-il.

— Tu devras danser à notre mariage, alors il est temps de t'entraîner.

— Si tu le dis.

Malcolm attendit un instant, puis se leva et tendit la main à Parker.

— Franchement, rien ne t'oblige à...

— Tu sais danser ? coupa-t-il.

— Évidemment, mais...

— Tu n'as pas peur de danser avec moi, n'est-ce pas ?

— C'est ridicule, protesta-t-elle en se levant, visiblement agacée. Toutes mes excuses pour tout à l'heure, mais j'étais...

— Fâchée contre Del. Je comprends. Mais là, on boit juste un verre, on danse. Rien d'important.

Le groupe jouait un rock endiablé. Malcolm lui fit faire une petite pirouette inattendue, puis la ramena tout contre lui et se mit à danser.

Ce garçon avait le rythme dans la peau, indéniablement. Il fallut quelques instants à Parker pour trouver le bon tempo. Elle était forcée d'admettre qu'une fois de plus, il l'avait prise au dépourvu.

— On a pris des leçons, on dirait, commenta-t-elle.

— Non, on a juste compris qu'assurer sur la piste est une méthode imparable pour emballer les filles.

Nouvelle virevolte, et elle se retrouva de nouveau dans ses bras.

— Et aussi des contrats, ajouta-t-il. Les scènes de bagarre sont des chorégraphies. J'ai fait beaucoup de doublages.

— Des filles et du travail.

— Eh oui. La vie est plus agréable avec les deux.

Non loin d'eux, Laurel claqua des doigts sous le nez de Del.

— Arrête de les fixer comme ça.

— Je regarde, c'est tout.

— Regarde-moi plutôt.

Il la prit par hanches et l'attira plus près.

— Tu étais beaucoup trop loin.

Laurel noua les mains derrière la nuque de Del et se cambra contre lui.

— Et comme ça ?

— C'est beaucoup mieux, approuva-t-il avant de l'embrasser. Même si c'est une torture.

— Tu peux résister, le tenta-t-elle, lui mordillant la lèvre inférieure. Ou bien non ?

— Une vraie torture, décidément. Viens, retournons nous asseoir.

Elle pensa à sa dernière sortie en discothèque. Juste toutes les quatre dans une boîte branchée de Manhattan. Sans attaches à l'époque. La situation avait bien changé en quelques mois.

Maintenant, ils se serraient à huit autour de deux tables et s'époumonaient pour se faire entendre par-dessus la musique. De temps à autre, Del lui caressait les cheveux ou le dos. Il ne pouvait pas deviner le tumulte que ce geste distrait provoquait en elle.

Elle mourait d'envie de se pelotonner et de ronronner – ou de l'entraîner de force jusqu'à la fourgonnette afin qu'ils se retrouvent enfin seuls. La force de son désir était pitoyable. Comment pouvait-il lui faire tant d'effet avec si peu ?

S'il avait seulement idée de l'amour fou qu'il lui inspirait... Il ferait preuve de gentillesse, songea-t-elle. Et elle en serait dévastée.

Non, mieux valait y aller doucement, comme il l'avait proposé dès le début. Avec le temps peut-être, ses sentiments finiraient-ils par s'apaiser quelque peu. Peut-être trouveraient-ils un équilibre qui atténuerait cette impression d'être submergée par son propre cœur.

Del glissa un regard dans sa direction avec un sourire. Et son pouls s'emballa.

Tant de choses pouvaient changer, songea-t-elle. La force de son désir, elle, semblait immuable.

Peu après minuit, ils s'entassèrent tous dans la fourgonnette avec Carter au volant. Elle entendait autour d'elle les voix assourdies de ses amis, épilogue de la journée. Mais la lune était encore là, les étoiles aussi, et une longue nuit l'attendait.

— J'ai un dîner avec un client demain, lui annonça Del, puis la soirée poker. Réfléchis à ce que tu as envie de faire la prochaine fois, d'accord ?

— D'accord.

— D'ici là, il se pourrait que je te manque un peu.

— Possible.

Quand Carter se gara devant chez lui, Del souleva le menton de Laurel.

— Pourquoi ne l'avoues-tu pas ? lui murmura-t-il avant de l'embrasser.

Puis il se glissa sur la banquette vers la portière et tapota l'épaule de Parker.

— Tu n'es plus fâchée, à ce que je vois.

Elle lui adressa un regard appuyé.

— Je ne le suis plus pour la seule et unique raison que nous avons gagné le match et que c'est un bon danseur. Refais-moi ce coup-là et tu me le paieras.

Il l'embrassa sur la joue.

— Tu t'es bien amusée, admets-le. Merci de me déposer. À demain pour le poker, les gars. Et vous autres, à plus.

Il descendit et, après un signe de la main, remonta l'allée qui menait à sa porte.

Laurel se tâta pendant presque trois cents mètres.

— Stop ! Arrête-toi, Carter !

— Tu as mal au cœur ? s'inquiéta Emma, qui se redressa sur son siège et se retourna.

— Non, non, c'est juste que... c'est trop stupide.

D'un geste impatient, elle ouvrit la portière et descendit.

— Tant pis pour le pari. Je vais chez Del. Rentrez à la maison.

Elle ignora les acclamations et claqua la portière.

— Attends, fit Carter, qui avait baissé sa vitre, je te reconduis. Juste pour...

— Non, merci. Allez-y.

Laurel tourna les talons et s'éloigna au pas de course.

10

Del lâcha ses clés dans la coupelle sur sa commode et brancha son téléphone portable sur le chargeur. Et s'il piquait une tête dans la piscine avant de se coucher ? Un peu d'exercice physique l'aiderait à apaiser la frustration sexuelle et à trouver le sommeil. Il ôta son tee-shirt, ses chaussures et alla chercher une bouteille d'eau à la cuisine.

N'empêche, ils avaient raison d'attendre. Laurel tenait une place trop importante dans sa vie pour griller les étapes. Ce n'était pas seulement une femme séduisante et captivante. Elle était intelligente, drôle, coriace et sans concession. Elle possédait bon nombre de qualités qu'il admirait chez une femme – et en prime, elle était sexy, ce qui ne gâtait rien.

Durant toutes ces années, il l'avait toujours considérée comme un territoire interdit. Et maintenant qu'elle, enfin qu'ils avaient levé cet interdit, il la désirait bien davantage qu'il ne l'avait imaginé.

Raison de plus pour attendre.

Après tout, la méthode était efficace, non ? En peu de temps, ils avaient appris des tas de choses l'un sur l'autre, s'engageant dans des voies qu'ils n'avaient jamais explorées jusque-là.

Des jours comme celui-ci, ils en avaient passé des quantités ensemble – mais cette fois c'était complètement différent. La raison leur dictait d'approfondir encore cette nouvelle approche avant d'aller plus loin.

Cette décision lui convenait parfaitement. Aucun problème là-dessus.

Ce mois finirait-il donc jamais ?

« Va donc nager », s'ordonna-t-il, agacé.

À cet instant, on frappa à la porte d'entrée. Des coups de sonnette insistants suivirent, qui le firent se précipiter dans le vestibule.

La panique lui noua le ventre lorsqu'il découvrit Laurel sur le seuil, essoufflée, les yeux écarquillés et les joues empourprées.

— Il y a eu un accident ? Parker, lâcha-t-il dans un souffle, tout en l'examinant à la recherche de blessures. Appelle les urgences, j'y vais...

— Non, il n'y a pas eu d'accident. Tout va bien. Tout le monde va bien.

Elle lui fit signe de revenir et reprit son souffle.

— Écoute, voilà. Aujourd'hui ne compte pas, et en fait, c'est demain, donc il compte encore moins. Pareil pour le premier jour, parce que c'est le premier.

— Pardon ? Ça va ? Où sont les autres ? Que s'est-il passé ?

— Rien. Je suis revenue.

Elle leva une main comme pour le calmer et se passa l'autre dans les cheveux.

— C'est juste une histoire de calcul, vraiment. Aujourd'hui, c'est déjà demain parce qu'il est plus de minuit et en plus, les week-ends ne comptent pas. Qui compte les week-ends, hein ? Personne. Une semaine est égale à cinq jours ouvrés, pas un de plus. C'est dans toutes les entreprises comme ça.

190

La panique céda la place à la confusion.

— Qu'est-ce que tu racontes ?

Elle lui planta un index impatient sur le torse.

— Fais un peu attention, d'accord ? Essaie de suivre.

— Je veux bien. Si seulement je savais de quoi tu parles.

— Écoute-moi bien.

Elle commença à ôter les sandales qu'elle avait enfilées après le match, puis s'interrompit.

— Je t'explique. Tu enlèves le premier jour et aujourd'hui, jour férié, plus les week-ends. Ça fait dix jours, ce qui correspond en réalité à deux semaines selon la plupart des définitions. Et puis un mois, ce n'est pas vraiment trente jours quand on y réfléchit. Ça en fait vingt-huit – sept fois quatre. Simple arithmétique de base. Bref, si tu ôtes les dix jours du début, on a déjà fini.

— Fini quoi ? Oh...

Le déclic se fit, apportant dans son sillage une grosse vague de soulagement mêlé d'amusement et de gratitude.

— Je ne suis pas sûr d'avoir tout compris. Si tu voulais m'expliquer de nouveau ton raisonnement.

— Non, c'est bon. Crois-moi sur parole. Voilà pourquoi je suis revenue. Et maintenant, petite question à choix multiple : A, tu me reconduis à la maison ; B, j'appelle un taxi ; C, je reste.

— Laisse-moi réfléchir... C'est bon.

Del l'enlaça et l'embrassa avec fougue.

— Réponse correcte, dit Laurel qui s'accrocha à lui et enroula les jambes autour de sa taille. Tu peux me remercier d'avoir trouvé la solution.

Elle captura sa bouche à nouveau avec une impatience fiévreuse.

— Mais maintenant, je n'en peux plus, lâcha-t-elle dans un souffle entre deux baisers. Et j'espère que c'est pareil pour toi.

Il commença à gravir l'escalier.

— J'étais en train de penser à toi. J'avais envie de toi. Je ne pense plus qu'à ça. Merci la semaine de cinq jours.

— C'est la règle en entreprise, se crut-elle obligée de préciser tandis que le sang lui rugissait aux oreilles. Nous avons fait tout un plat de cette affaire de sexe. Résultat, c'est devenu une obsession. Je n'arrête pas de me demander comment ce serait, nous deux, mais j'en ai assez de penser. Je veux passer à l'acte. Je parle trop. Tu vois ? C'est dingue.

— Alors jetons-nous à l'eau.

Lorsque Del l'allongea sur le lit, Laurel resserra les jambes autour de sa taille et ses mains voletèrent le long de son dos tels des oiseaux impatients. Elle ressentait déjà les premiers tiraillements de désespoir alors que leurs bouches s'unissaient de nouveau. L'onde de chaleur qui se propagea en elle fut si intense qu'elle en eut le souffle coupé. Trop d'attente, se dit-elle, trop de questionnement, trop de désir accumulé.

Elle se cambra contre lui tandis qu'il lui picorait le cou de petits baisers, éveillant des sensations insoupçonnées. Elle essaya d'atteindre le bouton de son jean, mais il lui saisit les poignets, et caressa du pouce l'endroit où son pouls pulsait follement.

— Pas si vite.

— Ça fait déjà trop longtemps.

Il se redressa et entreprit de lui déboutonner son chemisier.

— Encore un peu de patience. Après toutes ces années passées à te voir sous un jour différent, j'ai envie de prendre le temps de la découverte. Laisse-moi te regarder, te toucher.

Il écarta les pans de son chemisier et laissa ses doigts vagabonder légèrement sur sa peau.

Ce fut comme une révélation. L'infinie beauté de Laurel lui apparaissait pour la première fois dans toute sa pureté. Les lignes délicates de son visage, les courbes voluptueuses de son corps qu'il lui tardait maintenant d'explorer.

Quand elle tendit les bras vers lui, il la redressa afin de lui enlever son chemisier, puis goûta la peau soyeuse de ses épaules. Il dégrafa son soutien-gorge, et elle laissa échapper un bref halètement avant qu'il fasse glisser les bretelles le long de ses bras. Rejetant la tête en arrière, elle l'invita à une nouvelle salve de baisers langoureux. Comme elle l'attirait sur les oreillers, il lui effleura les seins du bout des doigts. Le frisson que ce geste déclencha attisa en lui une passion déjà incandescente.

— J'ai envie de toi, murmura-t-il avant de refermer la bouche sur la pointe d'un sein.

Frémissante d'un désir trop longtemps contenu, Laurel s'abandonna avec délice aux caresses et aux baisers qu'il n'interrompit que le temps de faire glisser son jean et son slip le long de ses jambes. Avivant l'attente à la limite du supportable, il explorait chaque centimètre carré de sa peau, exploitait ses points sensibles avec une habileté sans faille, comme s'il connaissait déjà ses secrets les plus intimes.

— Moi aussi, j'ai envie de toi, lâcha-t-elle dans un souffle.

« Surtout prends ton temps », s'ordonna-t-il, alors même que son propre désir commençait à se cabrer, plus impérieux qu'un pur-sang sauvage au bout d'une longe.

Il regarda les diamants bleus de ses yeux se voiler, et écrasa sa bouche sur la sienne, tandis qu'elle laissait échapper un gémissement de plaisir sous ses doigts experts.

Quand leurs regards se croisèrent à nouveau, Del se déshabilla à son tour, puis s'enfonça en elle. Tremblant sous le choc délicieux, leurs deux corps entamèrent une danse lascive dont le rythme de plus en plus enfiévré ne tarda pas à s'emballer. Au bord de l'extase, Laurel murmura son nom, une seule fois, d'une voix étranglée. « Enfin, songea-t-elle, enfin. » Avant de se laisser balayer par la lame de fond qui les emporta tous les deux comme des fétus de paille.

Comblée et euphorique, elle sourit contre son épaule, sentant les battements tumultueux de son cœur qui cognait contre le sien. Elle lui caressa le dos et, parce qu'elle aimait le faire, poursuivit sur sa lancée jusqu'à sa chute de reins à la plastique irréprochable.

— C'était mon idée, murmura-t-elle.

Del la délesta de son poids et l'attira contre son flanc.

— Une excellente idée, concéda-t-il avec un sourire.

— Avec ma méthode de calcul, nous n'avons pas réellement perdu le pari.

— Étant donné les circonstances, je crois que nous pouvons déclarer forfait sans hésiter. Nous sommes toujours gagnants.

Si elle avait été plus heureuse, décida Laurel, elle aurait carrément vu voler des nuées de petits cœurs roses et des angelots joufflus.

— Je crois que tu as raison, approuva-t-elle avec un soupir d'aise. Demain matin, je dois me lever vraiment tôt.

— D'accord.

Mais il referma les bras sur son corps alangui, indiquant sans équivoque que, pour l'instant, elle n'irait nulle part.

Elle tendit le visage vers lui pour un dernier baiser.

— Alors, ça valait la peine d'attendre ? chuchotat-elle.

— Sans le moindre doute.

Nichée au creux de ses bras, elle ferma les yeux et se laissa glisser dans un sommeil bienheureux.

Laurel aurait aimé avoir une lampe torche sous la main. Et une brosse à dents. Chercher ses vêtements à tâtons dans le noir demeurait toujours une épreuve aussi délicate à maîtriser. Au moins avait-elle retrouvé son soutien-gorge et une chaussure. Elle laissa échapper un grognement de satisfaction quand ses doigts accrochèrent l'élastique de son slip.

Plus qu'un chemisier, l'autre chaussure et son pantalon à dénicher. Et son sac à main resté au rez-de-chaussée où elle l'avait laissé tomber. Elle y trouverait des pastilles de menthe et de l'argent pour le taxi.

Elle aurait tué pour un café, peut-être même juste pour l'odeur.

À quatre pattes, elle continua d'explorer la moquette. Et finit par dégoter l'autre sandale.

— Que fais-tu par terre ?

Elle s'assit sur ses talons.

— Je cherche le reste de mes vêtements. Je t'avais prévenu que je devais me lever tôt.

— Tôt ? Mais c'est le milieu de la nuit. Il est à peine 5 heures.

— Bienvenue dans le monde des pâtissiers. Écoute, si je pouvais y voir clair pendant trente secondes, je pourrais finir de récupérer mes affaires et débarrasser le plancher pour te laisser te rendormir.

— Tu n'as pas de voiture.

— Je vais appeler un taxi en bas. J'ai tout sauf mon...

Le flot de lumière la surprit et elle cligna des yeux avant de les protéger de la main.

— Tu as une allure... intéressante, commenta-t-il.

— Sûrement.

Elle l'imaginait sans peine. Nue sur la moquette, à quatre pattes, les cheveux en bataille comme si deux chats s'y étaient bagarrés, ses vêtements et ses chaussures à la main. Quel tableau, en effet.

Pourquoi n'avait-il pas le sommeil plus lourd ?

Laurel repéra son chemisier près de la commode. Elle réfléchit à la solution la plus digne pour le récupérer : traverser la chambre en rampant ou y aller debout. Ramper manquait toujours de dignité, conclut-elle.

La nudité n'était pas un problème. Del l'avait déjà vue en tenue d'Ève. Mais pas au petit matin, à des années-lumière d'être un tant soit peu présentable.

Et, bon sang, elle aurait bien aimé qu'il cesse de sourire ainsi.

— Rendors-toi.

Elle se leva pour aller ramasser son chemisier. Les chaussures voltigèrent quand il l'attrapa et la fit basculer sur le lit.

— Del, il faut que j'y aille.

— Ça ne prendra probablement pas longtemps.

Il roula sur elle, pas le moins du monde rebuté par sa chevelure hirsute.

Lorsqu'il lui souleva les hanches et se glissa en elle, Laurel décida qu'il y avait encore mieux que le café le matin.

196

— Je peux sans doute t'accorder quelques minutes, concéda-t-elle.

Del s'esclaffa et nicha le visage au creux de son cou.

Elle se laissa emporter tout en douceur par la tendresse de ces ébats matinaux qui eurent tôt fait de s'emballer sous les coups de reins de plus en plus fougueux de Del et de la propulser, tel un feu d'artifice, au firmament de l'extase. Flottant sur un petit nuage, elle aurait voulu se blottir de nouveau sous la couette avec Del et s'endormir encore à ses côtés.

— Bonjour, murmura-t-il.

— Mmm. Je m'apprêtais à te dire que j'étais désolée de t'avoir réveillé, mais il s'avère que je ne le suis pas.

— Moi non plus. Je suppose qu'on ferait mieux de trouver tes vêtements, que je puisse te reconduire à la maison.

— Je vais prendre un taxi.

— Non, pas question.

— Ne sois pas idiot. Tu n'as aucune raison de te lever, t'habiller et faire l'aller-retour jusqu'au manoir alors qu'il me suffit d'appeler un taxi.

— Il y en a une : tu as passé la nuit dans mon lit.

— Bienvenue au XXIe siècle, Sir Galaad. Je suis venue toute seule ici, alors je peux...

Il se hissa sur les coudes pour l'observer.

— Tu sais, tu es dans une position peu orthodoxe pour déclencher une dispute. Si tu insistes encore une dizaine de minutes, je devrais être capable de te donner une raison supplémentaire de ne pas prendre de taxi.

— Je te trouve bien optimiste côté récupération.

— Tu veux voir qui a raison ?

— Laisse-moi me lever. Et puisque tu es si galant, te serait-il possible de me procurer une brosse à dents ?

— Pas de problème. Je peux même nous préparer du café dans deux gobelets à couvercle pour le trajet.

— Pour du café, tu peux me conduire où bon te chante.

Moins d'un quart d'heure plus tard, Laurel sortait de la maison armée d'un grand café.

— Il pleut, annonça-t-elle. Ou plutôt il tombe des cordes, corrigea-t-elle, se demandant comment ce détail avait pu lui échapper. Del, tu n'es pas obligé...

— Cesse de récriminer.

Il la prit par la main et l'entraîna vers la voiture au pas de charge. Trempée, elle monta côté passager et secoua la tête lorsqu'il s'assit au volant.

— Ce ne sont pas des récriminations.

— D'accord. Une discussion, alors ?

— Plutôt ça, oui, concéda-t-elle. Je voulais juste éviter de créer un précédent. Que tu te sentes obligé de me reconduire chaque fois. Si j'obéis à une impulsion, je dois gérer les conséquences. Le transport, par exemple.

— J'ai vraiment apprécié cette impulsion que tu as eue. Néanmoins, quand je suis avec une femme, je la ramène chez elle. Considère cela comme le Code d'honneur des Brown.

Elle réfléchit, pianotant sur son genou.

— Donc, si toi aussi, tu cédais à l'envie de débarquer chez moi, je serais obligée de te reconduire.

— Pas du tout. Et, non, ce n'est pas sexiste. C'est juste un principe élémentaire de savoir-vivre.

198

Tout en conduisant, il lui glissa un regard encore ensommeillé.

— Je suis pour l'égalité des droits entre hommes et femmes. Égalité des salaires, des chances, etc. Mais quand je suis avec une femme, je n'aime pas la savoir au volant au milieu de la nuit ou à 5 h 30 du matin si on peut s'arranger autrement.

— Parce que tu as un pénis.

— En effet. Et j'ai bien l'intention de le garder.

— Et un pénis protège contre les accidents, les pannes et les crevaisons ?

— Tu sais ce qui a toujours été intéressant, et à l'occasion frustrant, avec toi ? C'est ta capacité à compliquer les choses les plus simples.

C'était la vérité, mais cela ne changeait rien à l'affaire.

— Et si j'avais eu ma voiture ?

— Tu ne l'avais pas.

— Oui, mais si, insista-t-elle.

— On en reparlera à ce moment-là.

Il tourna dans l'allée de la propriété.

— Plutôt évasif comme réponse.

— J'en conviens. Et si je te faisais une petite concession ? Je ne te raccompagne pas jusqu'à la porte.

Laurel inclina la tête de côté.

— Mais tu vas attendre ici jusqu'à ce que tu me saches en sécurité à l'intérieur, n'est-ce pas ?

— Exact, répondit Del, qui se pencha vers elle et lui souleva le menton pour l'embrasser. File préparer tes gâteaux.

Elle allait descendre, puis se ravisa et le gratifia d'un long baiser tendre beaucoup plus satisfaisant.

— Salut.

Elle courut vers la porte, puis se retourna, dégoulinante, pour lui faire signe avant de disparaître dans la maison.

Là, seule dans le vestibule silencieux, elle s'adossa contre le battant et se laissa aller à son bonheur. Elle avait fait l'amour avec Del. Elle avait dormi dans son lit, s'était réveillée à ses côtés. Toute une vie de rêves venait de se réaliser en une nuit, alors elle avait bien le droit de sourire comme une idiote et de savourer cet enivrant moment de jubilation extrême.

Quasiment en état de lévitation, elle gravit l'escalier et gagna son appartement. Une journée chargée l'attendait, mais elle mourait d'envie de tout plaquer et de se repasser le film de la nuit scène par scène, vautrée sur son lit.

Vu que c'était impossible, une longue douche bien chaude ferait l'affaire. Elle se débarrassa de ses vêtements humides, les drapa sur un porte-serviette et attacha sa tignasse avec une pince. Un sourire béat aux lèvres, elle se coula sous le jet bienfaisant.

Elle se prélassait dans un nuage de vapeur parfumée quand un mouvement devant la porte vitrée l'alerta. Elle hurla si fort qu'elle ne sut comment le verre résista.

— Bon sang, Laurel, ce n'est que moi ! s'exclama Mac, qui entrebâilla la porte. J'ai frappé, puis appelé, mais tu étais trop occupée à chanter pour m'entendre.

— Beaucoup de gens chantent sous la douche. Qu'est-ce que tu veux ?

— On n'est pas nombreuses par ici à hurler à tue-tête *I've Got Rhythm* sous la douche.

— Je ne chantais pas ça.

Enfin, peut-être. Et maintenant elle allait avoir cette chanson dans la tête toute la journée.

— Fiche le camp, ronchonna-t-elle, tu fais sortir toute la vapeur.

— Qu'est-ce qui te prend autant de temps ? s'enquit Emma en entrant à son tour dans la salle de bains.

— Parker ? fit Mac.

— À la salle de gym, répondit Emma. Mais je l'ai prévenue.

— Dites donc, vous n'avez pas remarqué que je prends ma douche ou quoi ?

— Il sent bon, ton gel, commenta Mac. Tu es assez propre comme ça. On va manger des pancakes au petit déjeuner en l'honneur du récit palpitant que tu vas nous faire de ta nuit torride.

— Je n'ai pas le temps pour des pancakes.

— Mme Grady va les faire.

— On a déjà eu des gaufres hier.

— Tu as raison. Des omelettes alors. Rendez-vous à la cuisine dans dix minutes, ordonna Emma. Et ce matin, le petit déjeuner est interdit aux garçons.

— Je ne veux pas...

Mais Mac avait déjà refermé la porte. Laurel repoussa les mèches dégoulinantes qui lui tombaient dans les yeux. Elle pouvait tenter de se réfugier dans sa propre cuisine, mais elles viendraient l'y débusquer et continueraient de la harceler. Résignée, elle sortit de la cabine et attrapa une serviette.

Lorsqu'elle entra dans la cuisine familiale, vingt minutes plus tard, elle y trouva Mac et Emma, la table mise, et Mme Grady à ses fourneaux.

— Écoutez, j'ai une journée vraiment chargée et...

— Le petit déjeuner est le repas le plus important de la journée, coupa Mac d'un ton docte.

— C'est l'accro aux Pop-Tarts qui parle, ricana Laurel. Non, sérieux, il faut que je m'y mette.

Emma agita l'index.

— Non, non. Pas de cachotteries. On a toutes raconté notre première nuit, et Mme Grady est en train de préparer des omelettes spécialement pour l'occasion, n'est-ce pas, madame Grady ?

— En effet. Tu ferais aussi bien de t'asseoir, Laurel. Sinon, elles vont te casser les oreilles jusqu'à ce que tu craques. Et comme il paraît que tu n'es rentrée qu'il y a une demi-heure, je ne suis pas contre quelques confidences, moi non plus.

Laurel avala une gorgée de jus d'orange, puis les regarda tour à tour.

— Vous avez une sorte de radar intégré ou quoi ?

Parker entra en tee-shirt ample et pantalon de survêtement.

— Oui, répondit-elle. Et puisqu'on me demande de descendre sans me laisser le temps de prendre *ma* douche, elle a intérêt à être croustillante, ton histoire.

Elle traversa la pièce et se servit un café.

— J'en conclus que Del ne t'a pas laissée à la porte.

Laurel prit le café de Parker.

— C'est bizarre, lui dit-elle. Tu t'en rends compte, quand même ?

— Les traditions sont les traditions, même quand c'est bizarre, répliqua Parker d'un ton guilleret en se servant un autre café. Alors, raconte.

Laurel s'assit avec un soupir.

— J'ai perdu le pari.

— Yes ! s'exclama Emma, qui se glissa à côté d'elle sur la banquette. Moi aussi, j'ai perdu, mais certaines choses sont plus importantes que l'argent.

— Qui a gagné, Parker ? voulut savoir Mac.

Parker s'assit, le nez dans sa tasse.

— Malcolm Kavanaugh.

— Kavanaugh ? s'étonna Laurel en s'emparant d'un toast. Il a participé ?

— Quelqu'un l'a mis au courant et il m'a coincée lors du match. J'ai d'abord refusé, disant que les paris étaient clos, mais il a insisté. Et il a proposé de payer le double pour compenser le retard. Il a misé sur le 5 juillet.

— Tu veux dire qu'il est tombé en plein dans le mille ? s'écria Mac. Quel veinard !

— Tu peux le dire. Je m'imaginais qu'il n'avait aucune chance, vu que nous sortions tous ensemble. Je ne pouvais pas me douter que Laurel prendrait ses jambes à son cou.

— C'était si romantique, soupira Emma. Que s'est-il passé quand tu es arrivée ?

— Il a ouvert la porte.

— Crache le morceau, insista Mac.

— Tu ne peux pas être mal à l'aise parce qu'il s'agit de mon frère. Toi et moi sommes amies depuis presque aussi longtemps qu'il est mon frère. Ça s'annule donc.

Mme Grady servit les omelettes.

— Mangez, ordonna-t-elle.

Laurel prit une bouchée avec docilité.

— J'ai fait le calcul.

— Quel calcul ? demanda Emma.

— Le nombre de jours qui ne comptaient pas sur trente. C'est une formule un peu tordue, je le reconnais, mais qui tient debout quand on y réfléchit. Je suis parvenue à convaincre Del, et nous sommes tombés d'accord pour renoncer au pari.

— Les week-ends, c'est ça ? devina Mac qui engloutit un gros morceau d'omelette. J'y avais pensé. Les week-ends ne comptent pas.

— Exactement. Ni le premier jour, ou les jours fériés. En gros, c'est ça. Mais en toute équité, puisque nous n'avons pas posé ces conditions, nous avons déclaré forfait. Et ensuite...

Bizarre ou pas, ces quatre femmes étaient ses amies les plus proches.

— C'était merveilleux. Dans un coin de ma tête, j'avais peur d'être nerveuse, que nous soyons gênés. Mais pas du tout. Il n'a pas précipité les choses. C'était lent et tendre. Il était...

Comme elle laissait sa phrase en suspens, Parker soupira.

— Si tu penses que je ne vais pas savoir où me mettre parce que tu dis que mon frère est un amant doué et attentionné, tu te fourres le doigt dans l'œil. Ce n'est pas juste le savoir-faire, tu sais. C'est aussi un signe de respect et d'affection envers sa partenaire.

— Avec lui, j'avais le sentiment que rien d'autre ne comptait à part nous deux. Et après, j'ai dormi comme un bébé. Je me sentais parfaitement à l'aise et en sécurité. C'est toujours le plus difficile pour moi. De faire assez confiance, j'imagine, pour m'endormir.

Sous la table, Emma tapota la cuisse de Laurel.

— Belle histoire, vraiment.

— Ce matin, on a eu une petite embrouille, avoua Laurel.

— Embrouille sous la couette ? demanda Mac en agitant les sourcils avec concupiscence.

— Aussi, oui, espèce d'obsédée. En fait, je voulais récupérer mes vêtements dans le noir et appeler un taxi pour rentrer. Journée chargée. Mais il s'est réveillé, et après quelques péripéties qu'au grand dam de Mac je passerai sous silence, il a insisté pour me reconduire à la maison.

— Naturellement, approuva Parker.

Laurel leva les yeux au ciel.

— Pourquoi aurait-il dû se lever, s'habiller et prendre sa voiture alors que je pouvais rentrer par mes propres moyens ?

— Parce que tu te trouvais chez lui ; dans son lit, qui plus est. C'est ça, les bonnes manières, que veux-tu. Et elles ne menacent en rien ton indépendance.

— Le Code d'honneur des Brown ?

Parker arbora un petit sourire en coin.

— J'imagine qu'on peut l'appeler ainsi, oui.

— Le terme est de Del. Enfin, bref, vous allez devoir vous contenter de ça, parce que je dois aller bosser.

— Nous aussi, qu'est-ce que tu crois ? riposta Emma. J'attends une livraison d'un camion entier de lis. Et les travaux commencent aujourd'hui.

— Ici aussi ? demanda Laurel.

— D'après Jack, oui, répondit Emma avant de consulter sa montre. D'une minute à l'autre.

— Vous allez vivre des moments intéressants, leur assura Mac. Et bruyants.

— Je vais me répéter en boucle que ça en vaut la peine, soupira Laurel. Merci pour le petit-déjeuner, madame Grady.

— Il n'y a pas de quoi. L'histoire valait le coup.

— Si ça devient trop insupportable dans ma cuisine, puis-je transférer une partie du travail ici ?

— Pas de problème. Emmaline et Mackensie, c'est vous qui avez réclamé l'histoire. À vous, la vaisselle. Je vais faire un tour dans le jardin avant le début des coups de marteau.

Parker sortit avec Laurel.

— L'important, c'est que vous soyez heureux, Del et toi. Souviens-toi que rien ne compte davantage à mes yeux, si jamais tu recommences à trouver la situation bizarre.

— Je vais faire un effort. Préviens-moi si je me mets à tout bousiller, d'accord ?

205

— Compte sur moi.

Le téléphone de Parker sonna.

— Premier round, commenta-t-elle avec un clin d'œil avant de décrocher. Bonjour, Sarah, comment va notre mariée ce matin ?

11

Écarlates, jaune d'or, rose vif et blanc immaculé, les lis d'Emma distillaient leurs senteurs capiteuses. Radieuse, la mariée qui, la veille encore, considérait un retard de sa manucure comme un désastre national, posait pour Mac, tandis que Parker se chargeait de localiser la cravate et le gilet égarés d'un garçon d'honneur.

Après s'être assurée qu'aucune urgence ne nécessitait sa présence, Laurel alla chercher la décoration qu'il lui restait à placer au sommet de la pièce montée – un vase Médicis en sucre rempli de lis miniatures.

Ses lis n'avaient rien à envier à ceux d'Emma – c'était bien le moins, vu le temps passé. Elle avait imprimé le motif des pétales sur la pâte de gomme à l'aide d'un rouleau spécial en relief, puis les avait découpés et façonnés un à un. Une fois la tige ajoutée et trempée dans du glaçage royal un peu allongé d'eau, le résultat était à la fois élégant et saisissant de réalisme.

Sans se laisser distraire par les derniers préparatifs dans la salle de bal, elle examina son œuvre. Une guirlande de lis aux couleurs vives plus vrais que nature sinuait à chaque étage. Quelques fleurs supplémentaires disposées çà et là sur le socle ajoutaient une touche encore plus végétale à l'ensemble.

Alors qu'elle sortait le fragile vase en sucre de sa boîte, quelqu'un renversa une chaise. Le bruit ne la fit même pas ciller.

Del, qui l'observait depuis le seuil de la salle de bal, s'amusait de la voir si concentrée. Agitation ambiante, éclats de voix, rien ne semblait pouvoir la perturber dans son travail. Il la regarda poser avec une infinie délicatesse la coupe de fleurs au sommet de la pièce montée. Elle recula d'un pas pour vérifier l'exactitude du positionnement, puis, à l'aide d'un de ses ustensiles – une poche à douille, lui semblait-il –, elle traça une double ligne parfaite à la base du vase, les mains aussi sûres que celles d'un chirurgien.

Elle contourna la table et hocha la tête avec satisfaction.

— Il est superbe, la complimenta Del en s'approchant.

Surprise, elle recula d'un pas.

— J'ignorais que tu étais là. Ou que tu allais venir.

— C'est le seul moyen que j'aie trouvé pour être avec toi le samedi soir.

— C'est gentil.

Il lui passa le pouce sur la joue avec tendresse.

— J'ai du glaçage sur la figure ? s'inquiéta-t-elle.

— Non, c'est juste pour le plaisir. Il y a combien de fleurs là-dessus ?

— Une cinquantaine.

Il jeta un coup d'œil à la ronde sur les centres de table. On dirait qu'Emma et toi vous êtes accordées au pétale près.

— On y a travaillé. Bon, jusqu'à présent tout roule, alors il est possible que je...

— Alerte rouge ! cria Emma dans son écouteur.

— Mince. Où ça ?

— Dans le salon d'honneur. On a besoin de tout le monde.

— J'arrive. Alerte rouge, annonça-t-elle à Del en se précipitant vers l'escalier. C'est ma faute. J'ai dit que tout roulait. Je devrais pourtant savoir que ça porte la poisse.

— Quel est le problème ?

— Je n'en sais rien encore.

Elle atteignit le premier étage en même temps que Parker qui déboulait au pas de charge par l'autre côté.

— Altercation entre BBM et MM. Mac et Carter occupent la mariée pour qu'elle ne se rende compte de rien.

Laurel arracha sa pince à cheveux et la glissa dans la poche de son tailleur.

— Je croyais l'ambiance à la détente de ce côté-là, fit-elle remarquer.

— Apparemment, c'est terminé. Del, c'est bien que tu sois là. Il se peut qu'on ait besoin de toi.

Comme ils approchaient du salon d'honneur, des vociférations leur parvinrent. Il y eut comme un choc, puis un cri.

— Vous allez peut-être devoir appeler la police, dit-il.

Lorsqu'ils firent irruption dans la pièce, ils découvrirent Emma, le chignon en bataille, tentant désespérément de séparer deux furies élégamment vêtues. La belle-mère de la mariée avait les cheveux et le visage dégoulinants de champagne. La mère, qui venait de l'en asperger, tenait encore la flûte à la main.

— Garce ! Tu vas me le payer !

Dans la mêlée, Emma glissa et s'affala sur les fesses. Les deux femmes continuèrent à se crêper le chignon de plus belle.

L'œil torve, Emma se releva tant bien que mal, tandis que Parker et Laurel accouraient à la rescousse. Laurel tenta de maîtriser la première qui passait à sa portée. Les noms d'oiseaux fusaient de part et d'autre.

— Arrêtez ! Calmez-vous !

Laurel esquiva un poing, puis bloqua un coude avec l'avant-bras. La violence du coup lui remonta jusque dans l'épaule.

— J'ai dit *arrêtez* ! Pour l'amour du ciel, c'est le mariage de votre fille.

— Justement, hurla la femme que Parker et Emma s'efforçaient de ceinturer. *Ma* fille ! Pas la sienne, à cette bimbo briseuse de ménage !

— Bimbo ? Moi ? Vieille peau, je vais massacrer ton dernier lifting !

Dans un courageux effort pour mettre un terme à cette guerre en dentelle, Emma s'assit sur la mère de la mariée, pendant que Laurel se débattait avec sa rivale.

Alors que Del risquait sa peau en s'interposant entre les deux belligérantes, Laurel aperçut du coin de l'œil l'arrivée de renforts. Jack et Malcolm Kavanaugh – que faisait-il là ? – se ruèrent à leur tour dans la mêlée.

S'agenouillant, Parker tenta de raisonner la mère dont la rage se muait déjà en sanglots.

— Cette bagarre ne résout rien, murmura Laurel à l'oreille de la belle-mère. Si vous tenez à Sarah, mettez votre différend en veilleuse pour aujourd'hui. Vous m'entendez ? Si vous voulez vous battre, choisissez un autre endroit et un autre moment.

— Je n'ai *rien* fait. C'est elle qui m'a lancé son champagne à la figure. Regardez mes cheveux, mon maquillage. Ma robe !

— Nous allons nous en occuper, promit Laurel avec un coup d'œil à Parker, qui hocha la tête. Del, pourrais-tu monter deux flûtes de champagne dans mon appartement ? Ensuite, tu apporteras la robe de... désolée, quel est votre nom déjà ?

— Bibi, répondit la belle-mère en pleurnichant. Tout est gâché.

— Mais non, nous allons arranger cela. Del, tu apporteras la robe de Bibi à Mme Grady. Elle saura réparer les dégâts. Venez avec moi, Bibi. Je vais m'occuper de vous.

Comme les deux femmes s'éloignaient, Parker répéta le scénario avec la mère.

— Emma va vous emmener vous rafraîchir. Je vous rejoins dans quelques minutes.

— Ne dites rien à Sarah, supplia la femme en pleurs. Je ne veux pas la bouleverser.

— Bien sûr que non. Allez avec Emma. Je ne veux pas la bouleverser, marmonna Parker lorsqu'elle fut hors de portée de voix.

— La fête commence fort, on dirait, commenta Malcolm.

Parker rajusta sa veste de tailleur et lissa sa jupe.

— Que fais-tu ici ?

— Je passais juste chercher mes gains.

— Je n'ai pas le temps maintenant, répondit-elle avant de se tourner vers l'un des extras. Assurez-vous qu'il n'y a plus de morceaux de verre ni de champagne par terre. En cas d'autre dégât, prévenez-moi quelqu'un de l'équipe d'Emma qui s'en occupera. Jack, peux-tu me dénicher le PM ? Je veux le voir dans mon bureau. Immédiatement.

— Bien sûr. Désolé d'avoir mis aussi longtemps. J'étais dehors quand j'ai entendu l'alerte.

— J'ai travaillé au black comme videur à L.A., apprit Malcolm à Parker. Au cas où tu aurais quelqu'un à éjecter.

— Marrant, et pas complètement à exclure. Le PM, Jack, merci. Mac, enchaîna-t-elle dans son micro en les plantant là.

— Il y a de l'action par ici, fit remarquer Malcolm tout en la regardant traverser la pièce au pas de charge avant de disparaître.

— Tu n'as encore rien vu, assura Jack. Bon, allons chercher le PM.

— Jack, qu'est-ce que c'est qu'un PM ?

Dans sa chambre, Laurel examina la robe en soie abricot qu'elle avait demandé à Bibi d'ôter. À travers la porte de la salle de bains, elle entendait ses sanglots sur fond de bruit d'eau.

Quelques taches, un ourlet déchiré – rien de bien méchant, Mme Grady y remédierait sans peine. Et selon le plan d'urgence prévu pour ce genre de situations, elle savait que Parker lui enverrait une coiffeuse et une maquilleuse dans les plus brefs délais.

Sa mission – et elle n'avait d'autre choix que de l'accepter – consistait à aider Bibi à se ressaisir, à l'écouter geindre et/ou vitupérer, et à lui arracher la promesse de se tenir convenablement jusqu'à la fin de l'événement.

On frappa à la porte. Lissant ses cheveux en bataille, elle alla ouvrir.

— Le champagne demandé, annonça Del qui entra et posa les deux flûtes sur une table. Comment ça va ? s'enquit-il avec un regard vers la salle de bains.

— Les pleurs semblent se calmer, répondit Laurel. Tiens, voici la robe, ajouta-t-elle. Il n'y a pas trop de dégâts. Parker a dû déjà prévenir Mme Grady.

— D'accord, fit-il, redressant la boucle d'oreille gauche de Laurel. Autre chose ?

— Assure-toi auprès de Mac que la mariée reste à l'écart de ce ramdam. Parker aura trouvé une explication pour le léger retard. Il nous reste encore vingt minutes, calcula-t-elle, massant sa nuque crispée, dont dix à quinze pour régler ce souci. On va y arriver. Elle vient de couper l'eau. Tu ferais mieux d'y aller.

— Je file. Au fait, belle clé, la complimenta-t-il, mimant son geste. Une vraie catcheuse.

Laurel le poussa dehors en riant et referma la porte. Puis elle inspira un grand coup, histoire de se donner du courage, et frappa à la porte de la salle de bains.

— Tout va bien ?

Bibi ouvrit. Elle portait le plus beau peignoir de Laurel. Ses cheveux mouillés dégoulinaient en lianes blond foncé sur ses épaules. Ses yeux rougis luisaient encore de larmes qui ne demandaient qu'à jaillir.

— Regardez dans quel état je suis.

— J'ai ce qu'il vous faut.

— Un revolver ?

— Du champagne. Asseyez-vous et détendez-vous. Nous nous occupons de votre robe, et quelqu'un va venir arranger votre coiffure et votre maquillage d'ici quelques minutes.

— Merci, mon Dieu, souffla Bibi avant d'avaler une longue gorgée de champagne. Et merci à vous. Je me sens terriblement mal à l'aise. Et stupide. Je suis mariée à Sam depuis douze ans. Ça compte, non ?

— Bien sûr.

Se souvenir de la règle d'or de la maison : caresser dans le sens du poil.

— Je n'ai pas brisé leur couple. Ils étaient déjà séparés quand j'ai rencontré Sam. Enfin, pas officiellement, mais en pratique. Elle me déteste parce que

213

je suis plus jeune. Elle est la première épouse. Et moi, le trophée. C'est elle qui s'amuse à coller ces étiquettes. Douze ans, quand même, merde alors.

— Il n'est jamais facile de gérer ce genre de relations.

— J'ai pourtant essayé, assura Bibi avec un regard qui implorait la compréhension. Vraiment. Et ils étaient divorcés avant nos fiançailles. Enfin presque. Et j'adore Sarah. Sincèrement. Brad est formidable. Ils forment un beau couple. Je ne souhaite que leur bonheur.

— C'est tout ce qui compte.

— Oui, acquiesça-t-elle dans un soupir. J'ai signé un contrat de mariage. C'est même moi qui l'ai demandé. Ce n'était pas pour l'argent, contrairement à ce qu'elle répète sans cesse. Nous sommes tombés amoureux, voilà tout. On ne peut rien contre l'amour, n'est-ce pas ? On ne choisit pas de qui on tombe amoureux, ni quand ni comment. Ça arrive, c'est tout. Elle est furieuse parce que son deuxième mariage a fait naufrage, alors que nous, on est toujours ensemble. Je suis désolée pour tout ce tracas. Sarah n'a pas besoin de savoir, n'est-ce pas ?

— Non. Du moins pas aujourd'hui.

— Ils ne couchaient même plus ensemble. Quand j'ai rencontré Sam, ils faisaient chambre à part et menaient chacun leur vie. C'est comme être séparés, non ?

Laurel songea à ses propres parents.

— J'imagine que oui.

— C'est peut-être à cause de moi que Sam a fini par sauter le pas et demander le divorce, mais je n'y suis pour rien s'ils n'étaient pas heureux ensemble. Mieux vaut aller de l'avant que rester malheureux dans son couple, vous ne pensez pas ?

— Si, sûrement, répondit Laurel.

214

Douze ans, ça comptait forcément.

— Bibi, vous êtes heureuse en ménage et entretenez de bonnes relations avec votre belle-fille. Vous avez tout pour sortir de cette histoire la tête haute.

— Elle m'a abreuvé d'insultes, jeté du champagne à la figure, déchiré ma robe.

« Dans le sens du poil », se rappela Laurel.

— Je sais, je sais... Mais enterrez la hache de guerre au moins pour aujourd'hui. Pensez à Sarah, et contribuez à faire de cette journée la plus heureuse de sa vie.

Bibi se frotta les yeux comme un enfant.

— Oui, vous avez raison, approuva-t-elle. Je suis navrée de ce qui est arrivé.

— Ne vous inquiétez pas, la rassura Laurel qui se leva lorsqu'on frappa à la porte. D'ici un quart d'heure, vous serez superbe.

— Je ne vous ai même pas demandé votre prénom.

— Je m'appelle Laurel.

— Laurel, répéta Bibi avec un sourire tremblant, merci de m'avoir prêté une oreille compatissante.

— C'est normal. Et maintenant, nous allons vous refaire une beauté.

Elle ouvrit à la coiffeuse et à la maquilleuse.

Inconsciente du drame qui se jouait en coulisse, la mariée attendait auprès de son père que les demoiselles d'honneur s'avancent jusqu'à la pergola couverte de fleurs. Certaines mariées étaient rayonnantes. « C'est indéniablement le cas de Sarah », songea Laurel en observant la jeune femme dont le voile voletait au gré des caprices de la brise.

Mac, qui la mitraillait discrètement, n'aurait pas son pareil pour capturer l'étincelle de joie et d'impatience qui s'alluma dans les yeux de Sarah lorsqu'elle tourna la tête vers son père, le sourire aux lèvres.

— Mon Dieu ! C'est à nous.

La musique changea pour l'entrée de la mariée. Laurel surprit le hochement de tête presque imperceptible que Sam adressa à Parker. Soulagement ou reconnaissance – peut-être les deux. Puis il conduisit sa fille radieuse vers l'autel où l'attendait celui qu'elle allait épouser.

— Jusqu'à présent tout va bien, murmura Del à côté de Laurel.

— Ça va bien se passer. Il vaut sans doute mieux qu'elles se soient crêpé le chignon avant la cérémonie. Elles auront déchargé leur bile.

— Il n'y aura plus de souci, affirma Parker d'un ton glacial. En tout cas pas de cette source.

— Qu'as-tu dit au père ? s'enquit Del.

Parker arbora un sourire carnassier.

— Disons simplement que j'ai l'assurance que nos deux harpies se comporteront désormais comme des êtres civilisés, et que *Vœux de Bonheur* sera dédommagé pour les dépenses supplémentaires occasionnées et les dégâts causés. Et que nous n'aurons pas besoin de tes services comme contentieux, ajouta-t-elle en lui tapotant le torse.

Laurel consulta sa montre.

— Il faut que j'aille terminer les préparatifs, dit-elle. Nous n'avons pas trop de retard, vu les circonstances.

— Tu as besoin d'aide ? demanda Del.

— Non. Va boire une bière… ou ce que tu veux.

Elle se réfugia dans sa cuisine silencieuse et fraîche. Deux minutes de pause lui feraient le plus grand bien. Les confidences de Bibi l'avaient démoralisée et elle avait besoin de se changer les idées.

Les couples désunis, les foyers sans amour, l'intrusion d'une autre femme dans l'équation familiale, elle connaissait par cœur l'infâme brouet que donnait ce mélange d'ingrédients – et l'arrière-goût amer qui s'attardait au fond de la gorge.

Sans doute Sarah y avait-elle goûté plus souvent qu'à son tour. Pourtant, elle était là, rayonnante de bonheur, au bras de son père. Un père qui avait trompé sa mère. Qui avait rompu les vœux qu'elle-même s'apprêtait à prononcer.

Elle comprenait qu'on puisse être malheureux en ménage, ce qu'elle ne comprenait pas, en revanche, et ne pouvait accepter, c'était qu'on se serve de ce malheur comme prétexte à l'infidélité.

Pourquoi ne pas mettre un terme à la relation, point final ? Si on désirait quelqu'un d'autre, ou une vie différente, pourquoi ne pas rompre d'abord au lieu de ces insupportables tromperies, mensonges et compromissions ?

Le divorce ne pouvait être plus douloureux pour un couple, ou les enfants entraînés malgré eux dans cette galère, que les faux-semblants et la rancœur de l'infidélité. N'était-ce pas la raison pour laquelle, après toutes ces années, elle souhaitait encore que ses parents se séparent au lieu de sauvegarder les apparences ?

— Voyez-vous ça ! s'exclama Mme Grady, les poings sur les hanches. Je viens proposer mes services après toutes ces péripéties et toi, tu es là à ruminer.

— J'allais m'y mettre.

Les lèvres pincées, Mme Grady s'approcha et lui souleva le menton.

— Quel est le problème ? demanda-t-elle, les yeux au fond des siens.

— Rien. Vraiment.

Mme Grady avait une façon bien à elle d'utiliser ses sourcils comme moyen d'expression non verbal. À cet instant, ils disaient : « N'importe quoi ! »

— Toute cette histoire m'a juste un peu tapé sur les nerfs, expliqua Laurel. Ce n'est rien.

— Ce n'est pas la première fois qu'il y a du ramdam à vos fêtes. Et ce ne sera pas la dernière.

— Ce n'est pas vraiment à cause de la bagarre. A posteriori, c'était plutôt divertissant. Parker ne sera pas de cet avis avant un jour ou deux, mais, franchement, on a eu droit à quelques moments assez drôles.

— Tu tournes autour du pot.

— C'est stupide. Le hasard a voulu que je me retrouve avec la belle-mère. Dans son désarroi, elle s'est sentie obligée de m'expliquer comment avait commencé sa liaison avec le père de la mariée, alors qu'il était pour ainsi dire séparé, mais pas vraiment – sa femme et lui se bornant à habiter sous le même toit.

— La plupart des hommes qui veulent aller voir ailleurs avancent ce genre d'argument.

— De bobard, vous voulez dire. Pourquoi est-il considéré comme normal d'avoir une liaison avec quelqu'un dont le couple bat de l'aile. Ils sont toujours mariés que je sache, non ?

— C'est vrai, approuva Mme Grady. Mais la vie est rarement une question de vérité ou de mensonge. Entre le blanc et le noir, il y a toutes les nuances de gris.

— Et la fille s'en accommode sans problème. Je me souviens des entretiens et des dégustations ici même. Elle adore ses parents, c'est clair. Et sa belle-mère aussi. Comment réussit-on un tour de force pareil ?

— Il ne s'agit pas toujours de prendre parti.

— Non, c'est sûr. Mais, vous savez, moi non plus, je n'ai jamais eu à prendre parti tant ils avaient tort tous les deux, poursuivit Laurel sans avoir besoin de préciser qu'elle parlait de ses propres parents. Et quand j'y réfléchis aujourd'hui, ce serait plutôt eux d'un côté et moi de l'autre. C'est stupide, mais au fond de moi je leur en veux encore de leur terrible insouciance.

— Tu es fâchée contre eux alors que tu devrais plutôt éprouver de la pitié. Ce sont eux les perdants dans cette histoire.

— Ils aiment leur vie – je devrais plutôt dire leur petit arrangement. Enfin, bref, ce ne sont pas mes oignons de toute façon, conclut Laurel avec un haussement d'épaules.

— Laurel Anne, dit Mme Grady en lui prenant le visage entre les mains – geste aussi rare que l'utilisation de son prénom en entier. Ils resteront toujours tes parents, alors ce seront toujours tes oignons.

— Vous voulez dire qu'ils me décevront toujours ?

— Ça dépend de toi, non ?

— Sans doute. Bon, enchaîna Laurel après un profond soupir, fini de broyer du noir. Je dois encore m'occuper du gâteau du marié et des desserts du buffet.

— Je vais te prêter main-forte.

Ensemble, elles transportèrent les boîtes et les plateaux de pâtisseries jusqu'à la salle de bal.

Mme Grady balaya la pièce du regard.

— Comme toujours, je suis éblouie par toutes ces fleurs, s'extasia-t-elle. Notre Emma a vraiment un don. J'aime les couleurs de ce décor. Rien de pastel, que des couleurs vives et audacieuses. Et regardez-moi ça.

Elle s'avança pour admirer la pièce montée.

— En parlant de don. Tu t'es surpassée, Laurel.

— Je crois que c'est mon gâteau d'été favori. Je vous en garderai une part.

— Je ne dis pas non. Un gâteau de mariage, ça porte chance.

— Il paraît. Madame Grady ? Avez-vous jamais songé à vous remarier ou bien…

La gouvernante laissa échapper un petit rire ravi.

— Oh, il y a bien eu quelques *ou bien* de temps à autre, je n'en disconviens pas. Mais de là à me remarier… J'ai eu mon Charly. Le seul homme de ma vie.

— Vous croyez vraiment au grand amour ?

— Pour quelques-uns d'entre nous, oui. Un seul et unique amour, à la vie à la mort. Un amour que personne ne peut remplacer et qui continue de vivre au plus profond de votre cœur quoi qu'il advienne.

— Encore faut-il que cet amour soit réciproque, fit remarquer Laurel, qui songea à Del, mais chassa aussitôt cette pensée. Il vous manque encore ? Votre Charly ?

— Pas un jour ne se passe sans que je pense à lui. Ça fera trente-trois ans en novembre. Mais j'ai eu le bonheur de l'avoir dans ma vie, et c'est ce qui compte. Tout le monde ne peut pas en dire autant. Toi, si.

Laurel leva lentement les yeux vers elle.

— Il a été le tien depuis le début. Il t'a fallu longtemps pour te déclarer.

À quoi bon nier l'évidence face à quelqu'un qui la connaissait si bien ?

— Ça fait peur.

Mme Grady laissa échapper un rire.

— Bien sûr. Si tu veux la sécurité, trouve-toi un gentil chiot que tu dresseras à faire le beau. L'amour, c'est censé faire peur.

— Pourquoi ?

— Parce que sans peur, pas de frisson.

— Si c'est vrai, alors je bats tous les records, fit remarquer Laurel, qui inclina la tête, la main sur son oreillette. Parker donne le signal des cocktails et du dîner.

— Va lui donner un coup de main. Je peux finir ici.

— Vous êtes sûre ?

— J'aime bien mettre la main à la pâte de temps en temps.

— Merci, dit Laurel avec gratitude. Je ferai en sorte que vous ayez une grosse part de cette pièce montée.

Une fois seule, Mme Grady secoua la tête avec un soupir. Ses filles connaissaient tout sur le mariage. Mais dès qu'il s'agissait d'amour, elles pataugeaient comme ce n'était pas permis.

Lorsque le manoir se fut vidé, Laurel se joignit aux autres pour un petit moment de détente sur la terrasse. Del lui tendit une flûte de champagne.

— Tu l'as bien méritée.

— Et comment. Merci. Où est Parker ?

— Un truc à faire, répondit Mac, qui étira les jambes et recroquevilla ses orteils fatigués. Elle revient tout de suite. Désolée d'avoir manqué le combat du siècle. Il paraît que ça valait son pesant d'or.

— Bref, mais sanglant, commenta Laurel en étouffant un bâillement.

— Vous avez souvent des combats de catch ici ? s'enquit Malcolm.

— Une fois, j'ai pris un coup de poing dans la figure, répondit Carter, qui remua la mâchoire.

— Ça ajoute un peu de piquant, plaisanta Malcolm. Le gâteau était excellent, ajouta-t-il à l'adresse de Laurel.

221

Il leva sa bière comme pour porter un toast, puis tourna les yeux vers Parker qui se dirigeait vers eux, aussi sereine que si elle avait siroté du thé toute la journée au lieu de cornaquer deux cents personnes.

Elle tendit une enveloppe à Malcolm.

— Tes gains.

Il la glissa dans la poche arrière de son jean.

— Merci. Et demain vous remettez ça ?

— Ne m'en parle pas, râla Emma. D'ordinaire, nous avons des réceptions en plus petit comité le dimanche, mais en cette saison, les grandes fêtes se succèdent. Sur ce, je vais me coucher.

— Je ferais mieux de ramener ma princesse à la maison, déclara Jack, qui se leva et prit la main d'Emma. Je passerai déposer la camionnette lundi, Malcolm.

— D'accord. J'y vais aussi.

— Merci pour le coup de main, fit Mac en s'étirant. Tu viens, professeur ? Rentrons chasser le chat de la couette.

Laurel posa la tête sur l'épaule de Del.

— Je suis incapable de bouger pour l'instant, décréta-t-elle. Bonsoir, Malcolm, ajouta-t-elle avant de fermer les yeux.

— Je te raccompagne. À demain, vous autres, lança Parker avant de précéder Malcolm vers la pelouse pour contourner la maison.

La tête toujours sur l'épaule de Del, Laurel rouvrit les yeux.

— Je savais que les bonnes manières triompheraient.

— Hmm ?

— Que Parker se sentirait obligée de raccompagner Malcolm si je restais ici avec toi. Ils vont bien ensemble, non ?

— Tu rigoles ?

Elle fit un effort pour éclaircir son esprit embrumé, y renonça et referma les paupières.

— Désolée. J'avais oublié à qui je m'adressais. Non, bien sûr, il n'y a aucune étincelle sexuelle entre eux, pas le moindre feu qui couve sous la braise. Non, non, rien du tout.

— Ce n'est pas son genre.

— Exactement. Inutile de te prendre la tête. Aide-moi plutôt à me relever, tu veux ?

— Si ce n'est pas son genre, à quoi rime cette histoire d'étincelles et de feu qui couve ?

— C'est sans doute moi, éluda Laurel en riant, tandis qu'il la hissait sur ses pieds. Tu me fais un effet bœuf, tu sais.

— Bien joué. Tu tenterais de détourner la conversation que tu ne t'y prendrais pas autrement.

— C'est pourtant la vérité, avoua-t-elle, ivre de fatigue. Tu restes cette nuit ?

— J'en ai bien l'intention.

Comme ils arrivaient au pied de l'escalier, Del jeta un coup d'œil furtif vers la porte d'entrée, et Laurel devina qu'il serait bien allé faire un tour dehors, histoire de... jouer son rôle de grand frère.

Elle monta sur la première marche pour être à sa hauteur et l'embrassa.

— Regarde, ça recommence, les étincelles et le feu qui couve.

Il ne put s'empêcher de rire.

— Mon ange, tu dors littéralement debout.

— Je sais, un peu tristounet pour un samedi soir.

— On se rattrapera demain matin.

— Excellente idée, approuva-t-elle en l'entraînant dans l'escalier. D'autant que la réception n'a lieu que le soir, et que je n'ai donc pas à me lever aux aurores. Que dirais-tu de 8 heures ?

— Parfait.

— Et si on se donnait rendez-vous sous la douche ?

— Un câlin du dimanche matin sous la douche ? Encore mieux.

Laurel l'entraîna dans sa chambre et se souvint de fermer la porte – ce qui lui arrivait rarement. Elle s'avança vers la porte-fenêtre qui donnait sur le balcon.

— J'aime la laisser ouverte les nuits d'été. Ça te dérange ?

— Non. Je n'ai pas entendu Parker rentrer. Elle est toujours dehors, tu crois ?

Toujours tournée vers la porte-fenêtre, Laurel leva les yeux au ciel et réfléchit aux options possibles. Puis elle pivota vers Del, ôta la veste de son tailleur et fit coulisser lentement la fermeture Éclair de sa jupe qu'elle laissa glisser à ses pieds avant de l'enjamber.

— Je ne suis peut-être pas si fatiguée après tout, déclara-t-elle, avec pour toute tenue un calicot en soie, le slip assorti et ses talons hauts. À moins que toi, tu ne le sois.

— Bizarrement, je me sens soudain bien réveillé.

— Sûrement l'air frais.

Laurel s'avança vers lui et déploya tous ses talents pour le distraire. C'était bien le moins qu'elle puisse faire pour Parker, songea-t-elle, tandis que les mains de Del s'activaient. Le prix de l'amitié.

12

Parker passa la tête dans la cuisine.

— Laurel, tu as une minute ?

— Oui. Je croyais que tu avais un entretien et une visite.

— C'est fait. Les deux.

Avec la pointe d'un couteau, Laurel racla les graines de vanille qu'elle incorpora au lait sucré dans la casserole, puis ajouta les gousses.

— Alors ?

— L'entretien a permis de régler plusieurs détails en suspens, et de soulever d'autres questions. Et grâce à la visite, le dernier dimanche encore disponible en mai prochain est désormais réservé.

Elle jeta un coup d'œil au panneau de contreplaqué qui condamnait la porte menant à l'arrière-cuisine en chantier.

— Ce n'est pas aussi bruyant que tu le redoutais, observa-t-elle.

— Pas si je laisse la télé ou la radio allumée, et m'imagine qu'une fête bat son plein. Ça pourrait être pire. Enfin, ça l'était pendant la démolition. Maintenant, c'est presque calme.

— Ça en vaudra la peine, non ? Tout cet espace supplémentaire.

— C'est ce que je ne cesse de me répéter.

— Qu'est-ce que tu fais ?

— De la crème pâtissière.

— Tu veux une boisson fraîche ?

— Je ne suis pas contre.

Laurel prépara un récipient d'eau glacée pour la dernière étape de sa recette, tandis que Parker remplissait deux verres de limonade.

— Tu n'as rien de prévu avec Del ce soir, n'est-ce pas ?

— Non. Les garçons vont encourager les Yankees et manger des hot dogs, répondit Laurel.

Elle haussa les sourcils d'un air interrogateur.

— On se fait une soirée entre filles ?

— J'y songeais justement. D'autant que je pense avoir déniché la robe de mariée d'Emma.

Laurel fit une pause.

— Sérieux ?

— Eh bien, je sais ce qu'elle cherche, et j'ai l'impression d'avoir lancé une tradition avec Mac. J'aimerais lui faire la surprise ce soir. Elle pourra l'essayer, et décider si elle lui plaît.

— Génial, j'en suis.

— Il y a une autre chose dont j'aimerais te parler.

Laurel remua son mélange qui commençait à frémir.

— Je t'écoute.

— J'ai appris que Jack avait invité Malcolm Kavanaugh à se joindre à nous en août.

— Ah bon ?

Tout en analysant cette nouvelle, Laurel ôta la casserole du feu et la couvrit. Dans une jatte, elle cassa quatre œufs, puis ajouta quatre jaunes supplémentaires après les avoir séparés des blancs. Elle entreprit de fouetter sa préparation.

— Ils sont devenus bons amis, j'imagine. Et puis, ce n'est pas la place qui manque dans cette maison, paraît-il. Je t'avoue que, moi-même, j'ai hâte de découvrir l'endroit, et de profiter à fond de tout ce temps libre sans... Oh, pardon, s'interrompit-elle, voyant la main levée de Parker. Je me suis laissé emporter par la perspective de tous ces jours et ces nuits où je pourrai faire ce que bon me semblera.

— Pour revenir à nos moutons, Del vient de m'appeler pour me jurer sur sa vie qu'il n'y est pour rien.

— Tu lui avais passé un sacré savon avec cette histoire du 4 Juillet.

— En effet. Et Jack risque de subir le même sort.

— Aïe.

Amusée à cette idée, Laurel ajouta le sucre et la farine déjà mélangés aux œufs battus et reprit son fouet.

— Tu n'as pas le bras qui fatigue ? s'étonna Parker.

— Si.

— Le sort de Jack est... Mince, râla-t-elle quand son portable sonna. Une minute.

Habituée aux conversations interrompues, Laurel ôta les gousses de vanille du lait et remit la casserole sur le feu. Le temps qu'il frémisse à nouveau, elle but une gorgée de limonade et écouta Parker résoudre un problème avec une cliente.

« Enfin, plusieurs », jugea-t-elle d'après le tour que prenait la discussion. Elle incorpora peu à peu le lait à la préparation.

— Laissez-moi faire, je m'en occupe, assura Parker. Absolument. Considérez le problème comme réglé. Je vous verrai avec votre mère le 21 à 14 heures. Pas de problème. Au revoir.

Elle coupa la communication et se tourna vers Laurel.

227

— Pas de question, s'il te plaît.

— Je n'en avais pas l'intention.

Elle transvasa le mélange dans la casserole et fouetta vivement.

— Je ne peux pas m'arrêter maintenant, reprit-elle. C'est le moment critique. Mais je t'écoute.

— Où en étais-je ?

— Au sort de Jack.

— Ah, oui. Le sort de notre cher Jack dépendra de la réponse à la question suivante : s'agit-il d'une machination ?

— Crois-tu vraiment que notre cher Jack serait capable d'un coup pareil ?

— Non, mais Emma, si.

Laurel réfléchit un instant.

— Si c'était le cas, elle me le dirait. Elle ne pourrait pas s'en empêcher. Elle me ferait sans doute jurer de garder le secret, ce que je respecterais. Mais il y aurait la clause dérogatoire : si tu me posais la question, je te devrais la vérité.

— Je te la pose.

— Eh bien, non. Emma ne m'a rien dit. Je les déclare donc innocents de toutes les charges retenues contre eux. Tu n'as pas de problème avec Malcolm, n'est-ce pas ?

— Pas spécialement. Je n'aime pas les coups montés, c'est tout.

— Comme aucune d'entre nous. Voilà pourquoi nous ne le ferions pas subir aux autres. Tu le sais bien, Parker.

Celle-ci s'approcha de la fenêtre et pianota sur la vitre avant d'aller s'asseoir.

— Il y a toujours des exceptions, surtout quand certaines que je ne nommerais pas sont aveuglées par l'amour et les projets de mariage.

Elle était nerveuse, nota Laurel. Ce qui était rarissime ; il en fallait beaucoup pour déstabiliser Parker.

— À ma connaissance, ce n'en est pas une, déclarat-elle. Tu vas devoir imaginer ma main posée sur le cœur, parce que je ne peux pas arrêter de battre ma crème maintenant.

— D'accord, c'est bon. J'épargne Jack. Et puis, il y aura de la place, puisque Del et toi partagerez la même chambre.

La mine renfrognée, Parker plongea le nez dans sa limonade, tandis que Laurel ôtait sa casserole du feu.

— Encore un souci ? s'enquit-elle.

— J'hésite : dois-je m'assurer tout de suite que Malcolm ne se fait pas des idées fausses ou attendre de lui mettre les points sur les i si jamais c'est le cas ?

Laurel filtra la crème dans un chinois au-dessus d'une bassine en inox posée dans le bain d'eau glacée.

— Tu veux mon avis ?

— Oui.

— Il me semble que si tu lui parlais prématurément d'idées fausses, tu l'inciterais du coup à s'en faire et/ou tu l'agacerais au point qu'il aurait envie d'agir de toute façon. Il me paraît du genre à aimer les défis. À ta place, je laisserais tomber.

— Sensé.

— Il m'arrive de l'être.

Laurel prit les petits morceaux de beurre qu'elle avait mis de côté et les incorpora un à un à la crème.

— D'accord. Je le considérerai juste comme un copain des garçons, point final.

— Sage décision.

Elle posa enfin son fouet et se massa l'avant-bras.

— Je ne connais pas beaucoup Malcolm, mais il me plaît bien, avoua-t-elle.

— Il est plutôt sympa.

— Et craquant avec ça.

— Excuse-moi, mais tu ne sors pas avec mon frère en ce moment ?

— En effet, et j'espère vraiment que ça continue. Mais ça ne m'empêche pas de remarquer les mecs craquants. Et si tu me dis que tu n'as pas fait attention, je vais devoir utiliser ce bain d'eau glacée pour éteindre l'incendie que tu as aux fesses !

— Ce n'est pas mon genre d'homme. Eh, pourquoi ce sourire ?

— Del m'a affirmé la même chose.

Une ombre de défi et d'agacement passa sur le visage de Parker.

— Vraiment ?

— Tu connais Del. Aucun homme ne peut être à la hauteur de sa sœur chérie. Mais lorsqu'il l'a dit, j'ai pensé qu'il avait entièrement raison. Voilà pourquoi ce garçon me plaît.

— Tu n'aimes pas mon genre d'homme ?

— Ne fais pas semblant d'être bouchée, Parker. Il est craquant, intéressant, différent de ceux que tu fréquentes d'ordinaire – et ça pourrait s'avérer amusant pour toi. Peut-être devrais-tu le laisser se faire des idées fausses.

— Aveuglée par l'amour, voilà ce que tu es.

— J'imagine.

— On dirait que ça t'inquiète.

Laurel cessa de se masser les doigts et pointa l'index sur Parker.

— Tu changes de sujet.

— Exact, mais la question n'en est pas moins pertinente.

— C'est vrai, admit Laurel. Je n'ai jamais aimé un autre que Del. Je sais qu'il tient à moi. Beaucoup. Mais il y a un gouffre entre l'affection et l'amour. C'est terrifiant, et normal, paraît-il. N'empêche, j'ai une frousse terrible.

— Jamais il ne te ferait souffrir, voyons. Aïe, ce n'est pas la chose à dire, réalisa aussitôt Parker. Pourquoi ne lui avoues-tu pas tes sentiments ?

— Je ne peux pas. Parce que, justement, il ferait tout son possible pour ne pas me faire souffrir.

— Ce qui serait encore plus douloureux.

— Tu as tout compris. Du coup, je m'emploie de mon mieux à profiter de l'instant présent. Ça marche, je crois. Enfin, la plupart du temps. Mais je ne peux pas m'empêcher de guetter les chausse-trappes et les souricières.

« Et les pianos au-dessus de ma tête », songea-t-elle.

— À mon tour de te donner un conseil sensé : à trop guetter les souricières, parfois on se prend le mur.

— Comme si je ne le savais pas, soupira Laurel. Bon, j'arrête. Je vis dans le présent. Je reste zen.

— Excellente idée, surtout ne change rien. Bon, je préviens Mac pour organiser la soirée. 18 heures, ça te va ?

— C'est parfait.

Parker se leva et laissa échapper un soupir de convoitise.

— Tu me fais goûter cette crème ? Refuser serait de la cruauté pure et simple.

Laurel prit une cuillère qu'elle plongea dans la crème pâtissière encore chaude et tendit à son amie.

Parker ferma les yeux.

— Hmm, divin. Ça valait le coup de se tuer le bras. Mince, quelle plaie ! bougonna-t-elle comme son portable sonnait de nouveau.

— Tu ne penses jamais à ne pas décrocher ?

— Ça m'arrive, si, mais je ne suis pas une lâche.

Elle quitta la cuisine, les yeux rivés sur l'écran du téléphone.

231

— *Vœux de Bonheur*, bonjour. Comment allez-vous, madame Winthrop ?

La voix de Parker s'était à peine éteinte que Del entra par la porte opposée.

— Ma cuisine est un vrai boulevard aujourd'hui.

— Pardon ? Je me demande pourquoi je n'avais jamais remarqué combien tu es sexy en tablier.

Il se pencha pour l'embrasser, mais elle surprit son geste en direction de la crème et chassa sa main d'une tape.

— Tu veux que j'aie des ennuis avec les autorités sanitaires ?

— Je ne vois pas le moindre agent par ici.

Elle sortit une deuxième cuillère et lui donna la même portion qu'à Parker.

— Hmm, délicieux. Mais moins que toi.

— Très habile, mais c'est tout ce que tu auras, décréta Laurel, qui poussa la jatte hors de portée. Je croyais que tu allais au match avec tes copains.

— J'ai rendez-vous ici avec Jack et Carter avant d'aller chercher Malcolm.

— Ne me dis pas que vous allez encore au match en limousine.

C'était tellement typique de Del.

— Quel mal y a-t-il à louer une limousine ? On peut boire notre bière tranquillement, et on n'a pas à se préoccuper du parking ou de la circulation. Cent pour cent gagnant.

— J'aurais dû sortir une cuillère en argent, commenta-t-elle en lui reprenant la sienne qu'elle posa dans l'évier.

— Voilà une pique qui pourrait te coûter ton cadeau.

Elle se tourna vers lui, à la fois intriguée et soupçonneuse.

— Quel cadeau ?

Il sortit un petit paquet de sa poche.

— Celui-ci. Mais tu fais peut-être un peu trop ta maligne pour le mériter.

— Les malignes ont besoin de cadeaux comme tout le monde. Et pourquoi un cadeau, d'abord ?

Il le lui tendit.

— Parce que tu en as besoin, grosse maligne. Allez, ouvre.

Elle admira le papier imprimé à l'effigie de Wonder Woman et le gros nœud rouge avant de déchirer l'emballage sans pitié. Puis elle fronça les sourcils devant la photo sur la boîte. On aurait dit une sorte d'agenda électronique miniature.

— Un engin qui va te faire gagner du temps, précisa Del. Regarde, je l'ai déjà configuré.

Il ouvrit la boîte et en sortit le mystérieux appareil avec, dans le regard, un pétillement qu'elle interpréta comme l'envie d'avoir ce cadeau pour lui-même.

— Au lieu d'écrire tes listes à la main, tu appuies sur *Enregistrer*, expliqua-t-il, joignant le geste à la parole, avant de prononcer le mot « œufs ». Tu vois ?

Il tourna vers elle l'écran sur lequel le mot en question était affiché.

— Ensuite, tu appuies sur *Sélectionner*, et le mot est enregistré dans la liste.

Bon d'accord, il avait éveillé son intérêt.

— Quelle liste ?

— Celle que tu obtiendras quand tu auras entré toutes les données et que tu appuieras ici, répondit-il, le doigt sur une autre touche. La liste est alors automatiquement imprimée et, mieux encore, les données sont triées par catégories. Comme, disons, produits laitiers, condiments ou ce que tu veux.

— Sérieux ? Comment ça marche, ce truc ?

— Je n'en sais rien. Il y a peut-être quelqu'un à l'intérieur qui fait le boulot. Et il y a aussi une option où tu peux ajouter des articles particuliers qui ne figurent pas dans la base de données standard. Elle te sera sûrement utile, vu tous les ingrédients exotiques que tu utilises.

— Attends, laisse-moi essayer.

Laurel prit l'appareil et pressa la touche *Enregistrer*.

— Gousses de vanille, dit-elle, puis elle pinça les lèvres devant le résultat à l'écran. C'est écrit *Glace vanille*.

— Ce n'est sans doute pas dans le fichier standard parce que les gens achètent de la vanille liquide.

— Pas faux. Mais je peux l'ajouter dans le fichier ?

— Bien sûr. Et la prochaine fois, il le reconnaîtra. Tu peux aussi indiquer les quantités. Comme trois douzaines d'œufs, ou le nombre de gousses de vanille souhaité. À quoi ça ressemble, du reste, une gousse de vanille ?

— À une longue tige marron. Les graines sont à l'intérieur, murmura distraitement Laurel, qui examinait son cadeau avec une pointe de perplexité. Alors comme ça, tu m'as offert un pense-bête électronique.

— Exact. Et c'est magnétique. Regarde, tu peux le fixer sur le côté d'un de tes réfrigérateurs ou n'importe quel autre endroit que tu trouves pratique.

— La plupart des hommes offrent des fleurs.

Elle le vit clairement tiquer.

— Tu veux des fleurs ?

— Non, je préfère cet engin. Tout un bouquet si tu veux. C'est un cadeau génial. Vraiment, Del, insista-t-elle.

— Bien. Ne sois pas jalouse, mais j'en ai aussi acheté un pour Mme Grady.

— La veinarde.

Il sourit et l'embrassa de nouveau.

— Il faut que je me dépêche d'aller le lui donner, sinon je vais finir par être en retard.

— Del, le rappela-t-elle avant qu'il atteigne la porte.

Il lui avait offert un gadget de cuisine, à la fois pratique et marrant. Tout en elle la poussait à dire les mots magiques. *Je t'aime.* Mais elle en fut incapable.

— Amuse-toi bien au match.

— C'est prévu. Je t'appelle après.

Avec un soupir, elle s'assit pour jouer avec son cadeau, le temps que sa crème pâtissière refroidisse.

Une soirée entre filles était toujours un événement très apprécié. Souvent, elle prenait la forme d'un dîner, suivi d'un ou deux DVD, avec pop-corn et derniers potins en date. Les quatre amies puisaient bien-être et réconfort dans cette tradition qui remontait à l'enfance. Et la robe de mariée d'Emma serait la cerise sur le gâteau.

Savourant à l'avance ce moment de détente, Laurel terminait sa journée de travail en mettant de l'ordre dans sa cuisine quand Emma entra.

— Je pensais bien te trouver ici.

— J'ai presque fini.

— J'ai une commande de cupcakes à te transmettre. Deux douzaines. Pour dans quinze jours, s'empressa-t-elle de préciser. C'est pour ma cousine. Sa collègue de bureau va bientôt avoir un bébé et ils organisent une petite fête. Mignon, c'est la seule instruction qu'elle m'a donnée.

— Fille ou garçon ?

— Ils ne savent pas. Vraiment, tu peux faire ce que tu veux.

— D'accord. Inscris-la sur le tableau.

— Merci, j'apprécie.

Emma ajouta la commande avec la date à l'emploi du temps de Laurel.

— C'est quoi, ce truc ? s'enquit-elle, tapotant le pense-bête électronique.

— Un cadeau de Del.

— Comme c'est gentil ! Que t'a-t-il offert ?

— Ce truc-là, justement. C'est cool, regarde.

Laurel s'approcha et appuya sur *Enregistrer*.

— Beurre sans sel. Tu vois ? Le mot apparaît à l'écran. Je l'ai entré dans le fichier. Ça fonctionne par commande vocale.

Emma arrondit les yeux.

— C'est un cadeau, ça ?

— Oui. Je sais bien qu'à tes yeux, un cadeau de la part d'un homme ne mérite ce nom que s'il brille. Mais je peux ajouter des sequins au pistolet à colle si tu préfères.

— Il n'est pas obligé de briller. Il peut aussi sentir bon. Enfin, c'est l'intention qui compte. Et si ça te plaît, c'est le principal. Pour quelle occasion ?

— Pas d'occasion particulière.

— Oh, juste comme ça ? Là, il regrimpe en flèche au classement.

— Il va retomber aussi sec quand tu apprendras qu'il en a aussi acheté un pour Mme Grady.

— Non ! Alors là, ça craint ! s'exclama Emma, catégorique, les poings calés sur les hanches. Un vrai cadeau se doit d'être unique. Comme ceci, ma chère, ajouta-t-elle en lui montrant le poignet auquel pendait le bracelet en or que Jack lui avait offert. Ou bien les boucles d'oreilles que Carter a achetées à Mac pour la Saint-Valentin. Je crois que Del a besoin d'un cours de rattrapage.

— S'il était ton petit ami, certainement.

— Del est ton petit ami !

Hilare, Emma attrapa Laurel et se mit à danser avec elle.

— Ça fait tellement gamine, continua-t-elle. On se croirait au lycée. Il doit bien y avoir un autre terme.

— En quel honneur dansez-vous ? voulut savoir Parker en entrant dans la cuisine.

— Del est le petit ami de Laurel, et il lui a offert un machin qui, selon moi, ne mérite pas le nom de cadeau. Regarde.

Parker s'approcha.

— Oh, je les avais vus ! J'en veux un aussi !

— Évidemment, soupira Emma. Tu es sa sœur. Mais considérerais-tu qu'il s'agit d'un vrai cadeau, sachant qu'il en a offert aussi un à Mme Grady ?

— Hmm, voilà qui est déjà plus contestable. Mais c'est une délicate attention, et très appropriée pour Laurel.

Emma leva l'index d'un air de triomphe.

— C'est bien ce que je disais ! Tiens, voilà Mac. Viens, on a besoin de tes lumières.

— Ah bon ? Mais qu'est-ce que vous fabriquez toutes ici ? Et notre soirée filles ?

— Nous avons d'abord un problème à résoudre. S'agit-il ou non d'un vrai cadeau ? s'enquit Emma.

Elle désigna l'objet de la discorde.

— C'est quoi, ce truc ? lâcha Mac.

— Vous voyez ! Pour un cadeau digne de ce nom, la question ne se pose même pas. Parker, suggère à ton frère d'acheter quelque chose de joli à Laurel.

— Arrête ! protesta Laurel, qui donna une bourrade à Emma, mais ne put s'empêcher de rire. Il me plaît, c'est tout ce qui compte. Et quand ça plaît, c'est un cadeau.

— C'est quoi, pour finir ? insista Mac.

— Un pense-bête électronique à commande vocale pour les courses, expliqua Parker. J'adorerais en avoir un, moi aussi. Pourquoi Del ne m'en a pas acheté ?

— Parce que tu es déjà suffisamment équipée, répondit Laurel.

Les sourcils froncés, Mac n'en finissait pas de détailler l'appareil.

— Par pitié, ne le montre pas à Carter. Il en voudra un, puis se mettra en tête de me le faire utiliser.

— Del en a aussi acheté un à Mme Grady, précisa Emma. Il le verra donc forcément.

— Saperlipopette.

— Mon nouveau jouet ne mérite pas une controverse pareille, décréta Laurel. Je monte.

— Mme Grady va faire de la pizza, vous croyez ? demanda Emma. J'ai fantasmé toute la journée sur une pizza de Mme Grady arrosée d'un bon vin.

— Nous parviendrons à la convaincre, assura Parker. Mais nous avons quelque chose à faire avant.

— Pas du boulot, supplia Emma en lui agrippant le bras. Je suis prête à fond pour la sainte trinité : féculents, pinard et copines.

— Ce n'est pas du boulot à proprement parler. Il se trouve qu'aujourd'hui, j'ai été chercher quelque chose qui requiert ton approbation.

— Qu'as-tu... Oh ! Oh !

Ce fut au tour de Parker d'être entraînée par Emma dans une danse endiablée.

— Ma robe de mariée ? Tu as trouvé ma robe ?

— Peut-être. Et pour respecter une toute nouvelle tradition de la maison, tu vas l'essayer dans la suite nuptiale.

— C'est la plus belle surprise que tu pouvais me faire !

— Si elle ne convient pas... commença Parker.

Mais déjà Emma la tirait dans l'escalier.

238

— Ça restera quand même la plus merveilleuse des surprises. Dieu, je suis nerveuse !

Elle s'arrêta devant la porte de la suite nuptiale.

— C'est vrai, je suis nerveuse à mort. Bon allez, on y va.

Elle posa la main sur la poignée, puis la retira.

— Je ne peux pas ouvrir cette porte. Quelqu'un d'autre doit le faire à ma place.

Laurel se dévoua, puis poussa son amie à l'intérieur.

Emma laissa échapper un cri étouffé, puis plaqua la main sur sa bouche.

Parker ne ratait jamais son coup, songea Laurel. Cette robe était faite pour Emma. Romantique et élégante à souhait avec ses mètres de jupons vaporeux et son bustier sans bretelles, sexy juste ce qu'il fallait, taillé dans une superbe étoffe moirée. La surjupe aux plis élaborés et la longue traîne digne d'une princesse étaient semées d'une nuée de boutons de roses en tissu.

— C'est une vraie robe de conte de fées, souffla Emma, émue.

Mme Grady, qui attendait avec le champagne, lui tendit une flûte.

— Tiens, bois une goutte. Pas de larmes dans le champagne. Tu vas le noyer.

— C'est la plus belle robe du monde.

— Tu dois d'abord l'essayer. Déshabille-toi, Emma, ordonna Laurel. Parker et moi allons t'aider à la passer, pendant que Mac prend les photos.

— Regardez-moi ce jupon, murmura Emma, qui effleura le tissu du bout des doigts, émerveillée. On dirait des nuages. Oh, et le dos ! s'exclama-t-elle, découvrant les minuscules boutons de roses blancs qui dissimulaient la fermeture à glissière. Pouvait-il y avoir une robe plus parfaite pour une fleuriste ?

— Elle n'arrêtait pas de me répéter : « Emmène-moi pour Emma », expliqua Parker en l'aidant à l'enfiler.

— On ne triche pas ! avertit Laurel, comme Emma tournait la tête vers le miroir. Attends qu'on ait fini.

— Il va falloir la reprendre un peu, nota Mme Grady.

Elle s'avança avec ses épingles, tandis que Mac tournait autour d'elles, armée de son appareil photo.

— Laurel, la traîne, il faudrait un peu… Voilà, parfait, dit-elle. Emma, je n'ai qu'un mot : sublime.

— Je veux voir !

— Encore un peu de patience, marmonna Mme Grady, qui finit de piquer ses épingles.

Elle recula et donna son assentiment d'un signe de tête.

— Prête ?

Emma retint son souffle, pivota lentement vers le miroir. L'appareil photo crépita en mode rafale.

« Mac l'a capturé, songea Laurel. L'instant d'émerveillement suprême. Les larmes de joie qui brillent dans les yeux. »

— Toute ma vie, j'ai rêvé de cet instant, murmura Emma, la gorge nouée. Me voilà aujourd'hui en robe de mariée. Et c'est exactement comme je l'avais espéré.

— Tu as l'air d'une princesse, déclara Laurel avec émotion. Sincèrement, Emma, tu es stupéfiante.

Emma effleura le miroir du bout des doigts.

— Je porterai cette robe pour épouser l'homme que j'aime. N'est-ce pas extraordinaire ?

Laurel entoura les épaules de Parker du bras.

— Beau travail. Vraiment, félicitations.

Elle prit le mouchoir que son amie lui tendait et se tamponna les yeux.

— Portons un toast à la mariée.

— Donne-moi cet appareil, Mackensie, ordonna Mme Grady. Je vais prendre une photo de vous quatre. On ne bouge plus... C'est dans la boîte !

Plus tard, devant une pizza maison arrosée de champagne, elles se plongèrent dans les détails de l'organisation.

— Je vais demander à ma mère, et peut-être à ma sœur, de venir à la boutique pour la voir au premier essayage. Je vais encore pleurer, c'est sûr. On va toutes pleurer.

— Ils ont mis deux diadèmes de côté. Au choix, selon que tu auras ou non un chignon. Ta mère pourra te donner son avis.

— Parker, tu penses vraiment à tout, fit Emma, qui cligna des yeux en reniflant. Non, je ne vais pas recommencer. Oh, j'imagine déjà le bouquet que je vais créer pour cette robe somptueuse ! Et pour mes trois demoiselles d'honneur. Ou plutôt, d'ici là, deux demoiselles et une dame d'honneur.

— Une dame, moi ? Je n'arrive pas à l'imaginer, avoua Mac, la bouche pleine.

— Je pense à la lavande. Différents styles, mais dans les mêmes tons. Pour la décoration, je serais assez tentée par une association de fleurs blanches et de lavande. Des teintes très douces, très romantiques. Des bougies blanches partout.

— Et pour la pièce montée, un mélange de fleurs naturelles, en soie et en sucre, réfléchit Laurel.

— Excellente idée. Regardez, Parker prend des notes. Pour mon mariage !

— Évidemment, dit Parker.

— Je veux programmer le portrait de fiançailles un soir la semaine prochaine, intervint Mac. Je tiens à une séance en nocturne – pour l'atmosphère et le côté sexy. Ici, dans le parc.

241

— Le parc, c'est parfait. J'ai vraiment les meilleures copines du monde, déclara Emma.

— J'aimerais aussi être présente pour l'essayage, ajouta Mac. Je prendrai quelques clichés de ta mère et de toi.

— On devrait l'organiser ici, suggéra Laurel, qui sirotait son champagne. Et apporter les diadèmes. Qu'en penses-tu, Parker ?

Le visage de celle-ci s'éclaira à cette idée.

— Bien sûr.

— Ainsi, Mac prendrait ses photos, et ta mère assisterait en toute tranquillité au premier entretien officiel au cours duquel tu lui ferais part de tes décisions, Emma.

— Je trouve que c'est une excellente idée, approuva Parker.

— Il m'arrive d'en avoir de temps à autre.

— On pourrait vraiment voir les choses en grand pour ta mère, Emma, ajouta Mac. Le service VIP de *Vœux de Bonheur*.

— Elle adorerait. Et moi aussi. Voilà que je recommence, gémit Emma. Une vraie madeleine.

Laurel lui tendit un mouchoir.

— Pense aux chaussures, dit-elle.

— Pardon ?

— Des chaussures pour aller avec la robe.

— Oui, bien sûr.

— Tu vois, personne ne pleure pour les chaussures. J'opterais pour un modèle un peu moiré comme le bustier. Un brin sexy et complètement fabuleux.

— Tu n'as pas tes chaussures, Mac ? s'enquit Emma.

— Pas encore.

— Alors on fera un shopping chaussures de mariage ! s'exclama-t-elle. Dieu ce qu'on s'amuse !

— Attends de passer aux faire-part, marque-place, et tout le tralala. Tu vas voir, le choix de la typographie est une véritable obsession ! Jamais je n'aurais imaginé me prendre la tête avec un truc pareil, soupira Mac. Eh bien, si. C'est comme une drogue. Je vois ton air de supériorité amusée, McBane. Mais toi aussi, un jour, tu succomberas, et les polices de caractères hanteront ton sommeil.

— J'en doute fort. Et de toute façon, je ne me marie pas.

— Tu ne crois pas que Del et toi, à un moment... commença Emma.

— Nous ne sortons ensemble que depuis le mois dernier.

— Voilà ce qui s'appelle noyer le poisson, lâcha Mac. Vous vous connaissez depuis toujours.

— Et tu es amoureuse de lui, acheva Emma.

— Je n'y pense pas, voilà tout.

— Au fait d'être amoureuse ou de passer le reste de ta vie avec lui ? voulut savoir Parker.

— Ce n'est pas... Je ne me projette pas aussi loin.

— Arrête, ordonna Parker.

— Ça n'a vraiment rien d'évident.

— Arrêter quoi ? intervint Emma, qui regarda ses deux amies tour à tour avec perplexité. Qu'est-ce qui n'a rien d'évident ?

— De nous parler comme si l'homme en question n'était pas mon frère. C'est insultant pour moi, Laurel.

— Arrête, toi aussi. Ce n'est pas du jeu, bougonna Laurel, qui vida sa flûte d'un trait, la mine renfrognée.

— Je mets les choses au point, c'est tout. Tu veux que je parte ?

— Bon sang, tu as le don de donner des coups en vache ! Bon d'accord, je suis amoureuse de lui. Je l'ai toujours été, mais sans vraiment en avoir l'impression, parce que j'ai passé une bonne partie de ma vie à m'efforcer de ne pas l'être. En vain, si vous tenez à le savoir. Quant à savoir si je souhaiterais passer le reste de ma vie avec lui ? Oui, mille fois oui ! Je plongerais la tête la première, ou n'importe quel cliché de votre choix. Le problème, c'est qu'il faut être deux pour en arriver là.

— Pourquoi ne t'aimerait-il pas ? interrogea Emma.

— Il m'aime, bien sûr. Comme nous toutes. C'est différent avec moi maintenant, mais...

Que c'était humiliant. Même avec ses meilleures amies.

— C'est difficile d'aimer quelqu'un plus qu'il ne vous aime en retour. Mais je dois faire avec. Ce sont mes sentiments, ma responsabilité.

Mac lui prit la main et la pressa doucement.

— Je comprends, souffla-t-elle. C'est ce que j'ai fait subir à Carter. Je ne voulais pas être amoureuse, c'était un pas que je n'étais pas prête à franchir. Je l'ai fait souffrir, j'en ai conscience.

— Je ne souffre pas. Ou alors un petit peu, mais c'est peut-être juste par amour-propre. Je suis heureuse comme je suis. Ça ne durera pas forcément, je sais, mais c'est déjà plus que je n'espérais avoir.

— Je m'étonne que tes ambitions soient si modestes, observa Parker. Toi qui as toujours mis la barre si haut.

— Dans le travail ou quand il s'agit d'une compétition, oui. Mais l'amour n'est pas un prix ou une récompense qu'on peut gagner. Je n'ai pas besoin de robe ou d'alliance, ou de me casser la tête avec la police des faire-part, ajouta-t-elle avec un sourire à l'adresse de Mac. Tout ce qui m'importe, c'est de savoir que je suis l'élue de son cœur. Ce n'est pas mon genre de tenter de l'en convaincre par tous les moyens. Je veux juste être la bonne, c'est tout.

— Très futé, murmura Emma.

— Aucune autre n'a jamais été l'élue de son cœur, fit remarquer Parker. Je le saurais.

— Pas même Cherise McConnelly ?

— Ô Seigneur ! s'exclama Parker en feignant de frissonner. À quoi pensait-il donc ? En dehors de ses arguments siliconés, ajouta-t-elle comme Laurel arquait un sourcil.

— Si on s'en tient à Cherise, je dirais que ses goûts se sont considérablement améliorés avec moi, décréta Laurel avant de reprendre une part de pizza. Tout espoir n'est donc pas perdu.

13

Comme Jack et Del s'installaient sur des tabourets au bar du *Willows*, la barmaid s'approcha d'eux.

— J'ai touché le double jackpot, on dirait.

— Comment ça va, Angie ?

— Il n'y a pas à se plaindre. Je ne peux pas en dire autant de la moitié des clients qui s'affalent sur ces tabourets. Qu'est-ce que je vous sers ?

— Une San Pellegrino, commanda Del.

— Et moi, une Sam Adams.

— Ça marche. Vous passez juste boire un verre ? s'enquit-elle, posant une chope sous le robinet de la tireuse avant de mettre des glaçons dans un verre à eau.

— Moi oui, répondit Jack. Mais monsieur a rendez-vous.

— Ah ? Et qui est l'heureuse élue, ce soir ?

— Laurel. Je dîne avec elle.

— Laurel McBane ? fit la barmaid avec une lueur de surprise dans le regard. Un rendez-vous du genre galant ?

— Oui.

— Voilà qui est nouveau.

Elle ajouta une tranche de citron vert à l'eau pétillante de Del, puis posa les deux verres sur le comptoir.

— J'avais entendu des bruits à ce sujet, mais j'avais cru qu'il s'agissait d'une simple rumeur.

— Ah bon ? Pourquoi ?

— Parce que vous connaissez Laurel depuis au moins vingt ans et que vous n'êtes jamais sortis ensemble. Elle n'est pas venue ici depuis un bail, mais il paraît que les affaires marchent du tonnerre.

— Du tonnerre, c'est le mot.

— J'ai assisté à deux ou trois mariages là-bas. Le top. Votre sœur assure, ajouta-t-elle tout en essuyant le zinc avec un torchon. Le top sur toute la ligne. Laurel nous manque ici. Le meilleur chef pâtissier qu'on ait jamais eu. Alors, Jack, comment va Emma ? Et l'organisation du mariage, ça avance ?

— Emma va très bien. Elle a trouvé sa robe, ce qui est apparemment la clé du nirvana.

— Une vérité universelle. Il y a peut-être un truc dans l'eau là-bas. D'abord Mac, puis Emma. Faites attention à ce que vous buvez, conseilla-t-elle à Del avec un clin d'œil en tapotant son verre de l'index.

Elle alla servir un autre client, tandis que Jack s'esclaffait.

— Pas la peine d'avoir l'air aussi surpris, mon vieux, dit-il en inclinant sa chope dans sa direction. C'est une évolution plutôt naturelle.

— On sort ensemble depuis quoi, un mois, et les projets de mariage sont une évolution naturelle ?

Jack haussa les épaules.

— Mac, puis Emma, puis Laurel. Un genre de triple play, version mariage.

— Laurel n'est pas du tout branchée mariage.

Ne venait-on pas de faire remarquer qu'il la connaissait depuis plus de vingt ans ? C'est dire s'il était bien placé pour le savoir.

— Le mariage, reprit-il, c'est son business. C'est une femme d'affaires avant tout. Une femme d'affaires sérieuse et ambitieuse.

— Les autres aussi, tu sais. Des gens sérieux et ambitieux, il y en a plein qui se marient tout le temps, répliqua Jack en observant Del par-dessus le rebord de son verre. Ça ne t'est vraiment jamais venu à l'esprit ?

— Venir à l'esprit, en voilà un terme vague, éluda Del. On en est encore à s'adapter à notre nouvelle situation. Je ne suis pas opposé au mariage. En fait, je suis même un grand fan de cette institution. C'est juste que je n'y ai pas réfléchi sérieusement.

— Il est peut-être temps d'inverser un peu les rôles, vu ce que tu m'as cassé les oreilles quand tu as su pour Emma et moi. Alors, quelles sont tes intentions envers ma sœur de substitution ?

— J'ai l'intention de dîner avec elle.

— Et as-tu l'intention de conclure ensuite ?

— Il faudrait être idiot pour s'en priver. Cette nouvelle phase nous plaît bien. À l'un comme l'autre. Laurel compte beaucoup pour moi, depuis toujours. Et tu le sais. Elle compte juste différemment maintenant. Mais je n'envisage pas pour autant d'engager ma sœur pour organiser le mariage.

— Définitivement ou juste pour l'instant ?

— Laisse tomber, Jack.

Comme il avait subitement la gorge sèche, Del but une longue gorgée d'eau.

— Il n'y a rien de mal à poser la question.

— Angie a raison, marmonna-t-il, il y a peut-être un truc dans l'eau là-bas. Enfin bref, je n'en sais rien.

Je n'y ai jamais réfléchi. Et maintenant je ne vais pas arrêter d'y penser. Écoute, je connais Laurel. Elle ne pense pas à se marier, et certainement pas juste parce que Mac et Emma sautent le pas. Souviens-toi, elle est partie toute seule étudier à New York et Paris. Elle a même envisagé sérieusement de s'installer en France. Elle travaillait ici pour économiser quand...

La lueur malicieuse s'éteignit dans les yeux de Jack.

— Oui, je sais. Tout a changé au décès de tes parents.

— Laurel a mis son projet parisien entre parenthèses.

Il ne l'avait pas oublié, ne l'oublierait jamais.

— Il n'était pas question pour elle d'abandonner Parker. Et maintenant que j'y pense, j'imagine qu'elle est aussi restée pour moi. Et puis, la brillante idée de ma sœur les a toutes rassemblées ici.

— Preuve que rien n'est jamais écrit.

— C'est vrai, mais ce que je veux dire, c'est que Laurel a toujours suivi sa propre voie. Son instinct plutôt que la tendance générale. Si les circonstances avaient été différentes, elle vivrait aujourd'hui dans un élégant appartement bohème à Paris et dirigerait sa pâtisserie de luxe.

Jack secoua la tête.

— Je ne crois pas. Les liens sont bien trop forts entre ces quatre-là. New York peut-être, mais pas l'Europe. L'attraction des trois autres est trop puissante.

— C'est ce que je lui ai dit il n'y a pas longtemps, sur le ton de la plaisanterie.

Jack prit une amande dans la coupelle qu'Angie avait posée sur le bar.

— Avant de m'engager avec Emma, je pensais avoir saisi leur mode de fonctionnement. Mais vivre là-bas parmi elles comme je le fais aujourd'hui, je te jure, c'est une expérience. Elles communiquent pour ainsi dire par télépathie. Pour être franc, ça fiche même un peu les jetons parfois.

— Je persiste à dire que Laurel n'a pas ce genre d'idée en tête, mais si jamais tel était le cas, les autres seraient au courant. Tu pourrais tâter le terrain auprès d'Emma.

— Pas question. Pas même pour toi. Si je commence, je vais avoir droit à toute une discussion sur ce que je pense de vous autres, et comment je pourrais essayer de vous tirer les vers du nez. Un truc à devenir dingue.

— Bien vu. Et puis, ça risquerait juste de faire germer l'idée dans son esprit. On est très bien comme ça pour le moment. Pourquoi tester les détours si la ligne droite nous convient parfaitement à tous les deux.

Jack eut un sourire en coin.

— C'est ce que je pensais aussi pour Emma et moi.

— Arrête.

— Je dois avouer que ça m'amuse d'appuyer là où ça fait mal. À propos d'Emma et moi, tu es toujours d'accord pour être mon témoin, hein ?

— Bien sûr, tu peux compter sur moi.

— Tant mieux. C'est à peu près tout ce qu'on attend de moi. En gros, je me contente de sourire et d'approuver avec enthousiasme quand Emma m'informe de l'avancée des préparatifs. D'après Parker, j'étais censé m'occuper de la lune de miel. Elle m'a d'abord donné les coordonnées d'un voyagiste, le meilleur selon elle, puis m'a carrément proposé un séjour formule tout compris à Bora-Bora, un endroit exotique et romantique à souhait où Emma a toujours voulu aller, m'a-t-elle dit. Alors c'est là qu'on va, j'imagine.

Intrigué, Del dévisagea Jack par-dessus son eau gazeuse.

— Tu veux aller à Bora-Bora ?

— Eh bien, oui, figure-toi. Dès que j'ai étudié l'offre, j'ai été convaincu. Ta sœur fiche un peu la trouille, Del.

— Ça lui arrive, oui.

— Carter a eu droit à un séjour en Toscane, avec des CD « J'apprends l'italien » pour deux.

Del ne put que rire.

— J'imagine que c'est réglé, alors.

— Apparemment. Bon, il faut que je file. J'ai eu un mail d'Emma avant de quitter le bureau. Ce soir, elle est d'humeur à cuisiner.

— Ta bière est pour moi.

— Merci.

— Jack ? Ça te va bien, ce nouveau costume de futur marié.

— Je me sens bien dedans. Qui l'eût cru, hein ? À plus tard.

Ce n'était pas juste le fait de se marier qui allait bien à son ami, réfléchit Del. C'était sa vie avec Emma, ce qu'il était en train de bâtir. Le foyer, la famille, les dîners à deux à la fin d'une longue journée. Ils finiraient par avoir besoin de place supplémentaire dans leur jolie petite maison d'amis. Connaissant Jack, il saurait y pourvoir.

La vie à la propriété évoquait de plus en plus un genre de communauté. Une évolution, décida-t-il, qui aurait amusé ses parents.

— Votre table est prête, monsieur Brown, lui annonça le maître d'hôtel. Souhaitez-vous vous y asseoir ou préférez-vous attendre votre invitée ici au bar ?

Del consulta sa montre. Laurel était en retard – ou plutôt Mac, qui devait la déposer avant un rendez-vous pour une séance photos.

— Elle ne devrait plus tarder. Je vais l'attendre à table.

Il décida de commander le vin, et venait de faire son choix lorsqu'une voix féminine l'interpella.

— Bonsoir, bel inconnu !

— Deborah.

Il se leva pour saluer d'une bise amicale la jeune femme qu'il connaissait depuis des années.

— Tu as l'air en pleine forme, la complimenta-t-il. Comment vas-tu ?

— Merveilleusement, répondit-elle, rejetant en arrière son abondante crinière rousse. Je rentre tout juste de deux mois en Espagne – et les derniers quinze jours à Barcelone.

— Voyage d'affaires ou d'agrément ?

— Les deux, beaucoup des deux. Je dîne ici avec ma mère et ma sœur pour papoter entre filles. Comme d'habitude, je suis en avance et elles sont en retard.

— Attends-les avec moi.

— Avec plaisir, Delaney, fit-elle en le gratifiant d'un sourire éclatant, tandis qu'il lui tirait une chaise. Je ne t'ai pas vu depuis... je crois que c'était le Bal de printemps. Qu'as-tu fait entre-temps ?

— Rien d'aussi intéressant que Barcelone.

Le sommelier lui présenta la bouteille qu'il avait choisie. Del jeta un coup d'œil à l'étiquette et hocha la tête.

— Raconte-moi. Qui fait quoi ? Qui est avec qui ? Quel est le dernier potin croustillant ?

Del goûta le vin que le sommelier venait de verser dans son verre.

— Pour ça, tu vas devoir attendre ta mère et ta sœur, répondit-il avec un sourire. C'est parfait, ajouta-t-il à l'adresse du sommelier, avant de lui faire signe de servir Deborah.

— Tu es trop discret. Tu l'as toujours été, fit remarquer la jeune femme, qui but une gorgée. Et tu as toujours un goût excellent pour le vin. Allez, donne-moi quelque chose à me mettre sous la dent. J'ai entendu dire que Jack Cooke était fiancé. Tu confirmes ?

— Ça, je peux. Il se marie avec Emmaline Grant au printemps prochain.

— Emma ? C'est vrai ? Eh bien, à leur santé, fit-elle en levant son verre. Même si la nouvelle va chagriner plus d'une célibataire. De toute évidence, je ne suis plus dans le coup. J'ignorais même qu'ils étaient ensemble.

— Visiblement, les choses sont allées vite.

— Je me réjouis pour eux. Ça ne te fait pas bizarre ? Je veux dire, Emma est comme une sœur pour toi, et Jack ton meilleur ami.

— Au début, j'ai eu un peu de mal, concéda-t-il. Mais ils vont très bien ensemble. Parle-moi de Barcelone. Je n'y suis jamais allé.

— Il le faut absolument. Les plages, la nourriture, le vin. Et la passion. Elle est partout dans l'air, ajouta-t-elle avec un sourire enjôleur.

Ils riaient, penchés l'un vers l'autre au-dessus de la table, quand Laurel entra dans le restaurant. Elle s'arrêta net, comme si elle venait de heurter un mur de verre – et se trouvait du mauvais côté.

Del paraissait tellement à son aise. Non, rectifia-t-elle, ils paraissaient à leur aise tous les deux. Si Mac avait pu prendre une photo à cet instant, elle aurait capturé cette image d'un beau couple, riant devant un verre de vin à la lueur des chandelles.

Oui, n'importe qui les aurait pris pour un couple. Parfaitement assorti. Au diapason, sans la moindre fausse note.

— Bonsoir, Laurel.

— Bonsoir, Maxie, répondit-elle, se forçant à sourire à la serveuse qui venait de s'arrêter à sa hauteur. Soirée chargée, on dirait.

Maxie leva les yeux au ciel.

— Ne m'en parle pas. J'ignorais que tu venais. On va te trouver une table.

— En fait, j'ai rendez-vous avec quelqu'un.

— Ah, d'accord. Ne te montre pas à Julio, ajouta-t-elle avec un clin d'œil, parlant du chef. Un soir comme celui-là, il serait tenté de te traîner manu militari en cuisine. Tu nous manques, tu sais.

— Merci.

— Bon, il faut que j'y aille. On se parlera plus tard.

Laurel hocha la tête, puis se réfugia dans les toilettes, le temps de se ressaisir. C'était vraiment stupide d'être déstabilisée parce que Del buvait un verre avec une amie. De vivre comme une sorte d'infériorité le fait d'avoir, quelques années plus tôt, travaillé en cuisine au lieu de compter parmi les clients. Elle aurait créé un dessert charmant pour un couple comme Delaney Brown et Deborah Manning.

Elle sortit son gloss de son sac et se fusilla du regard dans le miroir.

— Je ne vois pas où est le mal, marmonna-t-elle.

Elle était fière du travail accompli ici – et du salaire reçu, qu'elle avait en partie investi dans *Vœux de Bonheur*. Elle était fière de son talent qui lui permettait tout à la fois de gagner sa vie et de rendre des gens heureux.

Malgré tout, elle ne pouvait s'empêcher de ressentir une pointe d'humiliation à l'idée de s'être toujours trouvée, en un certain sens, du mauvais côté de ce maudit mur de verre.

— Ça n'a aucune espèce d'importance, tenta-t-elle de se rassurer.

Elle rangea son tube de gloss, inspira un grand coup. L'assurance, c'était comme le rouge à lèvres, se rappela-t-elle, il suffisait de l'étaler.

Sur ce, elle quitta les toilettes, entra dans la salle du restaurant et se dirigea vers la table.

Elle fut déjà grandement rassérénée de voir Del s'éclairer à son approche. Il se leva et lui tendit la main, tandis que Deborah se tournait sur son siège et levait les yeux vers elle.

Laurel devina qu'elle cherchait à mettre un nom sur son visage. Après tout, elles ne fréquentaient pas les mêmes cercles.

— Laurel, tu te souviens de Deborah Manning, n'est-ce pas ?

— Bien sûr. Bonsoir, Deborah.

— Laurel, quel plaisir de vous revoir. Del vient de m'apprendre pour Emma et Jack. Vous devez sûrement leur préparer une pièce montée spectaculaire.

— J'ai quelques idées.

— J'adorerais les entendre. Un mariage, c'est tellement excitant. Vous avez un instant ? Asseyez-vous donc. Del, il faudrait un autre verre.

À son honneur, Deborah comprit aussitôt son faux pas, et son irréprochable teint de rousse s'empourpra. Elle se leva en riant.

— Quelle imbécile je suis. C'est vous que Del attendait. Il a eu la gentillesse de me tenir compagnie.

— Il n'y a pas de mal, répondit Laurel avec une magnanimité qui l'impressionna. Terminez donc votre verre. Nous pouvons demander un autre siège.

— Non, non. J'attends ma mère et ma sœur. Je vais sortir les appeler pour m'assurer qu'elles ne m'ont pas posé un lapin. Merci pour le vin, Del.

Elle s'éloigna, mais Laurel eut le temps de surprendre dans son regard une lueur de complète perplexité.

— Désolée, je suis en retard, dit-elle à Del d'un ton guilleret. C'est entièrement la faute de Mac.

— Ça valait la peine d'attendre, répondit-il en lui tirant sa chaise. Tu es superbe.

— Je pensais la même chose de toi.

Avec une efficacité discrète et stylée, un serveur fit disparaître le verre de Deborah, le remplaça, et servit Laurel. Elle but une gorgée et hocha la tête.

— Délicieux.

Elle s'empara du menu qu'un autre serveur lui tendit, mais ne l'ouvrit pas.

— Bonsoir, Ben.

— Bonsoir, Laurel. J'ai appris que vous étiez dans la maison.

— Que nous proposez-vous de bon ce soir ?

— Le *lutjamidé* rouge au crabe sauce vin blanc, servi avec du riz au jasmin et des pointes d'asperge.

— Je prends. Avec une petite salade, s'il vous plaît.

— Je vais jouer aussi, décréta Del. Qu'auriez-vous encore de bon à me proposer ?

— Nous avons un délicieux filet mignon de porc sauce au miel et gingembre, servi avec des rattes sautées et sa ratatouille de petits légumes.

— Ça me paraît parfait. Je prendrai aussi une salade.

À peine le serveur avait-il tourné les talons qu'un autre déposa sur leur table un petit plateau avec du pain aux olives maison et une sauce d'accompagnement.

— Ici, le service est toujours irréprochable, fit remarquer Del. Mais en ta compagnie, c'est encore mieux.

— Entre gens du métier, on se chouchoute, répondit-elle, grignotant un morceau de pain.

— J'avais oublié que tu avais travaillé dans ce restaurant. Ou plutôt, je n'y ai pas pensé en suggérant de dîner ici. Nous serons obligés de prendre un dessert afin que tu puisses tester ton remplaçant.

— Le remplaçant de mon remplaçant, je crois.

— Quand on a eu le meilleur, c'est dur de se contenter de moins bien. Ça ne te manque pas du tout ? Le travail d'équipe, l'animation, le chaos contrôlé.

— Pas toujours si contrôlé que ça. Non, pas vraiment. J'apprécie d'avoir mon espace à moi, et puis, les horaires sont durs dans la restauration.

— Alors que toi, tu as du temps libre à ne savoir qu'en faire, ironisa Del.

— Je gère mon temps à ma guise, c'est là toute la différence. Ah, la mère et la sœur de Deborah ont fini par arriver.

Del jeta un coup d'œil en direction des trois femmes qui s'asseyaient quelques tables plus loin.

— Elles n'étaient sans doute pas en retard, ou pas de beaucoup, commenta-t-il. Elle a tendance à arriver tôt.

— Apparemment, acquiesça Laurel qui se félicita pour sa décontraction et sa maturité. Tu es sorti avec elle, non ?

— Brièvement, et il y a longtemps. Avant son mariage.

— J'espère que ce n'était pas pendant. Et après son divorce ?

Del secoua la tête.

— J'étais son avocat dans cette procédure. J'ai pour principe de ne jamais sortir avec des clientes, et encore moins d'anciennes clientes divorcées. Mauvais plan.

— Et Penny Whistledown ? lui rappela Laurel. Je me souviens que tu t'es occupé de son divorce, *et* tu es sorti avec elle quelques années plus tard.

— Voilà pourquoi je sais que c'est un mauvais plan.

— Elle ne te lâchait pas. Si elle n'arrivait pas à te joindre chez toi ou au cabinet, elle appelait à la maison et harcelait Parker pour savoir où tu étais. Une grave erreur de jugement de votre part, maître, ajouta-t-elle après avoir siroté une gorgée de vin.

— Je plaide coupable. Toi aussi, tu en as eu un ou deux qui ne te lâchaient pas.

— Eh oui. Maintenant je les évite comme la peste.

— Erreurs de jugement. Drake, non, Deke quelque chose. Combien de tatouages avait-il ?

— Huit, je crois. Peut-être neuf. Mais il ne compte pas. J'avais seize ans et une seule envie : énerver mes parents.

— Moi en tout cas, il m'énervait.

Elle haussa les sourcils avec étonnement.

— Vraiment ?

— Vraiment. Il a traîné avec toi presque tout l'été, avec ses tee-shirts aux manches arrachées et ses bottes de moto. Il avait une boucle d'oreille et un sourire narquois horripilant. Je parie qu'il s'entraînait devant la glace.

— Tu te souviens de lui mieux que moi.

Elle se tut, le temps que Ben apporte leurs salades et remplisse leurs verres.

— Nous connaissons trop bien notre passé sentimental respectif, reprit-elle. Ça pourrait s'avérer dangereux.

— Je ne t'en tiendrai pas rigueur si tu en fais autant avec le mien.

— Juste et raisonnable, jugea-t-elle. Tu sais, les gens se posent des questions à notre sujet.

— Quels gens ?

— Ici, ce soir. Les gens qui te connaissent, répondit-elle, inclinant imperceptiblement la tête en direction des trois femmes qui feignaient de ne pas parler d'eux. Et ceux qui me connaissent.

— Ça t'ennuie ?

— Non, pas vraiment. Peut-être un peu quand même, concéda-t-elle avec un haussement d'épaules avant de se concentrer sur sa salade. C'est assez normal, je suppose, surtout quand l'un de nous deux est un Brown du Connecticut.

— Et moi, je dirais que c'est normal parce que je suis en compagnie de la plus jolie femme de la salle.

— Bravo. Comme compliment bateau, on ne fait pas mieux.

Il couvrit sa main de la sienne.

— J'ai des yeux pour voir.

Troublée, Laurel retourna la main et entrelaça ses doigts aux siens.

— Merci.

« Laisse-les donc se poser des questions », s'exhorta-t-elle. Elle avait ce dont elle avait toujours rêvé juste au creux de sa main.

Ils mangèrent de bon appétit, goûtant les plats de l'autre, sirotant du bon vin, parlant de tout ce qui leur venait à l'esprit. Laurel réussit à oublier les autres autour d'eux et savoura ce bon moment tout autant que le repas.

Ben posa un trio de minissoufflés sur la table.

— Avec les compliments de Charles, le chef pâtissier. Il a appris que vous étiez là et souhaitait vous préparer une petite surprise. Il est un peu nerveux, ajouta le serveur en baissant le ton.

— Sérieusement ?

— Il sait qu'avec vous, la concurrence est rude. Si vous préférez autre chose...

— Non, c'est parfait. Ils sont magnifiques.

Elle goûta d'abord celui au chocolat surmonté d'un nuage de crème fouettée. Elle ferma les yeux avec un sourire.

— Divin. Goûte, dit-elle à Del avant de passer à celui à la vanille. Vraiment délicieux.

— Il adorerait venir faire votre connaissance.

— Et si j'allais plutôt en cuisine ? Une fois que nous aurons fait honneur à ces merveilles.

— Il va être aux anges. Merci, Laurel.

Elle goûta le dernier, tandis que Ben s'éloignait.

— Mmm, celui au citron est exquis. L'équilibre parfait entre l'acide et le sucré.

— Un Brown du Connecticut. C'est comme ça que tu m'as appelé tout à l'heure, non ? dit Del tout en partageant les soufflés avec Laurel. Et toi, tu es la diva des desserts.

— La diva des desserts ?

Elle faillit pouffer de rire, puis se ravisa et se contenta de sourire.

— Ce nom me plaît. Il se pourrait même que je le fasse graver sur une plaque. Mon Dieu, je vais devoir me démener à la gym demain, mais je ne veux pas le vexer, ajouta-t-elle avant d'avaler une autre bouchée. Écoute, je vais aller quelques minutes en cuisine, d'accord ?

— Je t'accompagne.

— Tu es sûr ?

Il se leva et lui prit la main.

— Je n'ai pas envie de manquer ça.

— C'est sûrement plus calme maintenant. Le coup de feu est passé. Mais surtout ne touche à rien. Julio pique parfois sa crise. S'il menace de te découper en filets comme une sole, ne le prends pas personnellement.

— Je connais Julio. Je l'ai rencontré plusieurs fois quand il fait le tour des tables.

Laurel lui glissa un coup d'œil alors qu'ils approchaient de la porte battante des cuisines.

— Alors tu ne le connais pas.

Elle poussa la porte.

« Calme », avait-elle dit. De toute évidence, ils n'avaient pas la même définition du mot. Le personnel s'agitait en tous sens. Éclats de voix, chocs de vaisselle, vrombissement des hottes, claquements métalliques des couteaux – le niveau sonore était tout bonnement assourdissant. Sans oublier la vapeur qui saturait l'atmosphère déjà lourde de chaleur et de tension.

Devant un impressionnant piano en inox, le fameux Julio, en tablier et toque vissée sur la tête, jurait à jet continu en plusieurs langues.

— Comment ça, tu ne sais pas ? tonna-t-il soudain. Du temps ? Tu veux du temps ?

Il lâcha une bordée d'injures en espagnol qui roussirent l'air déjà frémissant.

— Je ne veux pas des champignons, mais plus de carottes. Bande de nuls ! Où est cette putain d'assiette, bordel !

— Rien n'a changé, commenta Laurel, juste assez fort pour que le chef l'entende.

Il pivota d'un bloc et la fusilla de ses yeux noirs surmontés de sourcils broussailleux.

— Toi, ne m'adresse plus la parole.

— Ce n'est pas vous que je viens voir.

Elle se détourna de lui et s'approcha d'un jeune homme au visage avenant d'une belle couleur café au lait. Il s'était arrêté de verser une sauce à la framboise frémissante autour d'une part de fondant au chocolat sur une assiette à dessert.

— Vous devez être Charles.

— Laisse-le finir, ordonna le chef. Tu te crois où ? Au club ?

Charles leva les yeux au ciel.

— Excusez-moi un instant.

Il disposa quelques framboises fraîches sur l'assiette,

puis ajouta des tuiles aux amandes à une coupelle de diplomate. Comme si elle répondait à un signal secret, une serveuse vint les récupérer aussitôt et les emporta.

— Je suis si heureux de vous rencontrer, avoua Charles.

— Vos soufflés étaient merveilleux, celui au citron en particulier. Merci.

Le visage du jeune chef pâtissier s'illumina.

— Ils vous ont plu ? Quand j'ai appris que vous dîniez ici, j'ai tenu à vous faire une petite surprise. Ainsi, vous avez aimé celui au citron ?

— Plus particulièrement, oui. Riche et rafraîchissant à la fois.

— Il n'est pas au menu. J'affine encore la recette.

— À mon avis, elle est parfaite. Je suppose que vous ne seriez pas prêt à la partager.

— Vous... vous voulez ma recette ? fit-il d'une voix haletante. Je vous la note tout de suite, mademoiselle McBane.

— Appelez-moi Laurel.

— Laurel.

Il s'éloigna d'un pas pressé.

— Je reviens, souffla-t-elle à Del, que l'attitude respectueuse du jeune homme amusait au plus haut point.

Lorsqu'elle emboîta le pas à Charles, Del glissa les mains dans ses poches et jeta un regard à la ronde. Julio siffla d'un trait la moitié d'une petite bouteille d'eau et s'approcha de lui.

— Médaillons de porc.

— Exact. Ils étaient excellents.

Le chef accueillit le compliment d'un petit hochement de tête.

— Monsieur Brown.

Après avoir rebouché sa bouteille, il rejoignit à grands pas son ancienne employée penchée sur une feuille avec Charles.

— Je suis toujours fâché contre toi.

Elle haussa les épaules.

— Tu as déserté mes cuisines.

— Avec plus qu'il ne fallait de préavis. Et je suis revenue sur mon temps libre aider à former mon remplaçant.

— Ton remplaçant ? Tu parles d'un remplaçant ! Je le retiens, celui-là ! tempêta-t-il. Un bon à rien, oui ! Il a même pleuré !

— Certains craquent quand ils en prennent trop dans les dents avec vous.

— Je ne veux pas de pleurnichards dans mes cuisines !

— Vous avez de la chance d'avoir Charles. Et encore plus s'il reste et supporte votre cinéma.

— Il ne se débrouille pas mal. Et au moins, il ne pleure pas. Et n'a pas non plus la langue bien pendue. Comme certaines.

— Laissez-lui un peu de temps, répliqua Laurel. Charles, je vous ferai parvenir cette recette. Je pense que c'est un échange équitable.

Elle glissa dans son sac celle qu'il lui avait donnée.

— Merci d'être passé voir, murmura Charles. Ça me touche beaucoup.

— À bientôt, répondit Laurel, qui lui serra la main, puis se tourna vers Julio. Bravo, le *lutjamidé* était délicieux, le félicita-t-elle avant de l'embrasser sur la joue. Braillard, mais toujours aussi doué, le chef.

Il éclata d'un rire aussi tonitruant que ses jurons.

— Il se peut que je t'accorde mon pardon.

— Il se peut que je l'accepte. Bonsoir.

Alors qu'ils quittaient le restaurant, Del caressa le dos de Laurel.

— Tu es comme ce soufflé au citron, tu sais. Le juste équilibre entre l'acide et le sucré, déclara-t-il, avant de lui prendre la main pour la porter à ses lèvres.

— Hmm, j'en connais un qui risque d'avoir de la chance ce soir.

— J'y comptais bien.

14

Laurel se glissa dans la salle de bains sur la pointe des pieds pour passer un soutien-gorge de sport et un short de cycliste. La prochaine fois que Del resterait passer la nuit, il faudrait qu'elle se souvienne de préparer ses affaires la veille.

Parker y aurait pensé, elle, songea-t-elle en se tortillant pour entrer dans son short extensible.

Elle attacha ses cheveux à l'aide d'une pince, enfila ses chaussettes et poussa la porte sans bruit, ses chaussures à la main. Elle réprima un cri. La lampe de chevet était allumée et Del était assis au bord du lit.

— Tu as une ouïe surnaturelle, ma parole. J'ai été aussi silencieuse qu'un chat.

— Presque. Tu vas faire du sport ? Bonne idée. Je me dégotte une tenue et je te rejoins.

Puisqu'il était réveillé, elle s'assit pour se chausser.

— Tu peux laisser des affaires ici la prochaine fois.

Il esquissa un sourire.

— C'est un sujet sensible pour certains des membres de la tribu, tu sais.

— Pas pour moi.

— Bien. Moi non plus. Ça facilite les choses.

Il consulta le réveil et fit la grimace.

— Tu peux te recoucher, si tu veux, suggéra Laurel. Je ne t'en tiendrai pas rigueur, pas plus que je ne te considérerai comme une femmelette ou un paresseux.

Del la regarda d'un œil torve.

— On se retrouve en bas.

— D'accord.

Excellente façon de démarrer la journée, songea-t-elle sur le palier. Taquiner Del, puis une heure de gym, suivie par une bonne douche chaude, un bon café fort et une journée de travail bien rempli.

En fait, ça frôlait la perfection.

Dans la salle de gym, elle trouva Parker occupée à faire son cardio-training sur l'elliptique devant CNN.

— Bonjour, lui lança-t-elle.

— Bonjour. Dis donc, tu m'as l'air toute guillerette.

— Je *suis* toute guillerette, répondit Laurel.

Elle prit un tapis et le déroula sur le sol pour quelques exercices d'échauffement.

— Del vient s'entraîner aussi, ajouta-t-elle. Il arrive.

— Ceci explique cela. Et ce dîner ? Comment c'était ?

— Bien. Vraiment bien. Sauf que...

— Quoi ?

Laurel jeta un coup d'œil vers la porte.

— Je ne sais pas combien de temps il va lui falloir. Plus tard.

Tout en faisant ses étirements, elle étudia la tenue de Parker. Le pantalon chocolat et le haut à fleurs constituaient un ensemble à la fois pratique et féminin.

— Je devrais sans doute investir dans de nouveaux vêtements de sport. La plupart des miens commencent à être fatigués.

Elle monta sur le deuxième vélo elliptique.

— Tu es là depuis combien de temps ?

— Une bonne demi-heure.

— Il faut que je te rattrape alors.

— Aucune chance. Je boucle mon quatrième kilomètre, et je passe à une petite séance de Pilates.

— Je vais en faire quatre aussi, et je te regarderai faire ta séance de Pilates avec quelques exercices de yoga. Peut-être six. J'ai mangé du soufflé hier soir.

— Et ça vaut deux kilomètres de plus ?

— Ils ont un excellent chef pâtissier au *Willows*.

— Charles Barker.

— Tu sais vraiment tout, toi.

— Eh oui, fit Parker d'un air satisfait. Et de quatre.

Elle essuya la machine avec sa serviette, éteignit le téléviseur et mit de la musique.

— Bonjour, mesdemoiselles !

Vêtu d'un vieux short et d'un tee-shirt délavé, Del attrapa deux petites bouteilles d'eau dans le casier, puis se dirigea vers le vélo de Parker.

— Merci, dit Laurel lorsqu'il glissa l'une des bouteilles à l'emplacement prévu.

— L'hydratation, c'est important. Combien a-t-elle couru ?

— Parker ? Quatre kilomètres. Je vise six.

Il monta sur la machine et la programma.

— Et moi, sept. Mais je ne t'en tiendrai pas rigueur si tu n'en fais que cinq. Pas plus que je ne te considérerai comme une femmelette.

— Sept ? répéta-t-elle avec un hochement de tête. Je te suis.

« Ah, l'esprit de compétition ! » songea Parker, qui s'allongea sur son tapis pour commencer ses abdominaux. Mais bon, elle ne pouvait le leur reprocher. Elle était comme eux – à tel point qu'elle regrettait déjà de ne pas avoir fait trois kilomètres supplémentaires juste pour les imiter.

Ils allaient bien ensemble. S'en rendaient-ils compte ? Ce n'était pas uniquement le physique, se dit-elle, entamant une série de ciseaux. C'était aussi leur façon d'être à deux, ce lien qui les unissait.

Elle désirait tant que leur relation marche que c'en était presque douloureux. Pour Mac et Emma, elle avait eu le même espoir. Mais là, c'était encore un cran au-dessus : il s'agissait de son frère et de son amie la plus proche, pour ainsi dire sa sœur de cœur. Les deux êtres les plus importants à ses yeux, et elle leur souhaitait tout le bonheur du monde.

— Un kilomètre ! annonça Laurel.

— Tu as commencé avant moi.

— Ce n'est pas mon problème.

— Très bien, répliqua Del en accélérant. Fini d'être sympa.

Parker secoua la tête et commença une nouvelle série de ciseaux.

Ils avaient dépassé les quatre kilomètres, Del en tête, quand Mac entra d'un pas traînant. Elle lança un regard mauvais au Bowflex.

— Te voilà, ennemi juré, ronchonna-t-elle avant de tourner une mine renfrognée vers Parker qui terminait sa séance par quelques poses de yoga. Tu as déjà fini, pas vrai ? Je le devine à ton air suffisant.

Parker joignit les paumes.

— Mon visage reflète la paix intérieure qui habite mon esprit et mon corps.

— Tu peux te la mettre où je pense, ta paix intérieure. Hé, ne te retourne pas, mais il y a un homme parmi nous !

— Ils courent sept kilomètres.

— Qui serait assez dingue pour ahaner sur ce monstre pendant sept kilomètres ? commenta Mac. Au fait, qu'est-ce que tu en penses ?

Elle pivota sur elle-même.

— J'ai craqué, et je me suis offert une tenue de pro, histoire de m'inspirer.

— Joli et pratique, approuva Parker, terminant par une chandelle qui impressionna Mac.

— Maintenant que j'ai la tenue, je peux faire pareil, tu crois ? demanda-t-elle.

— Si tu veux essayer, je te regarde.

— Non, vaut mieux pas. Je risquerais de me faire mal et j'ai promis à Carter de l'appeler pour quelques longueurs une fois ma séance de torture terminée. Tu l'as déjà vu nager ?

Parker fit un grand écart, puis se redressa.

— Je l'ai aperçu une fois en sortant sur la terrasse. Mais ne va pas croire que je le lorgnais.

— Le spectacle vaut le coup d'œil, je t'assure. Il est plutôt mignon en maillot. Mais surtout, dès qu'il entre dans l'eau, un vrai poisson. Adieu, le professeur catastrophe, expliqua Mac, qui alluma la machine et commença sa musculation par un exercice pour les biceps. Je me demande pourquoi.

— Peut-être parce qu'il n'y a aucun obstacle dans l'eau, suggéra Parker.

— Hmm, peut-être. Enfin, bref, quand j'aurai fini de me martyriser ici, Carter et moi allons faire trempette dans la piscine. La natation, voilà un sport civilisé. Sans doute le seul. À propos de plutôt mignon, ajouta-t-elle à voix basse, avec un signe du menton en direction de Laurel et de Del, ces deux-là le sont.

Parker acquiesça d'un hochement de tête, et suspendit sa serviette autour de son cou avant de boire à la bouteille.

269

— C'est exactement ce que je me disais tout à l'heure, avoua-t-elle, l'œil sur sa montre. J'ai juste le temps de faire quelques brasses avant de commencer ma journée. Réunion à 10 heures, équipe au complet.

— D'accord.

— À tout à l'heure. À propos, Mac ? Tes épaules sont sublimes.

Le visage de Mac s'illumina.

— Sérieux ? fit-elle, pleine d'espoir. Tu ne dis pas ça juste parce que tu m'aimes et que je souffre ?

— Sublimes, je te dis, assura Parker avant de sortir chercher son maillot.

— Sublimes, répéta Mac entre ses dents pour s'encourager au moment de passer aux triceps.

— Six kilomètres, annonça Del, qui prit sa bouteille et but à longs traits. Oh, regarde, tu es à la traîne !

— Je me réserve pour le sprint final.

Laurel essuya son visage baigné de sueur. Impossible de le rattraper, elle le savait, mais elle pouvait le pousser dans ses retranchements.

Elle lui glissa un coup d'œil. La transpiration imprégnait son tee-shirt et formait sur son torse un V sombre qui lui envoya une décharge de désir au creux du ventre. Elle utilisa celle-ci pour accroître encore un peu son effort.

Ses cheveux assombris par la sueur bouclaient aux tempes, et les muscles noueux de ses bras luisaient.

Sa peau aurait un goût de sel et glisserait sous ses mains, songea-t-elle. Toute cette énergie, cette force, cette endurance, elle l'imaginait déployée sur elle, sous elle. En elle.

Son souffle commença à s'emballer, et ce n'était pas le seul fait des kilomètres qu'elle venait d'avaler.

Dans le regard que Del lui lança, elle lut ce même désir à l'état brut. Son pouls palpitait au rythme de la musique, sa peau vibrait avec les machines.

Elle lui sourit, haletante.

— Tu te fais remonter.

— Tu n'as plus assez de jus pour m'avoir.

— J'ai encore tout ce qu'il faut.

— Tu as donné tout ce que tu avais.

— Ne t'en fais pas, j'ai encore de la ressource. Et toi ?

— Je te prends quand tu veux.

À l'autre bout de la pièce, Mac leva les yeux au ciel. Il y avait certaines choses que même les amies les plus proches ne pouvaient partager. Elle décida de s'éclipser.

Ni l'un ni l'autre ne remarqua son départ.

Del ralentit, juste un peu, et Laurel comprit que la compétition était finie et laissait place à la joute érotique.

— Voyons ce que tu as dans le ventre, lui lança-t-il avec défi.

— Tu y tiens vraiment ?

— Oui, j'y tiens.

— Alors, viens voir par toi-même.

Elle jeta ses dernières forces dans le sprint final, à la fois électrisée et sidérée par la rage primale du plaisir qui grandissait en elle par anticipation. Lorsque Del accorda son pas au sien, elle poussa un gémissement et, les paupières closes, se laissa porter par cette lame de fond qui lui fit franchir la ligne d'arrivée en même temps que lui.

Pantelante, elle ouvrit les yeux et le regarda. Sa gorge brûlait d'une soif que l'eau ne pourrait étancher. Elle descendit de l'appareil, les jambes flageolantes.

271

— Je vais zapper le yoga, annonça-t-elle.

— Tu as bien raison, approuva Del.

Crochetant les doigts dans son soutien-gorge de sport, il l'attira fougueusement à lui.

Sa bouche fiévreuse courait sur sa peau, balayant la dernière once de raison qui lui restait. Visiblement, son désir était aussi violent que le sien, et cela suffit à accroître son excitation.

— Vite, dépêchons-nous.

Laurel s'arracha à son étreinte, le souffle court. L'espace d'un instant d'intense tension, ils se jaugèrent du regard.

— Attrape-moi !

Elle s'élança vers la porte et fonça jusqu'à son appartement en riant comme une folle.

Del la rattrapa sur le seuil et la poussa dans la chambre. Elle pivota vers lui, le plaqua contre la porte pour la fermer et dévora sa bouche de baisers.

D'un coup sec, elle lui ôta son tee-shirt et le jeta par terre. Ses mains se promenèrent avec fébrilité sur son torse.

— Tu es tout moite et... salé, ajouta-t-elle après avoir passé la langue sur sa peau. Ça me rend dingue. Vite !

Elle commença à tirer sur son short.

— Une seconde.

Il l'empoigna, et ce fut elle qui se retrouva le dos contre le battant. Il lui arracha son soutien-gorge de sport, le lança par-dessus son épaule et emprisonna ses seins dans ses paumes.

Elle rejeta la tête en arrière tandis qu'il titillait la pointe érigée avec les pouces.

— Je n'en peux plus.

— Si, tu peux. La course n'est pas finie. Tu n'as pas idée de l'effet que tu me fais, Laurel. J'ai envie de toi. Une envie insatiable.

Elle prit son visage entre ses mains et l'embrassa avec ferveur.

— Prends ce que tu veux. Tout ce que tu veux. Mais n'arrête surtout pas.

Comment l'aurait-il pu ? Elle le rendait fou avec son corps ferme et délié, sa peau à la fois brûlante et douce comme la soie.

Jamais une femme ne l'avait excité à ce point. Son sang était comme de la lave en fusion, il bouillonnait en lui, courait sous sa peau, rugissait dans sa tête. Les mots désir ou passion lui semblaient trop simples et trop sages pour rendre compte de ce que Laurel faisait naître en lui.

Il lui leva les bras au-dessus de la tête et les plaqua contre la porte avant de lui dévorer la bouche et le cou de baisers. Il poursuivit son festin sur ses seins, son ventre, mais son appétit ne faisait que croître.

Le short de cycliste lui moulait les hanches et les cuisses comme une seconde peau. Il l'en débarrassa prestement, le remplaça par ses mains tandis que sa bouche s'aventurait plus bas, entre ses cuisses brûlantes.

L'orgasme qui chavira les sens de Laurel fut si violent que sa vision s'en troubla et que ses jambes manquèrent de se dérober sous elle. Le déluge de sensations qui la submergea la laissa pantelante pour l'assaut suivant.

Une fois encore, Del lui cloua les poignets au-dessus de la tête et, les yeux au fond des siens, plongea en elle avec une fougue qui arracha à Laurel un gémissement de volupté. Sous ses coups de reins puissants, elle ne tarda pas à succomber de nouveau. Mais il n'en resta pas là. Son corps toujours uni au sien qui frémissait encore de la jouissance qu'il lui avait procurée, il reprit son offensive jusqu'à ce qu'elle halète sous les chocs délicieux.

Ses poignets glissèrent des mains de Del. Elle lui agrippa les épaules tandis qu'ils oscillaient au bord du gouffre. Les yeux dans les yeux, presque avec défi, ils entamèrent le sprint final dans un dernier sursaut d'énergie.

Et franchirent ensemble la ligne d'arrivée.

Ils s'affalèrent sur le sol, l'un comme l'autre trop épuisés, trop repus pour bouger. Lorsqu'elle fut capable de parler, Laurel articula dans un souffle :

— Nous allons être riches.

— Hein ?

— Laisse tomber, tu l'es déjà. *Je* vais être riche, et toi, tu le seras encore plus.

— D'accord.

— Je suis sérieuse. Nous venons juste de découvrir une motivation infaillible pour faire de l'exercice. Le sexe en folie. Nous allons être milliardaires, comme Bill Gates. Nous écrirons un manuel. Il y aura des DVD et des spots publicitaires. L'Amérique, puis la planète entière auront une forme d'enfer combinée à une satisfaction sexuelle inégalée. Et tout le monde nous sera reconnaissant.

— Il y aura des démonstrations de sexe en folie dans tes DVD et tes pubs ?

— Seulement dans les versions réservées aux adultes – et nous ferons un usage immodéré d'images floutées, d'éclairages et de cadrages judicieux pour les prises de vues, histoire que l'ensemble garde une certaine classe.

— Mon ange, l'un des atouts du sexe en folie, c'est justement qu'il n'est pas classe.

— Pour les besoins de la production, il le sera. Ce n'est pas de porno qu'il s'agit ici. Pense à ces millions de gens, Delaney.

Elle roula sur le ventre et leva la tête vers lui.

— Ces millions de gens encroûtés qui liront notre bouquin ou regarderont notre vidéo. Ils auront une révélation : en devenant une bête de sexe, je fais du bien à ma santé ! On créera le Club santé et motivation McBane-Brown qui offrira à ses membres un endroit sûr et hygiénique pour pratiquer. Et aussi des franchises. Les gens paieront, Del. Ils se battront pour représenter notre enseigne.

— Comment se fait-il que ton nom vienne d'abord ?

— Ce concept est mon idée.

— D'accord, mais tu ne l'aurais pas eue si je ne t'avais pas fait grimper aux rideaux.

— Et inversement.

— Tu as raison. Viens par ici, dit-il en l'attirant sur lui. Ton nom viendra d'abord.

— Bien, c'est réglé. Évidemment, il faudra réfléchir à différents niveaux pour les DVD. Comme au yoga. Débutants, moyens, confirmés. Nous ne voudrions pas que quelqu'un se blesse.

— Je vais étudier le dossier.

— Bonne idée. Dis donc, après sept kilomètres et une séance de sexe en folie, je devrais être sur les rotules et pourtant je me sens prête à recommencer et… Oh, catastrophe !

— Quoi ?

— Tu as vu l'heure ! Sept kilomètres plus sexe en folie, ça prend plus de temps que cinq kilomètres plus yoga. Je dois aller me doucher.

— Moi aussi.

Elle lui pinça l'épaule.

— Juste une douche. Je suis en retard.

— Laurel, tout homme a ses limites. Je crois que j'ai atteint les miennes pour ce matin.

Elle se leva et repoussa sa blonde chevelure en arrière.

— Poule mouillée, lui lança-t-elle avant de filer dans la salle de bains.

Lorsque Laurel termina ses préparatifs de la matinée, elle avait rattrapé son retard. Elle avait choisi *L'Introuvable* en DVD, et disposait les pâtisseries du rendez-vous de 10 heures sur un joli plateau tandis que les répliques fusaient entre Nick et Nora sur le petit téléviseur.

Égayée par une belle potée de marguerites Shasta offerte par Emma, la cuisine embaumait le gâteau et le café.

Laurel dénouait son tablier quand Parker entra.

— Oh, tu as fini ! Je vais t'aider à tout installer.

— Avec juste cinq minutes d'avance ? Voilà qui ne te ressemble pas, Parker.

— Les clients ont téléphoné pour repousser le rendez-vous à 10 h 30.

Laurel ferma les yeux.

— Je me suis défoncée pour être à l'heure. Tu aurais pu me prévenir.

— Ils viennent juste d'appeler... enfin bon, il y a vingt minutes. Mais comme ça, personne n'est en retard.

— Tu n'as prévenu personne.

— J'adore ce haut, dit Parker d'un ton enjoué. C'est dommage de le cacher presque entièrement sous une veste de tailleur.

— Ce genre de dérobade ne marche qu'avec les clients distraits, répliqua Laurel, puis elle haussa les épaules et décrocha ladite veste au portemanteau. Mais tu as raison, ce haut est magnifique.

Mac et Emma firent irruption dans la cuisine.

— On n'est pas en retard !

— Mais les clients le sont, leur apprit Laurel. Cette cachottière de Brown s'est bien gardée de nous le dire.

— Juste vingt petites minutes, se défendit Parker.

— C'est la meilleure de la journée ! s'écria Mac. J'oscille entre agacement et soulagement. Vite, un remontant !

Elle sortit un Pepsi Light du réfrigérateur, fit sauter l'opercule et but une longue gorgée tout en étudiant Laurel.

— Je parie que tu te sens toute zen et détendue, lui lança-t-elle.

— Je me sens bien, oui. Pourquoi ?

— Bien ? Tu as le sens de la litote, ma vieille. Bien dans le genre à chanter ton bonheur à tue-tête sous la pluie accrochée à un lampadaire, tu veux dire, oui. Après tout cet « exercice physique » entre guillemets.

— Tu as caché une caméra dans ma chambre ou quoi ?

— Jamais je ne serais aussi vulgaire – zut, j'aurais dû y penser avant. Cela dit, à quoi bon une caméra cachée ? Vous émettiez des vibrations sexuelles tellement torrides tous les deux, que j'ai été obligée de fuir avant de vous sauter dessus et qu'on fasse un truc à trois.

— Vraiment ? demanda Parker, détachant chaque syllabe.

— Enfin, pour le truc à trois, peut-être pas. Laurel n'est pas mon genre. C'est plutôt toi que je choisirais, petite coquine, lança-t-elle à Parker avec un clin d'œil lubrique.

— Je croyais que c'était moi, ton genre, feignit de s'offusquer Emma.

— Quelle garce je suis ! lâcha Mac. Enfin, bref, ils étaient tous les deux sur ces bourreaux d'elliptiques, et on voyait carrément la vapeur monter. Puis, sous couvert de sport, ils se sont mis à parler sexe.

— N'importe quoi ! riposta Laurel.

— Oh que si ! J'ai déchiffré votre code en moins de deux. Tu n'as pas assez de jus pour m'avoir... Je te prends quand tu veux... Que le grand cric que me croque si ce n'est pas un code sexe, ça !

— Garce, c'est bien le mot, décréta Laurel.

— J'assume. Mais je devrais aussi vous remercier parce que, après la piscine, j'ai déchargé ma frustration sexuelle inattendue sur Carter. Qui vous remercie aussi, au fait.

— Pas de quoi.

— Tout ceci est passionnant, et je suis sincère. Mais nous devons nous installer au salon, leur rappela Parker en tapotant sa montre.

Emma leva une main impérieuse à la manière d'un policier à un carrefour.

— Stop ! Juste une question, parce que je dois aller sortir les fleurs de la fourgonnette. Avez-vous vraiment assez d'énergie pour faire l'amour après une séance de gym ?

— Lis le manuel, répondit Laurel. Regarde la pub.

— Quel manuel ? demanda Emma, perplexe, tandis que Laurel quittait la cuisine avec ses pâtisseries. Quelle pub ?

— Occupe-toi donc de tes fleurs, suggéra Parker tout en emportant le nécessaire à café.

— La barbe. Vous n'avez pas intérêt à parler du moindre truc croustillant jusqu'à mon retour. En fait, tu vas devoir m'aider à transporter les fleurs à l'intérieur, Mac.

— Mais je veux...

L'index levé, Emma la coupa d'un claquement de langue autoritaire.

Au salon, Laurel et Parker s'occupèrent des rafraî-
chissements.

— Alors, plus tard, c'est maintenant ?

— Pardon ?

— Tout à l'heure, tu devais me raconter plus tard.

— Exact, se souvint Laurel, qui s'affairait à former
des éventails avec les serviettes. Combien de clients ?

— La mariée, sa mère, son père, le marié, sa belle-
mère. Cinq.

— Le père du marié était veuf, c'est ça ? Il ne vient
pas ?

— Il n'est pas en ville. Tu sais, tu n'as pas besoin
de me raconter. Ce n'est pas grave. En fait, ça l'est.
Je dis juste ça parce que tu es mon amie et que je ne
veux pas te mettre mal à l'aise.

Laurel fut obligée de rire.

— Quelle garce tu es, toi aussi. Ce n'est pas que je
ne veux pas te raconter. C'est juste que je me sens
stupide. Surtout maintenant, après le sexe en folie.

— Du sexe en folie ? répéta Emma, qui entra avec
un carton débordant de lys étoilés. Quel genre d'exercices avez-vous fait ? Combien de temps ? Je veux
tous les détails. Parker, prends des notes.

— Sept kilomètres sur elliptique.

— La vache, soupira Emma, qui entreprit de sortir
les vases et de leur trouver une place. Laisse tomber.
Je serais liquéfiée après sept kilomètres de n'importe
quoi, et Jack devrait en trouver une autre pour le sexe
en folie. Non, il doit y avoir des moyens plus simples
d'atteindre le nirvana.

— Je m'interroge, intervint Parker d'un air fausse-
ment songeur. Serait-il possible que nous soyons
toutes légèrement obsédées par le sexe en ce moment ?

— C'est sa faute, lâcha Mac, qui entra, les bras
chargés de fleurs. Vous comprendriez si vous aviez

279

été dans la salle avec toutes ces vibrations sexuelles qui attaquaient de partout.

— Nous ne parlions plus de sexe, dit Laurel.

— Quand avons-nous cessé d'en parler ? s'étonna Emma.

— Avant que tu entres.

— C'est aussi bien puisque je ne suis pas prête à me taper sept kilomètres sur une machine. Vous parliez de quoi alors ?

— Du dîner d'hier soir. J'étais en retard. À cause de toi, ajouta-t-elle, pointant un index accusateur sur Mac.

— Arrête, ce n'est pas ma faute. La séance photos a débordé, et je n'arrivais pas à trouver mes chaussures. Enfin, celles dont j'avais besoin. Et puis, tu étais à peine en retard. Dix minutes, un quart d'heure à tout casser.

— Assez en tout cas pour que Deborah Manning s'assoie à notre table avec Del et siffle un verre de notre vin.

— Je croyais qu'elle était en Espagne, intervint Parker.

— Donc tu ne sais pas tout, répliqua Laurel avec un sourire mince. Elle n'était pas en Espagne de toute évidence, vu qu'elle buvait un verre avec Del.

— Deborah ne l'intéresse pas.

— Ça n'a pas toujours été le cas.

— C'était il y a des années, et ils ne sont sortis ensemble que deux ou trois fois.

— Je sais, dit Laurel, qui leva les mains avant que Parker continue. Voilà pourquoi, entre autres raisons, je me sens stupide. Je ne suis pas jalouse. Si je l'étais, je me sentirais encore plus stupide parce que, visiblement, il ne s'intéressait pas à elle de cette façon. Et elle non plus ne s'intéressait pas à lui de cette façon, je pense.

— Alors où est le problème ? voulut savoir Emma.

— C'est juste que... lorsque je suis entrée et que je les ai vus rire, boire du vin... Eh bien, ils avaient l'air faits l'un pour l'autre.

— Faux, lâcha Parker avec un non catégorique de la tête.

— Tu ne les as pas vus. Ils formaient un beau couple. Un couple parfait.

— Beau, d'accord. Mais parfait, non. Ils forment un beau couple ensemble parce qu'ils sont tous les deux séduisants. Ce n'est pas la même chose qu'un couple bien assorti.

— C'est très profond, ce que tu viens de dire là, commenta Mac. Et je comprends exactement ce que tu veux dire. Parfois, devant des portraits de couples, je me dis qu'ils vont bien ensemble. Mais je sais qu'ils ne sont pas faits l'un pour l'autre. Parce que c'est comme ça, et puis c'est tout.

— Précisément, confirma Parker.

— D'accord, ils formaient un beau couple. On va en rester là. Et l'espace d'un instant, je me suis sentie comme une étrangère. C'est stupide, je sais, avoua Laurel en tortillant une mèche. J'avais l'impression de les regarder à travers un mur de verre. J'étais d'un côté, et eux de l'autre.

— C'est insultant pour vous trois, fit remarquer Emma, qui s'arrêta d'arranger ses fleurs et donna un petit coup sur l'épaule de Laurel. Et aucun de vous ne le mérite. Deborah est une fille sympa.

— C'est qui, cette Deborah ? demanda Mac.

— Tu ne la connais pas vraiment, mais je t'assure, c'est une fille bien.

— Je n'ai pas dit le contraire, se défendit Laurel. Je ne la connais pas vraiment non plus. C'est juste que, à mon avis, elle n'a jamais été serveuse ni n'a travaillé dans les cuisines d'un restaurant.

— C'est du snobisme à l'envers.

Laurel accueillit la remarque de Parker avec un haussement d'épaules.

— J'en ai conscience, mais c'est mon problème et je l'assume. Le pire, ç'a été quand elle a réalisé qu'on était ensemble, Del et moi. J'ai surpris dans son regard une lueur de stupéfaction. Mais elle a été très aimable, assura-t-elle en se tournant vers Emma. Elle n'y est pour rien si je réagis comme je l'ai fait. Ça me prend parfois. Et ensuite, le dîner a été parfait. Vraiment parfait. Du coup, je me suis sentie d'autant plus stupide. Et je déteste ça.

— Tant mieux, approuva Parker avec un hochement de tête. Parce que, lorsqu'on déteste quelque chose, on arrête de le faire.

— Je m'y emploie.

La sonnette de la porte d'entrée fit sursauter Parker.

— Mince, les clients ! J'avais perdu le fil. Emma, débarrasse-toi de ces cartons. Laurel, tu as tes sabots aux pieds.

— Flûte ! Je reviens tout de suite.

Elle sortit en trombe du salon, suivie par Emma et ses cartons vides.

Parker ajusta la veste de son tailleur.

— Mac, tu n'as pour ainsi dire pas ouvert la bouche, fit-elle remarquer.

— Parce que, moi aussi, je me suis retrouvée derrière ce mur de verre. Je sais ce qu'elle a ressenti. Il faut du temps et des efforts pour le briser.

— Je ne veux pas qu'il y ait un quelconque mur entre nous.

— Pas entre nous quatre, Parker. Jamais. Entre Laurel et Del, c'est différent, mais j'ai confiance, elle y parviendra.

— D'accord. Préviens-moi si tu as l'impression qu'elle ressent de nouveau cela.

— Promis.

— Parfait. Et maintenant, que le spectacle commence, fit Parker en se hâtant vers la porte.

15

Plus tard dans la semaine, Laurel reçut la sœur de Carter et son fiancé, Nick, dont le mariage était prévu à l'automne. Sherry Maguire pétillait comme le champagne que Laurel gardait au frais. Amusant, tel avait été le maître mot retenu par la jeune femme lors du premier entretien, l'hiver précédent, le jour où Carter avait remplacé Nick et repris contact avec Mac.

Laurel veillerait à ce qu'il s'applique aussi à la pièce montée.

— Je suis si excitée ! s'exclama la jeune femme, qui dansait presque dans son fauteuil. Tout s'organise à la perfection. Je ne sais pas ce que je ferais sans Parker. Enfin, sans vous toutes. Pauvre Nick, je le rendrais sans doute dingue.

— *Encore plus* dingue, corrigea-t-il avec un sourire.

Elle pouffa et lui donna un coup de coude dans le bras.

— Je ne parle du mariage qu'à peine plus de cent fois par jour. Oh, ma mère a acheté sa robe. Elle est splendide ! Je me suis moquée de tous les tailleurs mémères qu'elle a essayés jusqu'à ce qu'elle finisse par craquer, expliqua-t-elle avec un rire contagieux.

Elle est rouge. Je veux dire, un vrai rouge pétant, avec des bretelles scintillantes et une jupe qui bouge, ce qui sera génial lorsqu'elle dansera. Parce qu'elle danse à merveille. Demain, j'accompagne la mère de Nick pour la sienne. Elle n'a pas intérêt à opter pour le style discret, qui se fond dans le paysage. Belle-maman va devoir se plier à ma volonté. J'ai hâte !

Laurel secoua la tête, sous le charme.

— Quand je pense que certaines mariées redoutent qu'on ne les éclipse.

Sherry balaya cette idée d'un revers de main.

— À notre mariage, tout le monde sera sublime. Je devrai juste m'arranger pour l'être plus que les autres.

— Tu n'auras aucun mal, ma chérie.

Elle se tourna vers Nick.

— Et on s'étonne que je sois folle de lui ?

— Pas du tout, assura Laurel, amusée. Que diriez-vous d'un peu de champagne ?

— Merci, mais je ne peux pas, répondit Nick. Je suis de garde ce soir.

— Aux urgences, c'est mal vu qu'un médecin arrive avec un coup dans le nez, plaisanta Sherry. Mais moi, je ne travaille pas. Et je ne conduis pas non plus, puisque Nick va me déposer sur le chemin de l'hôpital.

Laurel remplit une flûte.

— Un café alors ? proposa-t-elle à Nick.

— Volontiers.

Elle le servit, puis se rassit.

— Je dois vous avouer que travailler avec vous deux et vos familles est un réel plaisir pour nous toutes. Nous avons autant hâte que vous d'être en septembre.

— Et vous avez le deuxième mariage Maguire en décembre, dit Sherry. Que Carter se marie, je n'en reviens pas ! Mac et lui sont vraiment faits l'un pour l'autre, n'est-ce pas ?

— Je connais Mac depuis toujours. Sincèrement, elle n'a jamais été plus heureuse. J'adorerais Carter pour cette seule raison, mais il y en a plein d'autres qu'il ne doit qu'à lui-même.

— C'est le meilleur d'entre nous, soupira Sherry, qui cilla brièvement. Dites donc, une gorgée de champagne et me voilà tout émue.

— Alors parlons gâteau, suggéra Laurel avant de se servir une tasse de thé. J'ai ici divers échantillons à vous faire goûter. Gâteaux, garnitures, glaçages. Vu le nombre d'invités, je vous recommanderais cinq étages, de tailles graduées. Nous pouvons varier les parfums en fonction des étages ou en choisir un pour l'ensemble. Toutes les combinaisons sont possibles. À vous de choisir.

— Mon problème, c'est que je n'arrive jamais à choisir, avoua Sherry. Quand nous en aurons terminé, vous ne serez plus aussi pressée d'être en septembre.

Laurel ne put s'empêcher de rire.

— Ça m'étonnerait. Et si je vous montrais le croquis de la pièce montée que j'ai imaginée pour vous ? Si vous n'aimez pas, nous passerons d'autres modèles en revue jusqu'à ce que vous trouviez celui qui vous convient.

Laurel ne créait pas une pièce montée pour chaque client, mais Sherry faisait désormais partie de la famille. Elle ouvrit son carnet de croquis et le leur tendit.

Les yeux de Sherry s'écarquillèrent, puis s'embuèrent de nouveau.

— Quelle splendeur ! Regarde les étages. Ils ne sont pas ronds. Ce sont... comment dit-on déjà ?

— Des hexagones, répondit Nick. Original.

— On dirait une collection d'élégants cartons à chapeau, avec toutes ces fleurs de couleurs différentes. Comme les robes des demoiselles d'honneur. Je pensais que vous nous proposeriez quelque chose de blanc et de solennel, ce qui aurait été superbe, mais pas...

— Amusant ? suggéra Laurel.

— C'est ça ! Là, c'est à la fois superbe et amusant. Vous avez dessiné cette pièce montée rien que pour nous ?

— Seulement si elle vous plaît.

— Je *l'adore*. Toi aussi, n'est-ce pas, Nick ?

— Elle est magnifique, approuva celui-ci. Tout ça est beaucoup plus facile que je ne m'y attendais.

— Le glaçage est en fondant, expliqua Laurel. Au départ, je craignais que ce ne soit un peu trop classique. Puis j'ai eu l'idée de teinter chaque étage en fonction des couleurs choisies, ce qui, du coup, correspond mieux à votre style.

Comme Sherry se contentait de contempler le dessin avec un sourire ravi, Laurel se cala dans son fauteuil et croisa les jambes.

Nick avait raison. C'était beaucoup plus facile qu'elle ne s'y attendait.

— Les fleurs apporteront encore davantage de couleurs, ce qui conférera à l'ensemble un côté joyeux et audacieux qui n'aura rien de formel. Emma et moi allons nous mettre d'accord sur le choix des fleurs. Il y aura aussi un arrangement floral sur la desserte de présentation. Les décorations sont couleur or, mais je peux changer si vous souhaitez une autre teinte. J'aime la façon dont elles font ressortir les couleurs, et j'avais pensé à une nappe dorée pour le présentoir. À moins que...

287

— Stop ! l'arrêta Sherry. Ne me donnez plus d'autres choix. J'adore cette pièce montée telle qu'elle est. C'est vrai, elle nous ressemble tellement. Vous avez mis en plein dans le mille. Trinquons à notre sublime pièce montée, décréta-t-elle, choquant son verre contre la tasse de Nick.

— S'il vous plaît, détournez les yeux pendant que je m'autorise un geste pas du tout professionnel.

Laurel leva les poings au ciel avec un sourire.

— Yes !

Sherry s'esclaffa.

— Dites-moi, vous prenez votre métier à cœur.

— C'est vrai. Mais je dois avouer que je voyais vraiment cette pièce montée pour vous – et je suis impatiente de la réaliser, leur confia Laurel en se frottant les mains. Bon, à présent, retour au mode professionnel.

— Vous m'êtes très sympathique, lâcha soudain Sherry. Je ne vous connais pas autant qu'Emma et Parker. Et Mac depuis qu'elle est avec Carter. Mais plus j'apprends à vous connaître, plus je vous apprécie.

Laurel lui sourit.

— Merci. C'est réciproque. Et maintenant, passons à la dégustation.

— Mon moment préféré, déclara Nick.

Il fallut beaucoup plus de temps et de discussion pour choisir l'intérieur du gâteau. Laurel les guida juste un peu, et ils finirent par opter pour la diversité avec un parfum par étage.

— Comment nous y retrouverons-nous ? s'enquit Sherry au moment du départ. Comment faire la différence entre la mousse pommes-caramel, le moka aux épices, le bavarois aux abricots ou le…

— Ne vous inquiétez pas, j'y veillerai. Les serveurs proposeront un assortiment complet. Si vous souhaitez changer, il vous suffit de me prévenir.

— Ne lui dites surtout pas ça, s'écria Nick.

— Ça m'énerve, mais il a raison, admit Sherry en riant. Mieux vaut me faire croire que c'est gravé dans le marbre. Ou au moins attendre que mes parents aient goûté aux échantillons, dit-elle, levant la boîte que Laurel lui avait donnée. Merci, Laurel, merci pour tout, ajouta-t-elle en l'étreignant. Et si on passait dire un petit bonjour vite fait à Carter et Mac ?

Laurel consulta sa montre.

— Je ne crois pas qu'ils soient chez eux, dit-elle. Mac avait une séance photos à l'extérieur et devait déposer Carter au *Coffee Talk*, où il a rendez-vous avec son ami Bob.

— Tant pis. Une prochaine fois.

Laurel les raccompagna jusqu'au perron, et les regarda rejoindre leur voiture en ayant le sentiment du devoir accompli. C'était l'une de ses dégustations les plus gratifiantes. Non seulement elle allait adorer confectionner cette pièce montée, mais elle avait la certitude qu'ils en seraient heureux. Tout comme ils étaient heureux ensemble, songea-t-elle en les voyant échanger un baiser avant de monter en voiture.

Au diapason, malgré leurs différences de tempérament. Sherry toujours tout feu, tout flamme. Et Nick plus posé, plus réfléchi. Ils se complétaient à merveille et, surtout, paraissaient sur la même longueur d'onde.

L'amour, c'était bien joli, mais pour durer, un couple devait être sur la même longueur d'onde.

Était-ce leur cas à Del et à elle ? Difficile à dire, peut-être, lorsqu'on était concerné au premier chef. Ils aimaient être ensemble, aucun doute là-dessus. Mais de là à être capables de s'accorder sur le long terme...

— Mince, je les ai manqués, râla Parker, qui se précipita dehors à l'instant où la voiture s'engageait sur la route au bout de l'allée. Je suis restée coincée au téléphone et...

— Non ?

— Oh, boucle-la ! La mariée de vendredi vient de découvrir qu'elle n'avait ni le trac ni l'estomac dérangé.

— Enceinte.

— En plein dans le mille. Elle oscille entre panique, bonheur et stupéfaction. Ils avaient prévu d'essayer de fonder une famille dans l'année, mais là, c'est légèrement prématuré.

— Et lui, comment le prend-il ? demanda Laurel, devinant que la mariée aurait tout raconté à Parker.

— Il est d'abord resté sans voix, mais maintenant il est fou de joie. Apparemment, il est aux petits soins lorsqu'elle a ses nausées matinales.

— C'est très révélateur quand un homme est capable de supporter les vomissements.

— Celui-ci a la médaille d'or. Elle a annoncé la nouvelle à ses parents, et lui aux siens, mais c'est tout. Elle voulait mon avis pour les témoins, les demoiselles d'honneur, etc. Tout ça pour dire que j'espérais descendre avant le départ de Sherry et de Nick. Comment ça s'est passé ?

— J'ai beau chercher, je ne pouvais rêver mieux. C'était l'un de ces moments où l'on se dit qu'on ne pourrait faire plus beau métier. En fait, on devrait rentrer se boire un verre du champagne que j'ai ouvert pour eux et trinquer à nos talents respectifs.

— J'aimerais bien, mais j'ai un rendez-vous dans Greenwich. Garde-moi une coupe, je serai de retour d'ici deux heures.

— D'accord. Moi, j'ai fini ma journée. Je pique une tête dans la piscine, et ensuite, champagne.

— Si tu essaies de me rendre jalouse, c'est réussi.

290

— Un succès à ajouter à cette brillante journée.

— Peau de vache, va.

Amusée, Laurel regarda Parker se diriger vers sa voiture, toute pimpante dans sa jolie robe jaune pâle et ses sandales rose vif à talons.

Elle se demanda distraitement si Emma avait, elle aussi, terminé sa journée. Peut-être pourraient-elles nager ensemble et flemmarder sur la terrasse avant le retour de Jack. Elle était de trop bonne humeur pour rester seule dans son coin.

Elle considéra ses propres talons hauts – choisis pour la dégustation – et le chemin jusqu'à la maison d'amis. Elle aurait pu téléphoner, mais si Emma n'avait pas tout à fait fini, il serait plus facile de la convaincre en tête à tête. Elle rentra donc enfiler ses sabots, puis ressortit par l'arrière du manoir.

Le jardin résonnait du bourdonnement des abeilles qui s'affairaient dans les massifs. Elle respira avec bonheur l'odeur du gazon fraîchement tondu et le parfum des fleurs accablées de soleil. Autour d'elle, tout incitait à la paresse.

Le lendemain à cette heure, elles seraient occupées avec la répétition du mariage de vendredi. Plus un seul moment de tranquillité avant des jours.

Alors autant profiter de celui-ci. Et si elle appelait Del ? Peut-être aurait-il envie de se joindre à elle. Ils pourraient faire un barbecue, et passer cette belle soirée tous ensemble.

Plus tard, ils feraient l'amour avec la porte-fenêtre ouverte à cause de la chaleur étouffante. Il lui restait tout juste le temps de confectionner en hâte une tarte sablée aux fraises.

Toute contente à cette idée, elle bifurqua à l'angle de la maison. Le studio de Mac lui apparut d'abord – et la petite voiture de sport garée devant. Un instant plus tard, elle aperçut sa propriétaire qui s'apprêtait à ouvrir la porte d'entrée que Mac, comme à son habitude, n'avait pas pris la peine de fermer à clé.

— Linda ! appela-t-elle d'un ton autoritaire, arrachant un sursaut à l'intéressée.

Vêtue d'une élégante robe d'été à fleurs, la blonde Linda pivota sur ses sandales de poupée Barbie. La lueur fugitive de culpabilité qui passa sur ses traits emplit Laurel d'une joie mauvaise.

— Laurel, vous m'avez fait une peur *bleue*.

La mère de Mac secoua sa chevelure blonde, et celle-ci encadra de nouveau son visage indéniablement ravissant.

« Dommage que l'intérieur ne soit pas à la hauteur de l'emballage », songea Laurel en s'avançant vers elle.

— Je suis venue de New York rendre visite à des amis, et je passais voir Mac à l'improviste. Ça fait une *éternité*.

Elle arborait un hâle délicat – sans doute cultivé sur une plage italienne ou le yacht de son nouveau mari. Son maquillage était parfait. Visiblement, elle avait pris le temps de le rafraîchir avant de passer « à l'improviste ».

— Mac n'est pas là.

— Ah, eh bien, je me contenterai de saluer Carter.

Elle accompagna ces paroles d'un mouvement expert de la main qui fit scintiller au soleil les imposants diamants de son alliance et de sa bague de fiançailles.

— Il est avec Mac, rétorqua Laurel. Il n'y a personne. Vous feriez mieux de retourner à New York.

— Je ne suis pas à quelques minutes près. Vous m'avez l'air très... professionnelle, commenta-t-elle en la parcourant d'un regard rapide. Intéressant, ces chaussures.

— Parker a été claire avec vous, Linda. Vous n'êtes pas la bienvenue ici.

— Un petit emportement passager, objecta-t-elle avec un haussement d'épaules, mais son regard se durcit de colère. C'est la maison de ma fille.

— En effet, et la dernière fois que vous y étiez, elle vous a demandé de partir. Je n'ai pas entendu dire qu'elle avait changé d'avis. Parker, en tout cas, certainement pas.

— Je vais attendre à l'intérieur, décréta Linda avec une moue dédaigneuse.

— Essayez d'ouvrir cette porte, Linda, et vous le regretterez, je vous le garantis.

— Pour qui vous prenez-vous donc ? Vous n'êtes rien. Vous vous imaginez pouvoir me *menacer*, attifée de ce tailleur bas de gamme et avec ces affreuses chaussures aux pieds ?

— C'est ce que je viens de faire, je crois.

— Vous ne devez votre présence ici qu'à Parker, qui se sent obligée de vous offrir un toit. Vous n'avez aucun droit de me demander de partir.

— Ce que j'ai le droit de faire ou non n'aura guère d'importance quand vous vous retrouverez les quatre fers en l'air. Rentrez à New York chez votre dernier mari en date. Je dirai à Mac que vous êtes passée. Si elle veut vous voir, elle vous le fera savoir.

— Vous avez toujours été froide et haineuse, même enfant.

— Si vous le dites.

— Pas étonnant avec la mère coincée que vous avez. Toujours à se donner des grands airs, même quand votre père a essayé de baiser le fisc, et toutes les femmes qui n'étaient *pas* la sienne. Lui au moins a le sang chaud, ajouta Linda avec un sourire fielleux.

293

— Mon père a couché avec vous dans un motel sordide, et alors ? Vous croyez vraiment que ça m'ennuie ?

Bien sûr que ça l'ennuyait. Elle en avait même l'estomac noué.

— Dans une suite au Palace, corrigea Linda. Avant le blocage de ses comptes, cela va sans dire.

— Quel que soit l'endroit, ça n'en reste pas moins sordide. Toutes les trois, nous vous avons tolérée par égard pour Mac. Désormais, rien ne nous y oblige. Alors, soit vous vous décidez à regagner votre voiture, soit je vous y aide. À vos risques et périls.

— Vous vous imaginez que parce que vous avez réussi à mettre Delaney Brown dans votre lit, vous êtes des leurs ?

Linda laissa échapper un rire cristallin.

— Je suis au courant de tout, enchaîna-t-elle. Des tas de gens en parlent et en font des gorges chaudes.

— Mon Dieu, vous devez déjà vous ennuyer avec votre nouvelle conquête si vous passez votre temps à parler de ma vie sentimentale.

Linda écarquilla les yeux avec amusement, et juste ce qu'il fallait de pitié pour être blessante.

— Vous ? Mais vous n'intéressez personne. Un Brown du Connecticut, en revanche, suscite toutes les curiosités, surtout quand il décide de jouer avec la domesticité. En fait, j'admire votre tentative. Quand on ne possède ni nom ni fortune, il faut bien utiliser ses charmes. C'est de bonne guerre.

— Vous m'en direz tant, lâcha Laurel d'un ton glacial.

— Mais un homme comme Delaney Brown ? Bien sûr, il couchera avec vous. Les hommes couchent avec toutes les femmes qui savent s'y prendre – demandez à votre père. Mais si vous croyez le garder, ou même l'épouser, je vous plains. Un Brown ne se marie pas en dehors de sa classe. Et vous, ma pauvre petite, vous n'en avez aucune.

— Ce qui nous met dans la même catégorie, sauf que ce n'est guère flatteur pour moi, riposta Laurel, qui avait les jambes en coton et dut serrer les genoux pour ne pas flancher. Je vous demande une dernière fois de partir, sinon tant pis pour vous. J'espère sincèrement que vous ne m'écouterez pas.

— Il n'y a rien ici qui m'intéresse, riposta Linda.

Rejetant sa chevelure en arrière, elle regagna son cabriolet d'une démarche de top model sur un podium. Elle se glissa derrière le volant et mit le contact.

— Les gens se moquent de vous, lança-t-elle. Et ils riront encore davantage quand il vous aura plaquée.

Sur ce, elle démarra en trombe, cheveux au vent.

Laurel n'avait plus envie ni de piscine ni de champagne. Et encore moins d'un barbecue entre amis. Elle attendit, pétrifiée, que la voiture de Linda disparaisse au bout de l'allée.

Elle avait mal au crâne, et une vague nausée lui tordait l'estomac. Elle allait s'allonger, dormir un peu. Ça irait mieux après. Rien de ce qu'avait dit cette harpie n'avait la moindre importance.

Si seulement.

Réalisant qu'elle était au bord des larmes, elle s'efforça de les refouler et rebroussa chemin. Elle n'avait pas fait dix pas qu'Emma la héla. Elle pressa les paupières de toutes ses forces et inspira un grand coup dans l'espoir de faire illusion.

— Bon sang, quelle chaleur ! J'adore ! s'exclama Emma. L'été est mon ami. J'avais hâte de finir mon travail pour profiter... Qu'est-ce qui t'arrive ?

À la seconde où elle vit le visage de Laurel, le sourire d'Emma s'évanouit. Elle pressa le pas pour la rejoindre et lui prit la main.

— Qu'y a-t-il ?

— Rien. Juste mal à la tête. Je rentrais prendre un cachet et m'allonger un peu.

Le regard soucieux, Emma l'étudia longuement.

— Je connais cette mine. Ce n'est pas un stupide mal de tête. Tu es contrariée.

— Contrariée d'avoir mal à la tête.

Emma glissa le bras autour de sa taille.

— Alors on va aller ensemble à la maison, et je te harcèlerai jusqu'à ce que tu m'avoues la raison de ce mal de tête.

— Arrête, Emma, ça arrive à tout le monde. Va plutôt t'occuper de tes fleurs. C'est agaçant à la fin.

— Tu ne te débarrasseras pas de moi aussi facilement, rétorqua Emma, qui choisit d'ignorer le haussement d'épaules irrité de son amie et, sans la lâcher, cala son pas sur le sien. Tu t'es disputée avec Del ?

— Non. Et mes humeurs, ma santé, mes nuits, mes jours, ma *vie* ne tournent pas exclusivement autour de Delaney Brown.

— Tu ferais mieux d'avouer tout de suite. Tu sais très bien que je ne te laisserai pas tranquille. Ne me force pas à employer les grands moyens pour te faire cracher le morceau.

Laurel faillit rire, mais se contenta de soupirer. Quand Emma voyait qu'une amie avait de la peine, impossible de s'en débarrasser.

— Je viens juste de tomber sur Linda la peste, voilà tout. Elle flanquerait une migraine carabinée à n'importe qui.

Emma s'arrêta net et jeta un coup d'œil du côté du studio de Mac.

— Elle était ici ? Mac et Carter sont absents, non ?

— Oui, mais ça n'avait pas du tout l'air de la déranger. Elle s'apprêtait à entrer comme si elle était chez elle.

— Ça ne m'étonne pas. Cette bonne femme a du culot de se pointer alors que Parker lui a interdit de remettre les pieds ici. Qu'a-t-elle dit quand...

— Parker a un rendez-vous en ville.

— Oh, il n'y avait que toi. J'aurais aimé sortir plus tôt, histoire de lui dire ma façon de penser.

Emma n'était pas du genre à s'emporter, mais ses colères étaient d'autant plus homériques qu'elles étaient rares.

— Je me suis débarrassée d'elle.

— D'accord, mais ça t'a visiblement perturbée. Tu vas t'asseoir sur la terrasse à l'ombre pendant que je vais te chercher de l'aspirine et une boisson fraîche. Ensuite, tu me raconteras en détail ce qui s'est passé.

Laurel savait que non seulement toute protestation aurait été vaine, mais qu'elle aurait en outre donné davantage d'importance à l'incident qu'il ne le méritait. Ou aurait dû le mériter.

— J'ai envie de soleil.

— Comme tu veux. Mince, les ouvriers sont encore là ?

— Non, ils sont partis il y a un moment.

— Tant mieux, ce sera tranquille. La vie de chantier, très peu pour moi. Allez, assieds-toi.

Laurel obéit, tandis qu'Emma disparaissait en hâte à l'intérieur. Voilà qui lui laisserait au moins quelques minutes pour se ressaisir. Linda n'avait pas son pareil pour faire des histoires, surtout quand on contrariait ses plans, tenta-t-elle de se raisonner. Sans succès.

297

Elle ruminait dans son fauteuil quand Emma ressortit avec un plateau sur lequel elle avait joliment disposé deux verres de thé glacé et des cookies.

— J'ai fait un raid dans ta réserve. La situation exige des cookies, décréta-t-elle avant de tendre à Laurel un flacon de comprimés. Prends-en deux et raconte.

— Je venais de terminer une dégustation très agréable. Sherry et Nick.

— Ils sont si mignons, tous les deux.

— Et drôlement heureux. Grâce à eux, j'étais d'une humeur fantastique. En fait, je me rendais chez toi pour te proposer de piquer une tête dans la piscine avant de boire une coupe du champagne, quand j'ai aperçu Linda devant chez Mac.

— Et là, adieu l'humeur fantastique – et mon champagne.

— Elle a commencé comme à son habitude. Tout sucre, tout miel, grand sourire innocent. Elle passait à l'improviste après avoir rendu visite à des amis. Blablabla.

Laurel prit un biscuit, croqua un morceau et poursuivit son récit.

— Non ! Les quatre fers en l'air ? l'interrompit Emma. Tu lui as dit ça ? Oh, j'aurais adoré être là. Qu'a-t-elle répondu ?

— En gros, que je n'avais pas mon mot à dire dans cette maison. Que je devais ma présence ici à la seule générosité de Parker.

— N'importe quoi.

— Elle a embrayé sur mes parents. D'après elle, je suis aussi dure et froide que ma mère. Rien d'étonnant donc que mon père soit allé voir ailleurs. Chez elle, entre autres.

— Cette femme est un monstre.

— Je me suis toujours doutée qu'il avait eu une liaison avec Linda – comme à peu près tous les maris infidèles de la région. N'empêche...

— Ça fait mal, murmura Emma.

— Mal, je ne sais pas. Je crois plutôt que ça m'énerve. Et que ça me déçoit. Ce qui est stupide, quand on y réfléchit.

— C'est quand même Linda.

Il n'y avait rien de plus précieux qu'une amie qui comprenait au quart de tour.

— C'est vrai. Mais j'ai laissé glisser. Je ne voulais pas lui donner la satisfaction de se payer ma tête si je piquais ma crise. Je lui ai calmement répété de partir, sinon je l'y aiderais.

— Tu as bien fait.

— C'est là qu'elle m'a balancé Del à la figure.

— Comment ça ?

— À l'en croire, tout le monde parle de nous deux et se moque de moi parce que je n'appartiens pas au milieu des Brown et que jamais il n'aurait une histoire sérieuse avec une fille dans mon genre.

Emma serra les poings.

— La salope ! Si je la tenais, je lui ferais passer un sale quart d'heure, je te jure. Tu n'as pas intérêt à me dire que tu as gobé un seul de ces mensonges ou c'est *toi* qui vas passer un sale quart d'heure.

— Arrête, je suis terrifiée. La question n'est pas d'y croire ou pas, Emma, soupira Laurel. Je connais ce genre de femme ; elle est persuadée de ce qu'elle raconte. Je sais aussi que, même si elle n'y croyait pas, elle le dirait uniquement pour me blesser. La question, c'est... c'est qu'il s'agit de Delaney Brown, alors les gens jasent, s'interrogent, certains rient sans doute.

299

— Et alors ?

— Je sais. La plupart du temps, c'est ce que je me dis aussi. Et alors ? Mais parfois...

Les larmes lui piquèrent de nouveau les yeux et la gorge. Et cette fois, à sa grande honte, les digues cédèrent.

— C'est insultant pour Del autant que pour toi, fit remarquer Emma.

— Peut-être. Tu sais, nous n'avons jamais discuté du sérieux de notre relation ou si nous comptions la poursuivre sur le long terme. Nous vivons dans le présent, point final. La plupart du temps, ça me va parce que nous passons vraiment de bons moments ensemble. Mais quelquefois...

— Tu penses qu'il sort avec toi juste parce que tu es disponible ?

Laurel essuya ses larmes d'un geste impatient.

— Non, bien sûr que non.

— Ou que pour lui, c'est juste sexuel ?

— Non.

— Ou qu'il a réfléchi une seconde au fait que ton nom de famille n'a pas le même cachet que le sien ?

Laurel secoua la tête.

— Emma, je suis stupide, je m'en rends compte. Mais on a beau le savoir, on ne peut pas toujours s'en empêcher. Je regrette d'avoir ce point faible, et encore plus d'avoir laissé Linda remuer le couteau dans la plaie, mais c'est comme ça, je n'y peux rien.

— Nous avons tous nos points faibles, la consola Emma, qui posa une main sur la sienne. Surtout lorsque nous aimons quelqu'un. Voilà pourquoi nous avons besoin de copines.

— Cette peau de vache a réussi à me faire pleurer. Il faut vraiment que je sois faible. Sans toi, je serais montée dans ma chambre chialer comme une made-

300

leine. Quand je pense que je reprochais à Mac de laisser sa mère la pousser à bout.

— Cette bonne femme est un vrai poison.

— Et comment ! Enfin, au moins je l'ai virée.

— La prochaine fois, ce sera mon tour. Parker, Mac et toi y avez déjà eu droit.

— Ce n'est que justice. Merci, Emma.

— Tu te sens mieux ?

— Oui.

— Alors, allons faire ces quelques longueurs dans la piscine.

— D'accord, approuva Laurel. Allons noyer mes idées noires.

Plus tard, un peu rassérénée, Laurel s'installa dans son bureau. Elle avait pas mal de paperasse en retard et, puisqu'elle avait le temps, c'était l'occasion de s'y coller.

En compagnie de Bon Jovi, elle s'occupa de classement et de factures. Puis elle jeta un coup d'œil aux sites de quelques-uns de ses fournisseurs.

Il lui fallait renouveler son stock de sachets et de boîtes à pâtisserie, peut-être aussi racheter quelques feuilles transfert pour chocolats. Et des napperons en papier. Après les commandes indispensables, elle passa en revue les ustensiles et le matériel de présentation dont elle n'avait pas vraiment besoin – mais avec lesquels il pourrait être amusant de jouer. Son budget le lui permettait. Et puis, un nouveau set de douilles cannelées et quelques moules à chocolat supplémentaires ne seraient pas inutiles. Sans oublier la guitare double dont elle rêvait depuis si longtemps.

Elle hésita un moment, tiquant sur le prix. Mais une fois son nouvel espace aménagé, elle aurait toute la place nécessaire pour cette grande découpeuse. Son sens pratique finit par l'emporter : avec ses quatre bras de coupe, ce nouvel engin lui permettrait de débiter deux fois plus de petits fours, chocolats, génoises ou pains de mie qu'actuellement.

Elle mettrait l'ancienne – achetée d'occasion – en vente sur eBay.

Et puis zut, elle le méritait après tout. Mais lorsqu'elle cliqua sur « Ajoutez dans votre panier », elle eut un sursaut de culpabilité en entendant Mac l'appeler.

— Bon sang, ne déboule pas sans prévenir quand je dépense de l'argent sans nécessité absolue !

— Pour quoi ? Ah, ça ! fit Mac, qui haussa les épaules devant le site de fournitures en pâtisserie. Du matériel, on en a toutes besoin. Écoute, Laurel...

— Emma t'a raconté, coupa celle-ci avec un soupir. Tu n'as pas intérêt à venir présenter tes excuses pour Linda.

— J'ai quand même le droit d'être désolée, répliqua Mac en fourrant les mains dans ses poches. Ma première réaction a été de l'appeler et de lui passer un savon, et puis je me suis dit que ce serait lui accorder trop d'intérêt. Et c'est ce qu'elle désire le plus après l'argent. Alors j'ai décidé de l'ignorer, ce qui va la mettre en rogne.

— Bien vu.

— Oui, mais comme je vais l'ignorer, tu dois m'autoriser à être désolée.

— C'est bon, vas-y, dit Laurel qui, l'œil sur sa montre, compta jusqu'à dix. Voilà, fini.

— D'accord. Tu sais ce que je voudrais ? Ne pas avoir à l'inviter au mariage. Mais je le ferai.

— On s'en sortira.

— Sûrement. Peut-être qu'un miracle se produira et qu'elle saura se tenir pour une fois. Je sais,

302

s'empressa-t-elle comme Laurel levait les yeux au ciel. Mais une mariée a bien le droit de rêver un peu.

— Elle ne te comprendra jamais, et nous pas davantage. Tant pis pour elle.

— C'est vrai, approuva Mac, qui embrassa Laurel sur les cheveux. À plus tard.

Une fois que Mac fut sortie, Laurel oublia toute envie de s'apitoyer sur son sort et, remontée à bloc, s'acheta une guitare double à quatre bras de coupe flambant neuve.

16

Laurel n'aurait su dire d'où lui vint cette idée qui la mena jusqu'au cabinet de Del en ville. Elle n'y était jamais entrée, que ce fût pour raisons personnelles ou professionnelles, mais connaissait l'adresse.

La porte d'entrée de la vénérable demeure victorienne ouvrait, comme elle l'imaginait, sur un élégant vestibule. Ce dernier débouchait sur un bel espace d'accueil ensoleillé, meublé de tables anciennes et de fauteuils profonds. Quelques plantes vertes dans des cache-pots en cuivre agrémentaient le décor.

Les épaisses portes anciennes restaurées avec soin assuraient la confidentialité des conversations avec les clients.

Del, elle le savait, appréciait l'association d'un classicisme élégant avec la chaleur d'un style plus décontracté.

Laurel laissa derrière elle la chaleur étouffante pour la fraîcheur climatisée de l'accueil où Annie, avec qui elle avait été à l'école, officiait derrière son ordinateur.

Lorsqu'elle la reconnut, le sourire professionnel de la jeune femme se fit amical.

— Laurel, bonjour ! Comment vas-tu ? On ne s'est pas vues depuis des mois.

— On me garde enchaînée à mes fourneaux. Eh, mais tu t'es coupé les cheveux ! J'adore.

Annie agita légèrement la tête.

— Impertinent, non ?

— Absolument.

— Et ça ne me prend que deux minutes le matin pour me coiffer.

— Et sinon, comment ça va ?

— Très bien. On devrait prendre un verre un de ces quatre, histoire de papoter.

— Bonne idée. J'ai apporté ceci pour Del, dit Laurel en montrant la boîte à pâtisserie qu'elle tenait à la main.

— Si c'est comme le gâteau que tu as fait pour Dara, je viens juste de prendre deux kilos rien qu'en regardant la boîte, plaisanta la réceptionniste. Il est avec une cliente, mais je peux...

— Ne le dérange pas. Je te la confie.

— Je ne sais pas si on peut me faire confiance.

Laurel posa la boîte sur le comptoir en riant.

— Il y en a assez pour partager. Comme je devais venir en ville, je me suis dit que j'allais la déposer avant de...

Le téléphone sonna.

— Excuse-moi, fit Annie, qui décrocha. Brown et associés, bonjour.

Par souci de discrétion, Laurel s'éloigna et jeta un coup d'œil aux tableaux accrochés aux murs. Il s'agissait d'originaux, elle le savait. L'œuvre d'artistes de la région. Les Brown avaient toujours été des mécènes généreux, impliqués dans la vie locale.

Elle réalisa qu'elle ne s'était jamais demandé comment Del avait monté son cabinet. Après le décès de ses parents, se souvint-elle, et peu après la création de *Vœux de Bonheur*. Sans doute avaient-elles été parmi ses premiers clients, maintenant qu'elle y réfléchissait.

À l'époque de leurs premiers contrats, elle travaillait au *Willows*, s'efforçant de maintenir ses finances à flot. Elle était trop occupée, supposait-elle, et trop épuisée pour penser à Del, qui devait jongler avec les débuts de son cabinet, la succession de ses parents, et le montage juridique et financier de *Vœux de Bonheur*.

Ils se démenaient tous comme des fous, entre les projets, le démarchage, les essais et les petits boulots à temps partiel destinés à faire bouillir la marmite. Del, lui, n'avait jamais donné l'impression d'être bousculé. Sans doute le flegme légendaire des Brown.

Ils s'étaient tous serré les coudes à la mort des parents. Des moments difficiles. Mais le chagrin et les épreuves avaient aussi contribué à les souder.

Puis elle avait emménagé chez Parker et n'avait jamais vraiment pris le temps de regarder en arrière. Del avait toujours été présent, toujours disponible pour régler un tas de détails qui lui passaient, à elle, au-dessus de la tête. Elle en avait conscience, songeait-elle aujourd'hui, mais lui en avait-elle reconnu le mérite ?

Son regard fut attiré par la porte qui s'ouvrait. Un jeune couple entra, main dans la main, l'air heureux. Leurs visages lui étaient familiers.

— Cassie ?

Elle leur avait confectionné sa pièce montée Dentelle Nuptiale au printemps dernier. Mince, comment s'appelait son mari déjà ?

— Laurel ? Bonjour ! s'exclama la jeune femme, qui s'approcha pour lui serrer la main. Quel plaisir de vous revoir. Zack et moi avons justement montré nos photos de mariage à quelques amis l'autre soir, et parlé de celui de Fran et de Michael chez vous dans deux mois. J'ai hâte de voir ce que vous ferez pour eux.

Si elle s'était appelée Parker, elle se serait souvenue avec précision de Fran et de Michael, et de ce qui avait été prévu à ce jour.

Mais comme elle n'était pas Parker, elle se contenta d'un sourire.

— J'espère que qu'ils sont aussi heureux que vous en avez l'air.

— Je ne sais pas si c'est possible. Nous sommes sur un petit nuage.

— Nous nous apprêtons à acheter une maison, lui annonça Zack.

— Félicitations.

— C'est à la fois merveilleux et angoissant. Ah, voici Dara ! Tout le monde est pile à l'heure.

Sans doute Annie l'avait-elle prévenue, devina Laurel. Elle se retourna pour saluer la jeune femme.

— Oh, ce gâteau ! s'exclama celle-ci en lui donnant une brève accolade. Il était délicieux – et tellement mignon.

— Comment va le bébé ?

— En pleine forme. J'ai plusieurs centaines de photos que je pourrais vous montrer si vous ne vous échappez pas trop vite.

— J'adorerais les voir, intervint Cassie. J'adore les bébés, ajouta-t-elle avec un regard rêveur à l'adresse de Zack.

— D'abord la maison, ensuite le bébé.

— Pour la maison, je peux vous aider. Venez par ici, dit Dara.

Elle adressa un clin d'œil à Laurel, et les emmena dans son bureau, sur l'arrière.

À la réception, le téléphone sonna de nouveau. Laurel décida de s'éclipser. Au même instant, elle entendit la voix de Del.

— Essayez de ne pas vous inquiéter. Vous n'avez rien à vous reprocher. Je vais faire mon possible pour résoudre cette affaire rapidement.

— Je vous suis si reconnaissante, monsieur Brown. Je ne sais pas ce que je ferais sans votre aide. Tout cela est tellement...

La voix de la femme se brisa.

Laurel recula, mais elle eut le temps de voir Del poser un bras compatissant sur les épaules de sa cliente qui s'efforçait de contenir ses larmes.

— Excusez-moi. Je pensais avoir déjà assez pleuré dans votre bureau.

— Ne vous excusez pas, Carolyn. Vous allez rentrer chez vous et essayer de ne plus y penser. Prenez soin de votre famille et laissez-moi faire. Je vous appelle bientôt, promis.

— D'accord. Et encore merci pour tout.

Alors qu'il la raccompagnait à la porte, Del aperçut Laurel. Il parut surpris, puis il concentra de nouveau son attention sur sa cliente. Il lui murmura encore quelques mots sur le seuil avant qu'elle sorte.

— Regardez qui voilà. Bonjour, dit-il à Laurel.

— Désolée, je dérange. Je passais juste déposer quelque chose pour toi, puis un couple de clients de Dara que je connais est entré, du coup...

— Zack et Cassie Reinquist. Vous vous êtes occupées de leur mariage.

— Parker et toi avez un tableur à la place du cerveau, ma parole. Ça fiche la frousse. Enfin, bref, je file pour que tu puisses...

— Viens dans mon bureau. J'ai quelques minutes avant mon prochain rendez-vous. Qu'est-ce que tu m'as apporté ?

— Attends.

Elle retourna chercher la boîte sur le comptoir de l'accueil.

— Désolée pour les grandes eaux, lui murmura Annie, la main sur le combiné.

Laurel répondit d'un geste qui signifiait « ce n'est pas grave » et emporta la boîte.

— C'est un gâteau ? s'enquit Del.

— Non.

Il la fit entrer dans son bureau dont les hautes fenêtres laissaient entrer le soleil à flots. Au milieu de la pièce trônait le bureau qui avait appartenu à son père – et à son grand-père avant lui.

Laurel posa la boîte et ouvrit le couvercle.

— Je t'ai apporté des cupcakes.

— Des cupcakes ?

Perplexe, il jeta un coup d'œil dans la boîte.

— Ils ont l'air délicieux.

— Ils sont bons pour le moral, précisa-t-elle en le dévisageant.

De même qu'Emma avec elle, Laurel savait quand ça n'allait pas.

— Tu donnes l'impression d'en avoir besoin.

— Ah bon ?

Il se pencha et lui donna un baiser, l'air distrait.

— Que dirais-tu d'un café pour accompagner ces cupcakes ?

Elle n'avait pas prévu de rester – son emploi du temps était des plus serrés. Mais il semblait vraiment désirer qu'on lui change les idées.

— Pourquoi pas ? répondit-elle. Ta cliente paraissait bouleversée, enchaîna-t-elle, tandis qu'il se dirigeait vers le buffet Hepplewhite sur lequel se trouvait la machine à café. Mais tu ne peux sans doute pas en parler.

— En termes généraux, si. Sa mère est décédée récemment après une longue et douloureuse maladie.

— Je suis désolée.

— Elle s'occupait d'elle à domicile, et quand l'état de sa mère s'est aggravé, elle a pris un congé longue durée afin de s'en occuper à plein temps.

— Il faut beaucoup d'amour et de dévouement pour agir ainsi.

— En effet. Elle a un frère en Californie qui a fait régulièrement le déplacement pour l'aider, et une sœur à Oyster Bay. Mais celle-ci avait apparemment trop à faire pour venir plus d'une fois ou deux fois par mois, et encore.

Il tendit une tasse à Laurel, puis s'appuya contre son bureau. Il s'empara d'un cupcake, l'examina.

— Tout le monde n'est pas capable d'amour et de dévouement, commenta-t-elle.

— C'est vrai, murmura-t-il. Il y avait l'assurance maladie, bien sûr, mais elle ne couvrait pas tous les frais. Ma cliente a payé la différence sur ses propres deniers jusqu'à ce que sa mère s'en aperçoive et insiste pour lui faire une procuration sur son compte-chèques personnel.

— Une preuve d'amour. Et de confiance.

— Oui, approuva-t-il avec un sourire un peu las.

— On dirait que, malgré cette terrible épreuve, il existait un lien très fort entre ta cliente et sa mère.

— Oui, tu as raison. Le congé pesait sur les finances de la famille, mais ils l'assumaient. Le mari et les enfants donnaient un coup de main dès qu'ils en avaient la possibilité. As-tu idée du travail que cela représente de prendre soin d'un parent en fin de vie, grabataire, incontinent, dont l'état nécessite une alimentation spécifique et des soins constants ?

— Je ne peux que l'imaginer. Ce doit être exténuant, physiquement et émotionnellement.

— Deux années au total, dont six mois vingt-quatre heures sur vingt-quatre. Elle la lavait, la changeait, s'occupait de la lessive, des repas, de sa comptabilité, du ménage, lui tenait compagnie, lui faisait la lecture. La mère a modifié son testament, et laissé la maison et la majeure partie de ses biens à ma cliente. Elle est décédée récemment. Ma cliente et son frère avaient à peine pris les dispositions pour les funérailles que l'autre sœur contestait le testament. Elle accuse ma cliente d'abus de faiblesse en sa faveur. Elle ne décolère pas, et lui reproche en privé d'avoir dépouillé leur mère et de l'avoir montée contre elle.

Comme Laurel gardait le silence, Del posa sa tasse.

— Au début, reprit-il, ma cliente était prête à lui céder. Entre le chagrin et le stress, elle ne se croyait pas capable d'en supporter davantage. Mais son mari et son frère – et c'est tout à l'honneur de celui-ci – ne l'ont pas entendu ainsi.

— Et ils sont venus te voir.

— La sœur a engagé une avocate tout aussi rapace qu'elle. Je vais les démolir.

— Je mise sans hésitation sur toi.

— La sœur a eu sa chance. Elle savait sa mère mourante, mais n'a pas mis à profit le temps qui lui restait pour être avec elle, lui dire toutes ces choses pour lesquelles la plupart des gens pensent avoir l'éternité. À présent, elle réclame sa part, et est prête à se brouiller définitivement avec sa famille sans le moindre égard pour ma cliente déjà accablée de chagrin. Et tout ça pour quoi ? Pour l'argent. Je ne comprends pas comment on peut… Désolé.

— Tu n'as pas à l'être. En fait, je réalise que je n'avais jamais beaucoup réfléchi à ton métier. J'imaginais que tu faisais juste des trucs juridiques.

Il s'arracha un sourire.

— Je fais des trucs juridiques. Là aussi, il s'agit de trucs juridiques.

— Je veux dire, toute la paperasse qui agace le reste du monde. Et rédigée dans un jargon si ridicule que ça agace encore plus.

— Nous autres avocats tenons beaucoup à nos « attendus ».

— Avec ou sans jargon, il s'agit de la vie des gens. Tu ne peux pas effacer d'un coup de crayon la peine de ta cliente, mais elle doit déjà se sentir rassérénée à l'idée que tu la soutiens. Ton rôle est primordial, je m'en rends compte maintenant.

Elle lui caressa le visage avec tendresse.

— Mange donc un cupcake.

Sans doute pour lui faire plaisir, il prit une bouchée. Et cette fois, le sourire fut plus franc et alluma un pétillement dans son regard.

— Délicieux. Mon moral vient déjà de remonter de plusieurs crans. Maintenant que j'ai vidé mon sac, je réalise à quel point ce dossier me tient à cœur.

— C'est celui sur lequel tu travaillais hier soir ?

— Essentiellement, oui.

— Et auquel tu dois ta fatigue d'aujourd'hui. C'est rare que tu aies l'air épuisé. Je pourrais venir ce soir chez toi te préparer un dîner.

— Tu n'as pas une répétition pour la cérémonie de demain ?

— Pour ce soir, je peux m'organiser. Demain est un autre jour.

— Je devrais avoir l'air éreinté plus souvent. Et si je venais plutôt chez toi ? Ces derniers jours, je n'ai pas mis le nez dehors. Un petit changement d'air ne me ferait pas de mal. Et puis, tu m'as manqué.

Le cœur de Laurel fondit, et elle se glissa entre ses bras pour un baiser qui n'avait plus rien de distrait. Il avait la joue posée sur le sommet de son crâne quand l'interphone sonna.

— Client suivant, murmura-t-il.

— Je file. Partage les cupcakes.

— Peut-être.

— Si tu t'enfiles la douzaine, tu seras malade – et tu n'aurais plus faim du tout pour le repas. Mais souviens-toi quand même que je suis plus douée comme chef pâtissier que cuisinière.

— Je peux apporter une pizza, lui lança-t-il, et elle l'entendit rire dans le vestibule.

Del prit un moment pour finir café et gâteau tout en songeant à Laurel. Il n'avait pas eu l'intention de s'épancher ainsi. Il ne s'était pas rendu compte à quel point cette affaire le mettait en colère. Sa cliente ne le payait pas pour qu'il soit en colère, mais pour qu'il défende ses intérêts.

Ou plutôt le paierait, une fois qu'il aurait obtenu que la sœur soit déboutée. Il avait renoncé à son avance sur honoraires. Il pouvait se le permettre et se refusait à prendre un sou à cette femme après ce qu'elle avait enduré.

Mais il réalisait maintenant le bien que ces confessions lui avaient fait. Quelle libération de pouvoir se confier ainsi à une oreille attentive. Quelqu'un qui comprenait pourquoi ce dossier en particulier lui tenait à cœur.

Avec Laurel, nul besoin d'explication. Tout allait de soi. Un don inestimable, à ses yeux.

Et cette façon qu'elle avait eue de lui caresser la joue, à la fois simple et compatissante. Il en avait été ému jusqu'au tréfonds.

Comment pouvait-on connaître quelqu'un depuis toujours et se laisser encore surprendre ?

Avec cette question en tête, il posa le cadeau de Laurel près de la cafetière et sortit accueillir son client.

« J'aurais dû le laisser apporter une pizza », regretta Laurel, qui s'affairait dans la cuisine principale. Elle avait encore plusieurs gâteaux et autres desserts à terminer dans la sienne, et les ouvriers n'avaient rien trouvé de mieux que de choisir ce jour-là pour lui faire un bazar du diable.

Impossible de préparer un dîner là-bas.

— Je peux m'en charger pour toi, suggéra Mme Grady.

— Ce serait de la triche. J'entends ce que vous ne dites pas.

— Tu entends ce qu'à ton avis je ne dis pas, nuance, alors qu'en fait, ce que je ne dis pas, c'est que ce serait de la triche si tu prétendais l'avoir préparé toi-même.

Laurel s'interrompit un instant, très tentée par cette solution. Il lui suffirait d'expliquer à Del que Mme G leur avait mitonné le repas parce qu'elle-même était trop occupée. Cela lui serait égal, mais...

— Je lui ai dit que je cuisinerais. Et puis, vous sortez avec vos amies ce soir. Alors voyons, soupira-t-elle. Salade de crudités avec une petite sauce au vinaigre balsamique, linguine aux fruits de mer, pain maison. Simple comme menu, non ?

— Dis plutôt que tu es dans tous tes états à cause de ce repas. Et de lui.

— Je sais, mais je suis ainsi, je n'y peux rien. Tout doit être parfait, ce qui inclut aussi la présentation. Vous savez, madame Grady, ajouta Laurel, rajustant distraitement la pince qui lui maintenait les cheveux, si un jour j'ai des enfants, il me faudra sans doute vingt minutes pour parfaire celle d'un pauvre sandwich au jambon. Ils auront tous besoin d'une thérapie.

— Je suis sûre que tu t'en sortiras très bien.

— Je n'y avais jamais vraiment pensé. À avoir des enfants, je veux dire, précisa Laurel tout en sortant les tomates en grappe, carottes et autres crudités pour sa salade. Il y a toujours tellement à faire que je n'ai pas vraiment le temps de penser à l'avenir.

— Et maintenant tu y penses ? demanda Mme Grady, qui entreprit de passer les légumes sous l'eau.

— C'est le genre de question qui me trotte régulièrement dans la tête, oui. Peut-être une histoire d'horloge biologique.

— Ou peut-être le fait d'être amoureuse.

— Peut-être. Mais il faut que les deux soient amoureux pour faire des projets d'avenir. Aujourd'hui, j'ai rencontré un couple qui s'est marié ici au printemps dernier, enchaîna Laurel. Ils venaient au cabinet de Del régler certains détails juridiques pour l'achat d'une maison. C'est Dara qui s'occupait de leur dossier, et le bébé est venu dans la conversation. La femme a littéralement fondu, et son mari lui a dit « la maison d'abord, le bébé ensuite » ou un truc de ce genre. Un argument des plus raisonnables.

— Les bébés n'arrivent pas toujours au moment le plus raisonnable.

— Exact. La mariée de demain l'a appris à ses dépens. Je voulais juste dire que c'est raisonnable de planifier les étapes. De faire preuve de patience.

— On en manque par ici, commenta la gouvernante en lui passant brièvement la main dans le dos.

— Parfois, un peu. Je n'ai pas besoin de tout ce tralala – de tout qu'on vend ici. Ce n'est pas tant le mariage en lui-même qui compte à mes yeux que la promesse. Savoir que quelqu'un veut que je fasse partie de sa vie. Quelqu'un qui m'aime d'un amour exclusif. Ce n'est pas juste suffisant, c'est tout.

— Avec qui d'autre crois-tu que Del voudrait être ce soir ?

Laurel haussa les épaules.

315

— Je n'en sais rien. Ce que je sais, c'est qu'il sera content d'être avec moi. Ce n'est peut-être pas tout, mais c'est assez.

Le minuteur qu'elle avait programmé se déclencha.

— La barbe, il faut que je retourne dans ma cuisine. Ne vous occupez de rien, d'accord ?

— Je finis juste de laver les légumes, je les sèche et je les mets de côté. Ce ne sera pas de la triche.

— Vous avez raison. Merci.

Tandis que Laurel s'éloignait au pas de course, Mme Grady se demanda pourquoi celle-ci ne pouvait envisager que Del ait aussi envie de ce « tout » qu'elle évoquait.

— L'amour rend vraiment aveugle, murmura-t-elle.

Naturellement, la *seule* fois où Laurel avait besoin qu'une répétition se déroule sans anicroche, ce fut un véritable numéro de cirque avec une mariée en larmes – les hormones, sans doute –, la mère du marié dans les vapes à cause de la chaleur, et un garçon d'honneur qui l'était tout autant, mais pour avoir un peu trop fêté la répétition. Comme si cela ne suffisait pas, les deux enfants – qui étaient frère et sœur –, chargés de porter la corbeille et les alliances, avaient choisi l'événement pour laisser éclater au grand jour leur inimitié.

Toutes s'efforçaient de gérer la situation au mieux, mais Parker semblait sur tous les fronts à la fois : elle avait apporté de l'eau à la mère du marié, du café glacé au garçon d'honneur, tentait de calmer les enfants, et de changer les idées au futur marié inquiet.

La demoiselle d'honneur – et mère des deux gamins infernaux – faisait de son mieux pour rétablir l'ordre, mais, comme Laurel s'en fit la remarque en servant du thé glacé, la pauvre était dépassée.

— Où est le père ? souffla-t-elle à Emma.

— En voyage d'affaires. L'avion a eu du retard. Il est en route. Je vais emmener la fillette composer un petit bouquet, histoire de l'occuper. Tu pourrais peut-être te charger du garçon...

— C'est Carter le prof. C'est à lui de s'en occuper.

— Il a fort à faire avec le garçon d'honneur pompette. Je crois que la demoiselle d'honneur aurait besoin d'une petite pause. Elle aidera peut-être la mariée à se ressaisir. Mac et Parker géreront le reste.

— Bon, d'accord.

Laurel posa le thé glacé avec les verres sur la table et s'approcha du garçon.

— Viens avec moi.

— Pourquoi ?

— Parce que.

Il lui semblait que c'était une réponse qu'il pouvait comprendre, malgré sa mine rebelle. Il la suivit d'un pas traînant, non sans avoir lancé au passage à sa petite sœur un regard qui promettait une terrible vengeance.

— Je veux pas mettre un moking, marmonna-t-il.

— Moi non plus.

Il eut un rire moqueur.

— Les filles, ça met pas de moking.

— Elles peuvent si elles veulent, rétorqua Laurel.

Dans les cinq ans, estima-t-elle, et plutôt mignon. Ou du moins le serait-il s'il n'était pas aussi fatigué, énervé et boudeur.

— Mais demain, tu sais, tous les hommes en porteront un. Attends. Tu n'es peut-être pas assez grand pour en avoir un.

— Si, je suis assez grand ! protesta le gamin, indigné. J'ai cinq ans.

— Ouf, quel soulagement ! s'exclama Laurel avant de l'entraîner vers l'étang. Parce que ça gâcherait tout si on devait trouver quelqu'un d'autre d'ici demain pour porter les alliances. On ne peut pas se marier sans alliances.

— Pourquoi ?

— C'est comme ça. Tu as un travail très important, figure-toi.

— Plus que Tissy ?

La petite sœur, supposa Laurel.

— Son travail est très important aussi. C'est un travail de fille. Toi, tu as un travail de garçon. Elle n'a pas à porter de smoking.

— Même si elle veut ?

— Non. Regarde.

Elle lui montra les nénuphars. Près du bord, une des feuilles servait de flotteur à une grenouille verte.

À son arrivée, Del aperçut Laurel au bord de l'étang, sous les branches tombantes du saule. Elle tenait par la main un petit garçon aux cheveux aussi blonds que les siens.

Il tressaillit, ressentit un frémissement au creux du ventre. Il l'avait déjà vue avec des enfants. À un mariage, il y en a quasiment toujours. Mais là... Le tableau avait quelque chose d'émouvant, peut-être parce qu'il était trop loin pour distinguer leurs visages. Juste les cheveux blonds comme les blés, les mains jointes.

Alors qu'il les observait, ils rebroussèrent chemin. Le garçon avait les yeux levés vers elle qui le regardait.

— Hé, Del.

S'arrachant à sa contemplation, il se tourna vers Carter.

— Salut, comment ça va ?

— Maintenant, bien. Mais on a frôlé la catastrophe il y a dix minutes. Ça va bientôt commencer. Pour la deuxième fois.

— D'accord, je vois le genre.

— Je crois que Laurel... Tiens, la voilà.

Elle s'arrêta à la hauteur d'une femme qui portait une fillette calée sur la hanche, échangea quelques mots avec elle en riant, puis se pencha vers le garçon et lui murmura à l'oreille. Il la gratifia d'un grand sourire, comme si elle venait de lui promettre son poids en bonbons à vie.

Del se dirigea vers elle.

— Alors, tu t'es fait un nouveau copain ? lança-t-il quand il l'eut rejointe.

— On dirait. Nous avons pris du retard.

— Il paraît.

— Mais Parker va arranger ça, ajouta-t-elle à l'instant où celle-ci demandait à tout le monde de se mettre en place.

Del et Carter s'éloignèrent, tandis que Parker donnait ses instructions, secondée par les trois autres qui guidaient et mettaient en rang pour la procession.

La répétition se déroula cette fois sans encombre. Tout le monde paraissait content. Del surprit un échange de sourires complices entre Laurel et le garçon, alors que ce dernier s'avançait fièrement vers la pergola avec les alliances.

Quelques instants plus tard, Laurel fit signe à Del et disparut dans la maison.

17

Il la trouva en train de s'affairer dans la cuisine principale.

— Moi aussi, j'ai un peu de retard, s'excusa-t-elle. Ce n'est pas la ponctualité de Parker, mais...

Se mettant délibérément en travers de son chemin, il l'attira à lui et la gratifia d'un long baiser indulgent. Lorsqu'il la sentit commencer à succomber, juste un peu, il s'écarta.

— Euh... je disais quelque chose avant que mes neurones fondent ? s'enquit-elle.

— Tu parlais de ponctualité.

— Ah oui ! C'est ça. Bon, j'ai un excellent sauvignon blanc au frais. Ouvre-le donc. On va le goûter pendant que je m'active.

Il alla sortir la bouteille du réfrigérateur.

— J'aime quand mon principal travail, c'est d'ouvrir le vin. Alors, où était le problème avec la répétition ?

— Demande plutôt où il n'y en avait pas, répondit-elle en le regardant par-dessus son épaule. La mariée a appris cette semaine qu'elle était enceinte.

— Aïe.

— Ils ont bien pris la nouvelle. En fait, ils l'ont accueillie comme une bonne surprise.

— Tant mieux pour tout le monde.

— Certes, mais bonjour le stress – la mariée est fatiguée et encore plus émotive. En pleine répétition, la voilà qui fond en larmes. Ensuite, ce sont les deux gamins qui commencent à s'étriper. Du coup, la mère du marié se met dans tous ses états et fait un malaise à cause de la chaleur. Sans compter le garçon d'honneur qui avait déjà un peu picolé. La routine, quoi.

Laurel mit l'eau à chauffer pour les pâtes, versa un peu d'huile d'olive dans un poêlon, puis récupéra les ingrédients de sa salade que Mme Grady avait mis de côté.

— Heureusement que j'avais pris un peu d'avance, enchaîna-t-elle. J'espérais m'éclipser plus tôt de la répétition. Mais non, pas de bol. Merci, ajouta-t-elle lorsqu'il lui tendit un verre.

Après avoir bu une gorgée, elle entreprit de peler et d'émincer l'ail.

— Je me sens coupable que tu cuisines après une journée de travail chargée. Tu veux que je t'aide ? Je suis raisonnablement expérimenté pour couper des trucs.

— Non, tout est sous contrôle.

Pas mécontent de n'avoir rien à faire, Del la regarda mélanger l'ail et quelques morceaux de poivron rouge à l'huile frémissante.

— C'est nouveau.

— Quoi ?

— De te voir cuisiner. Ce genre de plat, je veux dire.

— J'aime bien m'y mettre de temps en temps. J'ai appris pas mal de choses avec Mme Grady et dans les restaurants où j'ai travaillé. C'est un changement de rythme intéressant. Quand tout marche comme prévu.

— Tu as toujours l'air de commander dans la cuisine. C'était censé être un compliment, précisa-t-il comme elle fronçait les sourcils.

— D'accord, tant que tu ne me ranges pas dans le même camp que Julio.

— Un camp complètement différent. Dans un autre pays, sur un autre continent.

Elle ajouta une noisette de beurre à l'huile, puis sortit les crevettes.

— Bien. Parce que je n'ai pas souvent de la compagnie dans ma cuisine – je ne préfère pas –, mais je n'ai pas pour habitude de lancer des couteaux.

Elle mit les crevettes dans l'huile et versa les pâtes dans l'eau bouillante.

— Tu as toujours les ingrédients et les différentes étapes en tête ?

— Parfois. Tu veux une leçon ?

— Certainement pas. Les vrais hommes ne cuisinent qu'au barbecue.

Laurel éclata de rire. Une cuillère en bois dans une main, une pince à pâtes dans l'autre, elle remua en même temps les linguine et les crevettes.

— Passe-moi le vin, veux-tu ?

— Alcoolo, plaisanta-t-il en s'exécutant.

Elle posa la pince et versa un bon verre de vin sur les crevettes.

Del fit la grimace.

— Quel dommage, un si bon vin.

— S'il est bon à boire, il l'est aussi pour cuisiner.

— Pas d'accord.

Avait-il jamais remarqué à quel point ses mains étaient habiles et efficaces ?

— Qu'est-ce qu'on mange ?

— En plat de résistance, linguine aux fruits de mer, répondit-elle avant de boire une gorgée de vin. En entrée, salade de crudités vinaigrette avec du pain maison aux herbes. Crème brûlée à la vanille Bourbon pour le dessert.

Il la dévisagea avec de grands yeux.

— Tu plaisantes ?

— Je sais que tu as un faible pour la crème brûlée, répondit-elle avec un haussement d'épaules. Quant à cuisiner, autant préparer quelque chose que tu aimes.

Del réalisa qu'il aurait dû lui apporter des fleurs, du vin ou... quelque chose. Mais l'idée ne lui avait pas traversé l'esprit tant il avait l'habitude de venir ici.

La prochaine fois, il n'oublierait pas.

Quand le vin se mit à frémir, Laurel baissa le feu et couvrit le poêlon. Puis elle goûta les pâtes et, les jugeant cuites, les égoutta.

Elle sortit une coupelle d'olives du réfrigérateur.

— Pour te faire patienter, dit-elle avant de s'attaquer à la salade.

— Tu te rappelles ce que je t'ai dit tout à l'heure ? Que tu as l'air de commander dans la cuisine ?

— Hon-hon.

— Eh bien, cet air-là te va magnifiquement bien.

Elle releva la tête avec dans le regard un étonnement si sincère qu'il en regretta d'autant plus de ne pas avoir pensé aux fleurs.

— Tu as déjà droit à une crème brûlée, parvint-elle à plaisanter.

— Tu es belle. Tu l'as toujours été. La cuisine ne fait que mettre ta beauté en lumière. Comme la danse celle du danseur, ou le sport celle d'un athlète. J'ai tellement l'habitude de te voir occupée avec ta pâtisserie que je ne regarde pas plus loin. Je dois faire attention à ne pas me conduire ainsi avec toi.

— Nous n'avons pas à faire attention quand nous sommes ensemble, voyons.

— Je pense que si. Encore plus parce que nous avons l'habitude l'un de l'autre.

De prendre soin l'un de l'autre était sans doute plus approprié, songea-t-il. N'était-ce pas justement ce que Laurel était en train de faire ? Lui préparer un repas dont elle savait qu'il l'apprécierait tout particulièrement, d'autant qu'il avait eu une journée pénible ?

— Veux-tu que je mette la table ? proposa-t-il.

— C'est déjà fait, répondit-elle, visiblement troublée, pour le plus grand plaisir de Del. Dans la salle à manger. Je me suis dit que...

— Bonne idée. Et Parker ?

— Elle fait ce que doit faire toute bonne amie : rester discrète ce soir.

— Parfait.

Laurel souleva le couvercle du poêlon, rajouta du beurre et quelques noix de Saint-Jacques avant de râper le zeste d'un citron sur le tout.

— Ça sent divinement bon.

— Pas mal, acquiesça-t-elle, assaisonnant les fruits de mer avec des herbes fraîches, du sel, du poivre, avant de mélanger. Encore quelques minutes de cuisson, plus quelques minutes encore à petit feu, et ce sera prêt. Plutôt fastoche comme recette.

— Pas tant que ça, je trouve.

— Je serais bien en peine de rédiger une plaidoirie – tout juste si j'en connais la définition exacte. J'imagine qu'on a choisi tous les deux des métiers avec la sécurité de l'emploi, dit-elle, croisant son regard. Les gens auront toujours besoin de manger ou d'un avocat.

— Qu'ils le veuillent ou non, dans le cas de l'avocat.

— Je n'ai pas dit ça, s'esclaffa-t-elle. Tiens, pour les bougies, ajouta-t-elle en lui tendant un allume-gaz. Tu peux aller les allumer, et emporter la salade dans la foulée ?

Elle s'était donné du mal, réalisa-t-il en pénétrant dans la salle à manger. Sans doute ne voyait-elle pas les choses de cette façon, devina-t-il en admirant les jolies assiettes, les bougeoirs élégants, les tournesols dans un grand vase bleu. Décidément, les femmes de cette maison n'avaient pas leur pareil pour créer de la beauté autour d'elles.

Il était vraiment chanceux.

Très chanceux, même, songea-t-il quelques instants plus tard alors qu'ils s'attablaient devant la salade, le pain tiède et le vin.

— Quand nous serons à la mer... commença-t-il.

— Tais-toi, je risque l'orgasme si je pense aux vacances.

— Vraiment ? fit-il, amusé, tandis qu'elle avalait sa première bouchée, le regard pétillant. Il faudra que j'en parle plus souvent. Mais revenons à nos moutons. Quand nous serons là-bas, je te préparerais des grillades sensationnelles. Les hommes s'occuperont des repas. Tu n'auras qu'à mettre les pieds sous la table.

— Ça marche. En fait, j'ai un calendrier dans mon bureau sur lequel je barre les jours. Comme quand j'étais gamine et que j'attendais la fin de l'école.

— La plupart des enfants n'ont pas d'orgasme quand ils pensent aux vacances. Pas que je sache, en tout cas.

— L'école te plaisait plus qu'à moi, argumenta-t-elle, ce qui le fit rire. Je préfère de très loin mon métier à l'école, reprit-elle après avoir avalé une gorgée de vin. N'empêche, je suis tout à fait prête à lui tourner le dos pendant quinze jours. J'ai envie de me réveiller quand le soleil est déjà levé, de paresser comme un lézard, et de bouquiner sans culpabiliser. Adieu tailleurs, talons hauts, réunions. Et toi ?

— Pareil pour moi – à part les talons. N'avoir d'autre décision à prendre que de choisir entre une bière ou une sieste. Un vrai bonheur.

— Je choisis la sieste, soupira Laurel, qui ferma les yeux.

— Un autre orgasme ?

— Non, juste un fourmillement. J'ai vraiment hâte. Avec Mac et Emma, on est tombées des nues quand Parker nous a annoncé que vous aviez acheté cette maison. Elle est belle ?

— Elle me plaît beaucoup. Parker m'a fait confiance. Elle ne l'a vue qu'en photo. C'est un bon investissement, surtout vu la situation économique actuelle. Nous avons fait une bonne affaire.

— Là, c'est l'avocat qui parle. Alors, elle est belle ?

— On entend la mer de chaque chambre et on la voit de chaque fenêtre qui donne sur l'océan. Il y a un étang, et on s'y sent à l'abri, comme retiré du monde.

— C'est bon, arrête. Je n'en supporterai pas davantage, dit-elle en se levant pour changer les assiettes. Je reviens tout de suite.

— Je peux…

— Non, je m'en occupe. C'est moi qui commande, tu te souviens ?

Il la resservit en vin, et sirotait le sien quand elle revint avec les linguine aux fruits de mer sur lesquelles elle avait ajouté quelques brins de romarin et de basilic frais.

— Laurel, ça m'a l'air franchement délicieux.

— Ne jamais sous-estimer l'importance de la présentation.

Elle le servit généreusement avant d'emplir sa propre assiette.

— C'est fabuleux ! s'exclama-t-il après la première bouchée. Impossible de culpabiliser maintenant. Peut-être un peu quand même à cause de Parker.

— Je lui ai laissé une assiette dans la cuisine. Elle viendra la chercher en catimini.

— Voilà qui tranquillise ma conscience. Évidemment, après un tel festin, je vais avoir envie qu'on recommence plus souvent.

— Il se peut qu'on trouve un arrangement si tu fais flamber ton barbecue de temps en temps.

— Marché conclu.

— Tu sais, j'ai failli t'appeler hier soir. J'étais justement d'humeur pour un barbecue, et puis je suis tombée sur Linda, et...

Del fronça les sourcils.

— Qu'est-ce qu'elle faisait là ? Parker lui a interdit de remettre les pieds ici.

— Tu connais Linda, elle n'en fait qu'à sa tête. Bref, après une scène désagréable, j'ai réussi à la faire déguerpir.

— Quel genre de scène ? voulut-il savoir.

Laurel ouvrit la bouche, puis se ravisa, et se contenta d'un haussement d'épaules.

— Une scène à la Linda. J'ai gagné, c'est ce qui importe.

— Que t'a-t-elle dit ?

— Que je n'avais pas autorité pour lui ordonner de partir, ce genre de truc. Je suis toujours sidérée qu'une femme comme elle ait pu donner naissance à une fille telle que Mac. Je ne sais pas si elle comprendra un jour que Mac n'a plus l'intention de se laisser mener par le bout du nez.

Voilà qui s'appelait dévier habilement la conversation. Del posa la main sur la sienne.

— Elle t'a contrariée.

327

— C'est Linda. Elle contrarie par le simple fait d'exister. Eh, on ne pourrait pas obtenir une ordonnance d'éloignement contre elle ? Avec comme argument que c'est une emmerdeuse finie.

— Pourquoi ne m'as-tu pas appelé ?

— Pour quelle raison ? Elle était partie.

— Non sans t'avoir d'abord contrariée.

— Del, si je t'appelais chaque fois que quelqu'un me contrarie, on passerait notre temps au téléphone. Elle est partie, et je suis allée piquer une tête dans la piscine avec Emma. Mais elle m'a coupé l'envie d'un barbecue. Ne la laissons pas gâcher nos linguine.

— Ça ne risque pas. Mais si elle revient, préviens-moi.

— D'accord.

— Non, promets-le. Je m'occuperai de son cas si elle remet les pieds ici, encore faut-il que je sois au courant.

— Pas de problème, c'est promis. Tu ne peux vraiment pas obtenir une ordonnance d'éloignement ?

— Il y a d'autres moyens. Mac ne voulait pas en entendre parler avant. Mais la situation a changé.

— Petite question d'ordre juridique. Vu qu'elle se trouvait sans autorisation sur une propriété privée, si je l'avais virée manu militari, aurait-elle pu me poursuivre pour voies de fait ?

De toute évidence, elle tenait tellement à ce qu'il lui sourie qu'il obtempéra de bonne grâce.

— La loi comporte certaines zones d'ombre. Et puis, je te ferais acquitter.

— C'est bon à savoir parce que, la prochaine fois, je ne serai peut-être pas aussi polie. Mais parlons de choses beaucoup plus gaies. Figure-toi qu'hier, j'ai reçu Sherry Maguire et son futur mari pour une dégustation. Ils sont vraiment adorables.

Ils passèrent le reste du repas à bavarder de tout et de rien. Mais dans un coin de sa tête, Del ne cessait de se demander ce qu'avait pu dire ou faire Linda pour déstabiliser ainsi Laurel.

Après le dîner, ils optèrent pour une promenade dans le parc – non sans avoir d'abord bien ri du mot que Parker avait laissé dans la cuisine :

Mes compliments au chef.
En remerciement pour le repas, je ferai la vaisselle.
Alors pas touche.

P.

Ils déambulèrent tranquillement dans les allées éclairées par la douce lumière du couchant. La chaleur étant moins suffocante à cette heure, et les fleurs exhalaient leurs délicats parfums avec une vigueur retrouvée.

Tandis que les premières étoiles s'allumaient dans le ciel, Laurel emmena Del jusqu'à l'étang pour lui montrer la grenouille. Comme il s'accroupissait afin de l'observer de plus près, elle secoua la tête.

— Tu es aussi fasciné que Kent, le gamin du mariage.

— On n'est jamais trop vieux pour une belle grenouille. Sacré morceau. Je pourrais sans doute l'attraper et te pourchasser avec, comme autrefois.

— Tu pourrais essayer, mais je cours plus vite aujourd'hui. Et puis, en général, c'était Emma que tu pourchassais.

— Avec elle, c'était plus drôle. Elle piaillait comme une folle. C'était le bon vieux temps.

Il s'assit sur les talons et parcourut le parc d'un regard empreint de nostalgie.

— L'été, j'aimais aller au bord de l'étang avant la nuit et m'asseoir dans l'herbe, raconta-t-il, joignant le geste à la parole. Je réfléchissais longuement en compagnie de mon chien, je regardais les lumières s'allumer dans la maison. Tu vois, là c'est la chambre de Parker. Enfin aujourd'hui. À l'époque, elle était là-bas.

Il désigna la fenêtre de l'index.

— Je me souviens. J'en ai passé, des heures heureuses, dans cette chambre, dit Laurel en s'asseyant près de lui. La suite nuptiale, désormais. Alors j'imagine que c'est encore une pièce heureuse. La tienne n'a pas changé. Je me rappelle quand tu as déménagé au deuxième étage. Pour avoir davantage d'intimité.

— Je n'en suis pas revenu que mes parents acceptent. Ils me faisaient confiance. Et puis, je n'avais pas le choix, je voulais ma chambre d'ado là-haut, même si ça me fichait un peu la frousse. J'ai dû corrompre le chien pour qu'il dorme avec moi. Il me manque.

Elle posa la tête sur son épaule.

— C'était un bon chien.

— Oh que oui. Parfois, j'ai envie de reprendre un chien, et puis je me rappelle que je ne suis vraiment pas souvent à la maison. Ce ne serait pas une bonne idée.

— Prends-en deux.

Il la regarda avec perplexité.

— Deux ?

— Ils se tiendraient compagnie en ton absence. Ils seraient copains, traîneraient ensemble, parleraient de toi.

L'idée ne semblait pas lui déplaire.

— Pas bête.

Del entoura les épaules de Laurel du bras et lui effleura les lèvres d'un baiser.

— Plus grand, je venais parfois ici avec des filles.

— Je sais. On t'espionnait.

— Vous n'avez pas fait ça.

— Bien sûr que si.

Elle ne put retenir un rire devant sa mine à la fois sidérée et déconfite.

— C'était à la fois distrayant et éducatif, expliqua-t-elle. Ces leçons nous ont permis d'avoir une longueur d'avance quand notre tour est arrivé.

— Je rêve !

— Avec Serena Willcott, c'était même du pelotage sérieux.

— D'accord, c'est bon. On referme l'album de souvenirs.

— Déjà à l'époque, tu savais t'y prendre. Je parie que tu y arriverais aussi avec moi.

Sur ce, elle s'empara de sa main, la fit remonter le long de son corps, la pressa doucement sur son sein.

— Tu vois ? Tu as de beaux restes.

— J'ai appris quelques nouveautés depuis Serena Willcott.

— Ah bon ? Et si tu les essayais sur moi ?

Il inclina la tête, lui picora les lèvres, puis les mordilla tout en titillant la pointe de son sein du bout des doigts.

— Pas mal.

— Si ça t'a plu, on peut aussi essayer ça.

Il glissa l'index le long de sa gorge jusqu'au premier bouton de son chemisier qu'il libéra avec dextérité.

— Pas trop vite, pas trop lentement, murmura-t-il contre sa bouche.

Il fit sauter le deuxième, puis le troisième, s'arrêtant dans l'intervalle pour effleurer la peau ainsi dévoilée.

— Tu as l'air d'avoir fait des progrès, en effet.

Le cœur de Laurel s'emballait déjà. Elle laissa échapper un petit gémissement approbateur lorsqu'il déposa une traînée de baisers brûlants le long de sa

331

gorge, puis une exclamation de surprise quand il glissa la main dans son dos et dégrafa son soutien-gorge.

— Bien joué, admit-elle. Et si on poursuivait à l'intérieur ?

Sans interrompre ses baisers et ses caresses, Del l'allongea dans l'herbe encore tiède de la chaleur du jour.

— Non, ici.

— Mais...

— Je ne crois pas que quatre gamines nous épient ce soir. J'ai envie de toi ici, près de l'eau, à la belle étoile.

Un frisson de désir ondula sur la peau de Laurel lorsqu'il gratifia les pointes tendues de ses seins de quelques habiles coups de langue. Del n'avait pas son pareil pour l'ensorceler, et elle succomba de bonne grâce.

Tandis que la nuit les enveloppait de ses voiles, une chouette toute proche lança son hululement à deux tons. Des rayons de lune scintillaient à la surface de l'étang, et sur le corps de Laurel lorsque Del entreprit de la déshabiller. Quand elle voulut s'asseoir pour déboutonner sa chemise, il la rallongea dans l'herbe.

— Pas tout de suite, murmura-t-il, balayant son corps nu d'un regard qui lui arracha un nouveau frisson. Tu n'imagines pas combien tu es belle.

Prenant son temps, il déploya tous ses talents pour attiser le désir qui couvait déjà furieusement en elle. À un moment, ivre de volupté sous sa bouche gourmande, elle eut l'impression que les étoiles explosaient tant le choc fut divin. Les ongles plantés dans ses épaules, les reins cambrés, elle s'abandonna aux délicieuses sensations qui la mitraillaient en rafales.

Sa chemise lui frôla les seins et elle gémit de nouveau.

Elle avait envie, une envie désespérée, de sentir sa peau contre la sienne D'être ainsi exposée à ses regards, nue alors que lui était encore habillé, accrut son excitation qui atteignit des sommets.

— Je t'en supplie, Del, prends-moi. Maintenant.

Avec fébrilité, Laurel tira sur les pans de sa chemise, déboucla sa ceinture et, avec son aide, eut tôt fait de le déshabiller.

Puis elle le fit basculer sur le dos, grimpa sur lui à califourchon et, telle une walkyrie déchaînée, le chevaucha avec une fougue que jamais au grand jamais elle aurait imaginé posséder.

Une cavalcade effrénée qui leur valut un orgasme digne du big-bang.

Elle avait juste voulu l'aguicher un peu – un prélude taquin aux choses plus sérieuses censées avoir lieu ensuite dans sa chambre. Et voilà qu'elle se retrouvait nue, haletante et un peu éberluée près de l'étang où les coassements de la grosse grenouille semblaient étrangement approbateurs.

Elle venait de faire l'amour en plein air avec Del à l'endroit où ils jouaient enfants. Était-ce bizarre ou merveilleux ? Elle n'aurait su le dire.

Il laissa sa main descendre le long de son dos jusqu'à ses fesses, et retour.

— Pelotage sérieux, tu disais ? Chérie, c'était carrément le grand chelem.

Elle fut obligée de rire, le souffle encore un peu court.

— Et si Mac et Carter, ou Emma et Jack avaient décidé de se balader dans le coin ?

— Ils ne l'ont pas fait.

— Mais si.

— Pas grave, répondit-il d'une voix aussi indolente que la main qui poursuivait ses caresses. Ils t'auraient entendue avant d'être assez près pour voir quoi que ce soit – et auraient poliment changé de direction avec des soupirs d'envie.

— Je ne fais pas de bruit pendant l'amour.

— Oh que si ! Des tas. Dignes d'un film porno. Si un jour tu cherches à rebondir, tente le coup avec les doublages.

— Tu exagères, je ne fais certainement pas...

Il la fit rouler sous lui, et happa la pointe d'un sein dans sa bouche. Elle ne parvint pas tout à fait à réprimer le gémissement qui lui avait échappé.

— Tu as entendu ? dit-il. Ce n'était pas moi.

— D'accord, si *Vœux de Bonheur* fait faillite, je pourrai toujours me reconvertir. C'est bon à savoir.

— Tu serais une star.

— Tu devrais peut-être me bâillonner.

Comme il redressait la tête avec un sourire plus qu'intéressé, elle sentit une vague de chaleur la submerger.

— Ou peut-être pas, après tout.

— On garde cette suggestion sous le coude, en option, décréta-t-il. Si on avait pensé à monter une tente, on aurait pu passer la nuit ici.

L'idée la fit ricaner.

— Quand as-tu fait du camping pour la dernière fois ?

— Je devais avoir douze ans.

— Tu vois, ce n'est pas ton truc. Ni le mien. Il va falloir se rhabiller et rentrer.

— On est tout moites, mais je peux arranger ça.

Il l'enveloppa de ses bras, et ils roulèrent sur le flanc. Et roulèrent, roulèrent encore.

Elle comprit trop tard ce qu'il avait en tête.

— Del, non !

Ils heurtèrent bruyamment la surface de l'eau. Par chance, elle ne but pas trop la tasse, et tandis qu'elle se débattait comme un beau diable pour remonter à la surface, Del riait à gorge déployée.

— Espèce de malade ! Il y a des grenouilles là-dedans ! Et des poissons !

Quelque chose lui frôla la jambe et elle poussa un cri strident. Elle voulut nager vers la rive, mais il l'attrapa.

— On est bien dans l'eau, non ?

— C'est plein de bestioles, protesta-t-elle en le repoussant.

— Je suis nu dans l'étang avec Laurel McBane. Et il y a des bestioles partout, plaisanta-t-il en la chatouillant sous l'eau.

Essoufflée, elle se cramponna à lui.

— Del... on va finir par se noyer.

— On verra bien.

Ils ne se noyèrent pas, mais elle eut à peine la force de se hisser hors de l'eau et de se laisser tomber dans l'herbe où elle reprit péniblement son souffle.

— On n'a jamais, mais alors *jamais* vu un truc pareil aux jumelles.

Il se redressa, sous le choc.

— Vous aviez des jumelles ?

— Évidemment. On ne s'approchait pas suffisamment pour y voir quelque chose sans jumelles. Mais la grenouille, elle, en a beaucoup trop vu.

— Elle gardera le silence si elle tient à garder ses cuisses.

Laurel réussit à tourner la tête. Elle croisa le regard de Del.

— Maintenant nous sommes nus et trempés.

— Mais heureux.

Elle sourit.

— Je ne peux pas dire le contraire. Mais comment va-t-on rentrer dans la maison, à présent ?

— Je suis un Brown. J'ai un plan.

Laurel se retrouva avec la chemise de Del, qui avait enfilé son pantalon, et ils emportèrent le reste roulé en boule. Toujours mouillés, et luttant pour ne pas rire, ils empruntèrent la porte latérale et foncèrent jusqu'à son appartement.

À peine la porte fermée, Laurel lâcha son fardeau.

— Sauvés ! s'exclama-t-elle. Maintenant, je suis gelée. J'ai besoin d'une douche bien chaude.

— De toute évidence. Si tu tiens à le savoir, tu as vraiment l'air de quelqu'un qui vient de faire l'amour dans l'étang.

Il l'enveloppa dans la chaleur de ses bras, direction la salle de bains.

— Del ? La prochaine fois que je t'invite à dîner, rappelle-moi de faire un peu d'exercice supplémentaire avant.

Laurel dormit comme dans un coma profond, et en émergea tout aussi groggy et désorientée quand son réveil sonna.

— Non, c'est une blague. Ce n'est quand même pas déjà le matin ?

Elle ouvrit un œil, déchiffra l'heure indiquée sur l'écran et, d'une tape résignée, éteignit l'alarme.

À ses côtés, Del marmonna quelques mots et tenta de l'attirer vers lui.

— Je dois me lever. Reste couché, et rendors-toi.

— Bonne idée, approuva-t-il avant de se retourner sous la couette.

Elle le fixa un instant, la mine renfrognée, puis sortit du lit et s'habilla dans le noir.

Dans sa cuisine, elle se prépara un café bien fort

et but la première tasse brûlante en passant en revue le programme du jour. Il aurait tout aussi bien pu être écrit en javanais.

Histoire de s'éclaircir les idées, elle se versa une deuxième tasse, ajouta une généreuse cuillerée de sucre et prit un muffin dans la boîte à gâteaux. Le café et le muffin à la main, elle sortit sur la terrasse.

C'était le moment de la journée qu'elle préférait. Juste avant l'aube. Juste avant que la lumière ne terrasse les ténèbres. Rien ni personne ne bougeait encore, et le monde lui appartenait.

D'accord, elle était fatiguée et deux heures de sommeil supplémentaires auraient été les bienvenues, mais la vue qui s'offrait à elle dans le silence du petit matin n'avait pas son pareil.

Elle grignota son muffin, sirota son café, et sentit que son cerveau se remettait à fonctionner à mesure que le ciel virait au rose pâle à l'est.

Elle parcourut l'horizon du regard, puis de nouveau les pelouses et les massifs, les terrasses et la pergola. Elle s'attarda sur l'étang qui scintillait légèrement, sur la silhouette encore vague du saule qui s'inclinait dessus.

Elle songea à la nuit passée, à Del endormi dans son lit. Et sourit.

La journée promettait d'être magnifique.

18

Les vacances. Laurel en sentait le doux parfum. Elles étaient à portée de main, et seraient déjà là sans ce maudit mariage qui n'en finissait pas.

Les événements du dimanche après-midi étaient en général plus simples. Brunch de bon ton ou thé élégant, qui se terminaient le plus souvent assez tôt pour laisser le temps aux invités de rentrer chez eux, peut-être de regarder un match ou un film.

Pas aujourd'hui. Il était 16 heures, le bal battait son plein et le champagne coulait à flot. Les mariés – des récidivistes d'une petite quarantaine d'années – dansaient sur les vieux tubes remixés par le DJ, tels deux adolescents déchaînés.

— Pourquoi ne rentrent-ils pas chez eux faire des galipettes sous la couette ? murmura Laurel en se penchant vers Emma.

— Ils sont ensemble depuis trois ans, dont plus d'un an de vie commune. Ils peuvent le faire quand ils veulent.

— Mais le jour des noces, c'est particulier quand même. À minuit, il sera trop tard. Nous devrions peut-être leur dire.

Emma lui tapota l'épaule.

— Tentant, très tentant. Mais nous sommes obligées de ronger notre frein jusqu'à 17 heures, soupira-t-elle avec un coup d'œil discret à sa montre.

— C'est quoi, ce pansement avec la Fée Clochette à ton doigt ?

— Mignon, non ? Ça me console presque de m'être méchamment entaillé le doigt alors que je rêvassais aux vacances pendant le boulot. Plus que quarante-neuf minutes à ma montre, et après, Laurel, deux semaines de farniente sur le sable chaud.

— J'en pleurerais rien que d'y penser, répondit Laurel, qui devait se gendarmer pour ne pas se balancer avec impatience d'un pied sur l'autre. Tout le monde a déjà fait ses bagages.

Elle dévisagea Emma avec un froncement de sourcils soupçonneux.

— Moi aussi, assura celle-ci.

— D'accord. Donc, dans quarante-neuf minutes, chargement des voitures. On va compter une vingtaine de minutes à cause du matériel de plage et des inévitables chamailleries. Ce qui nous fait soixante-neuf minutes. Dix de plus pour Parker, qui va vérifier et revérifier ses listes. Dans soixante-dix-neuf minutes, on sera sur la route. Les vacances commencent sur la route.

— Exact, confirma Emma tout en souriant à un petit groupe d'invités qui se dirigeaient vers le bar. Plus que soixante-dix-huit. Et deux heures après, nous siroterons des margaritas glacées sur la plage. Del aura préparé des margaritas au moins ?

— Il a intérêt, vu qu'il est déjà là-bas.

— Il fallait bien que quelqu'un parte à l'avance pour ouvrir la maison, faire les courses et s'assurer que tout est en ordre.

— Mouais. Pour l'heure, il est sûrement vautré dans une chaise longue avec une bière et les orteils en éventail. Mais j'essaie de ne pas lui en vouloir, parce que d'ici cent quatre-vingt-dix-huit minutes et des poussières, nous l'aurons rejoint. Mince, nous devons encore nous changer – vingt minutes supplémentaires. Deux cent dix-huit.

— Dix-sept, corrigea Emma. Non pas qu'on ait l'œil rivé sur la pendule.

— Nous siroterons des margaritas, et notre plus gros souci sera de décider le menu du dîner.

Elle pinça le bras de Parker qui passait par là.

— Aïe.

— Je m'assure juste qu'aucune de nous ne rêvasse. Le compte à rebours est lancé. Deux cent dix-sept minutes avant la margarita sur la plage.

— Deux cent soixante-dix-sept, rectifia Parker. Ils viennent de demander l'heure supplémentaire.

Les grands yeux chocolat d'Emma exprimèrent toute la tristesse du monde.

— Oh, Parker !

— Je sais, je sais. Mais c'est leur choix, leur argent, et nous ne pouvons pas refuser.

— Il pourrait y avoir une alerte à la bombe de la part d'un correspondant anonyme. Simple suggestion, se défendit Laurel devant le regard atterré de Parker. Je vais commencer à charger les cadeaux dans la limousine. Ça passera le temps. En cas de besoin, bipe-moi.

Superviser le transfert des cadeaux, auquel elle prit part activement, lui occupa l'esprit un moment. Elle monta ensuite s'assurer que tout était en ordre dans les deux suites nuptiales, avant de redescendre à la cuisine chercher les boîtes pour emballer ce qui restait de la pièce montée et autres desserts.

« Deux cent vingt-neuf minutes », se dit-elle.

À 18 heures pile, les quatre associées, flanquées de Jack et de Carter, saluaient le départ des nouveaux mariés et des derniers retardataires.

— Fichez le camp, bon sang, siffla Laurel avec un grand sourire. C'est ça, au revoir et bon vent.

— Quelqu'un sait peut-être lire sur les lèvres, la prévint Jack.

— M'en fiche, répliqua-t-elle, bravache, mais, par précaution, elle se glissa à demi derrière lui. Rentrez chez vous. Ah, voilà les derniers ! Pourquoi restent-ils là à jacasser ? Ils ont eu des heures pour le faire. C'est ça, *smack-smack*, et maintenant cassez-vous, par pitié.

— Ils montent dans leurs voitures, murmura Mac dans son dos. Voilà, ils démarrent, annonça-t-elle, les mains crispées sur les épaules de Laurel. Ils remontent l'allée... Ils sont presque sur la route... Victoire !

— Vive les vacances ! cria Laurel. Dispersion générale, tout le monde va chercher ses affaires.

Elle fonça à l'intérieur et gravit l'escalier quatre à quatre.

Un quart d'heure plus tard, vêtue d'un débardeur sur un corsaire, chapeau de paille sur la tête et sandales aux pieds, elle traîna ses sacs au rez-de-chaussée. Elle fronça les sourcils en apercevant Parker.

— Comment as-tu fait pour aller plus vite que moi ? J'ai été hyper rapide et hyper efficace. Une vraie tornade.

— J'ai plus d'une corde à mon arc, ma chère. Bon, j'amène la voiture devant.

Mme Grady les rejoignit alors qu'elles chargeaient leurs bagages, et déposa un sac isotherme sur le siège avant.

— Des provisions pour la route. De l'eau fraîche, quelques fruits, du fromage et des crackers.

— Vous êtes une perle, déclara Laurel, qui se retourna pour la serrer dans ses bras. Changez d'avis, venez avec nous.

— Jamais de la vie. Deux semaines de tranquillité ici, ça me va très bien.

Un bras sur les épaules de Laurel, elle observa Parker.

— Vous m'avez l'air pressées de filer, toutes les deux. Et jolies comme des cœurs avec ça.

— Les vacancières de Southampton, dit Parker avec une pirouette stylée. Vous allez nous manquer.

— Bien sûr que non, répondit Mme Grady avec un sourire, comme Parker l'embrassait sur la joue. Mais vous serez contentes de me revoir à votre retour. Ah, voici le deuxième groupe ! annonça-t-elle tandis que la voiture de Mac et de Carter se garerait derrière celle de Parker. Veillez à ce qu'elle n'oublie pas de se tartiner d'écran total, rappela-t-elle à Carter, sinon notre rousse préférée grillera comme une tranche de bacon.

— On a fait des stocks.

Elle lui tendit un autre sac isotherme.

— Pour la route.

— Merci.

— Emma est en retard, naturellement, fit remarquer Parker après avoir consulté sa montre. Carter, tu es au milieu du convoi. Comme ça, tu ne resteras pas à la traîne.

— À vos ordres, commandant.

— Tu as programmé l'itinéraire sur ton GPS au cas où ?

— Pas de problème, on est prêts, intervint Mac, qui ajusta la visière de sa casquette de base-ball.

— Il y a environ deux heures dix de trajet, commença Parker.

Laurel coupa le son et se concentra sur la maison d'Emma dans l'espoir de la faire s'activer grâce à sa seule volonté.

— Ça a marché ! s'exclama-t-elle. La voilà ! Au revoir, madame Grady. Si vous vous ennuyez, passez nous voir.

— C'est peu probable.

La mine grave, Parker posa les mains sur ses épaules.

— Pas de fiestas à tout casser en notre absence. Pas de garçons. Ni drogue ni alcool.

— Ça ne me laisse pas grand-chose, commenta Mme Grady, qui l'étreignit en riant. Oublie un peu d'être une fille sage, lui murmura-t-elle à l'oreille. Amuse-toi.

— C'est le premier point sur ma liste.

Laurel monta dans la voiture, tandis que Mme Grady tendait le troisième sac de provisions à Emma. Il y eut encore des embrassades, et Laurel s'autorisa un petit bond sur son siège quand Parker s'assit au volant.

— Cette fois, ça y est.

— Eh oui, ça y est, répondit Parker, qui mit le contact et alluma le GPS. En avant !

Laurel poussa un cri de cow-boy lorsqu'elles s'engagèrent dans l'allée.

— Je sens déjà le sable dans mes chaussures, la brise salée sur mes cheveux. Tu dois avoir hâte d'arriver. C'est toi la propriétaire, et tu n'as même pas encore vu la maison.

— Copropriétaire, corrigea Parker. J'ai vu plein de photos à l'agence immobilière, plus celles que Del a prises.

— Je n'arrive pas à croire que toi, entre tous, tu l'aies meublée par téléphone et Internet.

— Il n'y avait pas d'autre solution. Je n'avais pas le temps d'aller sur place. Et puis, c'est une méthode très efficace, surtout pour ce que je considère essentiellement comme un placement. Nous avons aussi racheté quelques meubles que les anciens propriétaires ne souhaitaient pas emporter. Il reste encore des tas de bricoles à régler. Ce sera amusant de choisir les affaires qui manquent, ou de décider de quelques travaux de peinture.

— Qu'as-tu envie de faire en premier au réveil, demain matin ?

— Essayer la salle de gym, puis me balader sur la plage avec une grande tasse de café. Ou alors un jogging sur la plage à la place de la gym. Oui, c'est ça, un jogging sur la plage.

— Sans ton BlackBerry ?

— Je ne sais pas si j'oserai aller jusque-là. Je risque le manque. Et toi, de quoi as-tu envie ?

— La beauté de la chose, c'est que je n'en sais rien. Mac prendra des photos. Emma se posera sur la plage et contemplera l'eau avec des soupirs d'aise. Toi, admets-le, tu vérifieras tes messages sur ton ordinateur et ton portable juste après ta gym et ta balade. Ou ton jogging.

Parker haussa les épaules.

— Sans doute, mais ensuite je prévois aussi beaucoup de farniente avec des soupirs d'aise.

— Et tu commenceras à dresser la liste de tout ce que tu veux ajouter ou changer dans la maison.

— À chacun ses petits plaisirs de vacances.

— C'est vrai. Et merci d'avance.

— Pour quoi ?

— Pour les deux semaines dans ta maison de Southampton. On est copines et associées, d'accord, mais tu aurais pu décider de les passer sans nous.

— Qu'est-ce que je ferais sans vous ?

— Voilà une question à laquelle nous n'avons jamais eu à répondre.

Laurel ouvrit le sac isotherme et en sortit deux petites bouteilles d'eau. Elle les déboucha, en posa une dans le porte-gobelet et trinqua avec la sienne.

— Aux vacancières de Southampton.

— Absolument.

— Un peu de musique ?

— Et comment.

Laurel alluma l'autoradio.

L'atmosphère changea lorsqu'elles passèrent à l'est de New York et s'enfoncèrent sur l'étroite presqu'île. Elle abaissa sa vitre et se pencha à la fenêtre.

— Je sens déjà la mer. Enfin, je crois.

— Il nous reste encore la moitié de la route à faire, dit Parker, qui croqua dans un quartier de pomme. Tu devrais appeler Del pour lui dire à quelle heure nous devrions arriver.

— Bonne idée, parce que, en plus de mon envie de margarita, j'aurai une de ces fringales. Je lui suggère d'allumer le barbecue ? Il y en a un au moins ?

— C'est lui qui a choisi la maison, Laurel.

— Alors il y en a un. Hamburger, poulet ou steak ?

— Tu sais quoi ? Pour le premier soir des vacances, je dirais un bon gros steak.

— Je passe la commande.

Elle sortit son téléphone et composa le numéro de Del.

— Salut ! Où êtes-vous ?

Elle jeta un coup d'œil au GPS et le lui indiqua.

— Vous avez eu de la circulation ?

— Non, du travail. La fête était si réussie qu'ils ont fait durer le plaisir une heure de plus. Mais nous avançons bien. Parker a placé Carter entre Jack et nous, il est obligé de tenir le rythme. Nous souhaiterions passer commande de margaritas glacées et de bons gros steaks grillés.

— Nous serons heureux de vous servir. Hé, écoute ça !

Dans l'écouteur, elle entendit un grondement lointain.

— La mer ! Écoute, Parker.

Elle plaqua son portable contre l'oreille de son amie.

— C'est *notre* mer. Tu es sur la plage ? s'enquit Laurel lorsqu'elle eut de nouveau Del au bout du fil.

— Je viens juste d'y descendre.

— Amuse-toi bien, mais pas trop, jusqu'à notre arrivée.

— Je vais me retenir. Oh, sais-tu si Malcolm a pris la route ?

— Non. Il est censé venir ce soir ?

— Il n'était pas sûr. Je vais l'appeler. À tout à l'heure.

— J'ai hâte. Malcolm sera peut-être là ce soir, annonça Laurel après avoir replié son téléphone.

— Charmant.

— Arrête, Parker, il est sympa.

— Je n'ai pas dit le contraire. Je ne me suis pas encore habituée au changement dans notre dynamique de groupe, voilà tout.

— Et puis, il a cette façon de regarder qui semble dire : « Ça te tente, chérie. »

— Précisément, confirma Parker. Ça ne me plaît pas. Ce type est un dragueur doublé d'un fanfaron.

— D'accord, mais au moins il ne cache pas son jeu. Tu te souviens de ce type avec qui tu es sortie une ou deux fois ? Geoffrey – prononcé à l'anglaise, s'il vous plaît. Le magnat du vin ou je ne sais plus quoi.

— Il avait des parts dans des vignobles.

— Et parlait couramment le français et l'italien, était un cinéphile averti et skiait à Saint-Moritz. Pour finir, sous son vernis culturel, il s'est révélé un gros rustre sexiste.

— Mon Dieu, c'est vrai, il était atroce, soupira Parker, qui secoua la tête à ce souvenir. D'ordinaire, je les repère de loin, mais celui-là a échappé à mon radar. Regarde.

Laurel tourna la tête et aperçut un pan d'océan.

— Cette fois, c'est pour de vrai, murmura-t-elle. Quelle chance on a, Parker.

Elle pensa la même chose une heure plus tard, avec un soupçon de stupéfaction, lorsqu'elle découvrit la maison.

— C'est là ?

Parker confirma.

— C'est ça, ta maison de vacances ? J'appellerais plutôt ça un château.

— C'est grand, mais nous sommes nombreux.

— Elle est magnifique. Elle semble avoir toujours été là tant elle s'intègre dans le paysage, et pourtant elle fait neuve avec ses lignes contemporaines.

— C'est vrai qu'elle est magnifique, approuva Parker. J'espérais que ce n'étaient pas juste les photos. Et l'endroit est si tranquille. Tu as vu l'étang ?

Ensemble, elles admirèrent les perspectives du toit, la longue enfilade de fenêtres, le charme des terrasses, l'élégant belvédère.

Tandis que Parker remontait l'allée en direction de la maison, Laurel aperçut un court de tennis et une piscine.

C'étaient dans des moments comme celui-ci qu'elle se rappelait que Del et Parker n'étaient pas aisés, mais carrément fortunés.

— J'adore les angles, dit-elle. On doit voir la mer ou l'étang de chaque pièce.

— La propriété se situe en partie dans une réserve naturelle. C'est ce que nous voulions, Del et moi. Un endroit préservé que nous pourrions protéger. Je crois qu'il a trouvé la perle rare.

— J'ai hâte de voir le reste.

À cet instant, Del apparut sur la terrasse de devant et descendit les marches. Et Laurel oublia aussitôt le reste.

Il avait l'air si détendu – pantalon de toile, tee-shirt, pieds nus. Et ses lunettes de soleil n'arrivaient pas à dissimuler le bonheur qui illuminait son visage.

Elle descendit de voiture la première, et il tendit la main pour s'emparer de la sienne lorsqu'il la rejoignit.

— Te voilà enfin.

Il se pencha pour l'embrasser.

— Jolie petite bicoque, commenta-t-elle.

— N'est-ce pas ?

Parker sortit à son tour, contempla longuement la maison, puis la mer, et hocha la tête.

— Beau boulot.

Elle se glissa sous le bras qu'il levait, et tous trois demeurèrent un moment immobiles à admirer les lieux.

— Je crois qu'elle fera l'affaire, décréta Del.

Les autres arrivèrent et, avec eux, le bruit et l'agitation. Après un concert d'exclamations, ils entreprirent de décharger les voitures et de rentrer les bagages.

Les impressions s'enchaînèrent à un rythme rapide – le soleil, les volumes, le bois ciré, les teintes douces. Chaque fenêtre s'ouvrait sur un tableau d'eau et de sable, solitude et sanctuaire, la promesse d'un endroit où s'asseoir ou d'un sentier à emprunter.

Les hauts plafonds et la circulation fluide entre les pièces ajoutaient une touche agréable de liberté informelle à l'élégance sobre du mobilier. Un lieu, songea Laurel, où l'on pouvait mettre les pieds sur la table à son aise ou siroter du champagne en tenue de soirée.

Les Brown, admit-elle, étaient doués.

La cuisine la ravit avec ses kilomètres de plan de travail couleur miel. Les placards aux vitres texturées servaient d'écrins à la vaisselle simple en porcelaine de couleurs vives et aux verres étincelants. Elle ouvrit les tiroirs du casserolier et soupira d'aise en découvrant qu'ils contenaient tout le nécessaire. Les larges fenêtres de part et d'autre des éviers ouvraient sur le spectacle des vagues qui venaient se fracasser sur la plage.

Alors qu'elle poursuivait son inventaire, elle entendit Jack crier :

— Un flipper !

Il y avait donc une salle de jeux quelque part, mais, pour l'instant, elle s'intéressait davantage à la cuisine, la salle à manger spacieuse, la proximité de la terrasse pour les repas à l'extérieur.

Del lui tendit une margarita.

— Comme promis.

Elle porta le verre givré à ses lèvres, but une gorgée.

— Cette fois, c'est officiellement les vacances.

— Je nous ai choisi une chambre. Tu veux la voir ?

— Bien sûr. Del, cet endroit est... Il dépasse de loin ce que j'avais imaginé.

— En bien, j'espère.

— Plutôt dans le genre « j'en reste baba ».

Elle jeta un coup d'œil dans les pièces en passant. Un petit salon, une vaste salle de séjour, les toilettes. Ils gravirent l'escalier en bois brut. Sur le palier, Del poussa une porte. Laurel entra dans la chambre, et découvrit une rangée de fenêtres qui dominaient l'océan. Elle s'imagina aussitôt allongée paresseusement sur les draps immaculés du lit à baldaquin en fer forgé. Aux portes-fenêtres ouvertes sur la terrasse, des rideaux vaporeux voletaient dans la brise.

— C'est magnifique, souffla-t-elle. Tout bonnement magnifique. Et écoute.

Fermant les yeux, elle se laissa submerger par le roulement sourd de l'océan.

— Va jeter un coup d'œil là.

Il lui indiqua une porte, et elle pénétra dans la salle de bains.

— D'accord, fit-elle en tapotant le bras de Del. Je me verrais bien vivre ici. Il se peut même que je ne sorte jamais de cette pièce.

Posée sur un carrelage couleur sable, une imposante baignoire trônait devant une baie panoramique. À travers la paroi vitrée de la douche, elle admira la colonne à jets multiples et le banc en marbre.

— C'est une douche hammam, expliqua-t-il, et elle faillit laisser échapper un gémissement.

Des vasques ayant la forme et la couleur de coquilles Saint-Jacques servaient de lavabo. Le mur au pied de la baignoire était doté d'une petite cheminée à gaz et d'un téléviseur à écran plat. Du coup, plutôt que sur le lit, elle s'imagina se prélassant dans un bain moussant.

Les miroirs des placards reflétaient le carrelage, les robinetteries rutilantes, les jolies aquarelles accrochées aux murs.

— Cette salle de bains est plus grande que mon premier appartement, fit remarquer Laurel.

Mac fit irruption dans la pièce en agitant les bras.

— La salle de bains est... Mazette, regardez-moi celle-ci ! Peu importe. Tu verrais la salle de bains !

Et elle disparut comme elle était venue.

— Quel succès, s'esclaffa Laurel.

Une heure plus tard, la viande grillait sur le barbecue et le groupe au grand complet était rassemblé sur la terrasse. Ou presque, réalisa Laurel, car quelqu'un manquait à l'appel.

— Où est Parker ?

— Partie faire une balade en solo, soupira Emma, qui sirotait son cocktail. Elle prend des notes.

Étendue dans une chaise longue, d'énormes lunettes de soleil sur le nez, et un chapeau de paille à large bord sur la tête, Mac agita les orteils.

— Je resterais bien vautrée ici les deux semaines entières, sauf qu'il y a sûrement des tas d'autres endroits incroyables pour flemmarder.

Jack porta la main d'Emma à ses lèvres.

— Il faut qu'on aille faire un tour sur la plage, dit-il.

— Absolument.

— C'est un endroit génial pour observer les oiseaux, intervint Carter. Tout à l'heure en me baladant, j'ai aperçu un puffin cendré et... Alerte intello, termina-t-il, les joues légèrement empourprées.

— Moi aussi, j'aime les oiseaux, assura Emma. Del, je t'aide pour le dîner quand tu veux.

— Laisse, j'y vais, décréta Laurel qui s'arracha à son fauteuil. Comme ça, pour le prochain dîner, ce sera un autre couple qui s'y collera. Je vais improviser un accompagnement pour les steaks.

Et puis elle avait envie de jouer dans cette toute nouvelle cuisine.

Elle faisait revenir des pommes de terre nouvelles cuites à la vapeur dans un mélange de beurre fondu, ail et aneth quand Parker fit son entrée.

— Besoin d'un coup de main ?

— Non, c'est bon. Del a dû faire les courses dans une ferme sur la route. Très futé de sa part.

— Il est plutôt malin, confirma Parker, qui parcourut une fois de plus la pièce du regard. Je suis déjà amoureuse de cette maison.

— Moi aussi. Le panorama, l'air, les sons. Et la maison en elle-même est incroyable. Tu comptes faire beaucoup de changements ?

— Non. Plutôt des adaptations.

Elle s'approcha d'une fenêtre ouverte. Les voix et les rires lui parvinrent, portés par la brise.

— Voilà un son agréable. Je parie que cet endroit est superbe même en hiver.

— Tu lis dans mes pensées. Je me disais justement qu'on a presque toujours une période creuse d'une semaine environ après les fêtes de fin d'année.

— J'y ai songé aussi. Peut-être. Del a l'air si heureux. Entre autres grâce à toi.

Les mains de Laurel s'immobilisèrent.

— Tu crois ?

— J'en suis sûre. De là où je suis, je le vois s'occuper du barbecue pendant que tu prépares le reste ici. C'est touchant. Ça me rend heureuse, Laurel. Je vous aime tellement, tous les deux.

Parker se détourna de la fenêtre.

— Bon, où mange-t-on ? À l'intérieur ou dehors ? s'enquit-elle.

— Par une aussi belle soirée ? Dehors, sans hésitation.

— Je vais mettre la table.

Après le dîner, ils firent une balade digestive le long de la plage, pataugeant dans l'eau, contemplant les lumières des navires qui passaient au large. Quand l'air fraîchit, Laurel se prit à rêver d'un bain à la lueur du feu de cheminée.

Mais son rêve éclata comme une bulle de savon : direction la salle de jeux et sa cacophonie.

Jack et Del s'affrontaient à n'en plus finir dans un tournoi de flipper acharné lorsque Laurel décida de jeter l'éponge. Elle trouva refuge dans la chambre et s'accorda le bain tant espéré. Lorsqu'elle enfila une chemise de nuit pour sortir sur la terrasse, elle réalisa qu'elle n'avait pas regardé sa montre depuis des heures.

Voilà ce qu'elle appelait des vacances.

— Je me demandais où tu étais passée.

Elle pivota pour faire face à Del.

— Je vais devoir m'entraîner sérieusement avant de pouvoir vous défier au flipper, Jack et toi. Je viens de prendre un bain sensationnel devant la cheminée. J'avais l'impression d'être l'héroïne de mon propre roman.

Il l'entoura de ses bras, et elle laissa sa tête reposer sur son épaule.

— Si j'avais su, je t'aurais tenu compagnie dans la baignoire, et nous aurions écrit une scène d'amour. Alors, bonne journée ?

— Un vrai bonheur. La maison, le paysage, le bon air, les amis.

— Dès que j'ai vu cette propriété, j'ai su que c'était ce qu'il nous fallait.

— Je n'ai jamais posé la question à Parker, mais je me suis toujours demandé pourquoi vous aviez vendu la maison d'East Hampton.

— Nous ne pourrions jamais vendre celle de Greenwich. C'est notre foyer, notre point d'ancrage. Le souvenir de maman et de papa là-bas nous apporte un certain réconfort. Dans celle d'East Hampton, en revanche... Nous savions tous les deux qu'il nous serait impossible de nous y sentir bien un jour. Ici, c'est comme un nouveau départ. Nous y forgerons d'autres souvenirs.

— Parker l'adore déjà. Je sais que c'est important pour toi. Et même si elle ne me l'avait pas dit, ça se voit. On l'adore tous. Merci d'avoir trouvé l'endroit idéal.

353

— De rien, répondit Del, avant de presser la bouche au creux de son cou. Tu sens vraiment très bon, murmura-t-il.

Elle sourit en sentant sa main descendre le long de son dos, leva le visage vers lui et effleura ses lèvres des siennes.

— Et si on écrivait cette scène d'amour ? suggéra-t-elle.

— Bonne idée.

D'un geste un brin grandiloquent, il la souleva dans ses bras.

— On pourrait commencer comme ça.

— Un grand classique. Et pour cause.

Peut-être existait-il bonheur plus parfait ailleurs, mais Laurel était bien incapable de le concevoir. Son horloge interne persistait à la réveiller avant l'aube, mais elle savoura le luxe de savoir qu'elle n'avait pas à se lever et se pelotonna contre Del, bercée par le grondement lointain de l'océan.

Le lever du soleil sur la mer fut si spectaculaire qu'elle se leva pour l'admirer de la terrasse. Avec ses dégradés de rose, violine et or, elle avait l'impression d'un tableau peint spécialement pour elle.

Inspirée, elle enfila un débardeur et un short, puis dévala les marches de la terrasse. Parker se tenait au pied de l'escalier, en tenue de jogging elle aussi, ses longs cheveux bruns attachés en queue-de-cheval sous une casquette blanche.

— Déjà debout ? fit Laurel.

— Et comment.

— C'est quoi, notre problème ?

— Quel problème ? Les autres dorment pendant les vacances, alors que nous les dégustons jusqu'à la dernière miette.

— Tu as raison. Cette plage n'attend que nous.

Elles s'échauffèrent sur le sentier, puis s'élancèrent sur le sable humide à un rythme tranquille. N'éprouvant pas le besoin de parler, elles se contentèrent d'accorder leurs foulées en suivant le bord de l'eau.

Des oiseaux volaient en rase-mottes au-dessus des vagues, plongeaient à pic dans l'eau ou s'ébrouaient dans l'écume à grand renfort de piaillements. Carter connaîtrait sans doute leur nom, songea Laurel, mais leur simple présence lui suffisait.

Au retour, elles conservèrent le même rythme régulier jusqu'à ce qu'elles arrivent en vue de la maison. Laurel ralentit et toucha le bras de Parker.

— Regarde, c'est là qu'on va.

— Tu vas me haïr, mais je me dis que cette maison serait fabuleuse pour des mariages décontractés sur la plage.

— Je ne sais pas pourquoi, mais j'ai comme une envie de t'étrangler.

— Je ne peux pas m'en empêcher. C'est vrai qu'elle est fabuleuse, cette maison.

— Combien d'appels as-tu pris depuis notre arrivée ?

— Juste deux. Bon d'accord, trois, mais que des affaires faciles à régler. Regarde, je suis en train de faire un jogging sur la plage, et maintenant, je meurs d'envie d'un bon café. En fait… la dernière arrivée s'y colle !

Parker piqua un sprint vers la dune. Laurel réagit au quart de tour, mais elle savait déjà qu'elle préparerait le café. Parker courait comme une dératée.

Une fois sur la terrasse, elle se plia en deux, les mains sur les genoux, le temps de reprendre son souffle.

— J'avais prévu de faire le café de toute façon, haleta-t-elle.

355

— C'est ça.

— Ça m'énerve que tu sois à peine essoufflée, mais je le ferai quand même. Et aussi des œufs sur le plat.

— Sérieux ?

— Je suis d'humeur.

Les autres descendirent sans se presser, sans doute attirés par l'odeur du café et la musique que Parker avait mise en sourdine.

Del s'adossa au comptoir et passa les doigts dans ses cheveux ébouriffés.

— Pourquoi n'es-tu plus au lit avec moi ?

— Parce que j'ai déjà un jogging de quatre kilomètres et ma première tasse de café derrière moi, répondit Laurel en lui tendant une tasse. Là, je suis en train de prendre mon petit déjeuner et, dans ma grande générosité, je suis prête à t'en faire profiter.

— D'accord.

Il avala une grande gorgée de café, puis sortit sur la terrasse et se laissa choir sur une chaise longue.

Occupée à couper des fruits, Emma leva les yeux au ciel d'un air qui signifiait clairement *ah, les hommes !*

— Je passe l'éponge pour aujourd'hui, parce que je suis d'excellente humeur, déclara Laurel.

Un bruit de moteur la fit s'interrompre.

— Qui ça peut être ? s'interrogea-t-elle en s'approchant de la fenêtre.

Dehors, Parker posa un pichet de jus d'orange sur la table et jeta un coup d'œil en contrebas. Elle aperçut Malcolm Kavanaugh qui enlevait son casque de moto. Il secoua ses cheveux et se dirigea vers la maison.

— Beau petit coin, lança-t-il à Del du bas des marches avant de le rejoindre.

Il décocha un petit sourire à Parker.

— Comment ça va, Belles Gambettes ? On dirait que j'arrive à temps pour le petit déjeuner.

Il s'est parfaitement intégré au groupe, constata Laurel plus tard. Quand bien même Parker le trouvait un peu agaçant. Au milieu de la matinée, ils s'approprièrent un territoire sur la plage, armés de fauteuils pliants, de serviettes de bain, de parasols et de glacières. L'air sentait la mer et la crème solaire.

Laurel piquait du nez sur son livre quand Del la prit à bras-le-corps et l'arracha à son fauteuil.

— Eh, lâche-moi !

— C'est l'heure du bain.

— Si je veux me baigner, j'irai dans la piscine. Arrête !

— On ne peut pas aller à la plage et ne pas se baigner.

Il s'avança dans la mer avec son fardeau en travers de l'épaule. Laurel eut juste le temps de lâcher un juron avant que l'eau froide se referme sur sa tête. Elle sentit le sable tourbillonner sous ses pieds, tandis qu'elle donnait un coup de talon pour remonter à la surface. Aveuglée, elle cligna des yeux, et aperçut Del un peu plus loin, hilare.

— Ça ne va pas, non ? Elle est froide.

— Rafraîchissante, corrigea-t-il avant de plonger sous une vague.

Laurel, bien sûr, ne la vit pas arriver. Déséquilibrée, elle s'affala dans l'eau et but la tasse. Elle se débattait pour se redresser quand Del l'attrapa par la taille.

— Tu te crois malin, hein, Brown ?

— Grâce à moi, tu es à l'eau.

— La mer, je préfère la contempler. Et nager dans une piscine.

— On n'a pas la mer à la maison, fit-il remarquer. Attention, une autre.

Cette fois au moins, elle était préparée et se laissa porter par la vague – avec la satisfaction de le pousser sous l'eau au passage. Il refit surface en riant. Puisqu'elle était mouillée, couverte de sable et de sel, autant en profiter. Elle dépassa les brisants à la nage et atteignit une zone plus calme. Peu à peu, sa peau et ses muscles se réchauffèrent, et elle dut admettre que Del avait raison.

Ils n'avaient pas la mer à la maison.

Elle plongea de nouveau, juste pour le plaisir. Cette fois encore, les mains de Del se refermèrent sur sa taille.

— On est assez loin du rivage.

— Quel tyran.

Il l'entoura de ses bras et ils flottèrent un instant l'un contre l'autre. Elle le sentit donner quelques vigoureux coups de pied. Après tout, si ça lui chante, décida-t-elle, et elle se laissa entraîner comme une poupée de chiffon vers le rivage. Tandis qu'il faisait tout le travail, elle observa tranquillement ses amis sur la plage ou dans l'eau, bercée par les voix, le bruit des vagues, la musique.

— J'aurais pu revenir toute seule, tu sais. Tout comme j'aurais pu me mettre à l'eau tout à l'heure si j'avais voulu.

— Oui, mais alors je ne pourrais pas faire ceci.

Il la fit pivoter vers lui et captura ses lèvres tandis qu'ils étaient ballottés par les flots.

Une fois de plus, Laurel dut admettre que l'argument était pertinent.

19

Laurel fut prise d'une envie de pâtisserie. Peut-être était-ce le léger crépitement de la pluie contre les vitres qui transformait la plage en une aquarelle nacrée – ou juste ces quelques jours passés sans autre chose à faire dans la cuisine que de préparer le café ou du pop-corn.

Sans doute éprouvait-elle le même manque que Parker, qui s'éclipsait une ou deux heures chaque jour pour un tête-à-tête avec son ordinateur portable, ou Mac avec son appareil photo. Ou encore Emma, qui cherchait un pépiniériste pour créer des massifs autour de la maison.

Après plusieurs jours de farniente, de longues balades et de soirées jeux, elle ressentait juste le besoin de replonger les mains dans la pâte.

Elle avait déjà jeté un coup d'œil aux provisions dans le cellier, notant que Del la connaissait assez bien pour y avoir stocké les produits de base. Non sans surprise, elle avait aussi remarqué qu'il avait fait attention à ses propres réserves à Greenwich pour y ajouter quelques autres plus spécifiques à la pâtisse-rie professionnelle.

Mais il ne pouvait pas savoir qu'elle était d'humeur à faire des tartes.

Elle établit une liste mentalement, consciente que tout dépendrait de ce qu'elle trouverait dans les commerces locaux.

Elle laissa un mot à Parker.

Partie au marché avec ta voiture.

L.

Puis elle prit les clés, son sac à main, et s'en alla pour ce qu'elle considérait comme une petite aventure.

Dans la salle de sport, Parker termina sa séance de cardio en regardant la pluie tomber. Elle n'avait pas mis les infos comme à son habitude – petite concession aux vacances. Quoi qu'il se passe dans le monde, cela devrait attendre son retour à la maison.

Ce qui n'était pas le cas de ses mariées. Mais, franchement, pour l'instant elle n'avait pas à se plaindre. Quelques appels ici ou là, une poignée de problèmes et de petits soucis qu'elle avait réussi à résoudre sans peine à distance.

En fait, c'était satisfaisant de savoir qu'elle pouvait s'absenter tout en continuant à remplir ses obligations.

Elle sourit en apercevant Mac avec une casquette de base-ball sur sa tignasse rousse et un coupe-vent bleu vif. Équipée de son appareil photo, elle descendait vers la plage balayée par la pluie.

Elles avaient beau quitter la maison, elles ne pouvaient échapper à la passion qui les animait, songea-t-elle.

Parker contempla le paysage encore un instant, puis sélectionna un morceau moins rythmé pour le reste de son entraînement. Elle opta pour quelques exercices à la barre et commença par des pliés.

Quand Malcolm entra, elle avait le pied calé sur la barre et le nez contre le genou.

— Quelle souplesse, commenta-t-il avant de hausser les sourcils comme elle le fusillait du regard. Ça t'ennuie si je m'active un moment ici ?

— Non, bien sûr que non.

Consciente de se montrer trop souvent guindée et malgracieuse avec lui – ce qui l'agaçait prodigieusement –, elle fit un effort délibéré pour se montrer amicale.

— Fais comme chez toi, je t'en prie. Tu peux changer la musique si tu veux. Ça ne me dérange pas.

Il se contenta de hausser les épaules, et se dirigea vers le banc de musculation.

— J'ignorais que quelqu'un d'autre était debout jusqu'à ce que j'entende ta musique de chevelus.

— Mac est déjà descendue à la plage pour faire des photos.

Elle n'avait aucune raison de ne pas se montrer aimable.

— Sous la pluie ?

— Déformation professionnelle, je dirais.

Elle pivota face à lui, tout sourires – surtout parce qu'elle soupçonnait qu'il lui materait les fesses si elle demeurait dos tourné.

— Chacun son truc. J'ai vu certaines de ses photos. Vous devriez en accrocher quelques-unes ici.

— En effet, répondit-elle, surprise, car elle en avait l'intention. Alors... tu soulèves combien ?

— Dans les soixante-quinze kilos. Tu as de bons bras, dit-il après l'avoir longuement détaillée. Et toi ?

— Cinquante-cinq, parfois soixante quand je suis d'humeur.

— Pas mal.

Pendant ses étirements, elle l'observa du coin de l'œil. Ce garçon avait sans conteste des bras d'enfer. Ses muscles se contractaient certes avec vigueur, mais sans le renflement disgracieux des biscotos d'haltérophiles. Au-dessus de son biceps droit, elle remarqua un tatouage de nœud celtique. Elle chercherait le dessin sur Google par simple curiosité.

Parker avait du respect pour les hommes qui entretenaient leur forme. Pour l'avoir vu en maillot sur la plage – sans qu'il faille y voir un intérêt particulier de sa part –, elle savait qu'il était de ceux-là.

Elle passa aux abdos et lui, à une série de curls. Puis elle enchaîna avec quelques exercices de Pilates, tandis qu'il se consacrait à ses deltoïdes. Il était du genre discret, si bien qu'elle en oublia presque sa présence. Elle termina sa séance par un peu de yoga, histoire de se détendre.

Lorsqu'elle se retourna pour aller chercher une bouteille d'eau, elle faillit lui rentrer dedans.

— Pardon.

— Pas de problème. Voilà un corps sérieusement musclé, mademoiselle Brown.

— Tonique, corrigea-t-elle. Je vous retourne le compliment, monsieur Kavanaugh.

Malcolm sortit deux bouteilles d'eau du minibar et lui en tendit une. Puis il avança jusqu'à ce qu'elle se retrouve acculée contre le minibar et, les mains calées sur ses hanches, captura tout naturellement ses lèvres.

Tandis que le baiser se prolongeait – ce que Parker mit sur le compte de sa stupeur –, elle sentit monter une lente bouffée de chaleur torride qui la laissa pantoise.

Elle le repoussa, reprit son souffle.

— Qu'est-ce qui te prend ? Arrête.

— D'accord.

Il ne parut pas le moins du monde impressionné par son regard de tueuse qui donnait pourtant envie à la plupart des gens de rentrer sous terre. Mais il ne récidiva pas, se contentant de la dévisager de ses beaux yeux verts pénétrants.

Le jeu du chat et de la souris. C'était à cela que leur tête-à-tête lui faisait songer. Et elle n'était la souris de personne.

— Écoute, si tu t'imagines que je... que parce que les autres sont en couple et nous...

— Non, c'est toi. Le 4 Juillet. Le souvenir est encore très vivace.

— C'était juste... rien du tout.

— Ça m'a plu. Mais rassure-toi, je ne m'imagine rien. J'aime ta bouche, c'est tout, et je voulais voir si ma mémoire était fidèle. C'est le cas.

— Contente pour toi, lâcha-t-elle.

Elle le poussa d'un coup de coude, et le planta là.

Avec un petit rire à la fois amusé et satisfait, Malcolm alla changer la fréquence sur la radio. Il préférait la musique de chevelus avec davantage de guitare et de batterie.

Ravie de ses courses, Laurel déchargea ses sacs. Peut-être s'était-elle un peu emballée, mais quel mal y avait-il à cela puisque cela lui faisait plaisir ? Elle avait de quoi confectionner des tartes, du pain, un gâteau pour le café... et tout ce qui lui passerait par la tête.

— Je crois que le temps se lève.

Tournant la tête, elle découvrit Mac qui remontait de la plage dans son coupe-vent luisant de pluie.

— Pas de doute !

— Non, sérieux. Regarde là-bas, insista Mac, l'index pointé vers l'est. Un coin de ciel bleu. Je suis optimiste.

— Et trempée.

— J'ai pris quelques photos fabuleuses. Avec cette pluie, le paysage est magique, ouaté, fantomatique, s'extasia-t-elle tout en soulevant un sac pour aider Laurel. Bon sang, c'est lourd. Qu'est-ce qu'il y a là-dedans ?

— Des trucs.

Mac jeta un coup d'œil dans le sac.

— J'en connais une qui va faire de la pâtisserie, ricana-t-elle. Indécrottable Betty Crocker, va.

— Indécrottable Annie Leibovitz.

— Emma envisage de faire un jardin maritime... Ça ne fait pas pour autant de nous des obsédés du boulot.

— Non, nous sommes productives, c'est tout.

— Exactement, approuva Mac, tandis qu'elles montaient les marches. Je m'amuse comme une folle. J'ai hâte de télécharger la carte mémoire pour voir le résultat. J'ai pris aussi une pellicule. Je me demande ce qu'il faudrait pour convaincre Parker et Del d'aménager une chambre noire.

— Parker trouve l'endroit idéal pour organiser des mariages décontractés.

Mac pinça les lèvres, songeuse.

— Ce serait peut-être pousser le bouchon un peu loin. Sauf que, nom de Dieu, ce serait génial !

— Ne l'encourage pas, par pitié.

Laurel posa un sac pour ouvrir la porte, mais Del la devança de l'intérieur et leur prit un sac à chacune.

— Ah, vous voilà ! Nous avions besoin de provisions ?

— Moi, oui.

Il les posa sur le plan de travail et se pencha pour embrasser Laurel.

— Bonjour. Hé, Macadamia, tu es toute mouillée !

— Le temps se lève, assura-t-elle. Je me prends juste un café. Tu as vu Carter ?

— On s'est croisés. Il avait un livre épais comme ça, précisa-t-il, écartant le pouce et l'index de cinq bons centimètres.

— Ça va l'occuper, déclara Mac, qui remplit une tasse et quitta la pièce avec un signe de la main.

— Tu m'as manqué au lit ce matin, murmura Del à Laurel. Je me suis réveillé avec le bruit de la pluie et des vagues. J'ai pensé que c'était l'endroit rêvé où être à cet instant. Mais comme tu n'étais pas là, j'ai changé d'avis.

— J'étais partie en mission.

— Je vois ça.

Il glissa la main dans un sac et en sortit un citron.

— Limonade maison ?

— Tarte au citron meringuée, et tarte aux cerises. Et aussi du pain, et peut-être un gâteau pour le café. Les matinées pluvieuses sont idéales pour la pâtisserie.

— Désolé, mais, là, on n'est pas sur la même longueur d'onde.

Elle rit en vidant ses sacs.

— Si tu t'étais réveillé plus tôt, tu aurais eu les deux. Non, laisse-moi ranger. Je sais comment je vais organiser tout ça.

Il haussa les épaules.

— Dans ce cas, je vais faire un tour à la salle de gym, surtout s'il y a de la tarte dans un avenir proche. Si tu as le ticket ou encore le montant en tête, je te rembourserai.

Elle s'arrêta net.

— En quel honneur ?

— Tu n'as pas à payer pour les courses, répondit-il d'un air distrait en sortant une bouteille de Gatorade du réfrigérateur.

— Et toi, si ? répliqua-t-elle, incapable de ravaler la colère qui avait jailli de nulle part.

— Eh bien, c'est...

— Ta maison ? termina-t-elle.

— Oui. Mais j'allais dire que c'était plus... équitable, vu que tu fais tout le travail.

— Personne n'avait fait le moindre travail hier soir, quand tu as réglé l'addition pour tout le monde au restaurant.

— C'était juste... Où est le problème ? Quelqu'un d'autre paiera la prochaine fois.

— Tu crois que ton argent m'intéresse ? Tu crois que je suis avec toi parce que tu peux payer l'addition pour tout le monde et t'offrir une maison comme celle-ci ?

Il abaissa sa bouteille.

— Voyons, Laurel qu'est-ce qui te prend ?

— Il me prend que je ne veux pas que tu me rembourses. Et puis, va te faire voir avec ton *équitable*, parce qu'on n'est pas près d'être sur un pied d'égalité. Mais j'ai encore les moyens de payer mes propres courses quand ça me chante de faire des tartes !

— Écoute, je m'étonne un peu que ma proposition de te rembourser quelques malheureux citrons te mette dans cet état, mais puisque c'est le cas, je la retire.

Les sarcasmes de Linda résonnaient encore aux oreilles de Laurel.

— Tu ne comprends pas, murmura-t-elle. Comment le pourrais-tu ?

— Explique-moi.

Elle secoua la tête.

— Je vais m'occuper de mes gâteaux. Quand je fais de la pâtisserie, je suis heureuse, lâcha-t-elle. Va faire ton sport.

Elle prit la télécommande et mit la musique au hasard.

— J'en ai bien l'intention.

Mais il posa sa bouteille, lui prit le visage entre ses mains et le scruta longuement.

— Sois heureuse, finit-il par dire avant de l'embrasser.

Puis il reprit sa bouteille et s'en alla.

— Je l'étais, souffla-t-elle. Je le serai de nouveau.

Avec détermination, elle se lança dans son rangement.

Malcolm entra dans la cuisine alors qu'elle mélangeait le beurre à la farine pour sa pâte brisée.

— J'adore regarder une femme qui sait s'y prendre dans une cuisine.

— À ton service.

Il s'approcha de la cafetière, y jeta un coup d'œil et vida le fond qui restait.

— Je vais en refaire, proposa-t-il. Ça te dit ?

— Non. J'ai déjà eu ma dose.

— Alors, qu'y a-t-il au menu ?

— Des tartes, répondit-elle un peu sèchement. Meringuée au citron et une autre aux cerises, précisa-t-elle en se radoucissant

— J'ai un faible pour une bonne tarte aux cerises.

La cafetière en marche, il s'approcha du plan de travail et le parcourut du regard.

— Tu utilises des vrais citrons pour ta tarte au citron ?

— En fait, ils n'avaient plus de mangues, ironisa-t-elle, le regard narquois, tout en ajoutant un peu

367

d'eau glacée à sa pâte. Que veux-tu que j'utilise d'autre ?

— Je ne sais pas, moi. Du jus en bouteille.

Elle se redressa en riant.

— Pas de ça dans ma cuisine, mon ami. Uniquement le jus et le zeste de citrons frais.

— Ça alors.

Il se versa un café, puis entrouvrit un placard.

— Eh, des Pop-Tarts ! s'exclama-t-il, avant d'ajouter : Ça t'embête si je te regarde ?

Perplexe, elle s'interrompit pour le dévisager.

— Tu veux me regarder faire des tartes ?

— Je suis curieux de nature, mais je peux dégager si je dérange.

— Ne touche à rien, c'est tout.

— Ça marche.

Il se percha sur un tabouret de l'autre côté du plan de travail.

— Tu cuisines ? lui demanda Laurel.

Malcolm ouvrit le paquet de biscuits.

— Quand je suis parti pour L.A., c'était ça ou mourir de faim. Alors j'ai appris. Je fais une excellente sauce tomate. Je pourrais peut-être en préparer ce soir, surtout s'il continue de pleuvoir.

— D'après Mac, le temps va se lever.

Il jeta un coup d'œil à la fenêtre.

— Pas de doute.

— C'est ce que je lui ai dit.

Elle sortit le rouleau à pâtisserie – un rouleau de qualité, en marbre, que Del avait acheté en pensant à elle. Du coup, elle s'en voulut de lui avoir sauté à la gorge.

Un soupir lui échappa tandis qu'elle farinait le plan de travail.

— C'est dur d'être riche, dit Malcolm à brûle-pourpoint.

368

Elle le dévisagea de nouveau.

— Et encore plus d'être pauvre, ajouta-t-il sur le même ton tranquille. J'ai été les deux – plus ou moins. Pauvre, c'est plus dur. Mais la richesse a aussi ses inconvénients. Je m'en sortais bien à L.A. J'avais du boulot. Je m'étais bâti une solide réputation, et j'avais un bon petit pactole de côté. Et puis un jour, je me suis blessé sur un tournage. Ma carrière s'est arrêtée net, mais les studios ont fini par cracher un pont d'or en dommages et intérêts.

— Tu étais gravement blessé ?

— Plusieurs fractures de trucs que je ne m'étais pas encore cassés, et d'autres pour lesquels j'avais déjà donné, répondit-il avec un haussement d'épaules avant de mordre dans une Pop-Tart. Bref, j'étais plein aux as – selon mes critères en tout cas –, et pas mal de gens se sont dit qu'ils pourraient essayer d'avoir leur part du gâteau. Certains deviennent méchants si on ne partage pas, ou pas assez à leur goût. Cette expérience a changé mon point de vue sur les personnes et les choses qui comptent vraiment dans la vie.

— J'imagine, en effet.

— Del a toujours été plein aux as. Alors pour lui, c'est un peu différent.

Laurel cessa d'abaisser sa pâte.

— Tu nous as entendus ?

— Je passais devant la porte, et j'ai entendu ce que je suppose être la fin. On ne m'a pas prévenu qu'il fallait se boucher les oreilles. Mais tu n'as peut-être pas envie de connaître mon point de vue.

— Pourquoi en aurais-je envie ?

Son ton glacial ne sembla pas l'impressionner le moins du monde.

— Parce que je sais ce que ça coûte de se prouver qu'on peut s'en sortir par soi-même. On n'a pas les mêmes origines, mais au final nos parcours ne sont pas si éloignés. Ma mère parle beaucoup, ajouta-t-il, et je la laisse faire, si bien que je connais un peu le contexte.

— Ce n'est pas un secret, lâcha-t-elle avec un haussement d'épaules.

— N'empêche, c'est l'enfer d'être victime de ragots, surtout quand c'est de l'histoire ancienne, et qu'en prime, ce sont tes parents qui sont concernés.

— À mon tour, maintenant. Je sais que tu as perdu ton père, et que ta mère est revenue à Greenwich travailler pour ton oncle. Et que ça n'a pas trop bien marché pour toi.

— C'est un connard. Il l'a toujours été.

Il désigna la pâte avec sa tasse.

— Comment fais-tu ? C'est presque un cercle parfait.

— L'entraînement.

— C'est vrai, tout est presque toujours une histoire d'entraînement.

Il la regarda en silence plier la pâte, la poser dans le premier moule, puis l'étaler à la perfection.

— Applaudissements pour le chef. Bon, pour revenir à mon point de vue...

— Quitte à l'écouter, montre-toi utile et dénoyaute les cerises.

— Comment ?

Laurel lui tendit une épingle à cheveux et en prit une elle-même.

— Comme ça.

Elle enfonça la pointe de l'épingle à la base de la cerise, et le noyau sortit comme par magie au sommet.

Le regard de Malcolm s'éclaira.

— Vachement ingénieux. À mon tour.

Il s'y essaya avec beaucoup plus de dextérité qu'elle n'espérait, si bien qu'elle poussa deux saladiers vers lui.

— Les noyaux là, les fruits dans l'autre.

Il se mit aussitôt au travail.

— Del n'a pas la même conception de l'argent que la plupart d'entre nous, expliqua-t-il. Il n'est pas tombé de la dernière pluie, ça, c'est sûr. Il est généreux de nature – par son éducation aussi, si la moitié de ce que j'entends sur ses parents est vraie.

— C'étaient des gens incroyables. Merveilleux.

— C'est ce qu'on dit. Il n'est pas du genre à se laisser marcher sur les pieds, mais se montre toujours loyal et attentif aux autres. Il a aussi la conviction que l'argent ne doit pas servir qu'à son plaisir ou à son confort, mais pour construire quelque chose, laisser une trace, changer des vies. C'est un mec formidable.

— C'est vrai.

— Eh, tu ne vas pas te mettre à pleurer ?

— Je ne pleure pas facilement.

— Bien. Là où je veux en venir, c'est qu'il achète cette maison – enfin, Belles Gambettes et lui achètent cette maison…

— Tu as l'intention de continuer à appeler Parker ainsi ?

— Elle a de belles jambes, non ? Bon, c'est un placement, d'accord. Mais ils auraient très bien pu dire : « Salut, on part en vacances, à dans quinze jours. »

— Mais ils ne l'ont pas fait.

Malcolm monta de plusieurs crans dans son estime. Il comprenait. Et appréciait.

— Et voilà comment on se retrouve tous ensemble ici. Ça m'a fait un peu bizarre de suivre le mouvement, mais je suis comme ça. Pour Del, il n'y a rien de plus naturel. Pas de complications, pas de conditions.

— Tu as mille fois raison.

Leurs regards se croisèrent, et la compréhension que Laurel lut dans celui de Malcolm faillit lui arracher des larmes.

— Mais ce qui lui échappe, c'est que nous apportons chacun notre lot de complications personnelles, poursuivit celui-ci. S'il s'en rendait compte...

— Il en serait agacé ou se sentirait insulté, acheva Laurel.

— Oui. Mais parfois une fille a besoin d'acheter ses propres citrons, alors il va bien falloir qu'il fasse avec.

Elle plaça la deuxième abaisse de pâte dans l'autre moule.

— Je devrais pouvoir lui expliquer. J'imagine que c'est à moi qu'incombe cette mission.

— Je crois, oui.

— Juste quand je commençais à t'apprécier, déclara-t-elle avant de sourire.

Quand Emma entra, Laurel montrait à Malcolm comment confectionner une meringue dans les règles de l'art.

— Tournoi dans la salle de jeux d'ici une heure environ.

Le visage de Malcolm s'éclaira.

— Poker ?

— C'est en discussion. Jack et Del organisent une sorte de décathlon de jeux, et le poker en fait partie. Ils discutent du système de points. Miam, des tartes !

— Je dois d'abord terminer ça, expliqua Laurel, puis commencer le pain, pendant que Malcolm prépare sa sauce tomate.

— Tu cuisines, Malcolm ? s'étonna Emma.

— Je préférerais jouer au poker.

— Si tu veux, je...

— Non, non, la coupa Laurel. Nous avons un arrangement.

— D'accord, céda-t-il. Mais le tournoi ne commence pas avant que j'aie fini ici. Et je ne fais pas la vaisselle.

— Ça me paraît une proposition raisonnable, approuva-t-elle. Il nous faut une heure et demie, ajouta-t-elle à l'adresse d'Emma. Si les autres concurrents veulent manger ce soir, ils nous attendront.

Laurel emporta un minuteur réglé pour la fin de la deuxième levée. Ses tartes refroidissaient sur leurs grilles et la sauce de Malcolm mijotait à feu doux.

Plutôt réconfortant comme repas pour un jour de pluie.

Lorsqu'elle pénétra dans la salle de jeux, elle constata que Del et Jack s'étaient surpassés. Ils avaient installé des stands, poussant le détail jusqu'à les numéroter. Table de poker, Xbox, tapis de danse Wii avec le jeu Dance Dance Revolution et le tant redouté baby-foot.

Elle était nulle en baby-foot.

Cette dernière heure, les allers-retours à la cuisine s'étaient succédé, et le bar était couvert de coupelles remplies de chips, de salsa, de fromages, de fruits et de crackers.

Un tableau avait aussi été fabriqué avec la liste des concurrents.

— Ça m'a l'air drôlement sérieux, commenta-t-elle.

— Ce n'est pas un tournoi pour les chochottes, lui lança Del. Parker a essayé d'interdire les cigares au poker. Elle s'est fait laminer. Il paraît que Malcolm apporte sa contribution au dîner.

— Exact. De ce côté-là, tout roule. Nous aurons besoin d'un ou deux arrêts de jeu pour aller jeter un coup d'œil.

— Voilà qui me paraît loyal.

« Loyal, comme lui », songea Laurel. Et généreux de nature, comme l'avait dit Malcolm. Il s'était donné beaucoup de mal pour ce tournoi. Pour son propre plaisir, bien sûr – c'était un joueur-né –, mais il tenait aussi à ce que tout le monde passe un bon moment.

De l'index, elle lui fit signe de la rejoindre à l'écart, tandis que Mac et Jack avaient une conversation animée sur le choix des jeux vidéo.

— Je te présente mes excuses. Enfin, pas sur le fond. Juste sur la forme.

— D'accord.

— Je ne veux pas que tu te sentes obligé d'ouvrir ton portefeuille. Jamais.

Une ombre de frustration passa sur le visage de Del.

— Ce n'est pas le cas. Et tu sais bien...

— C'est tout ce qui compte alors, le coupa-t-elle avant de se hisser sur la pointe des pieds pour effleurer sa bouche d'un baiser. Oublions ça. Tu vas avoir suffisamment à faire quand je vais te battre à plate couture dans ce tournoi.

— Aucun risque. Le trophée du premier Tournoi de Plage Annuel Brown est pour ainsi dire dans ma poche.

— Il y a un trophée ?

— Bien sûr. C'est Jack et Parker qui l'ont fabriqué.

Elle suivit la direction de son doigt. Sur le manteau de la cheminée, elle découvrit un morceau de bois flotté avec des coquillages placés aux endroits stratégiques pour imiter un Bikini primitif. Une touffe de varech séché faisait office de chevelure, et ils

374

avaient dessiné un visage féroce avec un rictus tout en dents.

Laurel éclata de rire et s'approcha de la chose pour l'observer de plus près.

Del préférait la voir ainsi. Elle semblait avoir tiré un trait sur ce qui la tracassait tout à l'heure. Mais le mal n'avait pas disparu pour autant, et restait tapi dans l'ombre, prêt à ressurgir.

Il avait eu le temps d'y réfléchir et pensait avoir une idée de son origine, tout au moins en partie.

Il pensait aussi connaître un moyen d'en avoir le cœur net. Il glissa un coup d'œil à Emma qui s'occupait du bar. Mais il allait devoir ronger son frein. Et choisir la bonne approche.

— Que le tournoi commence, annonça Jack, un chapeau à la main. Tout le monde tire un numéro pour la première partie.

Au baby-foot, Laurel toucha le fond. Elle joua si mal que même Carter la battit. Et ça, c'était l'humiliation suprême.

La chance lui sourit toutefois au flipper où elle réussit à se placer juste devant Jack et Del. À leur grand dépit.

Une satisfaction qu'elle savoura à sa juste valeur.

Elle avait le pressentiment qu'elle se débrouillerait bien au poker. Mais pour l'instant, Malcolm et Parker explosaient les scores au DDR, et il lui faudrait se surpasser sur le tapis si elle voulait avoir une petite chance de remporter le trophée.

Elle sirota un verre de vin en les regardant boucler leur deuxième partie sur trois avec un double A.

« Quelle barbe », réalisa-t-elle. Elle était pour ainsi dire dans les choux.

Sans doute était-il injuste de penser que la présence de Malcolm équilibrait la situation – Parker était tout à fait capable de se trouver un copain elle-même –, pourtant c'était le cas. Et, à l'évidence, ils allaient bien ensemble.

Très bien même.

Elle avait peut-être intérêt à passer à l'eau si elle commençait à vouloir jouer les entremetteuses.

Avec un haussement d'épaules, elle but une dernière gorgée de vin, puis se prépara pour sa partie à la Xbox.

Elle entama le round final à la cinquième place avec Mac après avoir massacré Jack au DDR.

— Saloperie de Wii, râla-t-il. Elle m'a bousillé mon classement.

— Console-toi, tu es quatrième, lança Emma. Moi, je suis bonne dernière. Il y avait un truc qui n'allait pas avec ce flipper. Et ma manette de Xbox était défectueuse.

Elle lui prit son cigare.

— Pour me porter chance, déclara-t-elle avant de tirer une bouffée. Beurk, c'est immonde !

Au bout d'une quarantaine de minutes de Texas Hold'Em, Laurel rassembla une belle main. Si elle remportait le pot, elle pouvait éliminer Emma, Mac, et peut-être Carter.

À chaque tour, ses adversaires se couchèrent un à un, et elle sentit l'adrénaline monter. Jusqu'à Carter.

Il cogita longuement – une éternité, sembla-t-il à Laurel. Puis demanda à voir.

— Quinte flush à cœur, annonça-t-elle fièrement, étalant ses cartes.

— Joli, la complimenta Del.

Carter ajusta ses lunettes, l'air attristé, presque penaud.

— Quinte flush royale. Désolé.

— Waouh ! s'écria Mac avec enthousiasme.

Laurel lui adressa un regard assassin.

— Désolée, je suis obligée. On va se marier.

— Tu pourrais peut-être aller voir la sauce, suggéra Malcolm.

— Ouais, je pourrais, bougonna-t-elle en se levant. Tout ça à cause de ce stupide baby-foot.

À la cuisine, elle prit son temps. Après avoir remué une dernière fois la sauce tomate, elle sortit sur la terrasse.

Les prévisions météo de Mac s'étaient enfin réalisées : il avait fallu toute la journée, mais le ciel était de nouveau bleu. Le temps idéal pour une balade nocturne sur la plage.

À son retour, Emma se servait un Coca Light au bar.

— Éliminée ? s'enquit-elle.

— Eh oui.

— Youpi, je ne serai pas dernière.

— Je pourrais te haïr pour cette perfidie, mais je suis magnanime. Jack brûle ses dernières cartouches. On ne peut pas dire que notre amour se soit envolé sur les ailes du succès aujourd'hui, mais on s'est bien amusés. Oups, voilà mon homme. Je vais devoir compatir, je crois.

Les dernières éliminations prirent encore une demi-heure, plus quelques minutes supplémentaires pour le décompte final des points.

Puis Del se détourna du tableau et souleva le trophée.

— Mesdemoiselles et messieurs, nous avons des ex aequo. Parker Brown et Malcolm Kavanaugh ont obtenu chacun cent trente-quatre points.

Malcolm gratifia son adversaire d'un sourire de défi.

— On dirait qu'on va devoir faire fifty-fifty, Belles Gambettes.

— On pourrait en faire une dernière, histoire de se départager, mais je suis trop crevée, répondit-elle. Fifty-fifty, ajouta-t-elle en lui tendant la main.

20

Afin de parler avec Emma en tête à tête, Del lui proposa de l'emmener le lendemain à la jardinerie locale pour voir les plantes qu'il lui plairait d'installer.

Elle fit montre d'un tel enthousiasme qu'il se sentit coupable. Il décida de se faire pardonner en la laissant choisir ce qu'elle voulait, même si cela impliquait l'intervention d'une entreprise de jardinage pour l'entretien.

Sa conscience fut apaisée à l'instant où Emma s'installa près de lui dans la voiture.

— Principe de base : choisir des espèces sans entretien, expliqua-t-elle. J'adorerais planter des massifs exubérants et colorés, mais comme tu ne vis pas ici à l'année, il faudrait engager quelqu'un pour s'en occuper.

— D'accord.

« Tout ce qu'elle veut », se répéta-t-il.

— Ensuite, il faut s'en tenir aux vivaces et herbes de bord de mer, et miser sur une ambiance naturelle. On va bien s'amuser !

— Tu parles.

Elle lui flanqua un coup de coude en riant.

— Mais si, tu vas voir. Et puis, ce sera ma petite contribution aux vacances. Cette propriété est tellement géniale, Del. Nous sommes tous si heureux d'être ici.

— Contribution ? Voyons, Emma, ce n'est pas nécessaire.

— C'est agréable de pouvoir montrer sa gratitude, tu sais. Tu ne m'en empêcheras pas, n'y songe même pas. Quelle journée splendide ! J'ai hâte de commencer mes plantations.

— Ça fait du bien de changer d'air, de se détendre. On en a tous besoin.

— Ce n'est pas moi qui dirais le contraire.

— On accumule du stress, et pas seulement à cause du travail. Regarde Laurel. Son altercation avec la mère de Mac l'a mise dans tous ses états.

— Ah, elle t'en a parlé ! Je n'étais pas sûre qu'elle le ferait, avoua Emma.

— Une chance qu'elle l'ait arrêtée avant qu'elle entre chez Mac et Carter. Mais je n'aime pas l'idée qu'elle ait dû l'affronter seule.

— Elle l'a remise à sa place vite fait avant de l'envoyer balader. Mais je comprends ce que tu veux dire. Elle était si bouleversée. Cette bonne femme n'a pas son pareil pour appuyer là où ça fait mal.

— Rien de ce qu'elle pourra dire n'a d'importance.

— Non, mais certaines paroles blessent, et cette langue de vipère sait lesquelles. Une prédatrice, voilà ce qu'elle est, toujours à l'affût du point faible. Avec Laurel, elle n'y a pas été de mainmorte. D'abord son père, ensuite toi. Une vraie hyène.

— La famille est un sujet sensible pour beaucoup de gens. Laurel a réussi dans la vie, en dépit de ses parents. Elle a de quoi être fière.

— Complètement d'accord. Pour toi et moi, c'était plus facile parce que nous avons toujours eu beaucoup d'amour et d'encouragements de la part de nos parents. Apprendre que son père a eu la faiblesse – et l'extrême mauvais goût – d'avoir une liaison avec Linda, c'était quand même dur à avaler pour Laurel. Et alors qu'elle encaissait le coup, cette pétasse ose lui balancer qu'elle est la risée de Greenwich, qu'elle se fait des illusions à ton sujet, et que, vu ses origines, tout le monde sait bien qu'elle n'en a qu'après ton argent et ton statut.

Elle se tut un instant, le temps de reprendre son souffle tant elle fulminait. Del se garda d'intervenir.

— En gros, reprit Emma, elle l'a traitée de coureuse de dot pathétique, et toi, de salaud qui saute la copine de sa sœur juste pour s'amuser. Et comme c'est sa propre conception des relations humaines, elle a enfoncé le clou. Laurel en a pleuré et, pour faire pleurer Laurel, il faut déjà y aller. Si Linda avait encore été là à mon arrivée, je l'aurais... Oh non ! Laurel ne t'avait pas raconté tout ça, n'est-ce pas ?

— Elle m'avait dit avoir chassé Linda, mais avait omis quelques points essentiels.

— Bon sang, Del, tu exagères ! Tu m'as tendu un piège et je suis tombée dedans tête la première !

— Peut-être, mais je n'ai pas le droit de savoir ?

— Si, mais moi je n'avais pas le droit de tout déballer. Tu m'as poussée à trahir une amie.

— Tu n'as trahi personne, objecta Del, qui s'engagea sur le parking de la jardinerie et se gara. Écoute, comment veux-tu que j'arrange les choses si je ne sais rien ?

— Si Laurel voulait que tu arranges...

— Apparemment, elle monte sur ses grands chevaux à cette seule idée. Mais peu importe. Linda est un problème pour nous tous, mais là, elle s'en est pris à Laurel, et de la pire des façons. Tu ne lui aurais

381

pas dit ta façon de penser si tu avais su qu'elle était là ?

— Si, mais...

— Tu crois que je sors avec Laurel juste pour m'amuser ? Que je couche avec elle parce qu'elle est libre ?

— Non, bien sûr que non.

— Pourtant, au fond d'elle-même, Laurel le pense un peu.

— Pourquoi me soumettre à cet interrogatoire ? Ce n'est pas à moi de répondre à ces questions !

— D'accord, je vais les reformuler.

Emma arracha ses lunettes de soleil et le foudroya du regard.

— Ne joue pas à l'avocat avec moi, Delaney. Je suis hyper remontée contre toi.

— Il fallait que je sache. Laurel se ferme comme une huître dès qu'on s'aventure sur ce terrain. En partie par amour-propre, je pense, mais aussi par conviction. C'est peut-être ma faute, du moins partiellement. Hier, j'ai commencé à avoir des soupçons, mais j'avais besoin d'une confirmation.

— Tant mieux pour toi.

Elle ouvrit la portière d'un geste rageur, mais il la retint par le bras.

— Emma, en restant dans l'ignorance, je lui fais du mal. Et je ne veux pas la faire souffrir.

— Tu aurais dû l'interroger directement.

— Elle ne veut pas en parler. Tu sais qu'elle n'en parlera pas à moins que je ne la pousse dans ses retranchements. Maintenant, j'en ai le moyen. Imagine, hier je lui ai fait de la peine en lui proposant de lui rembourser quelques courses, juste parce que je ne comprenais pas la situation. Ce n'est pas de Linda qu'il s'agit ici – même si j'ai l'intention de m'occuper de son cas –, mais de Laurel et de moi.

— C'est sûr, soupira Emma. N'empêche, tu m'as mise dans de beaux draps.

— J'en suis désolé, d'autant que j'ai encore un service à te demander : s'il te plaît, ne lui dis rien avant que j'aie pu lui parler. Si elle ne croit pas à fond à nous deux, jamais notre relation ne marchera. Et si j'ai une quelconque responsabilité dans cette situation, je dois y remédier. Tout ce que je te demande, c'est de me laisser une chance.

— Ah, ces avocats ! Comment veux-tu que je dise non ?

— Je suis sincère, Emma. S'il te plaît, laisse-moi une chance.

— Je vous aime tous les deux, et je veux votre bonheur. Alors, crois-moi, Del, tu as intérêt à assurer. Si tu gâches tout, ou si elle gâche tout par ta faute, tu entendras parler du pays.

— Normal. Merci du fond du cœur, Emma. Dis-moi, tu comptes rester longtemps remontée contre moi ?

— Je te répondrai quand tu lui auras parlé.

Il se pencha vers elle et l'embrassa sur la joue.

— Emma, voyons...

Cette fois, elle céda avec un soupir.

— C'est bon, allons acheter ces plantes.

Dans le magasin, Del s'exhorta à la patience tandis qu'elle prenait tout son temps pour sélectionner les espèces adéquates. Dès qu'il faisait mine de vouloir la presser un peu, il avait droit à un regard glacial.

Au bout de ce qui lui parut une éternité, ils chargèrent ce qu'ils purent dans la voiture, et prirent leurs dispositions pour se faire livrer le reste. Un reste conséquent.

— Emmène-la à la plage, suggéra Emma sur le trajet du retour. Loin de nous. N'essaie pas d'aborder le sujet dans la maison ou aux alentours. Vous risqueriez d'être interrompus, et elle en profiterait pour se ressaisir ou s'échapper.

— Bien vu. Merci.

— Ne me remercie pas. Il se peut que je le fasse plus pour elle que pour toi.

— N'empêche, merci quand même.

— Une longue balade, d'accord ? Et, fais-moi confiance, si elle en revient bouleversée, je te chauffe les oreilles. Ou je demande à Jack de s'en charger.

— Je te crains plus que lui.

— Sérieux, Del, ne gâche pas tout. Tu l'aimes ? demanda-t-elle après un silence.

— Bien sûr.

Elle se tourna vers lui.

— Quelle réponse stupide. Franchement, tu mériterais que je te chauffe les oreilles tout de suite.

— Pourquoi... ?

— Non, non ! le coupa-t-elle, catégorique. Plus de conseils. À partir de maintenant, tu te débrouilles seul, sinon ça fausse tout. Moi, je vais m'occuper de mes plantations. Comme ça, je ne vous dérangerai pas. C'est le meilleur service que je puisse vous rendre à tous les deux. Mais par pitié, ajouta-t-elle, ne réponds pas « bien sûr », espèce d'idiot.

— D'accord.

Emma fut fidèle à sa parole. À peine arrivée, elle déchargea les outils qu'elle venait d'acheter et se mit au travail.

Toutefois, Del dut repousser son plan à plus tard.

— Laurel est partie faire du shopping avec Parker, lui apprit Jack. Parker avait une liste de trucs pour la maison. Et il était aussi question de boucles d'oreilles. Mac est dans la piscine, Malcolm dans le coin, et Carter à la plage avec un bouquin. Et je m'apprête à y descendre aussi.

— Elles t'ont dit quand elles rentraient ?

— Elles font du shopping, mon vieux. Ça peut être dans une heure comme dans trois jours.

— D'accord.

— Un problème ?

— Non, non. Je me demandais, c'est tout.

Jack chaussa ses lunettes de soleil.

— Plage ? proposa-t-il.

— Tout à l'heure.

— J'imagine que je dois d'abord proposer mon aide à Emma avant d'y aller – merci beaucoup, au fait.

— Attends de voir le reste. Nous n'avions pas assez de place dans la voiture.

— Génial.

Une heure plus tard elles n'étaient toujours pas de retour, et Del sentit les premiers picotements d'irritation. Il fit les cent pas sur la terrasse, passant différents scénarios dans sa tête comme il le ferait avant une audience au tribunal.

Il entendait les voix des autres qui vaquaient à leurs occupations. Plus tard, il les aperçut sur la plage, dans l'eau, sur le sentier. Quand ils rentrèrent déjeuner, il alla nager en solo, toujours plongé dans ses réflexions.

À mesure que l'après-midi s'écoulait, il envisagea de joindre Laurel sur son portable. Il allait s'y résoudre quand la voiture de Parker tourna enfin dans l'allée.

Il descendit, tandis que les deux filles déchargeaient une montagne de sacs, gloussant comme des gamines surprises la main dans la boîte de biscuits.

Il n'avait aucune raison, mais il en conçut un agacement sans borne.

— Emma, c'est magnifique ! lui cria Parker.

— N'est-ce pas ? Et je suis loin d'avoir fini.

385

— Fais une pause, suggéra Laurel. Viens voir ce que nous avons acheté. Nous nous sommes amusées comme des folles. Del, tu tombes bien, ajouta-t-elle avec un sourire. Tu vas pouvoir nous donner un coup de main pour rentrer tout ça. Et il est grand temps de sortir le mixer parce que nous avons une envie monstre de margarita.

— Je commençais à m'inquiéter.

Le ton de sa voix le fit presque frémir.

— Oh, ne sois pas ronchon ! Tiens, fit-elle en lui tendant des sacs. Emma, nous avons trouvé une boutique de cadeaux fabuleuse. Il faudra y retourner !

— Tu veux dire qu'il leur reste encore quelque chose en stock ? ironisa Malcolm, qui s'approchait pour les aider.

— Nous avons dû écumer tous les magasins dans un rayon de soixante kilomètres, mais on a laissé quelques bricoles. N'aie donc pas l'air si contrarié, dit Laurel à Del en riant. Je t'ai acheté quelque chose.

À contrecœur, il rentra les sacs à l'intérieur. Et dut attendre que les filles déballent leurs emplettes.

— Et si on faisait une balade sur la plage ? proposa-t-il à Laurel.

— Tu plaisantes ? Je viens de me taper des milliers de kilomètres. Il me faut une margarita. Qui s'occupe du mixer ? demanda-t-elle à la cantonade.

— Je m'en charge, répondit Malcolm.

Del lança un regard implorant à Emma, espérant un peu d'aide de son côté. Il n'eut droit qu'à un haussement d'épaules, puis elle lui tourna le dos et continua d'admirer les trouvailles de ses copines.

« Basse vengeance », songea-t-il.

— Tiens, fit Laurel en lui tendant un paquet.

— C'est une suspension de fenêtre en verre de plage recyclé, expliqua-t-elle lorsqu'il l'eut ouvert.

Elle frôla l'un des tessons de verre poli.

386

— Je me suis dit que tu aurais peut-être envie de l'accrocher chez toi en souvenir des bons moments.

— C'est très joli, fit-il, tapotant les éclats qui tintèrent entre eux. Vraiment. Merci.

— Je m'en suis acheté un plus petit pour mon salon. Je n'ai pas pu résister.

Ils burent des margaritas, discutèrent du menu du dîner. Impossible de lui faire quitter la maison.

« Prends ton mal en patience », s'encouragea Del.

Il y parvint presque jusqu'au coucher du soleil.

— Promenade. Plage. Toi et moi.

Il attrapa la main de Laurel et l'entraîna vers la porte.

— Mais nous allions...

— Plus tard.

— Tyran, protesta-t-elle, mais elle entrelaça les doigts aux siens et le suivit sur la terrasse. Dieu qu'il fait bon ce soir ! Regarde ce ciel. J'imagine que je dois une visite à la plage après cette journée shopping.

Elle donna une chiquenaude à ses nouvelles boucles d'oreilles.

— Mais maintenant, j'ai de jolis souvenirs de ces deux semaines à la mer. Quand nous serons tout emmitouflés cet hiver, je penserai à l'été qui finira par revenir.

— Je veux que tu sois heureuse.

— Je le suis.

— Il faut qu'on parle, que je te pose une question.

Elle se retourna et marcha à reculons pour contempler la maison.

— Bien sûr, dit-il. Emma avait raison. Ces herbes vont très bien avec la maison.

— Laurel, écoute-moi.

Elle s'arrêta.

— Il y a un problème ?

— Je ne sais pas trop. À toi de me le dire.

— Alors il n'y en a pas.

Del lui prit les deux mains.

— Laurel, tu ne m'as pas dit que Linda t'avait agressée à notre sujet.

Il sentit ses doigts se crisper sous les siens.

— Je t'ai dit que je m'étais débarrassée d'elle. C'est Emma qui t'en a parlé, hein ? Elle n'avait pas le droit de...

— Elle n'y est pour rien. Je lui ai fait croire que tu m'avais tout raconté. Et tu aurais dû. Mieux, Laurel, tu aurais dû me dire que tu pensais que les horreurs qu'elle t'a jetées à la figure n'étaient peut-être pas complètement fausses. Si j'ai dit ou fait quoi que ce soit qui puisse te le laisser croire...

— Tu n'as rien dit ni fait. Oublions ça.

Il resserra sa prise autour de ses poignets lorsqu'elle voulut se libérer.

— Non. Elle t'a fait souffrir, et moi aussi, je t'ai fait souffrir indirectement. Ça, je ne peux pas l'oublier.

— Laisse tomber, Del. Tu es acquitté. Je ne veux pas parler de Linda.

— Ce n'est pas d'elle qu'il s'agit, mais de toi et moi. Bon sang, Laurel, parle-moi donc franchement.

— C'est ce que je fais. Ce n'est rien, je te dis.

— Non, ce n'est pas rien. Pas quand tu te mets dans tous tes états parce que je te propose de rembourser quelques courses. Ou un gâteau que je te commande.

— Je t'ai clairement fait comprendre que tu n'as pas à sortir ton portefeuille à tout bout de champ. Je refuse que tu me considères comme ton employée...

— Laurel, la coupa-t-il avec une gravité extrême, jamais je n'en ai eu l'intention. Jamais. Et tu devrais le savoir. Comment veux-tu que je devine si tu ne me dis rien de tes sentiments, de tes désirs ?

— Comment peux-tu les ignorer ? rétorqua-t-elle.

— Parce que tu ne me dis rien.

— Dire, tu n'as que ce mot à la bouche. Comment peux-tu être avec moi, me regarder, me toucher, et ne pas savoir ?

Elle se détourna brusquement, puis fit volte-face.

— D'accord, d'accord. Je suis responsable de mes sentiments et, à l'évidence, je suis stupide d'attendre et d'attendre encore dans l'espoir qu'un jour peut-être, tu finiras par avoir la révélation. Tu veux que je t'explique, alors je vais t'expliquer. Nous ne serons jamais sur un pied d'égalité, toi et moi, dans la mesure où tu es attaché à moi, alors que je suis désespérément amoureuse de toi. J'ai toujours été désespérément amoureuse de toi, et tu n'as jamais rien vu.

— Attends...

— Non. Tu veux toute la vérité ? Tu vas l'avoir. Il n'y a jamais eu que toi, Del. Et rien de tout ce que j'ai pu faire n'y a rien changé. Partir à New York, me jeter à corps perdu dans les études, réussir quelque chose dont je pourrais être fière. Rien n'y a fait. L'amour que j'éprouvais pour toi était toujours là. J'ai bien essayé de m'intéresser sérieusement à d'autres hommes, mais ce n'étaient que des aventures sans lendemain ou des échecs. Parce que aucun d'eux n'était toi.

D'un geste brusque, elle repoussa les cheveux que le vent lui soufflait dans les yeux.

— Je n'ai jamais réussi à me guérir de toi, quand bien même c'était douloureux, humiliant ou tout simplement exaspérant. Je faisais avec. Et puis, j'ai osé.

Il voulut essuyer les larmes qui roulaient le long de ses joues.

— Écoute...

— Je n'ai pas fini. J'ai sauté le pas, mais toi, tu te crois toujours obligé de me materner, de me prendre sous ton aile. Je refuse que tu te sentes responsable de moi. Je ne suis pas un animal de compagnie.

— Seigneur, Laurel, je n'ai jamais pensé à toi de cette façon. Je t'aime.

— C'est vrai, tu m'aimes. Comme nous toutes. Tu as dû monter en première ligne au décès de tes parents. Je comprends. J'ai conscience des épreuves que tu as endurées. Encore plus depuis que je suis à tes côtés.

— Il ne s'agit pas de ça.

— Si, d'une certaine façon. Mais je m'accommode de cette situation. Je viens de te dire que j'étais heureuse, non ? Je n'exige pas de toi des déclarations ou des promesses. Je suis capable de vivre dans l'instant présent et d'y être heureuse. J'ai bien le droit d'être blessée quand quelqu'un comme Linda m'envoie des coups de griffes. Tout comme j'ai le droit de garder cette blessure pour moi jusqu'à ce qu'elle cicatrise. Je n'ai pas besoin que tu interviennes. Que tu essaies d'arranger les choses. Et puis, laisse-moi tranquille avec mes sentiments. Est-ce que je t'embête avec les tiens ?

— Non, murmura-t-il. Pourquoi ne le fais-tu pas ?

— Je n'ai peut-être pas envie d'entendre les réponses. Non, je ne veux pas les entendre, lui lança-t-elle avant qu'il ait le temps d'ouvrir la bouche. Je ne veux pas savoir ce que tu as à me dire alors que je viens de mettre mon cœur à nu devant toi et que je me sens comme une imbécile. Va-t'en, laisse-moi. J'ai besoin d'être seule.

Del la regarda s'éloigner en courant le long de la plage. Il aurait pu la rattraper et la forcer à écouter ses arguments. Mais il savait qu'elle ne les entendrait pas.

Il la laissa s'en aller.

Laurel courut à perdre haleine, puis ralentit le pas, s'efforçant de se calmer. En vérité, comprenait-elle maintenant, ce qui venait de se passer devait arriver. Elle n'aurait pas pu y échapper éternellement.

Si cela signifiait la fin de sa relation avec Del, elle s'en remettrait. Elle avait l'habitude de panser ses plaies, d'accepter les cicatrices.

Il ferait preuve d'une gentillesse qu'elle détesterait. Puis ils iraient de l'avant, chacun de son côté. D'une façon ou d'une autre.

Elle monta dans sa chambre par l'escalier extérieur, espérant éviter les autres jusqu'au matin.

C'était compter sans ses trois amies qui l'y attendaient.

Emma se leva.

— Je m'en veux tellement d'avoir lâché le morceau pour Linda.

— Ce n'est pas ta faute, et ça n'a pas d'importance.

— Si, ça en a. Pardonne-moi.

— C'est ma mère qui a amorcé la bombe, intervint Mac. Je suis désolée.

— Et moi aussi, ajouta Parker, parce que c'est mon frère.

— En voilà un quatuor pathétique, fit Laurel en s'asseyant sur le lit. Personne n'est à blâmer. C'est comme ça, voilà tout. Mais je crois que je vais me passer de la soirée jeux pour aujourd'hui. Vous me trouverez une excuse, hein ? Mal au crâne, fatigue à cause des courses, un verre de trop.

— Bien sûr, mais...

Mac laissa sa phrase en suspens, et échangea un regard avec Parker et Emma.

— Quoi ? insista Laurel. Qu'est-ce qu'il y a encore ?

Parker s'assit près d'elle.

— Del est parti.

— Parti ? Comment ça parti ?

— Il a dit qu'il rentrerait dans la matinée. Qu'il avait un truc à régler. Il a fait comme s'il s'agissait de son boulot, mais...

— Aucune de vous n'y a cru, termina Laurel avant de se prendre la tête entre les mains. Quelle idiote j'ai été de lui demander de partir. Depuis quand il écoute ce qu'on lui dit ? Maintenant, tout est fichu. C'est moi qui aurais dû m'en aller. C'est sa maison, bon sang !

— Il va revenir, tenta de la rassurer Emma, qui s'approcha pour lui frotter le dos. Il voulait sans doute juste te laisser un peu respirer. Vous allez vous rabibocher, tous les deux.

— Après ce que je lui ai sorti...

— Tout le monde dit des horreurs au cours d'une dispute, fit remarquer Mac.

— Je lui ai dit que je l'avais toujours aimé. Qu'il n'y avait jamais eu que lui. Je me suis littéralement mise à nu devant lui.

— Et qu'a-t-il répondu ? voulut savoir Parker.

— Je ne lui en ai pas laissé le temps. Je me suis enfuie en courant.

— Et il n'a pas cherché à te rattraper ? s'offusqua Emma. L'idiot.

— Il me connaît assez pour savoir que ça n'aurait servi à rien. Mais je ne m'attendais pas qu'il parte. J'espère juste ne pas avoir tout gâché. J'en serais malade. À présent j'ai envie d'aller me coucher.

— Nous allons rester avec toi, murmura Emma.

— C'est gentil, mais rendez-moi plutôt service en sauvegardant les apparences avec les autres. J'apprécierais vraiment.

— D'accord, répondit Parker avant qu'Emma ait le temps de protester. Si tu as besoin de compagnie ou de quoi que ce soit d'autre, il te suffit de frapper à ma porte.

— Je sais, merci. Ça ira mieux demain matin.

— Et si ça ne va pas mieux et que tu préfères rentrer, nous partirons, déclara Parker avant de l'étreindre.

— Ou bien nous virerons les garçons et nous resterons entre nous, ajouta Mac.

— Vous êtes les meilleures des copines. Ne vous inquiétez pas, ça va aller.

Après leur départ, Laurel ne bougea pas, mais, sachant que l'une ou l'autre passerait dans une heure voir comment elle allait, elle se força à se lever et se changea pour la nuit.

Elle avait eu droit à son été de bonheur. Personne ne pourrait le lui enlever. Elle avait connu l'amour de sa vie l'espace d'une saison. Tout le monde ne pouvait pas en dire autant.

Elle survivrait.

Allongée dans le noir, elle s'abandonna à son désespoir, s'efforçant de se convaincre qu'avec le temps, le chagrin s'apaiserait. Puis elle enfouit le visage dans son oreiller et se mit à pleurer parce qu'elle n'en croyait pas un mot.

Le murmure de la brise marine lui caressa la joue comme un baiser tendre et réconfortant. Elle soupira, cherchant à s'accrocher au sommeil et à l'oubli bienfaisant qu'il lui procurerait.

— Réveille-toi.

Elle ouvrit les yeux et se retrouva nez à nez avec Del.

— Quoi ?

— Lève-toi et viens avec moi.

La chambre baignait dans la douce lueur argentée qui précède l'aube.

— Où étais-tu passé ? Pourquoi es-tu revenu ?

— Debout.

Elle tenta de retenir le drap, mais il fut plus rapide.

— Tu as laissé tomber tes amis. Tu es parti alors que...

— Chut. Je t'ai écoutée, maintenant, c'est à ton tour. Allons-y.

— Où ça ?

— Sur la plage, terminer ce que nous avons commencé.

— Pas question. Nous nous sommes déjà tout dit.

— Tu es une femme contrariante, Laurel. Tu as le choix : soit tu marches, soit je t'y traîne, mais nous descendons sur cette maudite plage, point final. Et si tu me demandes pourquoi, je te jure que je t'embarque sous mon bras.

— Je dois m'habiller.

Il jeta un coup d'œil à son débardeur et à son caleçon.

— Ta tenue est parfaite. Ne me cherche pas, McBane. Je n'ai pas fermé l'œil de la nuit, et j'ai une longue route derrière moi. Je ne suis pas d'humeur.

— Monsieur n'est pas d'humeur, voyez-vous ça.

Elle posa les pieds sur le parquet.

— C'est bon, on y va, à ta plage, puisque c'est si important pour toi.

Elle repoussa sa main quand il voulut prendre la sienne.

— Je n'ai pas non plus très bien dormi, si tu tiens à le savoir, reprit-elle. Et je n'ai pas bu mon café. Alors ne me cherche pas trop non plus.

Sur ce, elle sortit au pas de charge sur la terrasse et descendit les marches.

— Tu ferais aussi bien de te calmer, lui conseilla-t-il. Il n'y a aucune raison d'être en colère.

— J'en vois pourtant.

— Comme souvent. Heureusement, je suis plus mesuré.

— N'importe quoi. Qui vient de me tirer du lit sous la menace au milieu de la nuit ?

— Il fait presque jour. Le timing est idéal, en fait. Ça me plaît. L'aube d'un nouveau jour, dit Del, ôtant

394

ses chaussures au pied de l'escalier qui menait à la plage. Nous n'avons guère été plus loin hier soir. Géographiquement parlant. Au sens figuré, je crois qu'on peut faire beaucoup mieux. Voilà déjà pour commencer.

Il la fit pivoter vers lui et captura ses lèvres en un baiser brûlant et possessif. Elle s'arc-bouta contre son torse, muraille solide et inamovible. Il la lâcha lorsqu'elle se raidit entre ses bras.

— Non, s'il te plaît, pas ça, dit-elle, calmement cette fois.

— Il faut que tu me regardes et que tu m'écoutes, Laurel, ordonna-t-il en la prenant par les épaules avec douceur. Tu as peut-être raison, je ne vois rien, mais toi, bon sang, tu ne veux rien entendre.

— C'est bon, c'est bon. Inutile de s'énerver pour ça. C'est juste...

— Tu ne peux pas entendre si tu ne te tais pas.

— Demande-moi encore de me taire, le défia-t-elle, soutenant crânement son regard.

Del se contenta de poser la main sur sa bouche.

— Je vais arranger cela. Arranger les choses, c'est dans ma nature, Laurel. Si tu m'aimes, tu vas devoir l'accepter.

Il laissa retomber sa main.

— Je peux me bagarrer avec toi. Ça ne me pose aucun problème.

— Tant mieux pour toi.

— Mais ce que je déteste, c'est de t'avoir blessée par insouciance autant que par un excès d'attention. C'est dans le tempérament des Brown, il faut croire, d'essayer de maintenir le juste équilibre entre les deux.

— Je suis responsable de...

— Tes sentiments, oui, j'ai compris. J'ignore si tu étais depuis toujours la femme de ma vie. Longtemps, j'ai eu l'habitude de te considérer d'un autre œil, alors je n'en sais rien.

— Je comprends, Del. Je...

— Tais-toi et *écoute*. Tu as changé la donne entre nous. Tu as sauté le pas, et je n'ai rien vu venir. Comment pourrais-je le regretter alors que tout ce que j'éprouve, c'est une reconnaissance sans bornes ? J'ignore si tu étais depuis toujours la femme de ma vie, répéta-t-il, mais j'ai la certitude que tu l'es maintenant. Et que tu le seras demain, l'année prochaine, et jusqu'à la fin de mes jours.

— Pardon ?

— Tu m'as bien entendu. Tu veux que je formule plus simplement ? C'est toi que j'aime.

Laurel scruta ce visage qu'elle connaissait si bien. Et sut qu'il disait vrai. Et, à cet instant, son cœur s'envola.

— Je sais que ce n'est pas facile, reprit Del. Mais mon amour est sincère et profond. Et puis, je ne cherche pas la facilité. C'est toi que je veux.

— Je pense... commença Laurel, avant de s'interrompre avec un petit rire. Je n'arrive plus à penser.

— Bien. Ne pense pas, contente-toi d'écouter. Et cesse pour une fois de raisonner et de ressentir à ma place. La logique voulait, selon moi, qu'on y aille lentement afin de nous laisser le temps de nous adapter à ce qui nous arrivait. À ce qui m'arrivait à moi.

Il lui prit la main, la plaqua sur son cœur.

— Tu avais raison, poursuivit-il, je n'ai pas su voir. J'aurais dû. Mais toi aussi, tu as été aveugle. Tu n'as pas vu combien je t'aime, combien j'ai besoin de toi. Si j'ai envie d'animaux de compagnie, j'achèterai deux chiens. Et une sœur, j'en ai déjà une. Ce n'est pas ainsi que je te considère, et, Dieu merci, tu ne me considères pas comme un frère. Voilà qui nous place sur un pied d'égalité, Laurel.

— Tu es sincère alors.

— On se connaît depuis quand ?

Les yeux de Laurel s'embuèrent, mais elle refoula ses larmes.

— Très, très longtemps.

— Alors tu sais que je le suis.

— Je t'aime tellement. J'essayais de me convaincre que je m'en remettrais si c'était fini entre nous. Mais c'était un mensonge. Jamais je n'y parviendrais.

— Je n'ai pas fini.

Il glissa la main dans sa poche, et la regarda écarquiller les yeux comme il en sortait un écrin, puis l'ouvrait.

— Elle appartenait à ma mère.

— Je sais. Je... Mon Dieu, Del.

— Je l'ai sortie du coffre il y a plusieurs semaines.

— Plusieurs semaines ? articula-t-elle.

— Après la soirée à l'étang. Tout avait déjà changé entre nous, mais ce soir-là... ou plutôt ce jour-là, quand tu es venue à mon bureau, j'ai réalisé que je voulais faire ma vie avec toi. Un joaillier l'a ajustée à ton doigt. C'est sans doute un peu arrogant de ma part, mais tu devras vivre avec.

Elle en avait le souffle coupé.

— Del... tu ne peux pas. La bague de ta mère. Parker.

— Je l'ai réveillée avant toi. Elle est d'accord. Elle m'a demandé de te dire de ne pas être stupide. Nos parents s'aimaient.

Les larmes jaillirent malgré elle.

— Je ne veux pas pleurer, mais je ne peux pas m'en empêcher.

— Tu es la seule à qui j'aie jamais songé à l'offrir. La seule que je veuille voir la porter. J'ai fait tout le trajet jusqu'à Greenwich et retour pour te l'apporter. Pour la passer au doigt de l'amour de ma vie. Épouse-moi, Laurel.

— Embrasse-moi encore d'abord. Comment ai-je pu souhaiter ne t'avoir jamais aimé ?

Elle sentit la brise marine sur sa peau, dans ses cheveux lorsque leurs lèvres se joignirent. Et le battement régulier et puissant de son cœur contre le sien.

Un concert de sifflements et d'acclamations interrompit leur baiser. Laurel tourna la tête et vit le groupe au grand complet sur la terrasse au-dessus.

— Parker a réveillé tout le monde, on dirait.

— Notre histoire a toujours été une affaire de famille, observa Del avant de s'écarter un peu. Tu es prête ?

— Oui.

La bague qu'il glissa à son doigt étincela dans les premiers rayons du soleil tandis que le ciel s'épanouissait telle une rose à l'orient. De toute son âme, elle savoura le bonheur de cet instant, puis le scella par un nouveau baiser.

— C'est le moment idéal, murmura-t-elle. L'endroit idéal. Répète-moi encore que je suis l'amour de ta vie.

Il prit son visage entre ses mains avec tendresse.

— Tu es l'amour de ma vie, Laurel. Le seul et unique.

L'aube d'un nouveau jour, songea-t-elle. Et ce jour serait suivi de tant d'autres.

Main dans la main, ils remontèrent les marches, impatients de fêter leur bonheur en famille.